Huckleberry Finn

Mark Twain

Huckleberry Finn

Deutsche Bearbeitung von
Karl Heinz Berger

cbj

cbj ist der Kinder- und Jugendbuchverlag
in der Verlagsgruppe Random House

FSC
Mix
Produktgruppe aus vorbildlich
bewirtschafteten Wäldern und
anderen kontrollierten Herkünften

Zert.-Nr. SGS-COC-1940
www.fsc.org
© 1996 Forest Stewardship Council

Verlagsgruppe Random House FSC-DEU-0100
Das FSC-zertifizierte Papier *München Super* für die Geolino-Bibliothek
aus dem Verlag cbj liefert Mochenwangen Papier.

Gesetzt nach den Regeln der Rechtschreibreform

3. Auflage 2005

Die amerikanische Originalausgabe erschien erstmals 1884 unter dem Titel
»The Adventures of Huckleberry Finn«
Lektorat: Gerd F. Rumler
Umschlagabbildung: Dieter Wiesmüller
Innenillustrationen: Don-Oliver Matthies
Umschlaggestaltung: Agentur Network! München
kb · Herstellung: WM
Gesetzt aus der Centaur in der Verlagsgruppe Random House
Reproduktion: Wahl GmbH, München
Druck und Einband: GGP Media GmbH, Pößneck
Printed in Germany
ISBN 10: 3-570-12999-3
ISBN 13: 978-3-570-12999-9

www.cbj-verlag.de
www.geolino.de

Huckleberry Finn

Mississippi
St. Petersburg
Illinois
St. Louis
Ohio
Cairo
Kentucky
Missouri
Arkansas
Memphis
Mississippi
New Orleans

I. KAPITEL

Wer noch nicht »Tom Sawyer« gelesen hat, kennt mich nicht. Aber das macht nichts. Das Buch hat Herr Mark Twain geschrieben, und der spricht die Wahrheit – meistens wenigstens. Manches ist geflunkert, das meiste aber stimmt. Das nur nebenbei. Ich habe noch niemand gesehen, der nicht ab und zu mal gelogen hat, außer Tante Polly oder die Witwe oder Mary. Tante Polly – Tom Sawyers Tante Polly meine ich – und Mary und die Witwe Douglas, die kommen alle in dem Buch vor, das in der Hauptsache ein wahres Buch ist mit 'n paar Flunkereien, wie ich schon gesagt habe.

Das Ende von dem Buch war, dass Tom und ich das Geld fanden, das die Räuber in der Höhle vergraben hatten und das uns reich machte. Wir kriegten jeder sechstausend Dollar, und alles in Gold. Es war 'n schrecklicher Haufen Geld, als wir es ausgegraben hatten. Na, Richter Thatcher nahm's an sich und legte es für uns an, und es warf für jeden von uns 'nen Dollar täglich ab, jahraus, jahrein, mehr als einer von uns brauchen konnte. Die Witwe Douglas, die nahm mich als Sohn an und sagte, sie würde mich gebildet machen; aber es war grässlich, immer in ihrem Haus zu leben, besonders wenn man bedenkt, wie furchtbar ordentlich und anständig die Witwe in allem war. Als ich's mal nicht mehr länger aushalten konnte, riss ich aus. Ich kroch wieder in meine alten Lumpen und in mein Zuckerfass und war frei und vergnügt. Aber Tom Sawyer stöberte mich auf und sagte, er hätte vor, 'ne Räuberbande zu gründen, und er würd mich nur aufnehmen, wenn ich zur Witwe zurückgehen und mich ordentlich aufführen wollte. Da ging ich denn wieder hin.

Die Witwe heulte wegen mir und nannte mich 'n armes verlorenes Lamm und gab mir noch 'nen Haufen von solchen Namen, aber sie meinte es wirklich nicht bös. Sie steckte mich wieder in solch neue Kleider, und mir blieb nichts anderes übrig, als zu schwitzen und zu schwitzen und mich wie in 'nem Stehkragen zu fühlen. Und dann fing die alte Leier wieder an. Die Witwe läutete zum Abendessen und man musste rechtzeitig da sein; wenn man dann am Tisch saß, konnte man beileibe noch nicht gleich essen. Man musste warten, bis die Witwe den Kopf runterbog und ein Gebet über das bisschen Essen gemurmelt hatte.

Nach dem Abendessen holte sie ihr Buch raus und paukte mir was von Moses und den großen Propheten ein, und ich musste schwitzen, um sie auseinander halten zu können. Schließlich kam sie damit raus, dass Moses schon 'ne ziemlich lange Zeit tot wär. Danach kümmerte ich mich nicht mehr um ihn, weil man doch aus 'nem Toten kein Kapital schlagen kann.

Bald wollt ich rauchen und fragte die Witwe, ob ich's dürfte. Aber die wollt es nicht. Sie sagte, es wäre 'ne schlechte Angewohnheit und es wäre nicht sauber, und ich sollte versuchen, es zu lassen. Das ist halt so die Art von manchen Leuten. Die schimpfen über 'ne Sache auch, wenn sie gar nichts von ihr verstehen. Auf der anderen Seite plagte sie mich mit dem Moses, der schließlich kein Verwandter von ihr war und keinem was nützte, sondern längst tot ist, und dann wieder zeterte sie wegen 'ner Sache, die doch ziemlich angenehm ist. Und dabei schnupfte sie selber; aber das war natürlich nichts Unrechtes, weil sie es tat.

Ihre Schwester, Miss Watson, 'ne ziemlich dürre alte Jungfer mit 'ner Brille auf, war damals grad gekommen, um bei ihr zu wohnen. Und die machte sich mit 'nem Rechtschreibebuch über mich her. Sie bearbeitete mich 'ne Stunde lang ziemlich heftig, dann löste die Witwe sie ab. Ich konnt's kaum mehr aushalten. 'ne Stunde hinterher war ich noch ganz blöd im Kopf, und dann wurde ich zapplig. Da sagte Miss Watson: »Setz deine Füße nicht immer da drauf, Huckleberry« oder »Räkel dich nicht so hin, Huckleberry, sitz grad«, und nach 'ner Weile sagte sie: »Gähn und streck dich nicht so, Huckleberry. Warum versuchst du nicht, dich anständig zu benehmen?« Danach erzählte sie mir allerlei von der Hölle, und ich sagte, ich wär froh, wenn ich da sein könnte. Darüber wurde sie böse, aber ich machte mir nichts draus. Alles, was ich wünschte, war 'ne Abwechslung und ich war ja gar nicht wählerisch. Sie sagte, das wär gottlos, was ich gesagt hätte. Sie sagte, sie würd so etwas nicht für alles in der Welt sagen. Sie wollte so leben, dass sie in den Himmel kommen würde. Na, ich hatte natürlich keine Lust, dahin zu kommen, wohin sie kommen wollte. Und da nahm ich mir fest vor, es gar nicht erst zu versuchen. Aber das sagte ich natürlich nicht, weil es dann doch nur wieder 'nen Tanz gegeben hätte.

Wenn sie so 'nen ordentlichen Anlauf genommen hatte, hörte sie gar nicht mehr auf und erzählte mir alles vom Himmel. Sie sagte, das Einzige, was man tun müsste, wär, den ganzen Tag lang mit 'ner Harfe rumzugehen und zu singen, immer und ewig. Dazu hatt ich natürlich keine Lust, sagte es aber nicht. Ich fragte sie, ob sie meinte, dass Tom Sawyer dorthin kommen würde, und sie sagte: »Höchstwahrscheinlich nicht.« Darüber war ich sehr froh. Denn ich wollte, dass wir zusammenbleiben sollten.

Miss Watson schwatzte und schwatzte, und es wurde immer langweiliger und ich immer schläfriger. Nach 'ner Zeit holten sie auch noch die Neger rein und plapperten Gebete, und dann gingen alle ins Bett. Ich ging in mein Zimmer rauf mit 'nem Stück Kerze und stellte es auf den Tisch. Dann setzte ich mich auf 'nen Stuhl am Fenster und versuchte, an was Angenehmes zu denken. Aber ich bracht's nicht fertig. Ich fühlte mich so einsam, dass ich wünschte, ich wäre tot. Die Sterne schienen, und die Blätter im Walde rauschten andauernd so traurig. Und ich hörte 'ne Eule von weitem über jemand klagen, und der Wind wollte mir was zuflüstern, aber ich konnt nicht verstehen, was. Und ich fühlte, wie mir kalte Schauer den Rücken runterliefen. Dann hörte ich aus dem Wald 'nen Laut, wie ihn ein Gespenst von sich gibt, wenn es über etwas reden möchte und sich nicht verständlich machen kann und deshalb keine Ruhe im Grab findet und jede Nacht traurig umhergehen muss. Ich wurde so schwermütig und ängstlich, dass ich wünschte, jemand bei mir zu haben. Bald danach krabbelte mir 'ne Spinne über die Schulter und ich schnippte sie weg, und sie fiel ins Kerzenlicht und war verbrannt, eh ich mich rühren konnte. Mir brauchte keiner erst zu sagen, dass es 'n verteufelt schlechtes Zeichen wär und mir Unglück bringen würde.

Ich zitterte am ganzen Leib und zog meine Pfeife raus, um zu rauchen. Denn im Haus war alles totenstill, sodass die Witwe jetzt bestimmt nicht kommen würde. Na, nach 'ner langen Zeit hörte ich die Glocke drüben im Städtchen schlagen: bum – bum – bum, zwölfmal. Und dann war wieder alles still – stiller als vorher. Ganz kurz danach hörte ich 'nen Zweig krachen; unten in der tiefsten Dunkelheit, zwischen den Bäumen, regte sich was. Ich saß still und horchte. Plötzlich konnte ich schwach hören: »Miau, miau!« Das war prima! Ich antwortete so leis ich konnte: »Miau, miau!« Dann machte ich das Licht aus und kletterte aus dem Fenster auf den Schuppen runter. Von da sprang ich ganz runter und kroch zwischen die Bäume. Natürlich war Tom Sawyer da und wartete auf mich.

2. KAPITEL

Auf Zehenspitzen gingen wir auf 'nem Pfad zwischen den Bäumen zurück bis ans Ende des Gartens von der Witwe und bückten uns, damit uns die Zweige nicht das Gesicht zerkratzten. Als wir gerade an der Küche vorbeikamen, fiel ich über 'ne Wurzel und machte Lärm. Wir warfen uns hin und blieben mäuschenstill liegen. Jim, der große Neger von Miss Watson, saß in der Küchentür. Wir konnten ihn ganz deutlich sehen, denn ein Licht stand hinter ihm. Er fuhr in die Höhe und machte 'nen langen Hals und horchte. Dann sagte er:

»Wer da?«

Dann horchte er wieder. Und dann kam er auf Zehenspitzen raus und stellte sich direkt zwischen uns; wir hätten ihn fast berühren können. Na, es dauerte 'ne ganze Zeit, dass kein Laut zu hören war und wir so dicht bei'nander hockten. Am Knöchel juckte mich was; aber ich traute mich nicht zu kratzen. Und dann fing mein Ohr an zu jucken und dann mein Rücken, grad zwischen den Schultern. Es kam mir vor, als ob ich sterben müsste, wenn ich mich nicht kratzen könnte. Und das ist mir seitdem noch oft passiert. Wenn du mal mit vornehmen Leuten zusammen bist oder auf 'nem Begräbnis oder wenn du einzuschlafen versuchst und du bist gar nicht müde, überhaupt: Wenn du irgendwo bist, wo du dich nicht kratzen kannst, wird's dich am ganzen Leib jucken.

Schließlich sagte Jim:

»He, wer seid ihr? Wo seid ihr? Jim seine Katz' soll sein 'n Hund, wenn ich nicht hab was gehört. Na, Jim weiß, was er hat zu tun. Jim setzt sich hin und horcht, bis er wieder was hört.«

Und er setzte sich auf die Erde, grad zwischen mich und Tom. Er lehnte sich mit seinem Rücken gegen 'nen Baum und streckte seine Füße von sich, bis einer von ihnen beinahe mein eines Bein berührt hätte. Meine Nase fing an zu jucken. Sie juckte, bis mir die Tränen in die Augen traten. Aber ich durft mich nicht kratzen. Dann fing es an, in den Nasenlöchern zu jucken. Dann juckte es wieder irgendwo drunter. Ich wusst nicht mehr, wie ich stille sitzen sollte. Das ging sechs oder sieben Minuten lang so; aber es kam mir hundertmal länger vor. Schließlich juckte es mich an elf verschiedenen Stellen. Ich glaubte, ich könnt's nicht mehr 'ne Minute länger aushalten; aber ich biss die Zähne zusammen und hielt's aus. Plötzlich fing Jim an tief zu atmen, drauf schnarchte er – und da war mir auf einmal wieder sauwohl.

Tom machte mir 'n Zeichen – so 'n leises Schnalzen mit der Zunge – und wir krochen auf Händen und Füßen fort. Als wir zehn Schritt weit waren, flüsterte Tom mir zu, wir sollten Jim an den Baum binden; aber ich sagte: Nein. Wenn er aufwachen und Lärm machen würde, dann würden sie merken, dass ich nicht drin war. Darauf sagte Tom, er hätt nicht genug Kerzen und wollt in die Küche schleichen und welche holen. Ich wollte nicht, dass er's riskierte. Ich sagte, Jim könnt aufwachen. Aber Tom wollt's doch versuchen, und wir schlichen rein und erwischten drei Kerzen, und Tom legte fünf Cent auf den Tisch als Bezahlung. Dann gingen wir wieder raus, und ich hatte große Angst dabei. Aber Tom machte sich nichts draus, zu Jim hinzukriechen und ihn noch 'n bisschen zu necken. Ich wartete, und es kam mir ziemlich lange vor, so still und einsam war's.

Sobald Tom zurück war, schlichen wir auf dem Pfad weiter den Gartenzaun lang und kamen schließlich auf die Spitze von 'nem steilen Hügel auf der anderen Seite vom Haus. Tom sagte, er hätt Jim den Hut vom Kopf genommen und auf 'nen Ast direkt über ihm gehängt. Jim hätt sich 'n bisschen gerührt, wär aber nicht wach geworden.

Später erzählte Jim dann, die Hexen hätten ihn verzaubert und ganz besoffen im Kopf gemacht, und dann wären sie auf ihm durchs ganze Land geritten und hätten ihn schließlich wieder unter den Baum gesetzt und seinen Hut an den Ast gehängt, zum Zeichen, dass sie da gewesen wären. Und dann erzählte Jim, sie hätten ihn nach Süden geritten, bis nach New Orleans. Und jedes Mal, wenn er die Sache wieder erzählte, spann er 'n bisschen mehr dazu. Schließlich behauptete er, sie hätten sich von ihm über die ganze Welt schleppen lassen und ihn fast zu Tode gehetzt und sein Buckel wär mit Beulen übersät. Jim war schrecklich stolz darauf und wollt schließlich von den anderen Negern gar nichts mehr wissen. Aus der ganzen Umgebung kamen Neger, um Jim davon erzählen zu hören, und er war seitdem angesehener im Land als alle. Fremde Neger standen mit offenen Mäulern und starrten ihn an, grad als wenn er 'n Wunder gewesen wär. Neger schwatzen immer abends beim Feuer über

Hexen. Aber sooft einer von ihnen erzählte und tat, als würd er was von solchen Sachen verstehen, mischte sich Jim ein und sagte: »Na, was weißt denn du von Hexen?« Und der andere Neger konnte dann das Maul zumachen und Leine ziehen.

Jim trug auch das Fünfcentstück um den Hals und sagte, es wäre 'n Amulett, das der Teufel ihm gegeben hätte, und er hätt ihm gesagt, damit könnt er jeden kurieren und die Hexen herzaubern, sooft er sie brauchte, nur dadurch, dass er das Geldstück besprechen würde. Aber was er sprechen musste, das verriet er nie. Die Neger kamen von überall und gaben Jim alles, was sie hatten, nur um mal das Fünfcentstück sehen zu können. Aber sie hätten's um keinen Preis angerührt, weil der Teufel seine Hände dran gehabt hatte. Jim war so ziemlich verdorben zum Diener, er hatte keine Lust mehr dazu, weil er den Teufel gesehen hatte und von Hexen geritten worden war.

Na, als Tom und ich auf die Hügelspitze kamen, schauten wir auf die Stadt runter und konnten zwei oder drei Lichter sehen, wahrscheinlich bei kranken Leuten. Und die Sterne über uns glänzten schön; und da unten war der Fluss, 'ne ganze Meile breit, schrecklich still und großartig. Wir gingen den Hügel runter und trafen Joe Harper und Ben Rogers und noch zwei oder drei Burschen in dem alten Färberhof. Wir machten gleich 'nen Kahn los und ließen uns den Fluss runtertreiben, zwei und 'ne halbe Meile, und gingen dann an Land.

Wir krochen in ein dichtes Gebüsch, und Tom ließ jeden schwören, das Geheimnis zu bewahren, und zeigte ihnen dann 'ne Höhle im Berg, grad da, wo das Gebüsch am dichtesten war. Dann zündeten wir die Kerzen an und krochen auf allen vieren rein. Wir krochen mehr als zweihundert Meter, und dann erweiterte sich die Höhle. Tom suchte 'ne Zeit lang zwischen mehreren Gängen rum und duckte sich plötzlich unter 'ne Mauer, wo keiner 'n Loch vermutet haben würde. Wir gingen durch 'nen engen Gang und kamen in 'nen Raum, der ganz dunstig war und feucht und kalt, und da hielten wir an.

Tom sagte: »Nun wollen wir 'ne Räuberbande bilden und wollen sie Tom Sawyers Bande nennen. Jeder, der dazugehören will, muss 'nen Eid schwören und seinen Namen mit Blut schreiben.«

Jeder wollte. So zog Tom 'nen Fetzen Papier raus, auf den er den Eid geschrieben hatte, und las ihn vor. Jeder musste schwören, zur Bande zu halten und niemand die Geheimnisse zu verraten, und wenn einer aus der Bande 'nem anderen aus der Bande was zuleide tat, musste der ihn töten oder seine Familie musst es tun, und er durfte nicht essen und schlafen, bis er ihn getötet und 'n Kreuz in seine Brust geritzt hatte, was das Zeichen der Bande war. Und keiner, der nicht zur Bande gehörte, durfte das Zeichen machen; und wenn's doch wer tat, musste er von Rechts wegen verfolgt werden, und tat er's noch mal, wurd er getötet. Und wenn jemand aus der Bande die Geheimnisse verriet, musste ihm die Kehle durchschnitten und seine Leiche verbrannt und die Asche zerstreut und sein Name aus der Blutliste gestrichen werden, und nie wieder durfte er in der Bande genannt werden, und er war verflucht und vergessen für immer und ewiglich.

Alle sagten, es wäre 'n ganz famoser Eid, und fragten Tom, ob er sich den selbst ausgedacht hätte. Der sagte: Einiges, aber der Rest wär aus den Piraten- und Räuberbüchern und jede anständige Bande müsste die kennen.

Ein paar von uns meinten, es wär vielleicht gut, auch die

Familien von den Burschen, die schwatzen würden, zu töten. Tom sagte, das wär 'n prima Gedanke, nahm 'nen Bleistift und schrieb's dazu.

Dann sagte Ben Rogers: »Aber Huck Finn hat doch keine Familie, was wollt ihr mit dem machen?«

»Na, hat er denn nicht 'nen Vater?«, fragte Tom.

»Ja, er hat wohl 'nen Vater, aber den kann heute niemand mehr finden. Er lag doch immer, wenn er besoffen war, bei den Schweinen im Schuppen. Aber seit mehr als 'nem Jahr ist er in dieser Gegend nicht mehr gesehen worden.«

Sie sprachen noch mehr darüber und wollten mich rausschmeißen, weil sie sagten, jeder müsste 'ne Familie haben oder sonst jemand zum Töten, oder es würde nicht recht und billig für die andern sein. Na, niemand wusste, was in so 'nem Fall zu tun war, alle waren nachdenklich und saßen still rum. Ich hätte am liebsten geheult; aber plötzlich fiel mir'n Ausweg ein und ich schlug Miss Watson vor. Die könnten sie doch umbringen.

Alle sagten: »Ja, die tut's auch, die tut's auch! 's ist prächtig! Huck kann eintreten.«

Dann piekten sie sich alle mit 'ner Stecknadel in den Finger, um Blut zu kriegen, mit dem sie unterzeichnen konnten, und ich machte auch mein Zeichen aufs Papier.

»Na«, fragte Ben Rogers, »was hat denn die Bande eigentlich zu tun?«

»Nichts als rauben und morden muss sie«, sagte Tom Sawyer.

»Aber wen sollen wir berauben? Woll'n wir Vieh rauben – oder –«

»Unsinn! Vieh rauben und so 'n Zeug heißt nicht rauben, sondern einbrechen«, sagte Tom. »Wir sind keine Diebe! Das ist nichts für uns. Wir sind Wegelagerer. Wir halten Postkutschen und Reisewagen an, mit Masken vor, töten die Männer und nehmen ihnen Uhren und Geld fort.«

»Müssen wir die Leute immer töten?«

»Na gewiss! 's ist das Beste. 'n paar Fachleute denken anders drüber, aber meistens ist's das Beste, sie zu töten. Ausgenommen einige, die wir hierher in die Höhle bringen und festhalten, bis sie ausgelöst werden.«

»Auslösen? Was ist das?«

»Weiß nicht. Aber sie müssen's werden. Ich hab's in den Büchern gelesen; also müssen wir's so machen.«

»Aber wie können wir's tun, wenn wir nicht wissen, was es ist?«

»Ist ganz gleich, wir müssen's! Hab ich euch nicht gesagt, dass es in den Büchern so drinsteht? Wollt ihr irgendwas anders machen, als wie es in den Büchern steht, und alles durch'nanderschmeißen?«

»Ja, das hört sich alles sehr schön an, Tom; aber wie zum Teufel sollen wir die Kerls zwingen, sich auszulösen, wenn wir nicht wissen, wie sie's machen sollen? Das ist's, was ich dagegen zu sagen hab. Na, was meint ihr denn, was es ist?«

»Na, ich weiß nicht. Aber vielleicht, wenn wir sie festhalten sollen, bis sie ausgelöst werden, soll das heißen, bis sie tot sind.«

»Ja – vielleicht. Warum sagste das nicht gleich? Wir wollen sie festhalten, bis sie sich zu Tod ausgelöst haben. Aber 'ne lästige Bande werden sie doch sein. Sie werden uns alles wegfressen und immer versuchen durchzubrennen.«

»Was du immer redest, Ben Rogers! Wie können sie durchbrennen, wenn immer 'ne Wache dasteht, die sie totschießt, sobald sie nur 'nen Fuß rühren?«

»'ne Wache? Na, das ist gut! Dann müssen welche die ganze

Nacht aufsitzen und kriegen keinen Schlaf, nur um sie zu bewachen. Das ist der reine Blödsinn. Warum kann denn nicht einer 'ne Keule nehmen und sie auslösen, sobald sie hier sind?«

»Weil's nicht so in den Büchern steht – darum! Du, Ben Rogers, willst es so machen, wie's sich gehört, oder nicht, sag? Meinste nicht, die Leute die die Bücher geschrieben haben, wissen, wie's gemacht werden muss? Meinste, dass du denen was beibringen kannst? Sicher nicht! Nun, Herr Großmaul, wir wollen's doch lieber machen, wie's sich gehört.«

»Mir recht. Werd nicht dagegenreden; aber ich sag trotzdem, 's ist 'ne blöde Sache. – Sag, wollen wir die Weiber auch umbringen?«

»Na, Ben Rogers, wenn ich so dumm wär wie du, würd ich lieber gar nichts sagen! Die Frauen umbringen? So was hat noch nie in 'nem Buch gestanden. Man schleppt sie in die Höhle und ist immer höflich und ritterlich gegen sie. Und nach und nach verlieben sie sich in einen und wollen überhaupt nicht mehr fort.«

»Na, wenn's so ist, lass ich mir's gefallen. Aber da kommt doch eigentlich nichts bei raus. Da werden wir bald die Höhle so voll von Weibern haben und von Kerlen, die ausgelöst werden müssen, dass gar kein Platz mehr für die Räuber bleibt. Aber mach nur, ich hab ja nichts zu sagen.«

Der kleine Tommy Barnes war inzwischen eingeschlafen, und als sie ihn jetzt aufweckten, bekam er Angst und schrie und sagte, er wollt nach Hause gehen zu seiner Mama und nicht länger Räuber sein.

Sie machten sich alle über ihn lustig und nannten ihn 'nen Hosenscheißer, und das machte ihn wütend, und er sagte, er würd gehen und alle Geheimnisse verraten. Aber Tom gab ihm fünf Cent, damit er ruhig sein sollte, und sagte, wir sollten alle heimgehen und uns nächste Woche treffen, um 'n bisschen zu rauben und 'n paar Kerle totzumachen.

Ben Rogers sagte, er könnte nur sonntags von zu Haus weg, und verlangte, wir sollten nächsten Sonntag beginnen; aber alle sagten, es wär gottlos, an 'nem Sonntag anzufangen, und damit war die Sache abgemacht. Wir setzten einen Tag fest, an dem alle kommen konnten. Und dann wählten wir Tom Sawyer zum Hauptmann und Joe Harper zu seinem Stellvertreter, und dann gingen wir nach Haus.

Ich kletterte auf die Scheune und kroch durchs Fenster. Meine neuen Kleider waren ganz schmierig und voller Erde, und ich war hundemüde.

3. KAPITEL

Früh am nächsten Morgen ging alles gut mit Miss Watson und meinen Kleidern. Die Witwe machte, als sie, ohne zu zanken, den Schmutz und Dreck abkratzte, so 'n trauriges Gesicht, dass ich mir vornahm, ich würd mich, wenn ich's fertig brächte, 'ne Weile »anständig« benehmen. Dann schleppte mich Miss Watson in 'nen stillen Winkel und betete. Sie befahl mir, jeden Tag zu beten, und worum ich auch bitten würde, das bekäm ich dann. Ich probiert es. Aber es stimmte nicht. Ich hatte mal 'ne Angel gekriegt, aber keine Haken dazu. Drei- oder viermal versuchte ich, 'n Haken durch Beten zu kriegen; aber es wollte und wollte nicht klappen. Schließlich bat ich Miss Watson, es für mich zu versuchen, aber die sagte, ich wär

’n Idiot. Sie sagte mir aber niemals, warum, und ich konnt’s auch nicht rauskriegen.

Einmal setzte ich mich in den Wald und dachte lange drüber nach. Ich sagte mir, wenn einer was kriegen kann, wenn er drum betet, warum kriegt dann Deacon Winn nicht sein Geld wieder, das er verloren hat? Warum kriegt die Witwe nicht ihre silberne Schnupftabaksdose wieder, die ihr gestohlen worden ist? Warum kann dann Miss Watson nicht ’n bisschen Fett ansetzen? Nee, sagte ich mir da, ’s ist nichts daran an dem Ganzen.

Ich ging nach Hause und sagte das alles der Witwe, und die sagte, dass man nur »geistige Güter« durchs Beten bekommen würde. Das war zu hoch für mich, aber sie sagte mir auch, wie sie’s meinte. – Ich müsst anderen Leuten helfen und für sie tun, was ich nur könnte, und immer nur an sie denken und niemals an mich.

Ich ging wieder in den Wald und überlegte mir’s noch mal lange, aber ich konnte keinen Vorteil dabei sehen – außer für die anderen Leute. Und da nahm ich mir denn vor, mir nicht mehr den Kopf drüber zu zerbrechen.

Mein Alter hatte sich seit mehr als ’nem Jahr nicht mehr sehen lassen, und das war mir sehr angenehm. Ich wollt ihn nicht mehr sehen. Er hatte mich immer geprügelt, wenn er nüchtern war. Deshalb lief ich, wenn er sich hier in der Gegend herumtrieb, meistens in den Wald. Na, da sagten die Leute plötzlich, er wär ungefähr zwölf Meilen den Fluss rauf ersoffen aufgefunden worden. Wenigstens glaubten sie, dass er es wäre. Sie sagten, der Ertrunkene wär ganz von seiner Größe, zerlumpt und hätt ungewöhnlich langes Haar. Das alles passte auf den Alten. Aber das Gesicht konnten sie nicht erkennen, denn es war zu lange schon im Wasser gewesen, dass es gar nicht mehr so aus-

sah, wie 'n menschliches Gesicht. Sie zogen ihn raus und begruben ihn am Ufer.

Aber ich hatte nicht lange Ruh, die Sache kam mir faul vor. Bald hatt ich's raus, dass das nicht er war, sondern 'n Weib in Männerkleidern. Da wurde mir wieder unbehaglich.

'nen Monat lang spielten wir manchmal Räuber, dann mocht ich nicht mehr. Alle Jungens mochten nicht mehr. Wir hatten niemand beraubt, keinen umgebracht, sondern nur so getan. Wir waren aus dem Wald rausgestürzt auf Schweinetreiber und alte Weiber, die auf Karren ihr Zeugs zum Markt fuhren. Aber wir hatten niemals einen von denen ausgeplündert. Tom Sawyer nannte die Schweine »Goldbarren« und die Rüben und all das Zeug »Geschmeide«. Und dann gingen wir in die Höhle und prahlten damit, was wir getan und wie viele Leute wir umgebracht und gebrandmarkt hätten. Aber ich konnt den Zweck nicht einsehen.

Mal schickte Tom 'nen Jungen mit 'nem brennenden Stock durch den Ort, was er 'ne brennende Fackel nannte (das Zeichen für die Bande, sich zu versammeln), und dann sagte er, er hätte geheime Nachrichten von seinen Spionen bekommen, dass am nächsten Tag 'n ganzer Sack voll spanischer Kaufleute und reicher Araber in der Hollow-Höhle lagern würden, mit zweihundert Elefanten und sechshundert Kamelen und mehr als tausend Lasttieren, alle schwer mit Diamanten beladen, und sie würden 'ne Wache von vierhundert Soldaten haben, und wir wollten 'nen Hinterhalt legen, wie er's nannte, und die Kerle töten und die Sachen rauben. Er sagte, wir sollten unsere Schwerter und Flinten nehmen und uns bereithalten. Er konnte nicht hinter 'nem Rübenkarren herlaufen ohne Schwerter und Flinten; und dabei waren das doch nur Latten und Besenstiele, und man konnte sie polieren, bis man schwarz wurde; sie waren nicht für 'nen Cent wertvoller als vorher. Ich glaubte nicht, dass wir 'ne Herde Spanier und Araber verhauen könnten, aber ich wollt mal die Elefanten und Kamele sehen. Deshalb war ich am nächsten Tag, es war 'n Samstag, im Hinterhalt mit dabei. Und als der Befehl kam, rannten wir aus dem Wald und den Hügel runter. Aber da waren keine Spanier und Araber, da waren keine Kamele und Elefanten. Da war nur 'ne Sonntagsschulklasse, und nur die unterste obendrein. Wir trieben sie auseinander und auf die Höhle zu. Wir erwischten aber nichts weiter als ein paar Krapfen und Marmelade. Nur Ben Rogers kriegte 'ne Stoffpuppe und Joe Harper 'n Gesangbuch und 'n Traktätchen. Und dann kam der Lehrer und wir ließen alles fallen und hauten ab. Ich hatte keine Diamanten gesehen und sagte es Tom. Er sagte, es wäre 'ne ganze Ladung davon da und auch Araber und Elefanten und lauter Zeugs. Ich fragte, warum wir die denn nicht sehen könnten. Da sagte er, wenn ich nicht so dumm wär und das Buch »Don Quichotte« gelesen hätte, würd ich's wissen, ohne zu fragen. Er sagte, alles das wäre durch Zauberei geschehen. Es wären hunderte von Soldaten da und Elefanten und 'n Schatz und was nicht alles sonst noch, aber wir hätten Feinde, die er Zauberer nannte, und die hätten alles in 'ne Kinder-Sonntagsschule verwandelt. Ich sagte, dann sollten wir den Zauberern auf den Pelz rücken. Tom Sawyer sagte, ich wär 'n Rindvieh.

»Ein Zauberer«, sagte er, »kann 'nen Haufen Geister rufen, und die würden uns verprügeln wie nichts, eh wir uns richtig umgesehen haben. Die sind so stark wie 'n Baum und so groß wie 'ne Kirche.«

»Na«, sagte ich drauf, »ich schlag vor, wir holen uns 'n paar Geister, die uns helfen. Können wir dann die anderen haun?«

»Weiß nicht! Wie stellen die das denn an?«

»Sie reiben 'ne alte Zinnlampe oder 'nen eisernen Ring, und dann kommen die Geister an mit Donner und Blitz und dichtem Rauch; und alles, was ihnen gesagt wird, das tun sie dann. Die machen sich gar nichts draus, 'nen Pulverturm zu nehmen und den 'nem Sonntagsschullehrer über die Birne zu knallen.«

»Wer befiehlt denen denn, so rumzutoben?«

»Na, der die Lampe oder den Ring gerade reibt. Dem gehorchen sie, und sie haben nichts anderes zu tun, als was er ihnen befiehlt. Wenn er ihnen sagt, sie sollen 'nen Palast bauen, vierzig Meilen lang und aus Diamanten und ihn mit Kaugummi voll stopfen oder was du sonst willst, und die Tochter vom Kaiser von China rauben, damit du sie heiraten kannst, dann müssen sie's tun, und obendrein vor dem nächsten Sonnenaufgang. Und dann, musst du wissen, müssen sie den Palast übers ganze Land forttragen, wohin du grad willst.«

»Na«, sagte ich, »ist das 'ne Bande von Idioten, dass sie den Palast nicht für sich selber behalten!«

»Was du wieder quatschst, Huck Finn! Du müsstest kommen und tun, was sie wollen, wenn sie reiben, ob du willst oder nicht!«

»Was, wenn ich so stark wie 'n Baum wär und so groß wie 'ne Kirche? Na, meinetwegen, ich würd kommen, aber ich würd den Kerl auf den höchsten Baum, der im ganzen Land wär, klettern lassen.«

»Hol's der Teufel, Huck Finn. Es hat keinen Zweck, mit dir von so was zu reden! Scheint, du weißt nichts davon, bist 'n richtiger Saftkopp!«

Über all das dacht ich zwei oder drei Tage nach, und dann dacht ich, ich würd schon dahinterkommen, wenn was dran wär. Ich suchte mir 'ne alte Zinnlampe und 'nen eisernen Ring und lief in den Wald und rieb, bis ich schwitzte wie 'n Affe, um mir 'nen Palast bauen zu lassen und ihn dann zu verkaufen. Aber's half nichts, keiner von den Geistern kam. Schließlich dacht ich, 's wär alles Unsinn und nur eine von Tom Sawyers Schwindeleien. Es kam mir so vor, weil er an die Araber und Elefanten glaubte. Aber ich dacht anders darüber. Ich hatte die Sonntagsschulklasse zu deutlich gesehen.

4. KAPITEL

So ungefähr drei Monate vergingen und wir waren schon mitten im Winter drin. Die meiste Zeit war ich zur Schule gegangen und konnte schon 'n bisschen buchstabieren und lesen und schreiben und wusste das Einmaleins bis sechs mal sieben ist fünfunddreißig, und ich kann mir nicht vorstellen, dass ich jemals noch mehr wissen werde, auch wenn ich ewig leben würde. Aus Mathematik mach ich mir sowieso nichts.

Anfangs hasste ich die Schule, aber allmählich merkte ich, dass ich's aushalten könnte. Wenn ich mal die Nase voll hatte, spielte ich Blindekuh, und die Prügel, die ich dann am anderen Tag kriegte, bekamen mir gut und möbelten mich auf. Schließlich ging ich so gern zur Schule, wie ich's mir gar nicht hatte träumen lassen. Auch an die Art der Witwe gewöhnte ich mich und fand sie nicht mehr so schrecklich. In 'nem Haus zu wohnen und in 'nem Bett zu schlafen, das gibt 'nen hübschen Sinn für Sauberkeit. Aber bevor die kalte Jahreszeit kam, brannt ich manchmal durch und schlief im Wald, und das war für mich immer 'ne Erholung. Die alte Art war mir nun mal die liebste, aber schließlich gewöhnt ich mich auch an die neue – 'n kleines bisschen. Die Witwe sagte, ich »machte mich« langsam, aber sicher und würde mich ganz gut betragen. Sie sagte, sie brauchte sich wegen mir nicht mehr zu schämen.

Einmal schmiss ich beim Frühstück das Salzfass um. Ich kratzte 'nen Teil von dem Salz so schnell ich konnte zusammen, um's über meine linke Schulter zu werfen und Unglück abzuhalten. Aber Miss Watson ertappte mich und machte mich runter. Sie sagte:

»Hände weg, Huckleberry – was für einen Dreck du immer machst!«

Die Witwe legte ein gutes Wort für mich ein; aber das konnte das Unglück nicht aufhalten, das wusst ich zu gut. Ich lief nach dem Frühstück fort, ich fühlte mich bedrückt und traurig und zerbrach mir den Kopf, was mir wohl passieren und wie's ausgehen würde. Es gibt wohl verschiedene Arten, bösen Zauber abzuwenden. Aber hier wollte alles nicht passen. So blieb mir nichts andres übrig, als rumzustrolchen, trübsinnig und abwartend, was kommen würde.

Ich ging in den Garten und kletterte über den Zaun. 'n paar Zentimeter frisch gefallener Schnee bedeckten den Boden und darin sah ich Spuren. Es musste ein Kerl gewesen sein, der vom Steinbruch gekommen war, am Zaun 'ne Weile still gestanden hatte und dann um den Garten rumgegangen war. Es war seltsam, dass er den Garten nicht betreten hatte. Sehr merkwürdig. Ich wollte den Spuren nachgehen, aber ich bückte mich erst, um sie mir anzusehen. Zuerst bemerkte ich nichts, aber dann sah ich was! ’s war da ein Kreuz im linken Absatz, aus dicken Nägeln gemacht, um den Teufel abzuhalten.

Ich war im Nu auf und rannte den Hügel runter. Alle Augenblicke schaute ich über meine Schulter; aber ich konnte niemand sehen. Ich war so schnell beim Richter Thatcher, wie’s überhaupt möglich war. Er fragte:

»Na, Junge, du bist ganz außer Atem? Hast du was?«

»Nein, Sir«, sagte ich, »ist hier was für mich?«

»O ja«, sagte er, »die Zinsen von einem halben Jahr sind da, seit gestern Abend. Über hundertfünfzig Dollar. Ein Glück hast du! ’s ist besser, du lässt’s mich zu den sechstausend schlagen; denn wenn du’s hast, gibst du’s doch nur aus.«

»Nein, Herr«, sagte ich, »ich will’s gar nicht ausgeben. Ich will’s überhaupt nicht, auch die sechstausend nicht, gar nichts. Ich möchte Sie bitten, es zu behalten, ich möchte’s Ihnen schenken, die sechstausend und alles.«

Er schaute mich überrascht an; es schien, er verstand’s nicht. Dann fragte er:

»Na – was meinst du denn, Junge?«

Ich sagte: »Fragen Sie mich nicht. Sie werden’s behalten, nicht?«

»Wahrhaftig«, sagte er, »ich bin ganz verwirrt. Hast du irgendeinen Grund?«

»Bitte nehmen Sie’s«, sagte ich nochmals, »und fragen Sie mich nichts… möchte nicht gern lügen.«

Er dacht ’ne Weile nach, und dann sagte er:

»Oho! Ich glaube, ich verstehe. Du willst mir dein Eigentum anvertrauen, nicht schenken. Das ist es, was du meinst.«

Dann schrieb er was auf’n Stück Papier, las es noch mal durch und sagte: »Da – siehst du, da steht’s: Du hast’s mir anvertraut. Hier ist ein Dollar für dich. Nun unterzeichne.«

Ich unterzeichnete und rannte davon.

Jim, Miss Watsons Neger, hatte 'n Haarknäuel, so groß wie 'ne Faust, das er aus dem vierten Magen von 'nem Ochsen rausgeholt hatte, und das brauchte er zu allerhand Zauberei. Er sagte, es wär 'n Geist drin und der wüsst alles. So ging ich am Abend zu Jim und sagt ihm, der Alte wär wieder hier, denn ich hätt seine Spuren im Schnee gefunden. Ich wollte wissen, was er vorhatte und ob er hier bleiben würde. Jim zog das Knäuel raus, murmelte was, hielt's hoch und ließ es auf den Boden fallen. Es fiel ruhig und rollte dann 'nen Zoll weit. Jim versuchte's noch einmal und dann noch einmal und es war immer dasselbe. Da warf Jim sich auf die Knie und hielt sein Ohr dran, um zu horchen. Aber's half nichts. Er sagte, das Knäuel wollt nichts sagen. Dann wieder behauptete er, ohne Geld wird der Geist überhaupt nicht reden. Ich sagte ihm, ich hätt 'n falsches Vierteldollarstück, das nicht mehr gut wär, weil das Messing schon 'n bisschen durch das Silber schimmern würde. Außerdem wär's schlecht und schmierig. (Ich dachte, es wär besser, nichts von dem Dollar zu sagen, den der Richter mir gegeben hatte.) Es wär wohl ein ziemlich schlechtes Geldstück, sagte ich, aber's könnte doch sein, dass das Knäuel es nehmen würde, weil es ja denken müsste, es wär echt. Jim roch dran und biss drauf rum und rieb es und sagte dann, er würde es so anstellen, dass das Knäuel glauben müsste, 's wär echt. Er sagte, er wollte 'ne rohe Kartoffel aufschneiden und das Geldstück da reinstecken und's die ganze Nacht drinlassen, und dann könnt man am anderen Morgen kein Messing mehr sehen; 's würd auch nicht mehr schmierig sein, und jeder in der Stadt würd's dann nehmen.

Na, dass 'ne Kartoffel das tun würde, hatte ich vorher auch gewusst; aber ich hatte im Augenblick grad nicht dran gedacht.

Jim legte den Vierteldollar unter das Knäuel, bückte sich und horchte wieder. Diesmal, sagte er, wär mit dem Knäuel alles in Ordnung. Er sagte, es könnt mir mein ganzes Schicksal erzählen, wenn ich's hören wollte. Ich sagte natürlich ja.

Da sprach das Knäuel mit Jim und Jim mit mir. Er sagte:

»Dein Alter weiß selber noch nicht, was er will. Mal will er gehen, und dann will er wieder bleiben. Am besten lässte ihn seine Wege gehen.

Zwei Engel immer fliegen um ihn rum, der eine weiß und glänzend, der andere schwarz. Der weiße sagt ihm, für 'ne Weile 's Rechte zu tun, und der schwarze kommt und wirft alles wieder übern Haufen. Keiner kann sagen, wer von den beiden gewinnt. Bei dir ist alles in Ordnung. Du wirst haben im Leben 'n Haufen Plackerei und dann 'ne mächt'ge Freude. Mal wirste dich verletzen und dann wirste krank; aber alles wird wieder gut. Da sind noch zwei Mädchen um dich, das eine ist hell, das andre dunkel, das eine reich, das andre arm. Die Arme wirste heiraten zuerst, dann die Reiche. Dann sollste dich so weit wie möglich vom Wasser halten. Und dann sollste vorsichtig sein, denn es steht ganz fest, dass du sonst gehängt wirst.«

Als ich meine Kerze anmachte und in mein Zimmer raufstieg, saß mein Alter da in Lebensgröße!

5. KAPITEL

Ich hatte die Tür zugemacht. Dann drehte ich mich um – und da war er! Ich hatte so ’ne Angst vor ihm, weil er mich so oft vertrimmt hatte. Ich glaube, ich war für ’n Moment wieder erschreckt; aber dann sah ich, dass kein Grund dazu war, dass ich nicht geprügelt wurde.

Er war fast fünfzig, und er sah auch danach aus. Sein Haar war lang und wirr, und schmierig hing’s runter, und seine Augen schauten dazwischen hervor, als wenn er zwischen Weinranken gesessen hätte. Es war ganz schwarz, nicht grau; genau so war auch sein langer, struppiger Bart. Er hatte nicht ’n bisschen Farbe im Gesicht, wo man’s überhaupt sehen konnte; er war ganz weiß, nicht gewöhnlich weiß, sondern weiß, dass einem übel werden konnte, dass einem ’ne Gänsehaut überlief, weiß wie ’ne Baumkröte oder wie ’n Fischbauch. Seine Kleider waren nichts als Lumpen. Er hatte ein Bein übers andre gelegt. Der Stiefel an dem einen Fuß war zerrissen – zwei Zehen kuckten raus – und er bewegte ihn ab und zu. Sein Hut lag am Boden. Es war ’n alter schwarzer Schlapphut mit ’nem zerbeulten Kopf.

Ich stand da und kuckte ihn an; er saß da und kuckte mich an, mit dem Stuhl ’n bisschen nach hinten gekippt. Ich stellte die Kerze hin. Ich bemerkte, dass das Fenster auf war. Also war er von der Scheune aus reingeklettert. Eine Weile musterte er mich von Kopf bis Fuß. Dann sagte er:

»Piekfeine Kleider, was? Glaube, du bist ’n ziemlich aufgeblasener Kerl geworden.«

»Kann sein, dass ich einer bin – kann auch nicht sein.«

»Gib mir nicht so 'ne Antwort, Kerl«, sagte er. »Scheinst dir 'ne Menge Flausen in 'n Kopf gesetzt zu haben, seit ich fort bin. Scheinst ja 'ne feine Erziehung gehabt zu haben, kannst lesen und schreiben. Denkst, bist jetzt mehr als dein Vater, weil der's nicht kann. Stimmt's? Werd ich dir schon austreiben. Wer hat dir denn überhaupt gesagt, dass du dich mit so 'nem Blödsinn abgeben sollst – he?«

»Die Witwe.«

»Die Witwe, so? Und wer hat's der Witwe erlaubt, ihre Nase in Sachen zu stecken, die sie 'nen Dreck angehen, was?«

»Keiner hat's ihr erlaubt.«

»Na, der werd ich's beibringen, sich einzumischen. Pass auf. Mit der Schule ist's aus, verstanden? Will den Leuten zeigen, was es heißt, 'nen Bengel dazu zu bringen, auf den eignen Vater runterzusehen und was Bessres werden zu wollen, als der ist! Lass mich dich noch einmal bei der Schule erwischen! Deine Mutter konnt nicht schreiben und nicht lesen, bis sie gestorben ist. Keiner von deiner Familie konnt's. Ich kann's nicht. Bin nicht der Mann, mir das gefallen zu lassen, sag ich dir. Und jetzt lies mal!«

Ich nahm ein Buch und fing an, was über George Washington und den Krieg zu lesen. Nach 'ner haben Minute schlug er mir das Buch aus der Hand und schmiss es dann zum Fenster raus.

»'s stimmt«, sagte er, »du kannst lesen. Ich hab's nicht glauben wollen, als du's mir erzählt hast. Nu pass auf: Du hörst jetzt mit dem Firlefanz auf. Ich will das nicht. Lass dir das ein für alle Mal gesagt sein, mein Süßer. Und erwisch ich dich bei der Schule, dann kannst du dich freuen. Hab nie so 'nen Sohn gesehen.«

Er nahm 'n buntes Bildchen mit 'n paar Kühen und 'nem Jungen drauf und fragte:

»Was ist das?«

»Das haben sie mir für gutes Lernen gegeben.«

Er zerriss es und sagte:

»Will dir was Bessres geben. 'ne Tracht Prügel.« Er murmelte und grunzte noch 'ne Weile, und dann sagte er:

»Bist ein pomadiges Bürschchen, he? Hast 'n Bett und Bettzeug und 'nen Spiegel und 'n Stück von 'nem Teppich auf dem Boden. Und dein Vater geht mit den Schweinen schlafen! Hab nie so 'nen Sohn gesehen. Ich wette, dass ich dir 'n paar Flausen austreiben werde. Das ist ja noch nicht alles. Reich sollste auch noch sein – wie steht's damit?«

»Die Leute lügen.«

»Schau, schau, wie du mit mir sprichst! – Erzähl mir keine Märchen. Ich bin zwei Tage in der Stadt gewesen und hab nichts andres gehört, als dass du reich bist. Hab auch schon flussabwärts davon gehört. Darum bin ich ja gekommen. Morgen wirst du mir das Geld geben, ich will's haben.«

»Ich hab kein Geld.«

»Du lügst. Richter Thatcher hat's. Du wirst es holen. Ich will es.«

»Ich sag dir doch, ich hab kein Geld! Frag Richter Thatcher, der wir dir's selber sagen.«

»Na gut, ich werd ihn fragen. Und werd ihn noch obendrein blechen lassen. Sag – wie viel hast du da in der Tasche? Her damit.«

»Nur 'nen Dollar, und den brauch ich für…«

»Ist mir egal, wofür du 'n brauchst. Her mit dem Geld!«

Er nahm ihn und biss drauf, um zu sehen, ob er echt war, und dann sagte er, er wollte runter in die Stadt, um Whisky zu kaufen; er sagte, er hätte den ganzen Tag noch nichts getrunken. Als er schon auf dem Scheunendach war, kam er noch mal zurück und steckte den Kopf zum Fenster rein und befahl mir, von der Schule fortzubleiben, und sagte, er würd schon auf mich aufpassen und mich krummhauen, wenn ich den Unsinn nicht sein lassen würde.

Am nächsten Tag war er betrunken, ging zu Richter Thatcher, wollte ihn einschüchtern und versuchte, das Geld rauszukriegen. Aber er kriegte's nicht, und da schwor er, er würde ihm 'nen Prozess anhängen. Richter Thatcher und die Witwe gingen zum Gericht, um mich von dem Alten loszukriegen.

Aber's war ein neuer Richter da, der grad erst gekommen war und der den Alten noch nicht kannte. Der sagte, 's wär nicht richtig, wenn das Gericht einschreiten und Familien auseinander bringen würde, wenn's nicht sein müsste. Er sagte, er hätt noch nie 'n Kind von seinem Vater weggenommen. Da mussten Richter Thatcher und die Witwe auf die Sache verzichten.

Darüber freute der Alte sich, bis er sich nicht mehr zu lassen wusste. Er sagte, er würd mich prügeln, bis ich schwarz und blau wär, wenn ich nicht 'n paar Dollar für ihn auftreiben könnte. Da borgte ich drei Dollar von Richter Thatcher, und der Alte ging und besoff sich und trieb sich dann schimpfend und schreiend rum. Und er strolchte durch die ganze Stadt und machte mit 'ner Pfanne Spektakel bis fast um Mitternacht. Dann wurde er erwischt und am nächsten Tag vor Gericht gebracht und für 'ne Woche eingesperrt.

Aber er sagte, er wär ganz zufrieden, sagte, er wär doch noch Herr über seinen Sohn und er würde es schon richtig machen.

Als er rauskam, sagte der neue Richter, er wollte 'nen Menschen aus ihm machen.

Und er nahm ihn in sein Haus, zog ihn anständig und sauber an und ließ ihn an seinem Frühstück, seinem Mittag- und Abendessen teilnehmen und war sozusagen wie 'n Vater zu ihm. Nach dem Abendessen sprach er zu ihm über Enthaltsamkeit und solche Dinge, bis der Alte heulte und sagte, er wär'n Spitzbube gewesen und würd's sein Leben lang geblieben sein. Aber jetzt würd er 'n neues Blatt aufschlagen und 'n Kerl sein, wegen dem sich niemand zu schämen brauchte, und er hoffte, der Richter würd ihm helfen und nicht auf ihn runtersehn. Der Richter sagte, er würd ihn am liebsten für die Worte umarmen. Und dann fing er auch an zu heulen, und dann heulte auch seine Frau. Der Alte sagte, er wär bisher immer missverstanden worden, und der Richter sagte, er glaubt's. Der Alte sagte, was 'n runtergekommener Mann brauchte, war Sympathie. Und der Richter sagte, 's wär so. Dann heulten sie wieder. Und wie's dann Zeit zum Zubettgehen war, stand der Alte auf und hielt seine Hand hin und sagte:

»Passt auf, Ladies und Gentlemen; nehmt sie und schüttelt sie. 's ist 'ne Hand, die bisher die Hand von 'nem Schwein war. Aber jetzt ist alles anders. 's ist jetzt die Hand von 'nem Mann, der 'n neues Leben anfangen und der lieber sterben will, als zu dem alten zurückzukehren. Hört auf die Worte – vergesst nicht, dass ich sie gesprochen hab. 's ist jetzt 'ne saubere Hand; schüttelt sie – braucht keine Angst nicht zu haben.«

Sie nahmen sie und schüttelten sie, einer nach dem andern, und heulten dazu. Die Frau vom Richter küsste sie. Darauf führten sie den Alten in ein wundervolles Zimmer. In der Nacht wurde er aber furchtbar durstig, kletterte aufs Dach von der

Vorhalle, rutschte 'nen Pfosten runter und verscherbelte seinen neuen Rock für 'nen Krug Vierzigprozentigen. Dann kletterte er wieder rauf und machte sich 'ne fidele Nacht. Und gegen Morgen krabbelte er noch mal raus, voll wie 'ne Haubitze, rollte vom Vorhallendach runter, brach sich den linken Arm zweimal und war fast erfroren, als ihn einer nach Sonnenaufgang fand.

Der Richter war verteufelt trübsinnig hinterher. Er sagte, seiner Meinung nach könnt man den Alten nur mit dem Schießgewehr kurieren. 'nen anderen Weg wüsst er nicht.

6. KAPITEL

Danach war der Alte wieder auf den Beinen und lief zum Gericht, um Richter Thatcher zur Herausgabe des Geldes zu zwingen, und dann kam er zu mir, um aufzupassen, dass ich nicht in die Schule ging. Er prügelte mich 'n paar Mal; aber ich ging doch zur Schule, gebrauchte Ausreden und entwischte ihm. Ich war vorher nicht gerade sehr gern zur Schule gegangen, aber jetzt wollte ich's tun, um meinen Alten zu ärgern. Die richterliche Untersuchung ging verdammt langsam voran. Es sah so aus, als würden sich die Gerichtsleute niemals ernstlich dranmachen. So musst ich immer wieder mal 'n paar Dollars für den Alten vom Richter holen, damit er mich nicht prügelte. Jedes Mal, wenn er Geld bekommen hatte, war er besoffen, und wenn er besoffen war, machte er 'nen Heidenkrach in der Stadt, und immer, wenn er 'nen Heidenkrach machte, wurde er eingesperrt. Er war aber ganz vergnügt dabei.

Schließlich wurde er der Witwe zu lästig, und sie sagte ihm, wenn er nicht aufhörte, um ihr Haus rumzulungern, würd sie ihm die Hölle heiß machen. Er sagte, er würd ihr schon zeigen, wer über Huck Finn was zu sagen hätte. Dann lauerte er mir eines Tages auf, erwischte mich und schleppte mich in 'nem Boot ungefähr drei Meilen stromaufwärts und landete am Illinois-Ufer, wo dichter Wald war und gar keine Häuser, sondern nur 'ne alte Blockhütte an 'ner Stelle, wo der Wald so dicht war, dass man sie nicht finden konnte, wenn man nicht wusste, wo sie war.

Er war immer um mich, und ich konnt nicht weglaufen. Wir wohnten in der alten Hütte, und er schloss abends die Tür zu und legte den Schlüssel unter seinen Kopf. Er hatte 'ne Flinte, die er wahrscheinlich gestohlen hatte, und wir fischten und jagten – und davon ernährten wir uns. Alle Augenblicke sperrte er mich ein und ging drei Meilen weit zur Fähre, tauschte Fische und Wild für Whisky ein, brachte das Zeug nach Hause, besoff sich und ließ sich's wohl sein und prügelte mich. Schließlich kam die Witwe dahinter, wo ich war, und schickte 'nen Mann rüber, der versuchen sollte, mich mitzunehmen. Aber der Alte jagte ihn mit der Flinte davon. Und es dauerte nicht lange, da hatt ich mich an alles gewöhnt, und, ausgenommen die Prügel, gefiel's mir hier ganz gut.

Ich war faul und fidel, lag den ganzen Tag rauchend und fischend rum und hatte keine Bücher und brauchte auch nicht zu lernen. Zwei Monate oder mehr vergingen und meine Kleider verwandelten sich in dreckige Lumpen. Ich konnte mir gar nicht mehr vorstellen, warum mir's bei der Witwe gefallen hatte, wo man sich waschen musste und von 'nem Teller essen und sich kämmen und regelmäßig aufstehen und ins Bett gehen und immer überm Buch gebückt sitzen musste und wo die alte Miss Watson immer auf einem rumhackte. Ich wollte nie wieder zurückgehen. Ich hatte aufgehört, 'n widerborstiger Kerl zu sein, weil die Witwe das nicht leiden konnte. Jetzt fing ich aber wieder damit an, weil mein Alter nichts dagegen hatte. Alles in allem war's ganz schön im Wald.

Aber mit der Zeit nahm der Alte die Haselnussgerte zu häufig. Ich war über und über mit Striemen bedeckt. Er ging auch zu oft fort und sperrte mich ein. Mal hatte er mich für drei Tage eingesperrt. 's war schrecklich einsam. Ich dachte, er wäre ersoffen und ich würd nie wieder rauskommen. Ich war erschrocken und überlegte, wie ich ausbrechen könnte. Ich hätt's schon oft versucht, aber ich hatte nie 'nen Weg gefunden. 's war kein Fenster da, das groß genug war, um 'nen Hund durchzulassen. Durch den Kamin konnt ich auch nicht. Der war zu schmal. Die Tür war aus dicken Eichenbalken gemacht. Der Alte war verteufelt drauf aus, dass kein Messer oder was Ähnliches liegen blieb, wenn er fort war. Er hatte vorher sicher hundertmal alles gefilzt. Trotzdem suchte ich immer wieder, weil's die einzige Art war, die Zeit totzuschlagen. Diesmal fand ich schließlich doch was: 'ne alte verrostete Handsäge ohne Griff. Ich machte mich gleich an die Arbeit. Da war 'ne alte Pferdedecke an die Wand genagelt, am äußersten Ende der Hütte hinterm Tisch, damit der Wind nicht durch die Ritzen pfeifen und das Licht nicht ausblasen konnte. Ich kroch unter den Tisch, hob die Pferdedecke hoch und fing an, 'n Stück aus dem untersten Stamm rauszusägen, groß genug, dass ich durchschlüpfen konnte. Na, 's war 'ne ganz schöne Arbeit, und als ich fast fertig war, da hörte ich die Büchse von dem Alten im Wald knallen. Ich beseitigte schnell alle Spuren meiner Arbeit, ließ die Decke wieder runter und versteckte die Säge, und bald darauf kam der Alte auch schon rein.

Er war, wie immer, nicht gut gelaunt. Er sagte, er wär unten im Städtchen gewesen, und alles ging da schief. Sein Anwalt sagte, er glaubte, dass er seinen Prozess gewinnen und das Geld kriegen würde, wenn die auf dem Gericht endlich mal anfangen wollten. Aber es gäb Mittel und Wege, die Sache auf die lange Bank zu schieben, und der Richter Thatcher wüsste, wie man so was macht. Und die Leute sagten, 's wär da noch ein anderer Prozess im Gang, um mich von ihm wegzunehmen und mir die Witwe als Vormund zu geben, und sie meinten, diesmal würden sie durchkommen. Das jagte mir 'nen tüchtigen Schrecken ein, denn ich hatte gar keine Lust, jemals wieder zur Witwe zurückzugehen und eingezwängt und »zivilisiert« zu werden, wie sie es nannte. Darauf fing der Alte an zu fluchen und fluchte auf alle, die er kannte, und dann verfluchte er sie alle noch mal, um sicher zu sein, dass er auch keinen ausgelassen hatte. Dann bedachte er sie mit 'nem allgemeinen Fluch, der 'nen guten Teil von den Ortsbewohnern einschloss, von denen er nicht mal die Namen wusste.

Er sagte, er würd gern sehen, wie die Witwe es anstellen wollte, dass sie mich kriegte. Er sagte, er würd schon aufpassen, und wenn sie versuchen sollte, ihn für dumm zu verkaufen, dann wüsst er 'nen Ort, mehr als sieben Meilen weit weg, wo er mich verstecken könnte. Und dann könnten sie suchen, bis sie schwarz würden, und sie würden mich doch nicht finden. Da fühlt ich mich nun wieder ziemlich unbehaglich, aber nur für 'ne Minute. Ich dachte mir, dass ich nicht mehr da sein würde, wenn er das wahr machen wollte.

Der Alte befahl mir, zum Boot zu gehen und Sachen zu holen, die er mitgebracht hatte. Da war 'n halber Zentner Maismehl, 'ne Speckseite, Munition, 'n Vier-Gallonen-Krug Whisky, und dann war da noch 'n altes Buch und zwei Zeitungen, um Ladepfropfen daraus zu machen, und 'n Stück Tau.

Ich lud mir was auf, bracht's zur Hütte, ging zurück und setzte mich in den Bug des Boots. Ich ließ mir alles durch den Kopf gehen und beschloss dann, mit dem Gewehr und 'n paar Angelschnüren durch den Wald abzuhauen. Ich wollte nirgendwo lange bleiben, sondern immer weiterlaufen, quer durchs Land, hauptsächlich in der Nacht. Und dann wollt ich jagen und fischen, um mich am Leben zu halten, und so weit wegkommen, dass weder der Alte noch die Witwe mich jemals wieder finden konnten. Ich nahm mir vor, die Nacht noch auszureißen, wenn der Alte besoffen genug sein würde. Dass er sich besaufen würde, stand für mich fest. Ich war so in Gedanken, dass ich nicht daran dachte, wie lang ich schon hier saß, bis der Alte nach mir rief und mich fragte, ob ich eingeschlafen oder ersoffen wär.

Ich schleppte alle Sachen in die Hütte, und als ich damit fertig war, war's beinah duster. Während ich das Abendessen kochte, nahm der Alte 'n paar tüchtige Schlucke. Das wärmte ihn 'n bisschen auf. Er hatte schon in der Stadt rumgesoffen und die ganze Nacht in der Gosse gelegen, und jetzt sah er wirklich traurig aus. Man hätt denken können, er wär' Adam, weil er wie 'n Klumpen Erde aussah.

Immer, wenn er besoffen war, fing er an, auf die Regierung zu schimpfen. Diesmal sagte er:

»Nennste das 'ne Regierung? Kuckse dir doch nur mal an! Das Gesetz ist dazu da, 'nem Mann den Sohn wegzunehmen, den eigenen Sohn, wegen dem er so viele Mühe, so viel Angst ausgestanden und all die Ausgaben gehabt hat, die nötig waren, um ihn großzuziehen. Und wenn er dann endlich den Sohn großgekriegt hat, dass der 'n bisschen für ihn sorgen und ihm 'n

ruhiges Alter bereiten kann, dann kommt das Gesetz und will ihn einem wegnehmen. Und das nennt sich nu Regierung! Aber das ist ja noch nicht alles. Das Gesetz steift dem Richter Thatcher das Kreuz und hilft ihm, mich aus meinem Eigentum rauszuhalten. Das tut das Gesetz! Das Gesetz nimmt 'nem alten Mann sechstausend und noch mehr Dollars und drängt ihn in so 'n altes Loch von Hütte und lässt ihn in Kleidern rumlaufen, die noch nicht mal für 'n Schwein gut genug sind. Unter so 'ner Regierung kann ein Mann doch nie sein Recht nicht kriegen. Manchmal hab ich gute Lust, diesem verdammten Land den Rücken zu kehren, ein für alle Mal. Ja, und all das hab ich ihnen auch gesagt, hab's diesem Richter Thatcher ins Gesicht gesagt. Alle haben's gehört und alle können's bezeugen. Hab ihnen gesagt, wenn mir einer 'n paar Cents gibt, würd ich das verdammte Land verlassen und nie mehr zurückkommen. Das hab ich gesagt. Da, hab ich gesagt, kuckt euch meinen Hut an, wenn man das Ding noch 'nen Hut nennen kann, wo die Krempe in Fetzen runterhängt. Seht euch das Ding an, hab ich gesagt, ist das 'n Hut für einen der reichsten Leute von der Stadt?

Ja, das ist 'ne prächtige Regierung, wirklich prächtig. Pass mal auf. Da war 'n freigelassener Neger, von Ohio, 'n Mulatte, fast so weiß wie 'n Weißer. Der trug das weißeste Hemd, das du dir denken kannst, und dazu noch den glänzendsten Zylinder. Und 's gibt keinen nicht in der ganzen Stadt, der so feine Kleider hat wie er. Und 'ne goldene Uhr mit Kette hat er, und 'nen Stock mit 'nem silbernen Knopf dran... Und was denkste? Sie sagten, er wär 'n Professor und könnt sogar wählen, da, wo er zu Haus ist. Na, das hat mir den Rest gegeben. Ich denke, wohin geht's nur mit diesem Staat, denk ich. 's war Wahltag und ich wollte grad wählen. Aber als ich gehört hab, dass es 'nen Staat in Amerika gibt, wo sie die Neger wählen lassen, da bin ich raus. Ich will nie wieder wählen, sag ich, solang wie ich leb nicht. Und dann hättste den Benimm von dem Neger sehen sollen. Hätt ich dem nicht gezeigt, wo der Hase läuft, hätt der mir nicht freie Bahn gemacht. Ich sag zu den Leuten, warum wird der Neger nicht auf die Auktion gegeben und versteigert, sag ich, das möchte ich gern mal wissen. Und was denkste, was die gesagt haben? Da habense gesagt, er könnt nicht verkauft werden, wenn er noch nicht sechs Monate im Staat leben würde, und so weit wär noch nicht. Und das nennt sich nu 'ne Regierung, die noch nicht mal 'nen freigelassenen Neger verkaufen kann, wenn er nicht sechs Monate im Staat lebt...«

Und in der Tour ging's weiter, und weil er nicht aufpasste, wohin seine alten Beine ihn trugen, fiel er, kladderadatsch, über das Fass mit dem gesalzenen Schweinefleisch und schlug sich beide Schienbeine auf. Der Rest von seinem Gequatsche war dann nur noch 'ne einzige Schimpferei auf die Neger und die Regierung und ab und zu auch mal auf das Fass. Er hüpfte in der Hütte rum, erst auf einem Bein und dann auf dem anderen, hielt mal das eine, mal das andere Schienbein fest. Und plötzlich holt er mit dem linken Fuß aus und verpasst dem Fass 'nen ordentlichen Tritt. Aber das war 'n Fehler von ihm, denn am linken Fuß trug er ja den Schuh, wo vorn 'n paar Zehen rauskuckten. Da fing er 'n Geheul an, dass einem die Haare zu Berg stehen konnten, warf sich auf den Boden, rollte sich rum und hielt sich dabei die Zehen.

Nach dem Abendessen nahm er den Krug und sagte, da wär genug Whisky drin, um sich zweimal zu besaufen und 's Delirium tremens noch dazu zu kriegen. Das sagte er immer. Ich rechnete mir aus, dass er in höchstens einer Stunde sternhagelvoll sein würde, und dann wollt ich entweder den Schlüssel klauen oder das Loch fertig sägen. Er soff und soff, und nach 'ner Weile taumelte er auf sein Bett. Aber ich hatte kein Glück. Er fing nicht richtig an zu schlafen, sondern warf sich von einer Seite auf die andere und grunzte und stöhnte dabei. Schließlich wurde ich so schläfrig, dass ich die Augen nicht mehr offen halten konnte. Und eh ich wusste, was los war, schlief ich tief. Und die Kerze brannte weiter.

Ich weiß nicht, wie lang ich geschlafen hatte. Aber plötzlich gab's 'nen furchtbaren Schrei und ich war hellwach. Da stand der Alte, kuckte wild und sprang die Kreuz und Quer und schrie was von Schlangen. Er sagte, sie würden ihm die Beine hochklettern. Und dann sprang er wieder und schrie und sagte, eine hätte ihn in die Backe gebissen. Aber ich konnte keine Schlange nicht sehen.

Er fing wieder an in der Stube rumzurennen und heulte:

»Nimmse weg, nimmse weg! Sie beißt mich in den Hals!«

Nie hatte ich 'nen Menschen so wild die Augen rollen sehn. Schließlich wurde er schlapp und fiel hin und japste, rollte sich, trat nach allem, was ihm vor die Füße kam, und schlug und grapschte in der Luft rum und schrie, da wären Teufel, die ihm an den Kragen wollten. Mit der Zeit wurde er ruhiger und stöhnte nur noch. Dann hörte auch das auf, und ich konnte die Eulen und Wölfe aus dem Wald hören. Es war schrecklich still. Allmählich richtete sich der Alte halb auf und lauschte. Den Kopf hatte er zur Seite geneigt. Er sagte sehr leise:

»Trap, trap, trap. Das ist der Tod... trap, trap, trap. Sie kommen und wollen mich holen. Aber ich will nicht weg... die sind kalt! Lasst doch... lasst doch 'nen armen Teufel in Ruh!«

Dann kroch er auf allen vieren rum und bettelte, sie sollten ihn doch in Frieden lassen. Und dann rollte er sich in 'ne Decke und wälzte sich unter den alten Tisch aus Kiefernholz und bettelte immer noch. Schließlich fing er zu heulen an.

Nach 'ner Weile krabbelte er wieder vor und sprang auf. Er blickte wild um sich. Er sah mich, kam auf mich zu und jagte mich in der Hütte rum, in der Hand 'n Klappmesser, nannte mich »Engel des Todes« und sagte, er würde mich umbringen, und dann könnte ich ihm nichts mehr tun. Ich bat ihn und sagte, ich wär doch nur Huck. Aber da brach er in schrilles Gelächter aus und röhrte und jagte immer weiter hinter mir her. Als ich mich mal kurz umdrehte und unter seinem Arm wegschlüpfen wollte, kriege er mich am Jackenkragen zu fassen. Ich dachte, es wär um mich geschehen. Schnell wie der Blitz schlüpfte ich aus der Jacke und brachte mich in Sicherheit.

Bald war er müd geworden und fiel hin, mit seinem Rücken gegen die Tür. Er sagte, er würde nur 'ne Minute ausruhen und mich dann umbringen. Sein Messer legte er unter sich und sagte, er wolle jetzt schlafen, um wieder stark zu werden. Und dann würd ich ja schon sehen, wo der Hase lief.

So döste er bald hinüber. Nach 'ner Weile stieg ich auf den alten Stuhl mit dem zerbrochenen Sitz, so leis wie ich nur konnte, und nahm die Flinte runter von der Wand. Ich stieß den Ladestock rein, um festzustellen, ob sie geladen war, und legte sie quer über meine Beine, die Mündung nach dem Alten gerichtet, und wartete darauf, dass er sich bewegte.

Wie langsam die Zeit doch weiterschlich!

7. KAPITEL

Steh auf! Was machste denn überhaupt?«

Ich machte die Augen auf, kuckte um mich und versuchte rauszukriegen, wo ich war. Es war schon nach Sonnenaufgang, ich hatte also fest geschlafen. Der Alte stand über mir und sah mürrisch und hundeelend aus.

»Was wolltste mit der Flinte?«

Ich nahm an, dass er jetzt nicht mehr wusste, was er in der Nacht angestellt hatte. Und so sagte ich:

»Da wollte einer rein, und da hab ich mich auf die Lauer gelegt.«

»Warum haste denn mich nicht geweckt?«

»Ich hab's ja versucht, aber 's ging nicht. Ich konnte dich nicht wach kriegen.«

»Na, ist gut. Steh nicht die ganze Zeit rum, und quatsch keine Opern. Raus mit dir, und kuck nach, ob keine Fische an den Schnüren hängen. Ich komme gleich hinterher.«

Er schloss die Tür auf, und ich machte, dass ich zum Ufer kam. Ich sah 'n paar Holzstücke und Rindenstücke den Fluss runtertreiben. Da wusste ich, dass der Fluss angefangen hatte zu steigen. Wenn ich jetzt in der Stadt gewesen wär, hätt ich 'ne feine Zeit gehabt. Die Juni-Überschwemmung hatte immer Abwechslung für mich gebracht. Da wurde dann Klafterholz runtergetrieben und Stücke von langen Flößen, manchmal sogar 'n Dutzend Klötze auf einmal. Bei so 'ner Gelegenheit brauchte man sie nur rauszufischen und sie an die Holzplätze und Sägemühlen zu verkaufen.

Ich ging langsam am Ufer entlang, hielt mit einem Auge Ausschau nach dem Alten, und mit dem anderen passte ich auf, was der Fluss wohl runterbrachte. Na, da kam doch plötzlich 'n Kanu angeschwommen, 'n herrliches Kanu, ungefähr dreizehn oder vierzehn Fuß lang, prächtig auf dem Wasser wie 'ne Ente. Kopfüber sprang ich in den Fluss, wie 'n Frosch, mit Kleidern und allem am Leib, und schwamm rüber. Ich hatte erwartet, dass da einer drinliegt; denn manche machen so was, um einen an der Nase rumzuführen. Aber diesmal war's nicht so. 's war 'n herrenloses Kanu und ich kletterte rein und steuerte es ans Ufer. Ich denke, der Alte wird froh sein, wenn er's sieht. 's war mindestens seine zehn Dollar wert. Aber als ich am Ufer ankam, war der Alte nirgends zu sehen. Und als ich den Kahn unter überhängendem wildem Wein und Weiden durchsteuerte, kam mir 'n andrer Gedanke. Ich dachte: Versteck's doch, und anstatt in die Wälder abzuhauen, kannste dann mit dem Kahn fünfzig Meilen den Fluss runterfahren und dann irgendwo lagern und brauchst nicht so ekelhaft weit zu latschen.

Ich war ziemlich nah an der Hütte, und immer dacht ich, der Alte würde kommen. Aber ich konnte das Kanu doch verstecken. Dann sprang ich raus und kuckte hinter 'ner alten Weide vor. Und da sah ich den Alten, wie er mit der Flinte nach 'nem Vogel zielte. Er hatte nichts gesehen.

Als er zu mir ans Ufer runterkam, tat ich so, als hätt ich mit den Angelschnüren alle Hände voll zu tun. Er beschimpfte mich 'n bisschen, weil ich so langsam war. Aber ich erzählte ihm, ich wär in den Fluss gefallen, und deshalb wär ich schon so lang weg. Es musste ihm ja doch mal auffallen, dass ich pitschnass war, und dann hätt er natürlich gefragt.

Wir machten fünf Welse von den Haken los und gingen zur Hütte.

Nach dem Frühstück legten wir uns aufs Ohr, um 'ne Runde zu schlafen, denn wir waren ziemlich müde. Ich dacht aber die ganze Zeit nur daran, wie ich's anstellen konnte, dass die Witwe mir nicht folgte und auch der Alte nicht. Das würde sicherer sein, wenn ich nur versuchte, weit genug wegzukommen, eh sie mich vermissten. Na, mir fiel nichts Richtiges ein.

Da stand der Alte auf und trank 'n ganzes Fass Wasser. Und dann sagt er:

»Wenn sich noch mal 'n Kerl hier rumtreibt, dann weckste mich. Verstanden? Der war nicht für nichts hier. Ich würd ihn abgeknallt haben. Nächstes Mal weckste mich jedenfalls. Verstanden?«

Dann legte er sich wieder hin und fing an zu schlafen. Aber das, was er gesagt hatte, brachte mich auf den Gedanken, nach dem ich schon so lang gesucht hatte. Ich sagte mir: Jetzt kannste's so anstellen, dass dir keiner nachläuft.

Ungefähr um zwölf standen wir auf und gingen am Ufer entlang. Der Fluss stieg ziemlich schnell und 'ne Menge Treibholz kam mit runter. Auch 'n Stück von 'nem Floß, neun zusammengebundene Stämme. Wir fuhren mit dem Boot aufs Wasser und schleppten sie ans Ufer. Dann aßen wir zu Mittag.

Jeder, außer dem Alten, würde den ganzen Tag lang gewartet haben, ob nicht noch mehr aus dem Fluss zu holen gewesen wär.

Aber das war nicht seine Art. Neun Stämme, damit hatte er genug, um sich einmal voll laufen zu lassen. Die musste er erst mal in die Stadt rüberbringe.

Also schloss er mich wieder ein, nahm das Boot und band die Stämme hinten dran. Das war ungefähr um halb vier. Die Nacht wird er wohl nicht wiederkommen, dacht ich. Und dann wartete ich, bis er gut vom Ufer abgekommen war.

Und dann: Nichts wie raus mit der Säge und an die Arbeit!

Eh er noch am anderen Ufer war, war ich schon durch das Loch gekrabbelt. Er und das Stück von dem Floß sahen nur noch wie 'n kleiner Fleck auf dem Wasser aus.

Ich nahm den Sack mit dem Maismehl, schleppte ihn dahin, wo ich das Kanu versteckt hatte, bog das Gestrüpp auseinander und warf ihn rein. Dasselbe machte ich mit der Speckseite, dann mit dem Whiskykrug. Ich nahm auch allen Zucker und allen Kaffee mit, die ganze Munition und die Pfropfen, den Eimer und die Kürbisflasche, 'ne Kelle und 'nen Zinnbecher, und die Säge und zwei Decken, die Pfanne und den Kaffeetopf. Ich nahm Angelschnüre und Schwefelhölzchen und alles, was auch nur 'n bisschen Wert hatte. Ich wollt auch noch 'ne Axt mitnehmen, aber 's war keine da, außer der, die draußen am Holzstapel lehnte. Und ich wusste schon genau, warum ich die nicht mitnahm. Dann nahm ich noch die Flinte und dann hatt ich's geschafft.

Die Erde vor dem Loch hatte ich ganz festgetrampelt, weil ich immer raus- und reingekrabbelt war und so viel Zeug rausgeschleppt hatte. Ich streute Sand darüber, sodass das Sägemehl und die anderen Spuren verwischt wurden. Dann passte ich das rausgesägte Stück Holz wieder ein und legte 'nen Stein davor, der's halten sollte. Wenn man vier oder fünf Schritt davon weg war und nicht wusste, dass es rausgesägt war, merkte man's nicht. Außerdem war das an der Rückseite der Hütte, und es war kaum anzunehmen, dass einer um die Hütte rumstrolchte.

Bis zum Boot war Grasboden und ich hinterließ keine Spur. Ich ging zum Ufer runter und kuckte mich nach allen Seiten um. Alles war ruhig. Da nahm ich die Flinte und ging 'n Stück in den Wald rein. Als ich nach 'n paar Vögeln ausschaute, sah ich 'n Schwein, eins von denen, die von 'ner Farm ausgerissen und nach 'ner Weile wieder wild geworden sind. Ich schoss das Biest und schleppte es zur Hütte.

Dann nahm ich die Axt und zertrümmerte damit die Tür, hieb auf sie ein, dass die Stücke nur so flogen. Dann nahm ich das Schwein, schleifte es bis zum Tisch und stieß ihm 'n Loch in die Kehle. Dann legte ich's auf die Erde. Ich sag »Erde«, weil's wirklich welche war und keine Dielen. Na, dann nahm ich 'nen alten Sack, in den ich 'nen Haufen Steine steckte, zog ihn durch die Blutlache und dann runter bis zum Fluss, wo ich ihn reinwarf. Nun konnte auch 'n Blinder sehen, dass was Blutiges über die Erde geschleppt worden war.

Schade nur, dass Tom Sawyer nicht dabei war. Dem wär bestimmt noch mehr eingefallen.

Schließlich hab ich mir noch 'n paar Haare ausgerissen, die Axt mit Blut beschmiert und die Haare an die stumpfe Seite geklebt. Dann hab ich die Axt in die Ecke geschmissen.

Dann nahm ich das Schwein und schleppte es zum Fluss. Ein gutes Stück unterhalb der Hütte schmiss ich's ins Wasser. Dann überlegte ich weiter. Ich holte den Sack mit Maismehl und die Säge aus dem Kanu und brachte beides in die Hütte. Den Sack stellte ich dahin, wo er vorher gestanden hatte, und machte mit der Säge 'n Loch rein. Ich musste die Säge nehmen, weil keine

Messer oder Gabeln in der Hütte waren, denn der Alte machte alles mit seinem Klappmesser. Dann trug ich den Sack ungefähr hundert Meter durchs Gras bis an die Weiden, die östlich von der Hütte standen. Da war 'n seichter Teich, ungefähr fünf Meilen lang und über und über mit Binsen bewachsen. Auch Enten gab's da. Auf der gegenüberliegenden Seite ging 'n schmaler Weg in die Wildnis, der auf keinen Fall ans Flussufer führte. Das Mehl rieselte aus dem Sack und hinterließ 'ne dünne Spur. Unterwegs ließ ich dann noch den Wetzstein vom Alten fallen, so, dass es aussah, als wär das alles zufällig passiert. Dann band ich das kleine Loch im Sack wieder zu und trug ihn und die Säge ins Kanu.

Es war jetzt schon fast dunkel. Ich setzte das Kanu aufs Wasser, machte es an der Weide fest und wartete darauf, dass der Mond aufging. Dann aß ich 'n bisschen und hinterher legte ich mich auf den Rücken und rauchte 'ne Pfeife. Dabei überdachte ich noch mal meinen Plan.

Ich überlegte: Sie werden die Spur verfolgen, die ich mit dem Sack voll Steinen gemacht habe, werden zum Ufer kommen und im Wasser nach meiner Leiche suchen. Dann werden sie der Mehlspur folgen, bis zum Teich kommen und auf der andern Seite auf dem schmalen Weg weitergehen, um die Räuber zu finden, die mich umgebracht haben. Den Fluss jedenfalls werden sie nach nichts anderem als nach meiner Leiche absuchen. Bald werden sie davon genug haben und werden sich nicht mehr um mich kümmern. Das geht also in Ordnung. Ich kann dann bleiben, wo ich will. Die Jackson-Insel ist gerade das Richtige für mich. Ich kenn sie ziemlich genau und weiß, dass keiner sich dahin verirren wird. Und nachts kann ich dann zum Städtchen rüberpaddeln und rumschleichen und mitnehmen, was ich will.

Ja, die Jackson-Insel war das Richtige für mich. Ich war ziemlich müde und schlief ein. Als ich wieder wach wurde, wusst ich zuerst nicht, wo ich war. Ich setzte mich und kuckte um mich. Da erinnerte ich mich wieder an alles. Wo ich auch hinschaute, war Wasser. Der Mond schien so hell, dass ich die runtertreibenden Baumstämme zählen konnte. Es war totenstill, und es sah so aus, als ob es schon sehr spät war.

Ich gähnte und streckte mich und wollte grad abfahren, als ich 'n Plätschern auf dem Wasser hörte. Ich lauschte, und bald wusst ich, was es war. Durch die stille Nacht kam ein Geräusch von Rudern, die sich in ihren eisernen Klammern bewegten. Ich kuckte durch die herabhängenden Zweige der Weiden. Und wirklich: Das war 'n Boot auf dem Wasser. Ich wusste nicht, wie viel Leute drinsaßen. Als es nah genug war, sah ich, dass nur einer drinsaß, und ich dachte: Vielleicht ist's der Alte, wenn es auch noch viel zu früh dafür ist, dass er zurückkommt. Das Boot wurde unterhalb von dem Kanu, in dem ich saß, ans Ufer getrieben und kam dabei so dicht an mir vorbei, dass ich es mit der Flinte hätte berühren können.

Es war der Alte, ganz sicher, und er war ganz nüchtern. Das konnte man daran erkennen, wie er die Ruder bediente.

Ich verlor keine Zeit. Im nächsten Augenblick trieb ich leise, aber schnell den Fluss runter, immer im Schatten des Ufers. Ich brachte zwei und 'ne halbe Meile hinter mich und steuerte dann 'ne Viertelmeile oder mehr auf die Flussmitte zu; denn die Leute hätten mich vielleicht sehr bald entdeckt, wenn ich dicht an der Anlegestelle für die Fähre vorbeigekommen wär. Ich war jetzt mitten im Treibholz drin, legte mich der Länge nach ins Boot, um mich auszuruhen und 'n Zug aus meiner Pfeife zu nehmen.

Da lag ich nun und kuckte in den Himmel, wo kein Wölkchen zu sehen war. Wenn man im Mondschein auf dem Rücken liegt, dann kommt es einem so vor, als wenn der Himmel unten wär. Und wie weit man hören kann in so 'ner Nacht! Ich hörte sogar, wie sich Leute bei der Fähre unterhielten. Ich konnt jedes Wort verstehen. Ein Mann sagte, jetzt würden bald die langen Tage und die kurzen Nächte kommen. Jemand anders sagte, die hier wär auch nicht grad lang. Und dann lachten beide. Dann weckten sie 'nen Dritten und lachten dabei. Der aber lachte nicht. Der stieß nur was Unmutiges zwischen den Zähnen vor und sagte dann, sie sollten ihn doch in Ruh lassen.

Ich war schon 'n gutes Stück von der Fähre weg, da stand ich auf. Ungefähr zwei und 'ne halbe Meile stromabwärts lag die Jackson-Insel. Dicht mit Bäumen bewachsen und groß und dunkel und klotzig ragte sie aus der Flussmitte, wie 'n Dampfer, der keine Lichter anhat. Die Sandbank konnte man nicht sehen, die war jetzt unter Wasser.

Es dauerte nicht lange, da war ich auch schon bei der Insel. Ich wurde schnell an der Spitze vorbeigetrieben und kam dann ins tote Wasser und landete an der Seite, die gegenüber dem Illinois-Ufer liegt. Das Kanu versteckte ich in 'ner tiefen Bucht unter runterhängenden Weidenzweigen, dass es keiner sehen konnte.

Dann ging ich das Ufer rauf und setzte mich auf 'nen Baumstamm an der Inselspitze, kuckte auf den Fluss, aufs Treibholz und rüber zum Städtchen, das drei Meilen weit weg lag.

Da plötzlich sah ich 'n Licht auf dem Wasser. 'n riesiges Floß mit 'ner Laterne in der Mitte, ungefähr 'ne Meile stromaufwärts, trieb langsam auf die Insel zu. Als es näher kam, hörte ich, wie 'n Mann sagte:

»Achtung. Steuerbord voraus!«

Ich hörte das so klar, als ob der Mann direkt neben mir gestanden hätte.

Der Himmel fing schon an, grau zu werden. Da lief ich in den Wald, um vorm Frühstück noch 'ne Runde zu pennen.

8. KAPITEL

Die Sonne stand hoch am Himmel, als ich aufwachte, und ich nahm an, dass es schon nach acht war. Ich lag noch 'ne Weile im Gras, im kühlen Schatten der Bäume, dachte über dies und das nach, fühlte mich ausgeruht und ziemlich wohl und zufrieden. Ich konnte die Sonne nur durch ein oder zwei Öffnungen im Blätterdach sehen. Überall sonst waren Bäume mit dichtem Laub, die Dämmerlicht verbreiteten.

Ich war furchtbar faul, wollte nicht mal aufstehen und Frühstück machen.

Ich döste wieder ein, da hörte ich 'n tiefes Bum, Bum. Ich stützte mich auf meine Ellbogen und lauschte. Da hört ich's wieder. Ich sprang auf, kuckte durch 'ne Öffnung im Gestrüpp und sah dicke Rauchschwaden überm Wasser, 'n Stück flussaufwärts. Da schwamm auch die Dampffähre mit 'ner Menge Leute an Bord.

Jetzt wusste ich, was los war.

Bum!

Ich sah, wie der weiße Qualm aus der Seite der Fähre quoll. Sie feuerten Kanonen ab, damit meine Leiche an die Oberfläche kommen sollte.

Ich war ziemlich hungrig. Aber ich konnte ja kein Feuer machen, weil man es vielleicht gesehen hätte. Ich setzte mich also wieder und horchte weiter auf die Kanonenschüsse. Der Fluss war 'ne Meile breit, und an 'nem Sommermorgen ist's immer schön, auf ihn zu schauen. Und es wär auch 'ne nette Beschäftigung gewesen, denen da drüben zuzukucken, wie sie nach meinen Überresten suchten, wenn ich nur 'n bisschen zu essen gehabt hätte.

Da fiel mir ein, dass die Leute immer Quecksilber in 'n Brot stecken und das dann aufs Wasser legen. Sie sagen, das treibt direkt auf den Toten zu. Ich sagte mir also: Wirste mal aufpassen, ob nicht so 'n Brot auf die Insel zugeschwommen kommt. Das käm grad recht. Ich passt also auf und wurde nicht enttäuscht. Bald kam 'n großes Brot angeschwommen und ich versuchte es mit 'nem langen Stock zu angeln. Aber ich rutschte aus, und das Brot trieb weiter vom Ufer weg. Beim nächsten hatte ich Glück. Ich zog's raus und schüttete das Tröpfchen Quecksilber auf die Erde. 's war 'n Bäckerbrot, eins, das sonst nur bessere Leute essen, und nicht so 'n hartes Zeug, wie ich's sonst immer vorgesetzt bekam.

Ich suchte mir 'nen guten Platz auf 'nem Baumstamm, ließ mir das Brot schmecken und schaute zur Fähre rüber. Da kam mir plötzlich ein Gedanke: Die Witwe oder der Pastor werden wohl dafür gebetet haben, dass das Brot mich findet. Und so ist es dann auch gekommen! Also ist doch was dran. Wenn jemand wie die Witwe oder der Pastor um was betet, dann geht's in Erfüllung. Nur wenn ich's tat, hat's nie geklappt.

Ich zündete mir 'ne Pfeife an und kuckte weiter nach der Fähre rüber. Die wurde von der Strömung getrieben, und ich rechnete mir aus, dass ich sehen würde, wer drauf war, wenn sie an der Insel vorbeikam. Und sie würde dicht vorbeikommen, genau wie das Brot. Als sie schon ziemlich nah war, macht ich meine Pfeife aus, ging zu der Stelle runter, wo ich das Brot rausgefischt hatte und legte mich hinter 'nen Baumstamm.

Nach 'ner Weile kam die Fähre, und sie wurde so nah an die Insel getrieben, dass die Leute, die drauf waren, ohne Schwierigkeiten hätten an Land gehen können, wenn sie 'ne Planke rübergelegt hätten.

Fast die ganze Stadt war auf der Fähre: der Alte und Richter Thatcher, Bessie Thatcher und Joe Harper, Tom Sawyer und seine alte Tante Polly, Sid und Mary und viele, viele andere. Alle schwatzten sie von dem Mord. Aber der Kapitän unterbrach sie und sagte:

»Passen Sie gut auf. Die Strömung ist hier am stärksten, vielleicht ist er hier an Land gespült worden und hängt da irgendwo im Gestrüpp. Ich hoffe, dass wir ihn hier finden.«

Das hoffte ich nun nicht!

Sie liefen alle zusammen und lehnten sich über das Geländer, wobei sie fast mein Gesicht erreichten. Sie kuckten sich fast die Augen aus dem Kopf. Ich konnte sie sehen, aber sie konnten mich nicht sehen.

Da rief der Kapitän:

»Treten Sie zurück!«

Und die Kanone machte grade vor meiner Nase so 'ne starke Explosion, dass ich fast taub geworden wär und blind dazu von dem Qualm. Ich dachte, es wär aus mit mir. Wenn da Kugeln drin gewesen wären, ich glaub, sie hätten dann doch noch die Leiche gefunden, nach der sie suchten. Na, als ich sah, dass mir nichts passiert war, hab ich erst mal dem lieben Gott gedankt.

Die Fähre trieb weiter und ich verlor sie schließlich aus den

Augen. Dann und wann hört ich noch das Bum!, aber immer weiter und weiter entfernt, und nach 'ner Stunde hört ich gar nichts mehr.

Als sie das Ende von der Insel erreicht hatte, fuhren sie an der anderen Seite vorbei wieder zurück, und von Zeit zu Zeit schossen sie ihre Kanone ab. Ich lief rüber und sah, wie sie das Suchen aufgegeben hatten und wieder auf das Städtchen zusteuerten.

Jetzt hatte ich meine Ruh! Keiner würde mehr kommen und nach mir suchen.

Ich holte meinen Kram aus dem Kanu und machte es mir im dichten Wald gemütlich. Aus den Decken machte ich mir 'ne Art Zelt, wo ich meine Sachen unterstellen konnte, wenn es regnen sollte. Ich fing 'nen Fisch und schlitzte ihn mit meiner Säge auf. Als die Sonne unterging, zündete ich 'n Lagerfeuer an und begann, mein Abendessen zurechtzumachen. Dann legt ich 'ne Angelschnur aus, um noch 'n paar Fische zum Frühstück zu fangen.

Als es dann dunkel war, saß ich an meinem Feuer und rauchte und fühlte mich überhaupt sauwohl. Aber nach 'ner Weile fühlt ich mich 'n bisschen einsam. Da ging ich ans Ufer und lauschte auf die Wellen, zählte die Sterne und die vorbeitreibenden Baumstämme. Dann ging ich schlafen. Es gibt keine bessere Art, die Zeit totzuschlagen, wenn man sich einsam fühlt.

Und so ging das drei Tage und drei Nächte. Keine Abwechslung, immer dasselbe. Aber am vierten Tag machte ich 'nen Ausflug, um die Insel zu erkunden. Hier war ich der Herr, alles gehörte mir und natürlich wollt ich nun alles kennen lernen. In Wirklichkeit wollt ich natürlich die Zeit totschlagen. Ich fand 'nen Haufen Erdbeeren, reif und dick, und reife Trauben und unreife Brombeeren. Aber ich hoffte, die würden mit der Zeit auch noch essbar werden.

Ich strolchte durch den dichten Wald, bis ich glaubte, ich wär nicht mehr weit vom Ende der Insel entfernt. Das Gewehr hatt ich bei mir, hatt aber bis jetzt noch nichts geschossen, weil ich Angst hatte, der Schuss könnte mich verraten. Da wär ich fast auf 'ne ziemlich große Schlange getreten. Sie schlüpfte durch Gras und Blumen und ich versuchte sie zu fangen. Ich lief also hinterher, und plötzlich stand ich vor der Asche von 'nem Lagerfeuer, die noch rauchte.

Mir schlug das Herz bis zum Hals. Ich sah mich nicht weiter um, entspannte den Hahn von meiner Flinte und machte mich aus dem Staub, so schnell und so leis wie ich konnte. Dann und wann blieb ich für 'nen Augenblick stehen und lauschte. Aber mein Atem ging so laut, dass ich nichts anderes hören konnte. Ich schlich 'n Stück weiter und blieb wieder stehn, und so ging das 'ne ganze Weile. Wenn ich 'nen Baumstamm sah, hielt ich ihn für 'nen Menschen, wenn ich auf 'nen Ast trat und der brach, kam's mir vor, als wenn mir einer den Hals zuhalten würde.

Als ich wieder in meinem Lager war, fühlte ich mich sehr erschöpft. Ich packte meinen ganzen Kram wieder ins Kanu, damit er aus den Augen war, machte das Feuer aus und verstreute die Asche, dass es so aussah, als wenn es 'n Lagerplatz vom letzten Jahr wär. Dann kletterte ich auf 'nen Baum.

Ich glaube, ich saß da oben zwei Stunden, und immer noch konnt ich nichts sehen und nichts hören, ich dachte nur, ich würde tausend Dinge hören und sehen. Nun konnt ich doch nicht immer da oben sitzen bleiben. Ich kletterte dann schließlich wieder runter, versteckte mich aber da, wo der Wald am dichtesten war, und kuckte beständig nach allen Seiten. Ich hatte nur Beeren zu essen und das, was vom Frühstück übrig war.

Dann wurd es Nacht, und ich hatte 'nen mächtigen Hunger.

Als es dunkel genug war, kletterte ich ins Kanu und paddelte bis rüber zum Illinois-Ufer. Da ging ich in den Wald und kochte mir mein Abendessen. Ich hatte schon beschlossen, die ganze Nacht da zu bleiben, da hörte ich trab, trab, trab…, und ich wusste sofort, das sind Pferde. Dann hört ich auch Stimmen.

So schnell, wie ich konnte, packt ich meinen Kram wieder ins Kanu und kroch dann durch den Wald, um 'n bisschen auszuspionieren, wer das war. Ich war noch nicht weit, da hörte ich, wie 'n Mann sagte:

»Ich glaube, wir sollten hier lagern, die Pferde sind todmüde.«

Ich wartete nun nicht länger, ging zum Kanu zurück und paddelte weg. Ich machte an der alten Stelle wieder fest und beschloss, im Kanu zu schlafen.

Aber ich hab nicht viel geschlafen. Es ging nicht, weil ich viel nachdenken musste. Jedes Mal, wenn ich 'n bisschen eingeschlafen war, hatte ich 'n Gefühl, als wenn mich jemand am Hals packen würde.

So konnte das nicht weitergehen. Ich musste rauskriegen, wer da noch auf der Insel war. Ich musste's rauskriegen, oder ich wär geplatzt.

Da nahm ich denn mein Paddel, stieß mich ab und ließ mich am Ufer langtreiben, immer im Schatten der Insel. Der Mond schien nämlich inzwischen so hell, dass man mich gesehen hätte, wenn ich 'n Stück weiter rausgepaddelt wär. Nach 'ner Stunde hatte ich das Ende der Insel erreicht. 'ne schwache kühle Brise kam auf und zeigte an, dass es nicht mehr lange dauern konnte, bis der Morgen kam. Ich wendete mein Kanu, bis es ans Ufer stieß. Dann nahm ich meine Flinte und schlich in den Wald. Da setzt ich mich auf 'nen Baumstamm und sah zu, wie der

Mond allmählich verschwand. Nach 'ner Weile sah ich 'nen blauen Streifen über den Baumwipfeln. Das war der Tag! Ich nahm meine Flinte und schlich in der Richtung weiter, wo ich das Lagerfeuer entdeckt hatte. Alle Augenblicke blieb ich stehen und lauschte. Aber ich fand den Platz nicht wieder.

Dann sah ich plötzlich 'nen Feuerschein durch die Bäume schimmern. Vorsichtig und langsam ging ich drauf zu. Schließlich war ich nah genug, um was erkennen zu können. Da lag 'n Mann auf der Erde! Ich musste all meinen Mut zusammennehmen.

Der Mann hatte sich 'ne Decke über den Kopf gezogen und lag nah am Feuer. Ich setzte mich hinter 'nen Busch, nur 'n paar Meter von ihm weg, und ließ kein Auge von ihm. Jetzt wurd es dämmrig. Bald gähnte der Mann und reckte sich und schlug die Decke zurück.

Das war doch der Jim von Miss Watson!

Wie froh war ich, ihn hier zu sehen.

»Hallo, Jim!«, rief ich und kam hinter dem Busch vor. Er sprang auf und starrte mich wild an. Dann fiel er auf die Knie, faltete die Hände und sagte: »Tu Jim nix, ich bitt dich. Jim hat immer Gutes getan 'nem Geist von 'nem Toten, Jim war immer freundlich zu toten Menschen. Du, geh wieder hin zum Fluss, wo du hingehörst, und tu nix dem alten Jim.«

Na, es hat nicht lange gedauert, ihm klar zu machen, dass ich nicht tot war. Und wie froh war ich, dass ich Jim gefunden hatte! Jetzt war's nicht mehr so einsam. Ich sagte ihm, ich hätt gar keine Angst, dass er mich verraten würde. Ich schwatzte drauflos. Aber er saß nur da und kuckte auf mich und sagte nichts. Dann sagte ich:

»Es ist schon hell. Komm, machen wir Frühstück. Blas mal dein Feuer an.«

»Warum soll Jim Feuer anmachen, ist nix da als Erdbeeren und so'n Zeug. Aber du Flinte hast. Da können wir doch Besseres kriegen als Erdbeeren.«

»Was«, sagte ich, »lebste denn nur von Erdbeeren?«

»Jim kann nix anderes nicht finden.«

»Seit wann biste denn hier?«

»Jim ist gekommen her die Nacht drauf, wo du bist umgebracht worden.«

»Was, so lange biste schon hier?«

»Ja.«

»Und du hast die ganze Zeit nichts anderes gegessen?«

»Nee, nix anders.«

»Da musste ja fast verhungert sein.«

»Jim kann essen ganzes Pferd jetzt. Und wie lang bist du auf der Insel?«

»Seit der Nacht, wo ich umgebracht worden bin.«

»Was de nicht sagst. Und von was haste gelebt? Du hast 'ne Flinte. Das ist gut. Nun wirste schießen und Jim macht Feuer.«

Wir gingen zusammen zum Kanu. Und während er zwischen den Bäumen Feuer machte, holte ich das Mehl und den Speck und den Kaffeetopf und die Bratpfanne, den Zucker und den Zinnbecher, und Jim ist aus dem Staunen gar nicht mehr rausgekommen. Der dachte, ich könnte zaubern. Ich fing noch 'nen großen Fisch, und Jim machte ihn mit seinem Messer sauber und briet ihn.

Als das Frühstück fertig war, setzten wir uns auf die Erde

und aßen alles ganz heiß. Jim kniete sich so richtig rein, weil er ja fast verhungert war. Als wir uns den Bauch voll geschlagen hatten, legten wir uns hin und dösten.

Nach 'ner Weile sagte Jim:

»Huck, du, hör mal. Wen habense denn eigentlich umgebracht?«

Da erzählte ich ihm die ganze Sache, und er meinte, das wär dufte. Er sagte, Tom Sawyer hätt keinen besseren Plan austüfteln können. Und ich fragte ihn:

»Wie kommst du denn her?«

Er sah 'n bisschen unruhig drein und sagte erst gar nichts. Schließlich rückte er raus:

»'s ist besser, Jim nix erzählt.«

»Warum denn?«

»Na, weißte doch selbst. Aber du nix erzählst, verrätst alten Jim nicht? Oder doch?«

»Der Blitz soll mich treffen.«

»Jim glaubt dir. Na… ich… weggelaufen.«

»Jim!«

»Aber nix erzählen! Hast's versprochen.«

»Natürlich hab ich's versprochen. Und wenn ich was gesagt habe, dann halt ich's auch. Das ist mir alles egal. Ich werd nichts sagen, ich werd überhaupt nicht mehr zurückgehen… So, und jetzt erzähl mir alles.«

»Na, das war so. Alte Missus Watson immer hat auf Jim rumgehackt und ihn schlecht behandelt. Hat aber immer gesagt, sie nicht verkauft mich nach Orleans. Da ist aber gekommen 'n Negerhändler, und da Jim kriegte mit der Angst zu tun. Und einmal Jim ist geschlichen zur Tür, und Tür war nicht ganz zu, und da hört Jim, wie Missus zur Witwe gesagt: Sie wollt nicht Jim verkaufen, aber sie könnt kriegen achthundert Dollar für ihn, und das wär 'ne schöne Stange Geld, die sie könnt brauchen gut. Und da die Witwe sagt zu Missus, sie nicht würd's tun. Jim aber hat nicht gewartet, ist gelaufen, immer weiter, und wollt nehmen 'n Boot. Aber Leute waren immer viel da und sind nicht gegangen weg. Und da hat Jim sich versteckt in der Küferwerkstatt, wo ist sehr alt, und hat da gewartet, bis alle gehen weg. Und da hat Jim die ganze Nacht gewartet, denn immer Leute noch waren da. Um sechs ungefähr kommen viel Boote vorbei und um neun sprechen alle von deinem Alten, wo ist gekommen in die Stadt und hat gesagt, dich hättense abgemurkst. Die letzten Boote waren voll mit Ladies und Gentlemen, wo sehen wollten die Hütte. Ab und zu sind 'n paar gekommen an Land und haben gewartet, eh sie sind gefahren rüber. Und da habense unterhalten sich und Jim konnte hören alles über dein' Tod. Jim war furchtbar traurig. Huck, aber nun ist er's nicht mehr.

'n ganzen Tag Jim hat in den Spänen gelegen und war hungrig, aber nicht hatte Angst. Denn Jim wusst, die Missus und die Witwe waren gefahren zur Versammlung und haben gedacht, Jim hat getrieben 's Vieh aufs Feld und wird nicht kommen zurück bis Abend. Und sie würden nicht vermissen Jim. Auch die andern Sklaven, dacht ich, würden nicht vermissen Jim. Sie alle waren draußen wie alle Leut.

Na, wie's wurde dunkel, ist Jim gegangen am Fluss lang, ungefähr zwei Meilen, bis wo keine Häuser nicht mehr waren. Da hat Jim überlegt, was er nun soll tun. Wird er gehen zu Fuß, werden ihn kriegen die Hunde, wird er stehlen 'n Boot, werdense's vermissen, verstehste? Und dann werdense auch wissen, wo Jim ist gelandet am andern Ufer. Und da hat Jim sich gesagt, wird er halt suchen 'n Floß. Floß ist gut, hinterlässt keine Spur.

Da sieht Jim 'n Licht auf'm Fluss. Und da hat er 'ne Weile noch gewartet und ist dann geschwommen und hat gewartet in der Mitte vom Fluss auf Floß. Und da ist gezogen 'ne Wolke vor 'n Mond, und 's ist geworden ganz schön duster. Und wie das Floß ankommt, ist Jim geklettert rauf und hat sich gelegt hinten auf die Planken. Die Männer waren vorn bei der Laterne. Jim hat überlegt, dass er wird sein am Morgen fünfundzwanzig Meilen weit weg und dass er wird schwimmen an Land und wird gehen in den Wald am Illinois-Ufer, eh's hell wird.

Aber Jim hatte kein Glück nicht. Wie das Floß war an der Insel hier, da ist gekommen der Mann mit der Laterne, und Jim musst springen ins Wasser, und musst schwimmen 'n ganze Weile, eh er findet 'n anständigen Platz, um gehen zu können an Land. Dann ist er gegangen in den Wald und hat sich gesagt: Er wird's nicht mehr versuchen mit 'nem Floß, wo doch die Männer auf 'm Floß alle haben Laternen. Jim hat noch sein Pfeife, 'ne Kerze und 'n paar Streichhölzer gehabt unter seiner Mütze. Und die waren nicht geworden nass. Da war er froh.«

»Und da haste die ganze Zeit kein Fleisch und kein Brot gehabt. Warum haste dir denn keine Wasserschildkröte gefangen?«

»Wie wollt Jim das machen, wo er doch nicht durfte aus dem Wald raus.«

»Da haste Recht. Natürlich mussteste die ganze Zeit im Wald bleiben. – Sag mal, haste nicht gehört, wie die immer mit der Kanone geschossen haben?«

»'türlich. Jim wusst, sie haben gesucht Huck. Jim hatse gesehen durchs Gebüsch.«

Da kamen plötzlich 'n paar junge Vögel, die immer nur ein oder zwei Meter flogen und sich dann ausruhten. Jim sagte, das würde Regen bedeuten. Wenn sich kleine Hühner so komisch benehmen würden, dann gäb's immer Regen. Und das wär mit anderen jungen Vögeln nicht anders.

Ich wollte hin und 'n paar von ihnen fangen. Aber Jim wollt's nicht zulassen. Er sagte, das würd Unglück bringen. Er erzählte, sein Vater wär mal sehr krank gewesen. Und da hätt einer von ihnen 'nen Vogel gefangen. Und die Großmutter hätt gesagt, jetzt würd der Vater sterben. Und er wär auch gestorben.

Und dann sagte er noch, ich dürfte die Sachen nicht zählen, die ich zum Mittagessenmachen brauchte. Das würd auch Unglück bringen, genauso, wie wenn einer nach Sonnenuntergang sein Tischtuch ausschüttelt. Und wenn einer stirbt, dem 'n Bienenstock gehört, dann müsste man den Bienen noch vor Sonnenaufgang sagen, dass der Mann tot ist. Sonst würden die Bienen keinen Honig mehr geben und würden schließlich auch sterben.

Manches davon kannte ich schon, aber nicht alles. Jim wusste in solchen Sachen Bescheid wie kein anderer. Und als ich ihn fragte, ob's denn nicht auch gute Vorzeichen gäb, das sagte er:

»Ziemlich wenig, und die sind meistens nix wert. Und warum willste denn wissen, wenn du wirst haben Glück? Willste's abhalten? Wenn du zum Beispiel hast haarige Arme und 'ne haarige Brust, wirste werden reich. Wenn du weißt das, hat's 'nen Sinn. Denn du wirst vielleicht müssen warten lang, bis du wirst werden reich. Und wenn du dann mal wirst sein verzweifelt und dich willst umbringen, dann kuckste nur auf die Haare, und dann biste wieder glücklich.«

»Hast du haarige Arme und 'ne haarige Brust?«

»Warum fragste? Siehste denn nicht, dass sie sind haarig?«

»Biste denn reich?«

»Nein. Jim ist mal gewesen reich, und Jim wird wieder werden reich. Jim hat mal gehabt vierzehn Doller, dann hat er spekuliert und ist geworden arm.«

»Mit was haste denn spekuliert?«

»Mit 'ner Kuh, verstehste. Jim hat gesteckt zehn Doller in 'ne Kuh. Aber die Kuh ist Jim gestorben unter den Händen.«

»Und die zehn Dollar waren futsch?«

»Nix futsch, die zehn Doller. Nur neun. Jim ist gegangen und hat verkauft die Haut und den Talg für 'n Dollar und zehn Cent.«

»Da hatt'ste also noch fünf Dollar und zehn Cents. Haste dann noch mal spekuliert?«

»Ja. Kennste den Neger mit dem einen Bein, wo gehört dem alten Mister Bradish? Na, der hat aufgemacht 'ne Bank und hat gesagt, wer 'n Doller wird geben, der würd am End vom Jahre vier Doller mehr kriegen. Da sind dann hingelaufen alle Neger und haben gebracht, was sie hatten. ‘s war nicht viel. Jim war der Einzige, der viel hatte. Da hat Jim gesagt, er wollt geben mehr als vier Doller, und wenn er nicht würd kriegen mehr raus als die andern, würd er selbst 'ne Bank aufmachen. Aber dieser Neger wollt's Geschäft allein machen und hat gesagt, 's wär nicht da genug Kapital für zwei Banken. Jim sollt nur geben seine Dollar und er wird geben mir fünfunddreißig am End vom Jahr. Und das hat Jim denn auch getan, hat er sich gedacht, er würd die fünfunddreißig gleich wieder anlegen und bald werden sehr reich.

Und da kam 'n Neger, wo Bob hieß, und der hat rausgefischt 'n Kahn aus 'm Wasser, und sein Herr wusste nix davon. Dem hat Jim abgekauft das Ding und hat gesagt, er könnt nehmen die fünfunddreißig am End vom Jahr. Aber in derselben Nacht ist der Kahn gestohlen worden, und am nächsten Tag ist gekommen der Neger mit dem einen Bein und hat gesagt, die Bank wär geplatzt. So hat keiner was gekriegt.«

»Und was haste mit den zehn Cent gemacht?«

»Jim hat sich was kaufen wollen dafür, da hat er aber gehabt 'nen Traum, und im Traum hat einer gesagt, Jim soll geben das Geld dem Neger Salum, wo sie den Esel nennen, weil er ist so grauslich blöd. Es heißt, der soll haben 'ne glückliche Hand. Und Jim hat nie gehabt Glück. Also im Traum hat gesagt einer: Jim soll geben an Salum sein Geld und der wird ihn machen reich. Na, der Salum hat genommen das Geld. Und wie der nu mal ist in der Kirche, da hört er sagen den Pfarrer: ›Wer sein Geld gibt den Armen, der leiht's dem lieben Gott, und er wird zurückkriegen hundertmal mehr‹. Und der Salum hat die zehn Cent 'nem Armen gegeben. Und dann hat er gewartet, wie viel er wird kriegen zurück.«

»Na, und was hat er gekriegt?«

»Nix, reinweg nix. Und nun wird Jim nie wieder geben Geld, wenn er nicht hat 'ne ordentliche Sicherheit. Der Pfarrer hat gesagt, das Geld wird kommen zurück verhundertfacht. Jim wär froh, wenn er seine zehn Cent wiederhätt.«

»'s ist doch nicht so schlimm, wo du doch noch Haare auf den Armen und der Brust hast und sowieso wieder reich wirst.«

»Ja. Und jetzt ist Jim auch sehr reich. Er ist sein eigner Herr, und das ist mehr wert als hundert Doller. Jim wollt immer das Geld zurückhaben. Aber nu mag Jim 's gar nicht mehr.«

9. KAPITEL

Ich wollt noch mal an 'ne Stelle gehen, die mir aufgefallen war, als ich die Insel durchstreift hatte. Wir zogen also los und waren auch bald da, denn die ganze Insel war ja nur drei Meilen lang und 'ne Viertelmeile breit.

Es war 'n ziemlich steiler Hügel, 'ne Art Felsen, ungefähr vierzig Fuß hoch. Es war 'ne harte Arbeit, da raufzukommen. Die Hänge waren steil und mit dichtem Gebüsch bewachsen. Wir suchten alles ab und fanden schließlich 'ne schöne große Höhle auf der Seite nach Illinois zu, kurz unter der Spitze von dem Hügel. Die Höhle war so groß wie zwei oder drei Zimmer zusammengenommen. Sogar Jim konnte aufrecht stehen. Und dazu war's hier noch kühl.

Jim war dafür, all unseren Kram sofort reinzubringen. Aber ich sagte, ich wollte nicht andauernd rauf und runter latschen.

Jim sagte, wenn wir das Kanu richtig verstecken und den ganzen Kram raufbringen würden, dann könnten wir uns fein verbergen, wenn jemand auf die Insel käm. Und zudem würd's bald regnen, das hätt man an dem Gehabe von den kleinen Vögeln vorhin sehen können, und er hätt keine Lust, alles nass werden zu lassen.

Da sind wir dann runtergegangen und haben das Kanu bis zu 'ner Stelle am Ufer gepaddelt, von wo aus es nah zur Höhle war. Dann schleppten wir den ganzen Kram in die Höhle und suchten nach 'nem sicheren Platz, wo wir das Kanu verstecken konnten. Wir wählten schließlich einen unter dichtem Weidengestrüpp.

Wir nahmen noch 'n paar Fische von den Haken, die inzwischen angebissen hatten, und warfen die Angelschnüre wieder aus. Dann machten wir alles zum Mittagessen fertig.

Der Zugang zur Höhle war nicht größer als 'n Schweinskopf. Auf der gegenüberliegenden Seite war der Boden etwas erhöht. Hier machten wir Feuer und kochten unser Mittagessen.

Unsere Decken legten wir als Teppich auf die Erde. Wir setzten uns drauf und aßen. Die anderen Sachen verstauten wir ganz hinten in der Höhle.

Sehr bald wurde es dunkel und es fing an zu donnern und zu blitzen. Da hatten die Vögel also Recht gehabt! Gleich hinterher fing es zu regnen an, und bald goss es wie mit Eimern. Und der Wind heulte, wie ich's noch nie gehört hatte. Es war 'n richtiges Sommergewitter. Es wurde so duster, dass draußen alles wie in Tinte getaucht aussah, und der Regen fiel so dicht, dass die Bäume wie hinter Spinnweben standen. Hin und wieder kam 'n Windstoß und beugte die Bäume bis fast auf die Erde und kehrte die blasse Unterseite der Blätter mal nach oben oder machte, dass die Bäume ihre Äste wie Arme schüttelten.

Und als es dann mal ganz duster war, tauchte 'n Blitz alles in helles, goldenes Licht, und man konnte für 'n Moment Baumkronen erkennen, die ganz weit weg waren. Es folgte 'n furchtbarer Donner, und es rumpelte, als wenn einer leere Fässer 'ne Treppe runterfallen lassen würde.

»Jim, ist das nicht schön?«, sagte ich. »Ich möchte nirgendwo anders sein als hier. Gib mir mal noch 'n Stück Fisch und 'nen heißen Maiskuchen.«

»Ohne Jim, würd'ste sein draußen im Wald ohne Essen und werden ganz nass. Ja, so ist's, Kleiner. Kleine Hühner wissen, wenn's anfangen will zu regnen, und auch kleine Vögel wissen's.«

Zehn oder zwölf Tage lang stieg der Fluss, bis er schließlich über die Ufter trat. Drei oder vier Fuß hoch stand 's Wasser auf den tief liegenden Stellen der Insel und am Illinois-Ufer.

Tagsüber paddelten wir überall rum. Im dichten Wald war's recht kühl, auch wenn die Sonne vom Himmel knallte. Wir wanden uns zwischen den Bäumen durch. Manchmal hingen aber die Ranken so dicht runter, dass wir umkehren und 'nen anderen Weg lang paddeln mussten. Auf den entwurzelten Bäumen saßen Kaninchen und kleine Schlangen und so 'n Viehzeug. Und als die Insel schon ein, zwei Tage unter Wasser stand, wurden sie zahm, weil sie Hunger hatten, dass man sie ruhig anfassen konnte. Nur die Schlangen und die Schildkröten schlüpften immer sofort ins Wasser, wenn einer kam. Unsere Höhe war voll von Viechern.

Eines Nachts zogen wir 'n Stück von 'nem Floß aufs Trockene. Feine Kiefernbohlen waren das. Es war zwölf Fuß breit und ungefähr sechzehn Fuß lang und kuckte sechs oder sieben Zoll übers Wasser raus.

In 'ner anderen Nacht, als wir wieder an der Spitze der Insel waren, kam 'n richtiges Holzhaus angeschwommen, das auf 'nem Floß stand. Wir sind gleich rübergepaddelt und auf das Floß geklettert und haben dann durch 'n Fenster ins Haus gekuckt. Aber es war zu duster und wir konnten nichts erkennen. Da machten wir das Kanu fest und warteten auf den Morgen.

Als es hell wurde, sahen wir uns alles an. Da war 'n Bett und 'n Tisch und zwei alte Stühle, und 'n Haufen Zeug lag auf dem Boden. An der Wand hingen Kleider. In 'ner Ecke lag was, das wie 'n Mann aussah. Da sagte Jim:

»Hallo, Ihr da…«

Aber der bewegte sich nicht. Jetzt rief ich, und Jim sagte:

»Der Mann schläft nicht, der ist tot. Bleib hier, Jim geht rein und kuckt nach.«

Er ging ins Zimmer, beugte sich runter und sagte:

»Ist 'n Toter. Nackt ist er auch. Er ist geschossen worden in den Rücken. Glaub, er ist schon tot zwei oder drei Tage. Komm rein, Huck, aber kuck ihm nicht ins Gesicht, 's ist schauderhaft.«

Ich hab ihn gar nicht angesehen. Jim warf 'n paar alte Lumpen über ihn. Aber das wär nicht nötig gewesen, ich hätt ihn sowieso nicht angekuckt. Auf dem Boden lagen alte, schmutzige Karten, 'ne leere Whiskyflasche und zwei schwarze Gesichtsmasken. Die Wände waren mit den dümmsten Bildern und Wörtern beschmiert. Dann hingen da noch alte dreckige Kleider, 'n Kopftuch und 'n paar Frauenunterkleider, auch Männeranzüge. Das meiste packten wir ins Kanu. Vielleicht würden wir's mal brauchen können. Auf der Erde lag 'n kleiner Strohhut, wahrscheinlich von 'nem Kind. Den hab ich auch mitgenommen. Die Flasche wollten wir auch mitnehmen, aber sie hatte 'nen großen Sprung. In 'ner Ecke stand 'n alter Koffer, die Scharniere waren abgebrochen und drin war nur wertloses Zeug.

Weil alles so wüst rumlag, nahmen wir an, 'n paar Leute

wären Hals über Kopf abgehauen und hätten nicht mehr Zeit gehabt, alles mitzunehmen.

Dann haben wir noch 'ne Blechlaterne ins Kanu gebracht, 'n Metzgermesser ohne Griff, 'n nagelneues Taschenmesser, 'ne lange Talgkerze, 'nen Kerzenhalter aus Blech, 'ne Feldflasche und 'ne Blechtasse, 'ne alte, zerlumpte Bettdecke, 'nen Nähbeutel mit Nähnadeln und Stecknadeln und Zwirnwachs und Knöpfen und Zwirn und so 'nem Zeug. Auch 'n Beil haben wir mitgenommen und 'ne Hand voll Nägel, 'ne Angelschnur mit riesigen Haken dran und 'ne Rolle Wildleder und 'n Hundehalsband und 'n Hufeisen und 'n paar Medizinflaschen, wo nichts draufstand. Und grad wie wir wegmachen wollten, fand ich noch 'n Pferdstriegel, und Jim fand noch 'nen alten Fiedelbogen und 'n Holzbein. Das war zwar zu lang für mich und zu kurz für Jim. Aber wir nahmen's doch mit.

Wenn man alles in allem nimmt, haben wir 'n guten Fischzug gemacht. Wir waren inzwischen 'ne Viertelmeile weit von der Insel weg und es war ganz hell geworden. Da sagte ich zu Jim, er sollte sich ins Kanu legen, und ich würde 'ne Decke über ihn breiten, dass ihn keiner sehen und dann sagen könnte, da unten am Fluss war 'n Neger. Dann bin ich so schnell, wie ich konnte, zur Insel zurückgepaddelt. Keiner hat uns gesehen und wir sind glücklich gelandet.

Nach dem Frühstück wollt ich mich über den toten Mann unterhalten. Aber Jim mocht's nicht. Er sagte, so was würd Unglück bringen, und dann könnt der auch kommen und uns 'nen Schreck einjagen. Er sagte, einer, der nicht begraben wär, würd eher umgehen als einer, der hübsch unter der Erde liegt.

Das klingt ja sehr vernünftig, dacht ich. Und ich fing nicht wieder von dem Toten an zu sprechen. Aber an ihn denken musst ich immer noch. Ich hätt viel drum gegeben, wenn ich gewusst hätte, wer den Mann umgebracht hat.

Dann untersuchten wir die Kleider und fanden acht Silberdollars, die in dem Saum von 'nem alten Überzieher steckten. Ich sagte, dass der Überzieher sicherlich dem Toten gehört hat. Aber Jim sagte, er wollte nicht darüber sprechen. Da hab ich gesagt:

»Du denkst, das bringt Unglück. Du hast aber auch gesagt, die Schlangenhaut, die wir neulich in der Höhle gefunden haben, würd Unglück bringen. 's Schlimmste, was einer machen könnt, wär, so 'ne Schlangenhaut anzufassen. Und ich hab sie doch angefasst. Da haste nun dein Unglück. Den ganzen Kram hier und noch acht Dollar dazu haben wir gefunden. So 'n Unglück möchte ich alle Tage haben.«

»Nicht so hastig, Kleiner, nicht so hastig. 's wird kommen das Unglück, hör, was ich dir sag.«

Und es kam.

Es war an 'nem Dienstag, als wir uns unterhalten hatten. Am

Freitag, nach dem Mittagessen, lagen wir auf dem Hügel im Gras und hatten keinen Tabak. Ich ging in die Höhle, um welchen zu holen, und da sah ich ’ne Klapperschlange. Ich schlug sie tot, rollte sie auf und legte sie ans Fußende von Jims Lager. Ich dacht mir: Das gibt ’nen Heidenspaß, wenn sich Jim abends erschreckt. Na, abends hatte ich die ganze Sache vergessen, und als Jim sich auf seine Decke warf, da wurde er von ’ner anderen Klapperschlange gebissen, die sich neben die tote gelegt hatte.

Er sprang schreiend auf, und das Erste, was ich bei Licht sah, war, dass das Biest noch mal beißen wollte. Ich haute ihr mit ’nem Knüppel übern Kopf, dass sie genug hatte. Jim nahm sich sofort den Krug mit dem Whisky von meinem Alten und soff und soff.

Jim war barfüßig und die Schlange hatte ihn direkt in die Ferse gebissen. Und das alles nur, weil ich ’n Idiot war und nicht daran gedacht hatte, dass, wo ’ne tote Schlange ist, gleich ’ne andre hinkraucht und sich um die tote ringelt. Jim sagte, ich sollte dem Biest den Kopf abschneiden und ihn wegschmeißen und dann die Haut vom Körper abziehen. Dann sollt ich ’n Stück von dem Körper braten. Ich tat das, und Jim aß das Stück und sagte, das würd ihn heilen. Er nahm noch die Klappern und band sie sich um die Handgelenke.

»Das hilft«, sagte er.

Ich drückte mich still raus und schmiss die Schlangenkadaver in die Büsche. Ich wollt nämlich nicht, dass Jim rauskriegte, dass ich an allem schuld war.

Jim nuckelte immer noch an dem Krug mit Whisky. ’n paar Mal setzte er ihn ab und sprang rum und schrie. Aber jedes Mal, wenn er wieder zu sich kam, nuckelte er wieder an dem Krug. Sein Fuß wurde ganz dick.

Allmählich wurde er besoffen und ich dachte: Nu, ist ja alles gut.

Vier Tage und vier Nächte musste Jim liegen. Dann war die Schwellung zurückgegangen und er war wieder auf dem Damm. Aber ich hab mir geschworen, nie wieder 'ne Schlangenhaut anzufassen. Jim sagte, nu würd ich ihm wohl glauben!

Die Tage vergingen und der Fluss kehrte wieder in sein Bett zurück.

Eines Tages haben wir 'n Kaninchen gehäutet und auf 'nen Haken gesteckt, um 'nen Katzenwels zu fangen. Wir fingen auch einen, und der war so groß wie 'n Mensch, war sechs Fuß und drei Zoll lang und zwei Zentner schwer. Wir konnten ihn nicht ans Land zerren, weil er uns sonst bis nach Illinois gezogen hätte. Wir saßen da und warteten, bis er sich zu Tode gezappelt hatte.

Es war, glaub ich, der größte Fisch, der jemals aus dem Mississippi gezogen worden ist. Wenn wir den in die Stadt geschafft und pfundweise verkauft hätten, dann hätten wir 'nen schönen Batzen Geld gekriegt. So'n Fleisch ist nämlich schneeweiß und lässt sich gut braten.

Am nächsten Morgen wurd es mir allmählich langweilig und ich wollte irgendwas erleben. Ich sagte, ich würd mal ans andre Ufer paddeln und sehen, was da los wär. Jim hatte nichts dagegen, sagte aber, ich sollt im Dunkeln rüberfahren und gut aufpassen. Dann überlege er sich's noch mal und machte mir den Vorschlag, ich sollte mich doch mit 'n paar von den alten Klamotten behängen, die wir von dem Floß mitgebracht hatten, dass ich wie'n Mädchen aussehen würde.

Das war 'ne prima Idee. Wir haben gleich eins von den Kleidern kürzer gemacht. Dann hab ich meine Hosenbeine hochgerollt und das Kleid übergeworfen. Jim steckte es hinten mit Angelhaken fest und es passte ganz gut. Ich band mir noch das Kopftuch um und dann war meine Verkleidung fertig.

Jim sagte, jetzt würd mich niemand mehr erkennen, selbst nicht, wenn's hell wär. Dann ging ich den ganzen Tag in den Kleidern rum, um das richtige Gehabe rauszukriegen. Am Abend konnt ich's schon ganz gut. Aber Jim sagte, ich würd noch nicht wie 'n Mädchen gehen. Und dann sollte ich nicht immer den Rock hochheben, um in meine Hosentasche zu fassen. Das merkte ich mir und nahm mir vor, es besser zu machen.

Kurz nach Sonnenuntergang fuhr ich mit dem Kanu nach dem Ufer rüber und landete in der Nähe der letzten Häuser unseres Städtchens. Da brannte in 'ner kleinen Hütte, die lange Zeit unbewohnt gewesen war, Licht, und ich fragte mich, wer wohl da wohnte. Ich schlich mich ran und kuckte durchs Fenster, und ich sah 'ne Frau von ungefähr vierzig, die bei Kerzenlicht strickte. Das musste 'ne Fremde sein; denn ich kannte ihr Gesicht nicht und ich kenne doch sonst alle Leute im Städtchen. Jetzt war mir leichter ums Herz. Ich hatte nämlich befürchtet, die Leute würden mich erkennen, und hatte schon bereut, dass ich überhaupt rübergekommen war. Vor so 'ner Fremden brauchte ich keine Angst zu haben, und wenn sie auch nur erst zwei Tage in so 'ner kleinen Stadt wohnte, dann würde sie mir sicherlich alles erzählen können, was inzwischen passiert war.

Ich klopfte also an die Tür und sagte mir:

Huck, vergiss nicht, dass du 'n Mädchen bist.

11. KAPITEL

Die Frau sagte »Herein« und ich ging rein.
Dann sagte sie:
»Nimm Platz, da auf dem Stuhl.«
Ich nahm Platz. Sie sah mich mit ihren kleinen, glänzenden Augen von oben bis unten an.
»Wie heißt du denn?«
»Sara Williams.«

»Und wo wohnst du? Hier in der Nachbarschaft?«

»Nein, ich wohne in Hookerville, sieben Meilen flussabwärts. Ich bin den ganzen Weg zu Fuß gegangen und bin jetzt furchtbar müde.«

»Wahrscheinlich bist du auch hungrig. Wart mal, ich will dir was zu essen holen.«

»Nein, ich hab jetzt wirklich keinen Hunger mehr. Ich hab vor zwei Stunden Leute von 'ner Farm um etwas zu essen gefragt, so hungrig war ich. Deshalb bin ich ja auch so spät hier angekommen. Meine Mutter ist nämlich krank und hat kein Geld und nichts mehr zu essen, und da hab ich mich aufgemacht zu meinem Onkel, das ist Abner More. Der wohnt am anderen Ende von der Stadt. Ich bin noch nie bei ihm gewesen. – Kennen Sie ihn?«

»Nein. Aber ich kenne hier keinen, weil ich noch nicht ganz zwei Wochen hier wohne. Bis zum anderen Ende der Stadt ist's noch 'n ganz schönes Stück Weg. Es ist wohl besser, wenn du über Nacht hier bleibst. – Bind doch dein Kopftuch ab.«

»Ach nein«, sagte ich da, »ich will nur 'n bisschen ausruhen und dann weitergehen. Ich hab gar keine Angst im Dunkeln.«

Sie sagte, sie würde mich auf keinen Fall allein gehen lassen. Aber in 'ner Stunde ungefähr käm ihr Mann nach Hause und der könnt mich dann begleiten.

Dann fing sie an von ihrem Mann zu erzählen und von ihren Verwandten, die flussaufwärts wohnten, und davon, wie viel besser es ihnen früher gegangen wär. Aber das hätten sie gar nicht gewusst. Und dann hätten sie den Fehler gemacht, hier in die Stadt zu ziehen. Und so ging das weiter, so lange, bis ich mich fragte, ob's nicht 'n großer Fehler von mir gewesen wär, in die Stadt zu kommen, um rauszukriegen, was los war.

Aber nach 'ner Weile fing sie von meinem Alten an und von dem Mord. Und da war's mir sehr recht, dass sie gar nicht mehr mit dem Reden aufhörte. Sie erzählte was von den zwölftausend Dollars, die ich und Tom gefunden hatten, und sie erzählte alles von meinem Alten, was für 'n Strolch das wär und was für 'n Strolch ich gewesen wär. Schließlich kam sie dann bei dem Mord an. Ich fragte:

»Wer hat das denn getan? Wir in Hookerville haben auch davon gehört, aber wir können uns nicht vorstellen, wer den Huck Finn umgebracht haben soll.«

»Ja, das möchten die Leute hier auch wissen. Viele glauben, dass es der alte Finn selbst gewesen ist.«

»Was? Wirklich?«

»Ja. Zuerst haben die meisten das geglaubt. Der Alte weiß gar nicht, wie dicht er am Lynchen vorbeigekommen ist. Aber noch am selben Abend hat sich die Meinung geändert. Da haben nämlich plötzlich alle angenommen, so 'n durchgebrannter Neger, Jim heißt er, hätt's getan.«

»Was? Der war doch...«

Weiter sagte ich nichts; denn ich dachte mir, es würd besser sein, still zu bleiben. Die Frau erzählte auch schon weiter, und es war ihr gar nicht aufgefallen, dass ich auch was gesagt hatte.

»Der Neger ist nämlich genau in der Nacht weggelaufen, wo Huck Finn umgebracht worden ist. Sie haben dreihundert Dollar auf seinen Kopf gesetzt. Und sie haben auch zweihundert Dollar Belohnung auf den alten Finn gesetzt. Am Morgen nach dem Mord war der nämlich in die Stadt gekommen und hatte alles erzählt. Und dann ist er mit den anderen aufs Fährboot gegangen und hat suchen geholfen. Aber gleich danach war er verschwunden, noch eh er gehängt werden konnte. Na, am nächsten Tag ist dann rausgekommen, dass der Neger weg war. Er war in der Mordnacht um zehn Uhr zum letzten Mal gesehen worden. Da ist dann der Verdacht auf ihn gefallen. Am nächsten Tag ist der alte Finn wiedergekommen und ist zum Richter Thatcher gegangen. Er wollte Geld haben, um in ganz Illinois nach dem Neger zu suchen. Der Richter hat ihm auch welches gegeben. Am selben Abend war der Alte dann besoffen und hat mit 'nem Rudel Kerle, die ganz unheimlich aussahen, bis nach Mitternacht rumrandaliert. Dann ist er mit ihnen auf und davon. Bis jetzt ist er noch nicht zurückgekommen, und jetzt denken die Leute wieder, er hätt's getan und die Sache dann so gedreht, als ob Räuber den kleinen Finn umgebracht hätten. Dann hätt er nämlich dem Huck sein Geld ohne viel Fisimatenten mit dem Gericht gekriegt. Ja, der ist schlau. Wenn er 'n Jahr fortbleibt, dann ist er 'n gemachter Mann. Bis dahin ist nämlich Gras über die Sache gewachsen und beweisen kann man ihm ja nichts. Und dann kriegt er auch im Handumdrehen das Geld von Huck.«

»Ja, das kriegt er dann, da ist nicht dran zu rütteln. – Und glaubt jetzt keiner mehr, der Neger hätt den Huck ermordet?«

»Doch, doch, es gibt noch welche, die das glauben, sogar noch recht viele. Aber sie werden den Neger schon bald wieder einfangen und dann kriegen sie die Wahrheit schon aus ihm raus.«

»Sind sie denn hinter ihm her?«

»Natürlich, du kleines Schaf. Gibt's denn jeden Tag dreihundert Dollar zu verdienen? Einige nehmen an, der Neger ist gar nicht weit von hier. Ich glaub das auch. Vor 'n paar Tagen hab ich mit dem alten Ehepaar gesprochen, das in der Blockhütte da drüben wohnt. Und die haben gesagt, dass zu der Insel da drüben, der Jackson-Insel, kaum jemals einer hinkommt. ›Wohnt denn da keiner?‹ fragte ich. ›Nein‹, sagten sie, ›keine Seele.‹ Da hab ich nichts mehr gesagt, hab mir nur meinen Teil gedacht. Es ist nämlich noch gar nicht so lange her, vielleicht 'n Tag oder zwei, eh ich mit den alten Leuten gesprochen hab, da hab ich Rauch über der Insel gesehen. Wenn da nicht der Neger versteckt ist, sagte ich mir. Na, denk ich, jedenfalls lohnt sich's, wenn man da drüben mal nachsieht. Seit damals hab ich allerdings keinen Rauch mehr gesehen. Vielleicht ist er schon weg. Mein Mann und noch einer, die waren flussaufwärts gegangen. Aber heut sind sie wiedergekommen, und da hab ich ihnen gleich erzählt, was los ist.«

Mir war's so, als hätt ich mich plötzlich auf 'ne Schlange gesetzt. Ich konnte vor Aufregung die Finger nicht mehr ruhig halten. Da nahm ich 'ne Nadel vom Tisch und versuchte, 'n Faden durchs Öhr zu kriegen. Aber meine Hände zitterten zu sehr. Als die Frau mit Schwätzen aufgehört hatte, sah ich sie an, und sie sah mich an, ziemlich komisch, und lächelte 'n bisschen. Da legte ich die Nadel und den Faden wieder auf den Tisch und tat so, als ob mich die Sache furchtbar interessieren würde. Sie interessierte mich ja auch wirklich.

»Dreihundert Dollar sind 'n schönes Stück Geld«, sagte ich. »'s wär schön, wenn meine Mutter das kriegen könnt! – Fährt Ihr Mann diese Nacht noch rüber?«

»Natürlich! Er ist mit 'nem Kumpel in die Stadt gegangen, um 'n Boot auszuleihen und 'ne zweite Flinte. Sie wollen nach Mitternacht rüber.«

»Wär's nicht besser, wenn sie bis zum Tag warten würden? Dann können sie doch wenigstens was sehen.«

»Natürlich könnten sie das. Aber glaubst du, der Neger ist am Tag blind? Nach Mitternacht schläft er wahrscheinlich. Und dann können sie durch die Wälder streifen und nach dem Lagerfeuer suchen. Das sieht man bei Nacht besser.«

»Stimmt. Daran hab ich gar nicht gedacht.«

Die Frau kuckte mich noch immer so komisch an und ich fühlte mich so unbehaglich. Plötzlich sagte sie:

»Wie hast du doch gesagt, wie du heißt?«

»Ma... Mary Williams.«

Da fiel mir ein, dass ich doch vorher »Sara Williams« gesagt hatte. Ich fühlte mich in die Enge getrieben und fürchtete, man könnte mir's ansehen. Je länger sie nichts sagte, umso unbehaglicher fühlte ich mich. Aber dann sagte sie schließlich doch was:

»Kindchen, ich dachte, du hättest zuerst gesagt, du heißt Sara?«

»Ja… ja, das stimmt auch. Ich heiße nämlich Sara Mary Williams. Die einen nennen mich Sara, die andern Mary…«

»Ach, so ist das also.«

Jetzt fühlte ich mich schon 'n bisschen besser, aber ich wünschte, ich wär draußen gewesen. Ich traute mich nicht aufzukucken.

Na, die Frau fing wieder an zu erzählen. Sie jammerte über die schweren Zeiten und darüber, dass die Ratten so frech wären, als wenn ihnen das Haus gehörte, und so weiter. Sie hörte gar nicht mehr auf mit den Ratten. Ab und zu konnt ich sehen, wie eine die Schnauze in 'ner Ecke vorstreckte. Die Frau sagte, sie hätt immer was bei der Hand, um nach den Biestern zu schmeißen, sonst würden die ja doch keine Ruhe geben. Sie zeigte mir 'nen Klumpen Blei, der in 'ner Schlinge steckte, und sagte, damit könnt man ganz gut werfen. Aber sie hätt sich vor 'n paar Tagen den Arm verstaucht und wüsst nicht, ob sie jetzt treffen würde. Und als dann wieder 'ne Ratte kam, da schmiss sie, traf aber nicht.

»Au«, sagte sie, »tut das weh!« Und dann fragte sie mich, ob ich's nicht das nächste Mal versuchen wollte.

Ich wollte zwar weg sein, eh der Mann zurückkam, aber ich durft's mir nicht anmerken lassen. So nahm ich denn das Ding, und nach der ersten Ratte, die die Schnauze zeigte, warf ich. Und wenn das Biest sitzen geblieben wär, hätt ich's getroffen.

Die Frau sagte, das wär 'n prima Wurf gewesen, und die nächste würd ich bestimmt treffen. Dann hob sie den Bleiklumpen auf und brachte gleich 'nen Strang Wolle mit. Den sollte ich ihr halten. Ich streckte beide Arme aus und sie legte den Strang drüber. Dabei erzählte sie immer weiter von sich und ihrem Mann. Auf einmal sagte sie:

»Pass auf die Ratten auf. Es ist besser, wenn du den Bleiklumpen auf den Schoß legst.«

Dann ließ sie den Klumpen in meinen Schoß fallen, und im selben Augenblick presste ich meine Beine zusammen, um das Ding zu halten. Aber sie erzählte weiter, doch nicht mehr lange. Nach 'ner Minute nahm sie mir den Strang Wolle von den Händen und kuckte mir sehr freundlich ins Gesicht und sagte:

»Na, wie heißt du denn nun wirklich?«

»Ich weiß… ich weiß nicht…«

»Wie heißt du wirklich? Heißt du Bill oder Tom oder Bob? Oder wie heißt du sonst?«

Ich glaub, ich zitterte wie Espenlaub. Ich wusst nicht, was ich tun sollte. Aber ich sagte:

»Bitte, verspotten Sie nicht 'n armes Mädchen. Wenn ich Ihnen lästig bin, dann…«

»Nein, lästig bist du ganz und gar nicht. Bleib ruhig sitzen, ich tu dir nichts. Du brauchst mir nur dein Geheimnis anzuvertrauen. Sei beruhigt, ich sag's keinem weiter. Ich will dir sogar helfen. Und auch mein Mann wird dir helfen, wenn du willst. Du bist nämlich 'n durchgebrannter Lehrjunge, das ist es, und nichts anderes. Aber da ist doch nichts Schlimmes bei. Man hat dich schlecht behandelt, nicht? Und da bist du ausgerissen. Ich werd's schon nicht weitersagen. Erzähl mir alles, sei ein guter Junge.«

Da sagte ich denn, 's wär ja doch zwecklos, weiter Theater zu spielen, und ich wollt mir nun alles vom Herzen reden. Aber sie dürft auch ganz bestimmt nichts verraten. Dann erzählte ich ihr, dass mein Vater und meine Mutter tot wären und 's Gericht hätte mich zu 'nem ekelhaften alten Farmer in Pflege gegeben.

»Und der hat mich so schlecht behandelt, dass ich's nicht mehr aushalten konnte. Als er mal für'n paar Tage wegging, hab ich die Gelegenheit wahrgenommen, hab 'n paar alte Kleider von seinen Töchtern gestohlen und dann bin ich abgehauen. Ich bin nur nachts gewandert, am Tag hab ich geschlafen. Ernährt hab ich mich von 'nem Sack voll Brot und Fleisch und ich hatt immer genug zu essen. Ich glaube, dass mein Onkel Abner More mich aufnehmen wird. Und darum bin ich ja auch nach Goshen gekommen, wo er wohnt.

»Goshen, Kind! Hier ist nicht Goshen, hier bist du in Petersburg. Goshen liegt noch zehn Meilen weiter stromaufwärts. Wer hat dir denn gesagt, dass hier Goshen ist?«

»Na, 'n Mann, den ich heut Morgen bei Sonnenaufgang getroffen habe, grad als ich mich in den Wald verkriechen wollt, um zu schlafen. Der sagte mir, an der Weggablung sollt ich rechter Hand weitergehen. Von da bis Goshen wären's nur noch fünf Meilen.«

»Der war wohl betrunken. Der hat dir grad das Verkehrte erzählt.«

»Ja, er sah auch aus, als ob er besoffen war. Aber jetzt ist ja doch nichts mehr dran zu ändern. Ich muss jetzt aufbrechen, weil ich Goshen noch vor Tag erreichen will.«

»Wart 'ne Minute. Ich will dir noch 'n bisschen was zu essen geben. Du wirst es nötig haben.«

Und sie gab mir was. Dann sagte sie:

»Sag mal, mit welchem Ende steht 'ne Kuh, die liegt, zuerst auf? Denk nicht lange nach, sondern antworte sofort.«

»Mit dem hinteren Ende.«

»Gut! Und 'n Pferd?«

»Mit dem vorderen.«

»An welcher Baumseite wächst das meiste Moos?«

»An der nördlichen.«

»Und wenn fünfzehn Kühe zusammen an 'nem Berghang weiden, wie viel von ihnen kauen und kucken dabei in dieselbe Richtung?«

»Alle fünfzehn.«

»Na, jetzt glaub ich dir, dass du auf dem Land gelebt hast. Ich dachte, du wolltest mich wieder beschwindeln. – Und wie heißt du nun wirklich?«

»George Peters.«

»'s ist gut, George. Vergiss aber nicht noch mal deinen Namen und sag später nicht, du heißt Alexander. Und wenn ich dich dann frage, dann red dich nicht damit raus, dass du sagst, dein Name wäre George-Alexander. Und lass dich in den alten Baumwollfetzen nicht mehr vor Frauen sehen; denn die glauben dir nicht, dass du 'n Mädchen bist. Die Männer kannst du vielleicht für dumm verkaufen, die Frauen aber nicht. Und dann: Wenn du 'ne Nadel einfädeln willst, dann fummel nicht so mit der Nadel in der Luft rum und halt nicht die Hand mit dem Faden still. Nur die Männer machen das so. Frauen halten die Hand mit der Nadel still und versuchen den Faden in das Loch reinzukriegen. Und wenn du nach 'ner Ratte oder sonst was schmeißt, dann stell dich auf die Zehenspitzen, heb die Hand über die Schulter, so ungeschickt wie du nur kannst, und wirf dann 'n paar Meter daneben. Schmeiß mit 'nem steifen Arm, wie die Mädchen das machen, und nicht wie 'n Junge aus dem Handgelenk und dem Ellbogen. Und, pass auf: Wenn 'n Mädchen versucht, etwas in ihrem Schoß aufzufangen, dann macht sie die Beine breit, weil sie dran gewöhnt ist, 'n Rock anzuhaben. Nur 'n Junge presst die Schenkel zusammen, wie du's gemacht hast, als ich dir den Bleiklumpen zugeworfen hab. Ich hab gleich gewusst, dass du 'n Junge bist, schon als du versucht hast, die Nadel einzufädeln. Und das andre hab ich nur mit dir angestellt, um sicher zu sein. Und jetzt lauf zu deinem Onkel, Sara, Mary, George, Alexander Peters. Und wenn du in Schwierigkeiten kommst, dann schick nur zur Mrs Judith Lofthus, das bin ich. Dann will ich für dich tun, was ich kann. Bleib immer auf der Straße, die am Fluss langführt. Und wenn du noch mal auf die Idee kommst, durchzubrennen, dann nimm dir 'n Extrapaar Schuhe und Strümpfe mit. Deine Füße werden schön aussehen, bis du in Goshen bist.«

Ich ging ungefähr fünfzig Meter am Ufer lang. Dann machte ich kehrt und lief dahin, wo mein Kanu lag. Ich sprang rein, und im Nu war ich weg. Ich ruderte so weit stromaufwärts, dass ich mit der Spitze der Insel auf einer Höhe war. Dann machte ich mich daran, den Fluss zu überqueren. Ich band das Kopftuch ab. Als ich in der Mitte vom Fluss war, hörte ich 'ne Uhr schlagen. Ich hielt an und lauschte. Die Schläge kamen von weit her; aber ich konnt sie gut hören. Es war elf. Als ich angekommen war, nahm ich mir nicht mal die Zeit, mir die Nase zu schnäuzen, obwohl ich's sehr nötig hatte. Ich lief stracks in den Wald, wo mein altes Lager war, und machte 'n mächtiges Feuer.

Dann sprang ich wieder ins Kanu und ruderte zu unserem neuen Lager, das anderthalb Meilen flussabwärts lag. Ich landete, lief den Hügel rauf und in unsere Höhle.

Jim lag da und schlief. Ich schrie: »Steh auf, Jim. Wir dürfen keine Minute verlieren. Sie sind hinter uns her!«

Jim fragte nicht, sagte überhaupt kein Wort. Aber wie er sich in der folgenden halben Stunde benahm, zeigte deutlich, wie große Angst er hatte. Im Handumdrehen war alles, was wir besaßen, auf unserem Floß, das unter den Weiden verborgen war, und wir waren bereit zum Auslaufen. Das Feuer in der Höhle hatten wir sofort ausgemacht und hinterher erledigten wir alles im Dunkeln.

Ich ruderte mit dem Kanu 'n Stückchen aufs Wasser raus und kuckte nach allen Seiten. Aber wenn da 'n Boot in der Nähe gewesen wär, ich hätt's nicht sehen können; denn Sterne geben nun mal nicht viel Licht. Dann zogen wir das Floß raus und ließen uns im Schatten des Ufers flussabwärts treiben. Es war totenstill und wir sagten kein Wort.

12. KAPITEL

Es musste kurz vor eins gewesen sein, als wir die Insel hinter uns gelassen hatten. Die Strömung schien uns nur langsam voranzutreiben. Wenn 'n Boot gekommen wär, wären wir ins Kanu geklettert und zum Illinois-Ufer rübergerudert. Aber's war schon gut, dass keins kam, denn sonst wär's uns schlechte ergangen. Wir hatten nämlich nicht daran gedacht, die Flinte oder Angelschnüre oder was zu essen ins Kanu zu legen. Es hatte eben alles so schnell gehen müssen, dass wir nicht an alles hatten denken können. Es war kein guter Einfall gewesen, den ganzen Kram aufs Floß zu bringen.

Wenn die Männer wirklich auf die Insel kommen würden, dann müssten sie das Feuer, das ich an meinem alten Lagerplatz angemacht hatte, finden und da die ganze Nacht drauf warten, dass Jim zurückkam. Hauptsache war, sie blieben hinter uns zurück. Und wenn der Trick mit dem Feuer nicht wirken sollte, dann war's nicht meine Schuld. Ich hatte getan, was ich konnte.

Als das erste Morgenlicht durch die Wolken brach, legten wir in einer Bucht am Illinois-Ufer an, die dicht mit Baumwollsträuchern gesäumt war. Da versteckten wir Floß und Kanu so gut wir konnten.

Auf der gegenüberliegenden Seite vom Fluss, in Missouri, reichen die Berge bis zum Wasser hinunter, am Illinois-Ufer die großen Wälder. Drüben war auch die befahrbare Strecke des Flusses. So brauchten wir keine Angst zu haben, dass bei uns 'n Schiff oder 'n Boot vorbeikommen würde. Wir haben den ganzen Tag dagelegen und auf die Flöße und die kleinen Dampfer aufgepasst, die drüben am Missouri-Ufer langkamen, und auf die großen Dampfer, die in der Mitte vom Fluss fuhren. Ich erzählte Jim die ganze Sache mit der Frau von gestern Abend. Jim sagte, das wär 'ne ganz schlaue. Und die würd auch nicht die ganze Nacht an dem Feuer sitzen bleiben. Die würde 'nen Hund mitbringen. Sie hätt wohl nicht rechtzeitig daran gedacht, dass man so 'n Vieh für die Jagd nach Negern braucht, sonst hätt sie den Männern bestimmt gesagt, sie sollten einen mitnehmen, als sie in die Stadt gingen, um 'n Boot auszuleihen. Und dann wär's uns schlecht ergangen. Dann würden wir nämlich nicht in 'nem Baumwollgebüsch sitzen, sechzehn oder siebzehn Meilen von St. Petersburg entfernt, sondern würden jetzt schon längst wieder in der verdammten Stadt sein. Ich sagte, es wär mir egal, warum sie uns nicht gekriegt haben.

Als es anfing dunkel zu werden, haben wir noch mal die ganze Gegend mit den Blicken abgesucht. Aber wir entdeckten nichts. Da nahm Jim die stärksten Planken vom Floß und baute daraus 'ne Hütte, in die man reinkriechen konnte, wenn es stürmte oder regnete, und in der man die Sachen trocken halten konnte. Dann zimmerte er noch 'nen Bretterboden, sodass die Hütte ungefähr einen Fuß höher lag als das Floß. Die Decken und der ganze Kram konnten jetzt nicht mehr durch die Wellen, die von den Dampfern gemacht wurden, nass werden. In der Mitte der Hütte machten wir aus Lehm 'ne Art Herd, in dem wir 'n Feuer anmachen konnten. Wir machten auch noch 'n zweites Steuerruder, für den Fall, dass das eine zerbrechen sollte. 'ne Astgabel wurde in der Mitte vom Floß festgemacht, in die wir die alte Laterne hängten. Wir mussten nämlich immer die Laterne anmachen, wenn 'n Dampfer kam, damit wir nicht überrannt wurden.

In der nächsten Nacht fuhren wir sieben oder acht Stunden. Die Strömung trieb uns mehr als vier Meilen in der Stunde. Wir fingen Fische und erzählten uns was, und dann und wann schwammen wir 'n Stück neben dem Floß her, um die Müdigkeit abzuhalten. Es war ziemlich feierlich, wenn wir dann wieder auf dem Rücken lagen, unter uns das Floß, über uns die Sterne, und es war uns gar nicht nach lautem Erzählen zumute und wir lachten auch selten, höchstens mal ganz leise. Das Wetter war ziemlich gut, im Ganzen genommen, und es passierte nichts Besonderes, auch nicht in der nächsten und in der übernächsten Nacht.

Jede Nacht kamen wir an Städten vorbei. In der fünften Nacht passierten wir St. Louis. 's war 'n einziges Lichtermeer. In St. Petersburg hatten sie immer gesagt, da würden dreißigtausend Menschen leben; und ich hatt's nie geglaubt, bis jetzt, wo ich all die Lichter sah, mitten in der Nacht um zwei Uhr.

Jeden Abend, ungefähr um zehn, landete ich heimlich in der Nähe von irgend 'nem Dorf und kaufte Maismehl oder Speck oder was wir grad brauchten für zehn oder fünfzehn Cent. Manchmal hab ich auch 'n Huhn, das noch nicht im Topf war, sondern noch rumlief, mitgehen heißen. Mein Alter hatte oft gesagt: »Wenn du 'ne Gelegenheit hast, 'n Huhn mitzunehmen, dann tu's. Und wenn du's nicht brauchst, dann braucht's 'n andrer. 'ne gute Tat macht sich immer bezahlt.« Zwar hatt ich nie gesehen, dass der Alte 'n Huhn mal nicht selbst brauchte, aber er hat es jedenfalls immer so gesagt.

Ganz frühmorgens, wenn's noch dunkel war, schlich ich in die Felder und »borgte« mir 'ne Wassermelone oder 'nen Kürbis oder 'n paar Hände voll Mais oder was grad da war. Der Alte hatte immer gesagt, sich was »borgen«, das wär nichts Schlechtes, wenn man's nur wieder zurückgeben wollte. Die Witwe meinte aber, das wär nur 'n milderes Wort für stehlen und kein anständiger Junge würde das tun. Jim sagte, die Witwe hätte zum Teil Recht. Wenn wir aber aus unserer Borgliste 'n paar Dinge streichen und die nie mehr »borgen« würden, dann wär's nicht schlimm, wenn wir uns den Rest weiterhin »borgten«. Das alles besprachen wir, als wir eines Nachts den Fluss runtertrieben. Und dann überlegten wir, was wir streichen sollten. Wassermelonen oder Warzenmelonen oder Kürbisse oder was sonst? Gegen Morgen hatten wir uns geeinigt. Holzäpfel und Birnen wollten wir nicht mehr »borgen«. Ich war froh darüber, denn Holzäpfel schmeckten sowieso nicht und Birnen waren noch nicht reif.

Manchmal schossen wir ein Wasserhuhn, das zu früh aufgestanden war oder abends nicht rechtzeitig ins Bett gefunden hatte.

Alles in allem: Wir lebten ganz prima.

In der fünften Nacht, als wir schon unterhalb von St. Louis waren, gab's nach Mitternacht 'nen schweren Sturm und Donner und Blitz, und das Wasser kam wie mit Eimern runter. Wir hatten uns in die Hütte verkrochen und überließen das Floß sich selbst. Wenn's blitzte, konnten wir sehen, dass der Fluss schnurgerade verlief und dass das Ufer zu beiden Seiten steil und felsig war. Nach 'ner Weile rief ich:

»Jim, kuck mal da drüben!«

Da lag 'n Dampfer, der auf 'nen Felsen gefahren war, und wir trieben auf ihn zu. Der Dampfer hatte 'ne schwere Schlagseite, und nur 'n Teil vom Oberdeck war noch über Wasser. Und bei jedem neuen Blitz konnten wir jede Kleinigkeit sehen, sogar 'nen Stuhl neben der großen Glocke, mit 'nem alten Schlapphut, der an der Lehne hing.

Als wir neben dem Dampfer waren, da fühlt ich mich so, wie sich wohl jeder andere Junge gefühlt haben würde, wenn er das traurige und einsame Wrack auf dem Fluss mitten in 'ner stürmischen Nacht gesehen hätte. Für mein Leben gern wär ich auf den Dampfer geklettert und hätte 'n bisschen rumgeschnüffelt.

»Jim«, sagte ich, »lass uns an dem Dampfer anlegen.«

Der war zuerst furchtbar dagegen und sagte:

»Nix da, wir werden nicht gehen auf das Wrack. Was denn, wenn da ist drauf 'n Wachtposten, he?«

»Quatsch. Was soll denn der bewachen? Meinste, 's würde einer sein Leben für so 'n Wrack riskieren?«

Darauf konnte Jim keine Antwort geben.

»Und außerdem«, fuhr ich fort, »können wir da vielleicht was Wertvolles bergen, aus der Kapitänskajüte vielleicht. Denk doch mal, vielleicht sind da Zigarren, ganz feine, die fünf Cent

das Stück kosten. Dampferkapitäne sind immer reich, kriegen sechzig Dollar oder so im Monat. Die brauchen nicht zu knausern. Komm, Jim, steck dir 'ne Kerze in die Tasche. Ich hab keine mehr. Glaubste vielleicht, Tom Sawyer würde sich so 'ne Gelegenheit an der Nase vorbeigehen lassen? Nicht für alles in der Welt. So was würd der 'n Abenteuer nennen, und er würd an dem Wrack festmachen, und wenn's auch sein Leben kostete. Würde der sich dagegen sträuben? Nicht die Bohne! Der würd rangehen, dass du denkst, du hät'st Kolumbus vor dir. – Ach, wenn doch nur Tom Sawyer hier wär!«

Jim brummte noch 'n bisschen, gab aber dann doch nach. Er sagte noch, wir dürften nicht sprechen, und wenn's mal sein müsste, dann nur ganz leise.

Als wieder 'n Blitz runterfuhr, konnten wir das Wrack genau sehen, und wir machten unser Floß am Ladebaum fest.

Das Deck ragte hier steil aus dem Wasser. Wir krochen langsam die schräge Fläche rauf und tasteten uns nach der Kabine; denn es war wieder so duster, dass wir nicht die Hand vor Augen sehen konnten. Bald waren wir am Deckfenster angelangt, und beim nächsten Schritt waren wir schon vor der Tür der Kapitänskajüte, die offen stand... Und um Himmels willen: In der Kajüte war Licht! In demselben Augenblick hörten wir Stimmen!

Jim flüsterte mir zu, ihm wär kotzübel, und bat mich, wir sollten uns wegmachen.

»Na gut«, gab ich zur Antwort, und ich wollt grad zum Floß zurückkrabbeln, als ich 'ne Stimme sagen hörte: »Ach Jungs, tut's nicht. Ich schwöre euch: Ich werd keinen verraten.«

Und 'ne andre Stimme sagte ziemlich laut: »Du lügst, Jim Turner. So machst du's immer. Immer willste mehr als dir zusteht, und du hast auch immer mehr gekriegt, weil du uns gedroht hast, du würdest uns verpfeifen. Aber jetzt ist Schluss. Du bist der gemeinste, verräterischste Hund im ganzen Land.«

Jim war schon weg, aber ich wartete noch immer neugierig. Ich sagte mir: Tom Sawyer würd bei so 'ner Gelegenheit nicht auskratzen und ich tu's auch nicht. Ich will wissen, was hier los ist. Auf Händen und Füßen kroch ich 'nen schmalen Gang lang. Da sah ich in der Kapitänskajüte 'nen Mann auf dem Boden liegen, an Händen und Füßen gefesselt. Zwei Männer standen über ihm. Der eine hatte 'ne schwach leuchtende Laterne in der Hand, der andere 'ne Pistole, und er zielte nach dem Kopf von dem Mann, der gefesselt war. Dabei sagte er andauernd:

»Ich würd's ja gern tun. Dieser gemeine Verräter.«

Der Mann am Boden krümmte sich jedes Mal und sagte dann: »Ach bitte, Bill, tu's nicht. Wirklich, ich will's ja nicht wieder tun.«

Und jedes Mal, wenn er das sagte, lachte der Mann mit der Laterne und rief:

»Du wirst es nicht wieder tun! Nie haste was Wahres gesagt.«

Und einmal sagte er:

»Hörste, wie er bettelt. Und dabei hätt er uns beide umgebracht, wenn wir ihn nicht umgehauen und gefesselt hätten. Und warum? Für nichts und wieder nichts. Nur weil wir auf unser Recht bestehen. Aber du wirst keinem mehr drohen, Jim Turner. – Steck deine Pistole weg, Bill.«

Bill antwortete:

»Ich will nicht, John Packard. Ich bin dafür, dass wir ihn einfach abmurksen. Hat er nicht den alten Hatfield auf die gleiche Manier umgebracht?«

»Aber ich will nicht, dass du ihn tötest. Ich hab meine Gründe dafür.«

»Gott segne dich für deine Worte, John Packard! Ich werd's dir mein Leben lang nicht vergessen«, blubberte der Mann, der am Boden lag.

Packard hörte gar nicht drauf, sondern hängte seine Laterne an 'nen Nagel und kam dann auf die Stelle zu, wo ich hockte, und er rief Bill zu, ihm zu folgen. Wie 'n Krebs kroch ich, so schnell wie ich konnte, rückwärts. Damit ich nicht entdeckt und gefasst würde, kroch ich in 'ne Kabine. Tastend kam Packard den Gang runter, und als er vor der Kabine stand, in der ich war, sagte er:

»Komm hier rein.«

Und dann kam er rein, Bill hinterher. Aber eh sie noch richtig drin waren, war ich schon in die oberste Koje geschlüpft und hatte mich in die äußerste Ecke gedrückt. Dann standen sie da, hielten sich mit den Händen an der Kante der Koje fest und redeten. Ich konnt sie nicht sehen, konnte aber riechen, wo sie waren; denn sie hatten 'ne Menge Whisky intus. Ich war froh, dass ich keinen Whisky getrunken hatte. Aber dann dacht ich mir, so schlimm wär das auch nicht, denn ich atmete ja kaum. Und außerdem: Zwei solche Kerle reden zu hören und dann noch zu atmen, das war unmöglich.

Bill wollte Turner umbringen und sagte:

»Er hat immer gedroht, er wird uns verraten. Und jetzt wird er's tun, auch wenn wir ihn laufen lassen und wenn wir ihm beide unseren ganzen Anteil geben. So sicher, wie du noch lebst, so sicher wird er zum Kadi laufen. Ich bin dafür, ihn aus dem Weg zu räumen.«

»Dafür bin ich auch«, sagte Packard sehr ruhig.

»Dann ist ja alles in Ordnung. Komm, wir wollen's gleich erledigen.«

»Wart 'nen Augenblick, ich bin noch nicht fertig. Hör zu: Schießen ist gut, aber man kann's auch auf 'ne leisere Art tun. Wenn du das, was du erreichen willst, auf 'ne gefahrlose Weise erreichst, dann ist es doch besser. Oder nicht?«

»Natürlich. Aber wie willste's denn anstellen?«

»Erst werden wir mal alles absuchen und mitnehmen, was die übersehen haben. Dann rudern wir an Land und verstecken die Beute. Dann warten wir. In längstens zwei Stunden wird das Wrack auseinander brechen und den Fluss runtertreiben. Verstehste? Er wird einfach versaufen und man kann keinem 'nen Vorwurf nicht machen, außer ihm selbst. Ich glaube, das ist 'ne bessere Art, ihn umzubringen. Ich mag nicht 'nen Mann töten, wenn's auch geht, ohne dass ich 'nen Finger krumm mache. Erstens ist so was dumm und zweitens ist es unmoralisch. Hab ich Recht?«

»Ja, schon. Aber überleg mal, wenn der Kahn hier nicht auseinander bricht, was dann?«

Ach Quatsch! Komm, gehen wir.«

Und die beiden gingen weg. Ich verduftete auch, ganz in kalten Schweiß gebadet. Draußen war's duster wie in 'nem Keller. Ich kroch dahin, wo wir mit dem Floß angelegt hatten.

»Jim«, flüsterte ich.

Und da stöhnte was, ganz nah an meinem Ellbogen.

»Los, Jim, wir können nicht die Zeit mit Stöhnen vertrödeln. Da ist 'ne Mörderbande auf dem Schiff. Und wenn wir nicht ihr Boot finden und es losmachen und treiben lassen, dann ist einer von ihnen in 'ner verdammten Klemme. Wenn wir aber ihr Boot finden, dann sitzen sie alle in der Patsche, weil der Sheriff sie dann kriegt. Komm, beeil dich. Ich will die Steuerbordseite absuchen und du suchst backbords. Und dann gehste aufs Floß.«

»Ach, du lieber Gott… Floß… 's ist kein Floß nicht mehr da. 's hat sich losgerissen und ist weg. Und wir stehen jetzt da!«

13. KAPITEL

Mein Gott, ich hielt die Luft an. Da waren wir also auf 'nem Wrack gefangen, dazu noch mit so 'ner Mörderbande zusammen! Aber wir hatten keine Zeit, unseren Gefühlen nachzuhängen. Wir mussten das Boot finden, jetzt allerdings, um es selber zu benutzen. Zitternd und bebend suchten wir die ganze Steuerbordseite ab. Es schien 'ne Ewigkeit gedauert zu haben, als wir endlich am Heck ankamen. Keine Spur von 'nem Boot! Jim sagte, er könnte nicht weiter, er hätte so 'ne Angst, dass er nicht mehr die Beine bewegen könnte. Aber ich sagte: »Los, weiter. Wenn wir auf dem Wrack bleiben, sind wir geliefert, das ist doch wohl klar!«

Wir krochen weiter. Da sahen wir, in der Nähe der Kapitänskajüte, plötzlich das Boot. Ich war ja so dankbar! Im nächsten Augenblick würden wir drinsitzen und dann: ab dafür!

Aber da ging die Tür auf und einer der beiden streckte den Kopf raus, nur 'n paar Fuß von mir entfernt. Ich dacht, ich sterbe. Aber der Kopf wurde wieder zurückgezogen und ich hörte:

»Stell die verdammte Laterne weg, Bill!«

Dann kam der Mann ganz raus, schmiss 'nen voll gepackten Sack ins Boot und sprang selber hinterher.

Das war Packard.

Dann kam auch Bill und sprang ins Boot. Packard sagte mit leiser Stimme:

»Alles in Ordnung, stoß ab!«

Ich konnte mich kaum noch auf den Beinen halten, so schlapp war ich.

»Wart mal 'nen Augenblick. Haste ihn durchsucht?«

»Nee, du?«

»Nee. Dann hat er also noch seinen Anteil bei sich.«

»Na, komm. Den wollen wir ihm abnehmen. 's hat keinen Zweck, wenn wir das Zeug mitnehmen und die Moneten hier lassen.«

»Sag mal, glaubste, der merkt, was wir mit ihm vorhaben?«

»Vielleicht hat er's noch nicht gemerkt. Aber die Moneten müssen wir auf jeden Fall mitnehmen. Los, komm.«

Sie kletterten wieder aus dem Boot und gingen noch mal in die Kajüte. Die Tür fiel krachend ins Schloss.

Im Handumdrehen war ich im Boot und Jim taumelte direkt

hinter mir drein. Ich riss mein Messer raus und schnitt das Tau durch. Und schon trieben wir flussabwärts.

Wir haben kein Ruder bewegt, auch kein Sterbenswörtchen gesprochen. Ja, wir wagten kaum zu atmen. In 'n paar Augenblicken waren wir schon hundert Meter vom Schiff weg.

Die Dunkelheit hatte das Wrack verschluckt.

Als wir schon drei- oder vierhundert Meter weit weg waren, sahen wir 'n Licht an der Tür zur Kapitänskajüte. Da wussten wir, dass die Kerle jetzt ihr Boot suchen würden.

Jetzt fing ich an, mich um sie zu sorgen, obschon 's Mörder waren. Es musste doch auch für solche Menschen furchtbar sein, in so 'ner Klemme zu sitzen.

Da gibt's nichts, sagte ich mir, wenn du jetzt nicht handelst, wirst du selber zum Mörder. Und ich sagte zu Jim:

»Wir landen sofort, wenn wir 's erste Licht am Ufer sehen, entweder hundert Meter oberhalb oder hundert weiter unten, kommt drauf an, wo wir das Boot und dich gut verstecken können. Ich such dann irgendeinen, dem ich alles erzählen kann. Dann werden die da drüben wenigstens gerettet, auch wenn's nur für den Galgen ist.«

Aber wir konnten den Plan nicht ausführen, denn bald fing es wieder zu stürmen an, schlimmer als vorher. Es goss wieder, und nirgends war 'n Licht am Ufer zu sehen.

Alle schlafen schon, dachte ich.

Wir trieben weiter und schauten fleißig nach 'nem Lichtschein und nach unserm Floß.

Nach 'ner langen Zeit ließ der Regen nach, aber der Himmel war mit schweren Wolken behangen und es blitzte auch noch immer. Nach 'ner Weile konnten wir im Licht von 'nem Blitz was Dunkles sehen. Wir ruderten drauf zu.

's war unser Floß!

Wie froh waren wir, als wir wieder auf unserm Floß saßen! Bald sahen wir dann auch 'n Licht am rechten Ufer, und ich sagte zu Jim, ich würde mit dem Boot von den Banditen draufzufahren.

Das Boot war halb voll von dem Zeug, das der Kerl gestohlen hatte. Wir nahmen's raus und verstauten es auf unserm Floß. Dann sagte ich zu Jim, er sollte sich weiter treiben lassen, und wenn er ungefähr zwei Meilen hinter sich gebracht hätte, sollt er 'ne Laterne anmachen und so lang brennen lassen, bis ich ihn eingeholt hätte.

Dann bin ich losgerudert, immer auf das Licht zu. Als ich fast am Ufer war, sah ich noch 'n paar mehr. Es war 'n ganzes Dorf. Da zog ich ein Ruder ein und ließ mich noch 'n Stück treiben. Nach 'ner Weile kam ich an 'n Fährboot, an dem 'ne Laterne hing. Das musste das Licht sein, das wir zuerst gesehen hatten. Jetzt suchte ich nach dem Fährmann. Ich fand ihn schließlich, wie er auf 'nem Bündel Taue saß und schlief, den Kopf zwischen den Knien. Ich stieß ihn 'n paar Mal vorsichtig an. Dabei heulte und schluchzte ich.

Er fuhr hoch und kuckte verstört um sich. Aber als er sah, dass es nur so 'n kleiner Kerl wie ich war, gähnte und streckte er sich, eh er sagte:

»Na, was ist denn los? Heul nicht. Was haste denn?«

»Vater und Mutter und meine Schwester und…«

»Na, komm zu dir. Nimm's dir nicht so zu Herzen. Wir haben ja alle unser Bündel zu tragen. Es wird schon alles gut werden. Nu erzähl mal ruhig, was mit deinem Vater und den anderen ist.«

»Sie sind … Sie sind der Wächter von der Fähre?«

»Ja«, antwortete er zufrieden und stolz, »ich bin der Kapitän und der Eigner, der Maat, der Lotse, der Steuermann und der Wächter, und manchmal bin ich auch noch der einzige Passagier und das Ladegut. Ich bin nicht so reich wie Jim Hornback und ich kann auch nicht so verdammt großspurig sein und mit dem Geld rumschmeißen wie er. Aber ich hab ihm schon oft gesagt, dass ich nicht mit ihm tauschen möchte. Ich bin 'n Seemann, sag ich zu ihm, und bin ans Seemannsleben gewöhnt, und ich würd eingehen, wenn ich da draußen, weit vor der Stadt, leben müsste, wo die Welt zu Ende ist, und wenn er mir alles gibt, was er hat. Ich würd eingehen, sag ich. Und dann...«

»Die stecken ganz schön im Schlamassel«, unterbrach ich ihn, »und wenn...«

»Wen meinste?«

»Na, Vater und Mutter und meine Schwester und Miss Hooker. Und wenn Sie nicht gleich mit Ihrer Fähre rüberfahren...«

»Wo rüber? Wo sind die denn?«

»Auf dem Wrack.«

»Auf welchem Wrack?«

»Na, da ist doch nur eins.«

»Was, meinste die ›Walter Scott‹?«

»Ja, die mein ich.«

»Was, um alles in der Welt, machen denn die da?«

»Aus Jokus sind die nicht da.«

»Das glaub ich gern. Aber, du lieber Himmel, wenn die nicht sehr bald da runtergehen, dann gibt's keine Rettung mehr. Wie sind die denn überhaupt in so 'ne Lage gekommen?«

»Ganz einfach. Miss Hooker war zu Besuch in der Stadt da oben, in ...«

»War's in Booths Landing?«

»Ja, also sie war da zu Besuch, in Booths Landing, und abends wollte sie über'n Fluss zu ihrer Freundin, Miss Soundso. Ich weiß nicht mehr, wie die heißt. Jedenfalls lässt sie sich zusammen mit der Negerzofe übersetzen. Da bricht, mitten auf dem Fluss, das Steuerruder und die Fähre treibt, 's Hinterteil vorn, ungefähr zwei Meilen stromabwärts und auf das Wrack drauf. Der Fährmann und die Negerzofe, alle sind sie hops gegangen, nur Miss Hooker nicht. Die hat sich irgendwo festgehalten und ist auf das Wrack gekrabbelt. – Na, 'ne Stunde später kommen wir mit unserm Boot da lang und wir sehen natürlich auch nicht die Bohne. Es war ja zu dunkel. Das Wrack bemerkten wir erst, wie wir drauffuhren. Jetzt saßen wir auch auf dem Trocknen. Das Boot war natürlich hin, aber von uns ist keinem was passiert, bis auf Bill Whippla, und das war 'ne Seele von Mensch! Wirklich, ich wünsch, ich selber wär abgesoffen anstatt Bill...«

»Du liebe Güte. Das ist die merkwürdigste Geschichte, die ich je gehört hab. – Und dann, was haste dann gemacht?«

»Na, wir haben erst mal gerufen und geschrien. Aber 's hat uns kein Mensch gehört, weil's doch so weit draußen ist. Da sagte mein Vater: ›Es geht nicht anders. Wir müssen irgendwie Hilfe kriegen. Ich war der Einzige, der schwimmen konnte, und da hab ich mir 'n Herz gefasst und bin rein ins Wasser. Miss Hooker hat mir noch gesagt, wenn ich nicht bald Hilfe bringe, ist alles verloren, und ich soll zu ihrem Onkel gehen, der wird bestimmt helfen. Na gut, ich bin 'ne Meile weiter unten an Land gegangen und bin dann rumgeirrt und hab versucht, 'n paar Leute aufzutreiben, die uns helfen können. Aber die haben alle nur gesagt: ›Was, in so 'ner Nacht und bei so 'ner Strömung? Da hat das gar keinen Zweck. Geh mal zur Dampffähre.‹ Das haben alle gesagt. Und jetzt bin ich hier und wollt mal fragen, ob Sie nicht…«

»Bei Gott, ich will. Aber wer bezahlt mir das? Meinste, dein Vater…«

»Ach, das geht schon in Ordnung. Miss Hooker hat mir noch extra gesagt, dass ich ihrem Onkel, dem Mr Hornback…«

»Heiliges Kanonenrohr! Der ist ihr Onkel? Pass auf: Siehste das Licht da drüben? Da geh hin, und wenn du angelangt bist, dann halt dich links, bis du an 'ne Kneipe kommst. Da fragste, wo Jim Hornback wohnt. Die werden dir's schon zeigen. Und bummel nicht rum, verstehste. Sag ihm, ich würd seine Nichte schon heil an Land bringen. Tummel dich jetzt. Ich muss noch mal um die Ecke, den Maschinisten raustrommeln.«

Erst mal lief ich auf das Licht zu, aber als der Fährmann um die Ecke war, war ich – eins, zwei, drei – in meinem Boot und ließ mich ungefähr fünfhundert Meter weit runtertreiben und versteckte mich zwischen 'n paar Holzschiffen. Ich hatte keine Ruhe, eh ich nicht wusste, ob die Fähre wirklich losdampfte.

Alles in allem genommen, war ich sehr zufrieden mit mir, weil ich so viel für die Bande unternommen hatte. Das hätt nicht jeder getan. Ich wünschte mir, die Witwe würde davon erfahren. Was würd die stolz auf mich sein, wenn sie hören würde, dass ich diesen Halunken geholfen hatte. Komisch: Die besseren Leute interessieren sich immer am meisten für Verbrecher und Morde.

Na, es dauerte nicht lange, da kam das Wrack den Fluss runtergetrieben. Es hatte sich also doch schon von dem Felsen losgerissen! Mir lief 'n kalter Schauer übern Rücken. Ich sah sofort, dass da nicht mehr viel zu helfen war, denn von dem ganzen gestrandeten Schiff kuckte nur noch 'n bisschen oben raus. Ich ruderte drauf zu und rief leise. Aber es kam keine Antwort, alles war totenstill.

Erst war ich 'n bisschen bedrückt, als ich an die Verbrecher dachte. Aber das verging wieder, als ich dran dachte, was für Schufte das gewesen waren.

Da kam auch schon die Dampffähre und ich verzog mich nach der Mitte vom Fluss. Und als ich glaubte, ich wär außer Sehweite für die auf der Fähre, zog ich mein Ruder ein und kuckte zu. Ich sah, wie die Fähre rund um das Wrack fuhr und nach den Überresten von Miss Hooker suchte. Aber bald gab der Fährmann es auf und dampfte wieder dem Ufer zu. Da legte ich mich mit aller Kraft in die Riemen und fuhr flussabwärts.

Es kam mir schrecklich lang vor, bis ich Jims Licht sah. Und als ich es sah, kam es mir vor, als wenn es noch tausend Meilen entfernt wär. Aber schließlich, als der Himmel im Osten schon grau wurde, erreichte ich Jim. Wir landeten auf 'ner Insel, versteckten das Floß und versenkten das Boot. Dann legten wir uns hin und schliefen wie die Toten.

14. KAPITEL

Wie wir wach wurden, untersuchten wir das Zeug, das die Kerle auf dem Wrack zusammengestohlen hatten. Wir fanden Stiefel, Decken und Kleider, 'nen Haufen Bücher, 'n Fernglas und drei Kisten mit Zigarren. Wir waren noch nie so reich gewesen. Die Zigarren waren das Beste. Den ganzen Nachmittag lagen wir im Wald und quatschten und ließen den lieben Gott 'nen guten Mann sein. Ich las in den Büchern, und später erzählte ich Jim ganz genau, was ich auf dem Wrack und mit dem Fährmann erlebt hatte.

»Das«, sagte ich, »sind Abenteuer.«

Aber er antwortete, er hätte die Nase voll von Abenteuern. Als er zum Floß kam und fand, dass es nicht mehr da war, da wär er um 'n Haar vor Schreck gestorben. Denn wenn er nicht gerettet worden wär, dann hätt er ersaufen müssen, und wenn ihn einer gerettet hätte, egal wer, dann hätt der ihn zu Miss Watson gebracht, schon um die Belohnung zu kriegen. Und dann hätt man ihn nach dem Süden verkauft.

Da hatte er Recht. Er hatte überhaupt meistens Recht.

Dann las ich Jim von Königen und Herzögen und Grafen und solchen Leuten vor, wie schön die angezogen sind und was für feine Manieren die haben, wie die sich mit »Eure Majestät« und »Euer Gnaden« und »Euer Lordschaft« anreden, anstatt einfach »Mister« zu sagen. Jim fielen die Augen vor Staunen fast aus dem Kopf. Er sagte:

»Jim hat gar nicht gewusst, dass es so viele gibt von denen, hat bis jetzt nix von ihnen gehört. Kennt nur den alten König Sallermon und die Könige vom Kartenspiel. Wie viel verdient denn so 'n König?«

»Wie viel? Na, wenn er will, kriegt er tausend Dollar im Monat. Könige können ja so viel haben, wie sie wollen. Denen gehört doch alles.«

»Ist das nicht fein? Und was sie müssen dafür tun?«

»Nichts. Was du dir nur vorstellst. Die sitzen nur rum.«

»Was, wirklich?«

»Klar. Die sitzen nur rum. Vielleicht wenn mal Krieg ist, dann ziehen sie in den Krieg. Die übrige Zeit faulenzen die oder gehn mal auf die Jagd... Still, Jim, haste nicht was gehört?«

Wir sprangen auf und lauschten. Es war aber nichts zu hören außer den Schaufeln von 'nem Dampfer, die das Wasser aufwühlten. Da setzten wir uns wieder.

»Ja, so ist das«, fing ich wieder an. »Und wenn die Karre mal im Dreck ist, dann streiten die sich mit dem Parliment. Und wenn mal einer nicht pariert, dann lassen sie ihn köpfen. Die meiste Zeit aber sind sie in ihrem Harem.«

»Wo?«

»In ihrem Harem.«

»Was is 'n das?«

»Na, das ist 'n Haus, wo so 'n König seine Weiber drin hat. Du weißt nicht, was 'n Harem ist? Salomon hat doch auch eins gehabt, wo ungefähr 'ne Million Weiber drin waren.«

»Ja, richtig, Jim ganz vergessen. Müssen dann aber haben 's ganze Haus voll Kinder. Und die Weiber werden sich liegen die ganze Zeit in der Wolle. Und dabei heißt's doch in der Schrift, Sallermon wär gewesen 'n weiser Mann, der weis'ste, wo jemals hat gelebt. Jim das nicht glaubt. Würd sich 'n weiser Mann setzten den ganzen Tag mitten ins Geschrei von Kinder und Keifen von Weiber? Nee, wahrhaftig nicht, 'n weiser Mann würd sich bauen 'ne Billardfabrik, und wenn er hätt die Nase voll, würd er verkaufen die Billardfabrik.«

»Aber er war der weiseste Mann, die Witwe hat's mir doch selber erzählt.«

»Ist Jim egal, was die Witwe hat erzählt. Er war kein weiser Mann nicht. Er hat gelebt auf die blödste Art, wo Jim kennt.«

So 'n Neger hab ich noch nicht gesehen. Wenn der sich mal was in den Kopf gesetzt hatte, dann war's nicht mehr rauszubringen.

Ich fing einfach an, von anderen Königen zu erzählen, und

ließ den Salomon sausen. Ich erzählte ihm von Louis XVI., der vor langer Zeit in Frankreich geköpft wurde, und von seinem kleinen Sohn, dem Thronfolger, der mal König hatte werden sollen und den sie einfach ins Loch gesperrt hatten, wo er denn auch gestorben ist.

»Armer kleiner Kerl.«

»Viele sagen, er wär ausgebrochen und nach Amerika gekommen.«

»Prima. Aber ist der denn nicht einsam hier?«

»Weiß nicht. Vielleicht ist der bei der Polizei oder lernt die Leute Französisch.«

»Was? Sprechen denn die Leute in Frankreich nicht dieselbe Sprache wie wir?«

»Nein, Jim. Du wirst nicht ein Wort verstehen, wenn die sprechen.«

»Woher kommt denn das?«

»Ich weiß das nicht. Aber es ist so. Wart mal. Ich hab da mal was in 'nem Buch gefunden. Was würdste machen, wenn einer käm und würd zu dir sagen: Palewutzfrangzeise?«

»Jim würd 'n haun übern Kopp, wenn er nicht wär 'n Weißer; 'n Neger würd er haun übern Kopp.«

»Quatsch, das ist doch kein Schimpfwort. Das heißt doch nur: ›Sprechen Sie Französisch?‹.«

»Na, warum sagt er's denn nicht?«

»Aber er sagt's doch. So sagen das alle Franzosen.«

»Verdammt komisch.«

»Pass auf, Jim. Spricht 'ne Katz so wie 'n Hund?«

»Nee.«

»Gut. Spricht 'ne Kuh so?«

»Auch nicht.«

»Spricht 'ne Katz wie 'ne Kuh?«

»'türlich nicht.«

»'s ist doch ganz natürlich, dass jedes von den Viechern anders spricht.«

»'türlich.«

»Und es ist doch auch natürlich, dass die Viecher anders sprechen als wir Menschen.«

»Klar.«

»Und warum soll es denn nicht ganz natürlich sein, wenn 'n Franzose anders spricht als wir?«

»Ist 'ne Katz 'n Mensch?«

»Quatsch!«

»Na gut, dann kannse auch nicht sprechen wie 'n Mensch. – Ist 'ne Kuh 'ne Katz?«

»Dusslige Frage!«

»Na gut, dann kannse auch nicht sprechen wie 'ne Katz – Ist 'n Franzose 'n Mensch?«

»Ja.«

»Aber warum spricht er denn nicht wie einer?«

Es hatte keinen Zweck, auch nur noch ein Wort zu verlieren. Mit 'nem Neger kann man eben nicht streiten.

15. KAPITEL

Wir hatten uns überlegt, dass wir in drei Nächten bis nach Cairo kommen würden. Die Stadt liegt am Ende von Illinois, wo der Ohio einmündet. Da wollten wir unser Floß verscheuern und dann den Ohio rauf bis in die nördlichen Staaten trampen, wo's keine Sklaverei gibt und wo wir außer Gefahr sein würden.

Aber in der zweiten Nacht kam Nebel auf und wir steuerten auf 'ne Sandbank zu. Es wär ja auch sinnlos gewesen, im Nebel weiterzufahren. Aber als ich mit dem Kanu rausfuhr, um das Floß festzumachen, fand ich nichts als 'n paar kleine Bäumchen. Ich warf das Tau um eins von ihnen, aber die Strömung war so stark, dass das Floß weiter abgetrieben wurde und das Bäumchen entwurzelte. Im nächsten Augenblick war's im Nebel verschwunden. Mir wurde ganz anders, als ich das merkte. Man konnt keine zwanzig Meter weit sehen. Ich sprang ins Kanu, griff nach den Rudern und wollte, was haste, was kannste, hinterher. Aber das Ding kam nicht vom Fleck. Ich hatt nämlich ganz vergessen, es wieder loszubinden.

Ich wollt den Knoten aufpuhlen, aber mir zitterten die Hände so furchtbar, dass ich's nicht zuwege brachte. Schließlich kam ich doch ab und ruderte mit aller Kraft hinter dem Floß her. Ich fuhr immer an der Sandbank lang. Aber nach sechzig Metern hörte die auf. Als ich ihr Ende erreicht hatte, schoss ich mitten rein in die dicke Nebelsuppe, und ich dacht mir, jetzt ist es aus mit dir. Da sagt ich mir: Es ist besser, wenn du nicht ruderst, sonst hängste gleich auf 'ner Sandbank oder 'nem Gebüsch. Bes-

ser ist's, du lässt dich treiben. Aber 's war doch 'n ekliges Gefühl, einfach dazusitzen und nichts zu tun. Ich rief mal und dann horchte ich. Von ganz weit hört ich leis antworten und mir war wieder 'n bisschen besser. Ich hielt auf die Stelle zu, von wo die Antwort gekommen war, und passte scharf auf, ob ich nicht noch mal was hörte. Als der Ruf wiederkam, da wusst ich, dass ich zu weit nach rechts abgekommen war. Beim nächsten Mal war ich zu weit links, war aber nicht näher als vorher, denn ich sauste mal hierhin, mal dahin und kam nicht voran.

Ich dachte, Jim, der Idiot, würde mal auf den Gedanken kommen, auf der Blechpfanne Krach zu machen, aber er tat's nicht. Grad die stillen Momente, wenn ich nichts von ihm hörte, waren die schlimmsten. So fuhr ich drauflos. Plötzlich hörte ich den Schrei hinter mir. Da wurde ich völlig rapplig. Da musste jemand anders als Jim schreien oder ich hatte mich gedreht.

Ich schmiss das Paddel hin. Da hörte ich den Ruf wieder. Er war noch immer hinter mir, aber jetzt ganz woanders. Das Rufen hörte nicht auf, aber es kam immer von woanders, und ich antwortete, bis es wieder vor mir war. Jetzt wusste ich, dass die Strömung mein Kanu wieder mit der Spitze stromabwärts gedreht hatte. Damit war alles klar, wenn das da vorn Jim war und nicht irgendein andrer Flößer. Ich hatte keine Ahnung, wie schwer's ist, im Nebel Stimmen zu erkennen, wo sich doch im Nebel nichts natürlich anhört und wo nichts natürlich aussieht.

Das Rufen hielt weiter an, und im nächsten Augenblick sauste ich mit aller Gewalt auf 'ne Sandbank mit hohen Bäumen, die wie weiße Geister im Nebel schwankten, und die Strömung presste mich nach links und trieb mich zwischen Zweigen durch, die richtig pfiffen. So stark war die Strömung.

'nen Augenblick später was alles um mich her wieder ganz weiß und still. Ich hielt mich völlig ruhig und lauschte auf mein Herzklopfen. Ich glaube, ich hab bei hundert Schlägen nicht ein einziges Mal gewagt, Atem zu holen.

Jetzt gab ich die Sache auf, weil ich wusste, was los war. Die Sandbank war eben keine Sandbank, sondern 'ne Insel, und Jim musste an der anderen Seite vorbeigefahren sein. 'ne Sandbank konnt's auch gar nicht sein, denn da wäre ich in 'n paar Minuten dran vorbei gewesen. Es musste also 'ne richtige Insel sein von wegen dem dichten Wald und sie musste ungefähr sechs Meilen lang und über 'ne halbe Meile breit sein.

Ich lauschte 'ne Viertelstunde lang. Dabei trieb ich mit 'ner Geschwindigkeit von vier bis fünf Meilen die Stunde stromab, aber das hab ich gar nicht so gemerkt. Wenn man auf dem Wasser treibt, kommt's einem vor, als ob man nicht vom Fleck käme, und auch wenn so 'n Baumstamm vorbeisaust, merkt man erst nicht, wie schnell man selber weiterkommt, sondern hält die Luft an und denkt: Mein Gott, wie rast das Ding doch an dir vorbei. Man soll sich ja nicht vorstellen, es wär angenehm, so allein in Nacht und Nebel auf 'nem Fluss zu sein. – Versucht's nur mal, und ihr werdet's selber merken.

Schließlich wurde die Fahrt langsamer, aber ich konnte jetzt auch keinen Ruf mehr hören. Vielleicht war Jim gegen 'nen Baumstamm gesaust, und Jim und Floß waren dabei draufgegangen. Ich war so kaputt, dass ich mich ins Kanu legte und alles laufen lassen wollte, wie's lief. Eigentlich wollte ich nicht einschlafen, aber mir sind schließlich doch die Augen zugefallen. Wirste eben 'n Nickerchen machen, dachte ich bei mir.

Es muss aber mehr als 'n Nickerchen gewesen sein; denn wie ich aufwachte, war der Nebel weg, und Sterne standen hell und klar am Himmel. Ich trieb, mit dem Steuer voran, in aller Ruhe 'ne Flussbiegung runter. Zuerst wusste ich gar nicht, wo ich eigentlich war, und dachte, ich würde träumen. Als ich mich langsam wieder an alles erinnerte, war's mir so, als ob die Dinge mindestens 'ne Woche zurücklägen.

Der Fluss war hier ungeheuer breit und an beiden Ufern standen hohe und dicke Bäume, wie 'ne dichte Mauer. Ich kuckte flussab und da sah ich 'nen kleinen schwarzen Fleck auf dem Wasser. Ich fuhr drauf zu, aber als ich näher kam, waren es bloß 'n paar fest zusammengebundene Baumstämme. Dann sah ich wieder 'nen Fleck und wieder hielt ich draufzu, und schließlich 'nen dritten. Diesmal war's der richtige. Es war das Floß.

Wie ich rankam, sah ich Jim daliegen. Das ganze Floß war mit Laub und Ästen und Schlamm bedeckt. Es musste auch allerlei durchgemacht haben.

Ich machte fest und legte mich vor Jims Nase auf das Floß. Dann gähnte ich laut und rekelte mich, streckte meine Fäuste gegen Jim und sagte:

»He, Jim, hab ich geschlafen? Warum haste mich denn nicht geweckt?«

»Großer Himmel, bist du's Huck? Biste nicht tot, nicht ertrunken – biste wieder zurück? Das ist zu schön, um zu sein wahr, Kleiner! Komm, lass dich ankucken. Lass dich befühlen. Nee, du bist nicht tot. Du bist ganz lebendig und gesund, genau wie immer, derselbe alte Huck, derselbe alte Huck, Gott sei Dank!«

»Was ist denn los mit dir, Jim? Biste besoffen?«

»Besoffen? Hat Jim Gelegenheit gehabt, zu werden betrunken?«

»Aber warum redest denn so 'n Quatsch?«

»Quatsch?«

»Na, die ganze Zeit sagste, dass ich wieder da wär und so 'n Unsinn. Als wenn ich weg gewesen wäre.«

»Huck – Huck Finn, kuck Jim ins Gesicht, grad ins Gesicht. Biste wirklich nicht weg gewesen?«

»Was weg gewesen? Was willste denn von mir? Nirgends bin ich gewesen. Wo sollt ich denn gewesen sein?«

»Da stimmt was nicht. Ist der alte Jim noch Jim oder wer ist er! Ist Jim hier oder wo ist er?«

»Na, ich glaub doch, dass du hier bist; aber ich glaub, du hast inzwischen eins mit der Bratpfanne gekriegt.«

»Gib mir 'ne Antwort. Haste genommen das Tau vom Floß und biste gegangen an Land?«

»Wie kommste denn darauf?«

»Haste nicht gemacht fest das Tau an 'nem Baum und hat es sich nicht losgerissen? Und ist das Floß nicht gefahren den Fluss runter und der Kahn nicht geblieben im Nebel?«

»Was denn für 'n Nebel?«

»Na der Nebel, wo ist gewesen die ganze Nacht. Und haste nicht gerufen? Hat Jim nicht gerufen? Sag Jim, ob wir uns nicht verlaufen zwischen die Sandbänke und ob nicht einer von uns beiden ganz weg war? Und ist Jim nicht auf die viele Inseln gefahren und hat gehabt schreckliche Stunden und ist beinah ertrunken? Ist das nicht so, Huck, nein? Antworte mir.«

»Na, das versteh ich alles nicht. Ich hab keinen Nebel gesehen und keine Sandbank und ich hab nichts Schreckliches erlebt und gar nichts. Ich hab doch hier gesessen und die ganze Zeit mit dir geredet bis vor 'ner Viertelstunde, wo du eingeschlafen bist und ich auch. Inzwischen kannste dich doch wirklich nicht betrunken haben. Du hast geträumt, Jim.«

»Das ist doch nicht möglich. Jim das nicht kann träumen in 'ner Viertelstunde.«

»Verdammt noch mal, du musst aber geträumt haben, denn 's ist ja nichts von all dem passiert.«

»Aber Huck, Jim ist doch alles klar wie...«

»Ist mir doch wurscht, ob dir's klar ist. Es ist nicht wahr. Ich muss es doch wissen, wo ich die ganze Zeit hier gewesen bin.«

Jim sagte fünf Minuten keinen Ton mehr, sondern war ganz in Gedanken versunken. Schließlich meinte er:

»Na schön, Jim will mal sagen, er hat geträumt, Huck. Aber der Teufel soll Jim holen, wenn das nicht gewesen ist der schrecklichste Traum, den Jim je gehabt hat.«

»Das kann schon sein, 'n Traum macht einen manchmal mehr kaputt als sonst was. Aber du musst ja 'nen wüsten Traum gehabt haben. Erzähl mal, Jim.«

Jim fing also an und erzählte mir bis aufs Haar alles, was passiert war. Aber er malte es ziemlich aus. Dann sagte er, er würde jetzt den Traum deuten, denn der wär ihm zur Warnung geschickt worden. Der danebengegangene Versuch zu landen wär 'n Mann, der uns Gutes hätte tun wollen. Aber die Strömung war auch 'n Mann, der uns von dem Guten fortgetrieben hätte.

Die Rufe wären Warnungen, die uns ab und zu geschickt worden wären, und wenn wir sie nicht richtig deuten würden, dann würden sie uns geradewegs ins Unglück bringen.

»Das ist ja alles ganz schön und gut, Jim«, sagte ich, »aber was soll denn das hier bedeuten?«

Ich zeigte auf das Laub und den Schlamm auf dem Floß. Man konnte jetzt beim Sternenschein alles ganz deutlich erkennen.

Jim sah auf den Schlamm, dann auf mich und dann wieder auf den Schlamm. In seinem Gehirn hatte sich der Gedanke an seinen Traum so festgesetzt, dass er ihn wohl nicht wieder loswerden konnte und ganz verwirrt wurde. Als er sich dann schließlich alles wieder zusammenreimen konnte, sah er mich an, ohne zu lächeln, und sagte, ohne eine Miene zu verziehen:

»Was das bedeutet? Jim wird dir sagen. Als Jim war ganz erschöpft von der Arbeit und dem Rufen nach dir und ist eingeschlafen, da wollte dem Jim sein Herz zerbrechen, weil du warst verloren, und es war Jim ganz gleich, was wurde aus ihm und dem Floß. Und als Jim wird wach und hat dich wieder gesehen, ganz heil und gesund, da sind ihm gekommen die Tränen, weil er war so dankbar. Aber du hast nix andres im Kopf, als wie du können dich lustig machen über den alten Jim. Das Zeug da ist Dreck, und 's ist dreckig, sich lustig zu machen über 'nen Freund.«

Er stand auf und ging langsam in die Hütte und sagte kein einziges Wort mehr. Ich hatt auch sowieso genug. Ich fühlte mich so schlecht und so gemein, dass ich am liebsten seine Füße geküsst hätte, um ihm zu zeigen, dass es mir Leid tat. Ich wünschte, ich hätte alles ungeschehen machen können.

Es dauerte noch 'ne Viertelstunde, bis ich mich entschließen konnte, 'nen Neger um Verzeihung zu bitten. Aber ich hab's schließlich doch getan und hab's nie in meinem ganzen Leben bereut. Seitdem hab ich ihn nie mehr verulkt, und ich hätt's auch vordem ganz gewiss nicht getan, wenn ich gewusst hätte, wie traurig es ihn machte.

16. KAPITEL

Den ganzen nächsten Tag schliefen wir und gondelten erst abends wieder los, ganz dicht hinter 'nem riesigen Floß, das langsam und feierlich wie 'ne Prozession dahinschlich. Es hatte vier lange Stangen an jedem Ende und es waren mindestens dreißig Mann an Bord. Auf dem Floß waren fünf große Hütten, die ziemlich weit voneinander entfernt waren. Vorn und hinten war 'n hoher Mast und in der Mitte brannte 'n offenes Feuer. Das war 'ne dufte Kiste! Auf so 'nem Floß Steuermann zu sein, das wär was gewesen!

Wir trieben 'nen großen Flussbogen runter. Am Nachthimmel kamen Wolken auf und es wurde schwül. Der Fluss war sehr breit, und zu beiden Seiten zogen sich dichte Wälder hin, die nur selten von Lichtungen unterbrochen wurden. Wir sprachen über Cairo und fragten uns, ob wir's wohl erkennen würden, wenn wir endlich dort anlangten. Ich sagte, wir würden's wahrscheinlich nicht erkennen, denn es gäb da nur 'n Dutzend Häuser, und wenn die nicht ordentlich beleuchtet würden, könnt's uns passieren, dass wir dran vorbeifahren würden.

Alles, was wir zu tun hatten, war also, scharf aufzupassen. Jim sagte, er würde sie sicherlich nicht verpassen, weil er doch im selben Augenblick, wo er sie zu Gesicht bekäm, 'n freier Mann wäre. Wenn er sie verfehlen würde, wär er bald wieder im Land der Sklaverei, und aus wär's mit der Freiheit. Alle Augenblicke sprang er auf und rief: »Da ist die Stadt!«

Aber sie war es nicht. Es waren Irrlichter oder Leuchtkäfer und wir mussten uns immer wieder hinsetzen und Ausschau halten.

Jim sagte, er würde ganz zittrig und fiebrig, so nahe bei der Freiheit zu sein. Na, mir ist's nicht anders ergangen, wie ich ihn so reden hörte. Denn jetzt zum ersten Mal ging's mir durch den Kopf, dass Jim ja eigentlich schon frei war. Und wer war schuld daran? Ich, nur ich. Ich hatt 'nem Neger zur Freiheit verholfen. Das konnt ich nicht aus meinem Kopf rausbringen. Ich versuchte mich zu entschuldigen, ich wär's ja nicht gewesen, der Jim gesagt hatte, er sollte von seiner Herrin weglaufen. Aber das hatte keinen Zweck. Das Gewissen regte sich bald wieder und sagte: »Aber du hast doch gewusst, dass er weggelaufen war. Du hättest doch nur an Land gehen und jemand zu erzählen brauchen, was los war.« Und dann sagte das Gewissen wieder: »Was hat dir Miss Watson getan, dass du zusiehst, wie ihr Neger fortläuft, und dass du ihr kein einziges Wort sagst? Was hat sie dir getan, dass du sie so gemein behandelst? Sie hat dir Lesen beizubringen versucht, sie wollte dir Manieren beibringen. Das hat sie getan. Und du?«

Ich fühlte mich so erbärmlich, dass ich wünschte, ich wär tot. Ich lief auf dem Floß hin und her und klagte mich an. Und Jim lief immer mit mir mit. Keiner von uns beiden hatte mehr Ruhe. Immer wieder sprang er rum und schrie:

»Das ist Cairo!«

Und es gab mir immer wieder 'nen Stich, wenn ich daran dachte, dass das wirklich Cairo sein könnte.

Jim schwatzte die ganze Zeit, während ich mir die bittersten Vorwürfe machte. Das Erste, was er tun wollte, wenn er in den freien Staaten ankommen würde, wär, Geld zu sparen und keinen Cent auszugeben, um seine Frau freizukaufen, die 'nem Farmer, 'nem Nachbar von Miss Watson, gehörte. Und dann wollten sie beide schuften wie 'n paar Pferde, um auch ihre beiden Kinder loszukaufen, und wenn ihr Herr sie nicht rausrücken würde, dann wollten sie 'nen Weißen aus dem Norden bitten, sie zu stehlen.

Mir wurde heiß und kalt, wie ich das hörte. Nie zuvor in seinem Leben hatte Jim gewagt, so zu sprechen. Da konnte man sehen, wie Jim sich änderte, als er Aussicht hatte, frei zu sein. Da hat das alte Sprichwort schon Recht: »Gib 'nem Neger den kleinen Finger und er wird den ganzen Arm nehmen.« Das kommt davon, wenn man nicht denkt, dacht ich. Diesem Neger hatt ich geholfen wegzulaufen und jetzt wollte er noch 'nem Mann seine zwei Kinder stehlen, 'nem Mann, den ich überhaupt nicht kannte und der mir nie was Böses getan hatte.

Ich war ganz traurig, dass Jim so blöd quatschte, und er sank mächtig in meinen Augen. Mein Gewissen piekte mich schlimmer als je zuvor und ich sagte mir: Noch ist's nicht zu spät. Wenn ich's erste Licht sehe, dann setz ich mich ins Kanu und paddle ans Ufer und erzähl alles.

Ich kuckte mir die Augen aus dem Kopf nach 'nem Licht. Endlich zeigte sich eins. Jim jauchzte.

»Wir sind sicher, Huck, wir sind sicher. Tanz, das ist Cairo! Jim weiß es ganz genau!«

»Ich will doch lieber mit dem Boot erst mal rüberfahren«, sagte ich, »vielleicht stimmt's doch nicht, verstehste?«

Jim sprang auf, machte das Kanu fertig, legte seinen alten

Mantel auf den Boden, damit ich weicher sitzen sollte, und gab mir das Ruder in die Hand. Als ich abstieß, sagte er:

»Nu Jim bald wird singen vor Freude und sagen, alles verdankt Jim Huck. Jim ist 'n freier Mann und Jim wär nie geworden 'n freier Mann ohne Huck. Jim wird dir das nie vergessen, Huck. Du bist der beste Freund, wo Jim in seinem Leben hat gehabt, und du bist der einzigste Freund.«

Und den guten alten Kerl wollt ich verraten! Wie er das sagte, fühlte ich mich ganz miserabel. Ich fuhr langsam los, und ich wusste nicht, sollt ich mich freuen, dass ich zum Ufer rüberfuhr, oder nicht.

Als ich vielleicht fünfzig Meter vom Floß weg war, rief Jim mir nach:

»Da fährste nu weg, Huck. Du bist der einzige weiße Mann, wo Jim gehalten hat sein Versprechen.«

Da fühlte ich mich noch miserabler.

In dem Augenblick kam 'n Boot mit zwei Männern drin, die Flinten hatten. Sie hielten an und ich hielt auch an.

»Was ist das da drüben?«, fragte der eine von ihnen.

»'n Stück von 'nem Floß«, antwortete ich.

»Gehörst du dazu?«

»Ja!«

»Ist noch wer drauf?«

»Noch einer.«

»Na gut. Heut nacht sind nämlich fünf Neger ausgekniffen, da oben, wo die Flussbiegung ist. Ist der Kerl auf dem Floß weiß oder schwarz?«

Ich konnt nicht gleich antworten. Ich wollt's, aber die Zunge versagte mir. Endlich brachte ich raus:

»Er ist weiß!«

»Da müssen wir wohl selber mal nachsehen, was?«

»Das wär schön«, sagte ich, »das wär wirklich schön; denn mein Alter ist auf dem Floß, und Sie können uns helfen, das Ding ans Land zu bringen, da drüben hin, wo das Licht ist. Mein Alter ist nämlich krank und meine Alte fühlt sich auch nicht ganz wohl und Mary auch nicht.«

»Zum Teufel, wir haben's eilig. Aber rüber müssen wir doch. Los, mach zu, dass wir hinkommen.«

Ich nahm mein Ruder und auch die Männer legten sich ins Zeug.

Nach 'n paar Schlägen sagte ich:

»Der Alte wird euch sehr dankbar sein, das kann ich euch sagen. Alle, die ich bis jetzt gebeten hab, das Floß an Land ziehen zu helfen, sind einfach weitergefahren, und allein kann ich's doch nicht.«

»Das ist doch gemein und komisch dazu. Sag mal, was hat denn dein Vater?«

»Er hat die ... er... er hat... ach, 's ist nix Besonderes.«

Sie hörten auf zu rudern. Es war nicht mehr sehr weit bis zum Floß. Der eine sagte:

»Du lügst ja, Junge. Was hat dein Vater? Sag die Wahrheit, das ist das Beste für dich!«

»Ich sag ja schon die Wahrheit. Lassen Sie uns aber bitte nicht im Stich. Er hat die, er hat… Sie brauchen nur 'n Stück nach vorn zu rudern, dann würd ich Ihnen das Tau zuschmeißen, da brauchten Sie erst gar nicht so nah ran ans Floß. Lassen Sie uns bitte nicht im Stich.«

»Halt, John, zurück«, rief der andere. Im Augenblick stand das Boot. »Komm uns nur nicht zu nah, Junge, bleib bloß weg! Verflucht noch mal, mir scheint, der Wind hat's schon zu uns rübergetragen. Du weißt es ganz gut, dein Alter hat die Blattern. Warum rückst nicht mit der Sprache raus? Willste vielleicht, dass wir alle die Blattern kriegen?«

»Na«, stotterte ich, »ich hab's immer allen gleich gesagt, aber dann sind sie gleich weg und haben uns allein gelassen.«

»Armer Teufel, das ist nun mal so. Du tust uns ja sehr Leid, aber wir haben keine Lust, die Blattern zu kriegen, verstehste? Weißte, was du tun musst? Versuch ja nicht, allein an Land zu kommen. Das bringste nicht fertig. Ihr müsst noch zwanzig Meilen flussabwärts fahren, dann kommt ihr an 'ne Stadt auf der linken Seite vom Fluss. Bis dahin ist's schon längst hell. Aber wenn du willst, dass dir da einer hilft, dann erzähl, dass deine Leute Schnupfen und Fieber haben. Sei bloß nicht noch mal so dumm, und lass ja keinen merken, was eigentlich los ist. Jetzt haben wir dir 'nen guten Rat gegeben und nu tu uns den Gefallen und geh uns zwanzig Meilen vom Leib. Da unten, wo das Licht ist, hätt's doch keinen Sinn gehabt zu landen, da ist nämlich bloß 'n Holzplatz. Dein Vater ist wohl arm, was? Und dazu hat er noch so 'n Pech. Pass mal auf, ich lege 'n Zwanzig-Dollar-Stück hier auf die Planke. Nimm's dir, wenn sie vorbeitreibt. Ich find's ja eigentlich gemein von mir, dich so im Stich zu lassen, aber, mein Gott, Blattern sind nun mal kein Kinderspiel.«

»Wart mal, Parker«, sagte der andere, »hier ist noch 'n Zwanzig-Dollar-Stück von mir. Leg's dazu. Und nu auf Wiedersehen, Junge. Wenn du's so machst, wie Mr Parker dir's gesagt hat, dann wird's schon gutgehn.«

»Das denk ich auch, Junge. Und wenn du 'n paar von den ausgerissenen Negern siehst, fang sie uns, halt se fest. Damit kannste ganz schön Geld verdienen.«

»Ich lass mir keinen durch die Lappen gehen. Auf Wiedersehn!«

Sie ruderten davon und ich machte wieder am Floß fest.

Ich ging in die Hütte. Jim war nicht da. Ich sah mich überall um, aber er war nirgends zu entdecken.

»Jim!«, rief ich.

»Ich bin hier, Huck. Sindse weg? Nicht sprechen laut!«

Jim hing im Fluss und hielt sich unten am Steuer fest. Er sah nur mit der Nasenspitze aus dem Wasser raus. Ich sagte ich, dass die Männer außer Sicht wären, und da kam er an Bord.

»Jim hört zu all die Gespräche, und Jim springt in den Fluss und wollt schwimmen ans Ufer, wenn sie kommen an Bord. Und wenn sie wären wieder fort, Jim wollt schwimmen zum Floß zurück. Mein Gott, wie haste die angeführt, Huck. Jim dir das niemals vergessen wird, mein Liebling.«

Dann redeten wir von dem Geld. Es war 'n ziemlich guter Fang, zwanzig Dollars für jeden. Jim meinte, dafür könnten wir jetzt auf 'nem Dampfer fahren, und es würde reichen, so weit wir auch in die freien Staaten reinfahren wollten. Jim sagte, es wären bis Cairo höchstens noch zwanzig Meilen mit dem Floß zu fahren. Aber er wünschte doch, er wär schon da.

Bei Tagesanbruch machten wir fest und Jim versteckte umständlich das Floß. Den ganzen Tag über packte er unseren

Kram und machte alles so weit fertig, dass wir das Floßfahren aufgeben konnten.

In der nächsten Nacht sahen wir gegen zehn weiter unten in 'nem Knie vom Fluss linker Hand die Lichter von 'ner Stadt.

Ich fuhr mit dem Kanu weg, um nach allem zu fragen. Bald sah ich 'nen Mann, der in seinem Kahn saß und angelte. Auf den fuhr ich zu und fragte ihn:

»Ist das hier die Stadt Cairo?«

»Cairo? Du scheinst mir 'n Verrückter zu sein!«

»Was ist's denn für 'ne Stadt?«

»Geh selber hin und kuck nach, wenn du's wissen willst. Wenn du mich hier noch 'ne Minute länger störst, werd ich dir was erzählen, was du gar nicht wissen willst.«

Ich ruderte wieder zum Floß. Jim war schrecklich enttäuscht, aber ich sagte, es würd nichts schaden. Cairo wär sicher der nächste Ort.

Eh es Tag wurde, fuhren wir an 'ner Stadt vorbei, und ich wollte wieder rüberfahren. Aber die Stadt lag hoch, und ich ließ es schließlich bleiben, weil Jim immer gesagt hatte, Cairo wär nicht hüglig. Wir lagen den Tag über still an 'ner Sandbank, ziemlich dicht am linken Ufer.

Die Sache kam mir unheimlich vor und Jim erging es genauso.«

»Vielleicht sind wir an Cairo damals im Nebel vorbeigefahren«, sagte ich.

»Wir nicht davon reden wollen, Huck. Armer Neger hat kein Glück nicht. Jim fürchtet immer, dass die Sache mit der Schlangenhaut noch nicht ist erledigt.«

»Ich wollt, ich hätt die Schlangenhaut nie gesehen, Jim! Ich wollt wahrhaftig, ich hätt nie 'nen Blick drauf geworfen.«

»Ist nicht deine Schuld, konntest ja nicht wissen.«

Als es hell war, sahen wir drüben am Ufer ganz deutlich das klare Wasser vom Ohio. In der Mitte war noch das dreckig-gelbe vom Mississippi. Mit Cairo war es also ganz vorbei.

Wir besprachen alles. An Land zu gehen war zwecklos und flussaufwärts konnten wir mit dem Floß auch nicht. Der einzige Ausweg war, auf die Dunkelheit zu warten und dann im Kanu zurückzufahren und unser Heil zu versuchen. Wir legten uns ins Baumwollgestrüpp und schliefen den ganzen Tag, damit wir am Abend frisch waren. Aber als wir in der Dämmerung zum Floß zurückkamen, war das Kanu weg.

Zuerst verloren wir kein Wort darüber. Es gab einfach nichts zu sagen. Wir wussten zu gut, dass das auch noch mit der Schlangenhaut zusammenhing. Was sollten wir also darüber noch reden? Es hätte ja doch nur so ausgesehen, als wenn wir nach den Gründen hätten forschen wollen, und dadurch wär bloß neues Unglück gekommen und immer wieder neues, bis wir schließlich die Geschichte kapiert unds Maul gehalten hätten.

Dann sprachen wir aber doch darüber, was jetzt am besten zu tun wäre. Aber wir fanden keinen anderen Weg, als mit dem Floß weiterzutreiben, bis wir Gelegenheit fänden, uns irgendwo ein Kanu zu kaufen, mit dem wir zurückfahren konnten. Wir hatten nicht etwa die Absicht, uns eins zu »borgen«, wenn es niemand sehen würde, wie es mein Alter gewöhnlich machte. Dadurch hätten wir die Leute bloß auf unsere Spur gebracht.

Wir stießen also nach Einbruch der Dunkelheit mit unserem Floß ab.

Wenn's noch einen gibt, der nicht glaubt, dass es reiner Selbstmord ist, 'ne Schlangenhaut anzufassen, nach dem, was uns passiert ist, der soll nur weiterlesen. Dann muss er's glauben!

Die Stellen, wo man Kanus kaufen kann, sind meistens dort, wo Flöße am Ufer vor Anker liegen. Aber wir fanden nirgends 'ne solche Stelle. Wir fuhren also weiter, länger als drei Stunden. Na, die Nacht war mächtig grau und ziemlich duster, nach dem Nebel wirklich das Gemeinste, was einem passieren kann. Man kann nicht erkennen, wie der Fluss läuft, man kann auch die Entfernung nicht schätzen. Als es schon ziemlich spät und still war, kam 'n Dampfer flussaufwärts. Wir steckten unsre Laterne an und dachten, dass man sie sehn würde. Gewöhnlich fuhren die Dampfer stromaufwärts nicht sehr dicht bei uns vorbei, sondern hielten sich mehr am Ufer. Aber in so 'ner Nacht wie dieser fahren sie mitten in der Fahrrinne gegen den Strom.

Wir hörten den Dampfer rankeuchen, aber wir sahen ihn erst deutlich, als er ganz dicht vor uns war. Er hielt direkt auf uns zu. Das machen sie oft so, und dann zeigen sie, wie gut sie ausweichen können. Manchmal haut das Rad 'n Ruder ab, und der Steuermann steckt dann seinen Kopf raus und lacht und denkt, er hat Gott weiß was für 'ne Heldentat vollbracht. Also der Dampfer kam ran, und wir dachten, dass er sicher auch versuchen würde, uns zu streifen. Jedenfalls sah es nicht so aus, als ob er ausbiegen wollte. Es war 'n mächtiges Vieh und er fuhr noch dazu mit voller Geschwindigkeit. Wie 'ne schwarze Wolke mit Glühwürmchen rundherum sah er aus. Ganz plötzlich ragte er groß und schrecklich vor uns auf, mit 'ner langen Reihe Kesselluken, die weit offen standen und die wie feurige Augen glühten. Man schrie uns etwas zu, die Glocken schrillten, um die Maschine zum Halten zu bringen, es gab 'n grässliches Durcheinander von Flüchen, vermischt mit dem Pfeifen des Dampfers. Jim sprang auf der einen Seite ins Wasser und ich auf der anderen, und schon fuhr der Dampfer krachend auf das Floß.

Ich tauchte unter und hatte nur den einen Gedanken: Mensch, du musst auf Grund kommen, denn das Schaufelrad hat doch mindestens 'nen Durchmesser von dreißig Fuß. Eine Minute konnte ich mich immer unter Wasser halten, aber diesmal waren es sicher anderthalb Minuten. Dann machte ich mich schleunigst wieder an die Oberfläche, denn ich hatte 'n Gefühl, als ob ich platzen müsste. Ich tauchte bis an die Achselhöhlen aus dem Wasser und prustete und spuckte. Die Strömung war reißend, und natürlich setzte der Dampfer nach kaum zehn Sekunden seine Maschine wieder in Gang, ohne sich um unser Floß zu kümmern. Er fuhr mächtig schaukelnd den Fluss hinauf. Ich konnte ihn nicht sehen, aber ich hörte ihn.

Immer wieder rief ich nach Jim, aber ich bekam keine Antwort. Dann packte ich 'ne Planke und schwamm aufs Ufer zu, indem ich die Planke vor mir herschob. Ich hatte bald raus, dass die Strömung nach dem linken Ufer zu ging. Ich ließ mich treiben und dachte, hoffentlich war der Jim auch so schlau und ist nicht mit aller Gewalt ans rechte Ufer geschwommen.

Ich war in 'ne Querströmung geraten, die mich ziemlich zwei Meilen mitnahm, und es dauerte 'ne gute Weile, bis ich an Land kam. Ich kletterte ans Ufer. Ich konnte den Weg immer nur 'n kleines Stück übersehen, und ich musste 'ne Viertelstunde und vielleicht noch länger auf ziemlich steinigem Boden vorwärtstappen. Ohne dass ich's sah, lief ich auf 'n großes altmodisches Blockhaus zu. Ich wollte dran vorbei, aber 'ne Koppel Hunde sprang raus und heulte und bellte mich an. Da gab's nichts Klügeres, als sich nicht zu rühren.

17. KAPITEL

Nach 'ner halben Minute sagte jemand, ohne den Kopf aus dem Fenster zu stecken:

»Ruhe! Wer ist da?«

»Ich bin's«, sagte ich.

»Wer ist ich?«

»George Jackson!«

»Was willst du?«

»Ich will nichts, Herr. Ich will bloß vorbei, aber die Hunde lassen mich nicht.«

»Was hast du hier zu nachtschlafender Zeit rumzustrolchen, he?«

»Ich strolche gar nicht rum. Ich bin über Bord von 'nem Dampfer gefallen.«

»Was, wirklich? Mach mal einer Licht. – Wie heißt du?«

»George Jackson, Herr. Ich bin nur 'n Junge.«

»Hör mal zu, wenn du die Wahrheit sagst, brauchst du keine Angst zu haben. Hier tut dir keiner was. Aber rühr dich nicht von der Stelle, bleib stehn, wo du bist. Weckt Bob und Tom und holt die Flinten. Ist noch jemand bei dir, George Jackson?«

»Nein, Herr.«

Ich hörte, wie die Leute im Haus hin und her liefen, und dann sah ich 'n Licht. Der Mann rief:

»Tu doch das Licht weg, Betsy, blöde Gans. Bist du verrückt? Stell das Licht hinter der Tür auf die Erde. Bob und Tom, wenn ihr fertig seid, dann macht, dass ihr auf eure Plätze kommt.«

»Wir sind fertig.«

»George Jackson, kennst du die Shepherdsons?«

»Nein, Herr, ich hab nie was von ihnen gehört.«

»Schön, das kann stimmen, aber es kann auch nicht stimmen. Alles fertig? Geh zur Tür, George Jackson, aber pass auf, renn nicht, immer langsam. Wenn jemand bei dir ist, lass ihn zurückbleiben. Wenn er sich zeigt, wird er übern Haufen geschossen. Komm jetzt, aber langsam. Stoß die Tür selber auf, aber nur so weit, dass du dich grad durchquetschen kannst, hörst du?«

Ich beeilte mich nicht, ich hätt's auch gar nicht gekonnt, selbst wenn ich's gewollt hätte. Ich tat immer nur einen einzigen leisen Schritt. Es war kein Laut zu hören, und ich fühlte, wie mein Herz klopfte. Die Hunde waren genauso still wie die Leute im Haus und waren mir dicht auf den Fersen. Als ich die drei hölzernen Stufen zur Tür erreicht hatte, hörte ich, wie jemand aufschloss und den Riegel zurückschob. Ich legte meine Hand gegen die Tür und stieß 'n bisschen und dann noch mal 'n bisschen dagegen, bis jemand sagte:

»Jetzt ist's genug. Steck deinen Kopf rein.«

Das tat ich, aber ich war darauf gefasst, dass sie ihn mir abreißen würden.

Die Kerze stand auf dem Fußboden. Die ganze Gesellschaft kuckte mich an und ich kuckte sie an. Das dauerte ungefähr 'ne halbe Minute. Drei große Männer hatten Flinten und zielten auf mich. Da fuhr ich vielleicht zurück! Der Älteste von ihnen hatte schon graue Haare und war so an die Sechzig und die andern beiden so an die Dreißig, aber alles hübsche, stattliche Männer. Und dann war da noch 'ne reizende, grauhaarige alte Frau und hinter ihr zwei junge Frauen, die ich nicht genau erkennen konnte. Der alte Mann sagte:

»Na, da scheint mir ja alles in Ordnung zu sein. Komm rein.«

Ich war kaum drin, als er auch schon die Tür wieder abschloss, zuriegelte und vergitterte. Die ganze Gesellschaft, auch die jungen Leute mit ihren Flinten, mussten mit in das große Wohnzimmer kommen. Auf dem Boden lag 'n ganz neuer Flickenteppich. Sie gingen in 'ne Ecke, die man von dem Fenster aus nicht sehen konnte. Der alte Mann hielt die Kerze hoch und kuckte mich ganz genau an. Alle sagten: »Nein, er ist kein Shepherdson, nein, er hat nichts von einem Shepherdson an sich.«

Dann sagte der Alte, es würde mich doch hoffentlich nicht stören, wenn sie mich jetzt nach Waffen durchsuchen würden. Es hätte weiter nichts auf sich, sie müssten bloß sichergehn. Er fasste mir auch nicht in die Taschen, sondern er tastete sie nur ab und sagte dann, es wär alles in Ordnung. Ich sollt es mir bequem machen und so tun, als ob ich zu Haus wär, und dann sollte ich meine Geschichte erzählen. Aber die alte Frau sagte:

»Um Gottes willen, Saul, der arme Kerl ist doch patschnass. Meinst du nicht, dass er hungrig ist?«

»Hast Recht, Rachel. Daran hab ich nicht gedacht.«

Die alte Frau fuhr fort:

»Betsy (Betsy war 'ne Negerfrau), beeil dich und hol dem armen Kerl schnell was zu essen. Eins von euch Mädchen soll Buck wecken und ihm sagen... ach, da ist er ja schon. Buck, nimm den kleinen Fremden und zieh ihm das nasse Zeug aus. Gib ihm trockenes von dir.«

Buck sah ungefähr so alt aus wie ich, so dreizehn, vierzehn Jahre. Er war nur 'n bisschen größer als ich. Er hatte nichts weiter an als 'n Hemd und sah ziemlich brummig aus. Er gähnte, wie er reinkam, und rieb sich mit der einen Faust die Augen, mit der andern schleppte er 'ne Flinte hinter sich her.

»Sind keine Shepherdsons in der Nähe?«, fragte er und die andern antworteten: »Nein, es war falscher Alarm.«

»Na«, sagte er, »wenn welche da gewesen wären, hätt ich sicher einen erwischt.«

Sie lachten alle und Bob sagte:

»Ach, Buck, bis du so aus dem Bett bist, hätten sie uns längst skalpiert.«

»Weil mich keiner gerufen hat. Es ist nicht schön von euch, dass ihr mich zu so was nie holt. Darum komm ich ja auch zu nix.«

»Schadet nichts, Buck, mein Junge«, sagte der Alte, »du wirst schon noch zu was kommen, gräm dich nicht. Aber jetzt los, und tu, was deine Mutter dir gesagt hat.«

Wir gingen die Treppe rauf in sein Zimmer und er gab mir 'n grobes Hemd und 'ne Jacke und 'ne Hose von sich und ich zog sie an. Währenddessen fragte er mich nach meinem Namen. Aber eh ich ihm antworten konnte, erzählte er mir schon von 'nem blauen Habicht und 'nem jungen Kaninchen, die er vorgestern im Wald gefangen hatte, und fragte mich, ob ich wohl wüsste, wo Moses gewesen wäre, wie die Kerze ausging. Ich sagte, ich wüsste es nicht, hätt nie was davon gehört.

»Rat!«, sagte er.

»Wie soll ich denn raten«, sagte ich, »wenn ich noch nichts davon gehört habe?«

»Aber du kannst doch raten, nicht? 's ist doch so leicht.«

»Was denn für 'ne Kerze?«, fragte ich.

»Gott, irgendeine.«

»Ich weiß nicht, wo er gewesen ist. Wo war er denn?«

»Gott, im Dunkeln ist er gewesen! Im Dunkeln!«

»Wenn du weißt, wo er gewesen ist, wozu fragste mich denn?«

»Mensch, das ist doch 'n Rätsel, verstehste denn das nicht? Sag mal, wie lange willste denn hier bleiben? Du müsstest immer hier bleiben, das wär 'ne Wolke. Jetzt ist nämlich keine Schule. Hast du 'nen Hund? Ich hab einen, der springt immer in den Fluss und holt jedes Geldstück raus, das man reinwirft. Du, kämmst du dich sonntags gern und all so 'n Blödsinn? Ich nicht, aber Mama zwingt mich dazu. – Verflucht, diese alten Hosen! Am liebsten möchte ich sie ausziehn. Aber ich tu's nicht. Sie sind so warm. Biste fertig? Na, dann komm mit, alter Bursche.«

Unten hatten sie inzwischen kalten Maispudding, kaltes Pökelfleisch, Butter und Buttermilch für mich zurechtgestellt. Etwas Besseres war mir mein Leben lang nicht in den Weg gekommen. Buck und seine Mutter und all die anderen rauchten aus Maiskolbenpfeifen, nur die Schwarze nicht, denn sie war nicht dabei, und die beiden jungen Frauen auch nicht. Die anderen rauchten alle und redeten, und ich aß und redete auch. Die jungen Frauen saßen in Steppdecken eingewickelt, und ihr Haar hing ihnen den Rücken runter. Jeder wollte was von mir wissen, und ich erzählte ihnen, dass mein Vater und ich und die ganze Familie auf 'ner kleinen Farm ganz weit unten in Arkansas wohnten und dass meine Schwester Mary Ann durchgebrannt wär und sich verheiratet hätte und dass wir nie wieder etwas von ihr gehört hätten. Mein Bruder Bill hätt sie aufstöbern wollen, und da hätten wir auch von ihm nichts mehr gehört. Meine Brüder Tom und Mort wären gestorben, und da wär ich noch allein übrig geblieben mit meinem Vater. Aber der wär vor lauter Sorgen ganz runtergekommen. Als er gestorben wär, hätt ich alles genommen, was übrig war, denn die Farm gehörte uns nicht, und wäre den Fluss raufgefahren, als Deckpassagier natürlich. Dabei wär ich über Bord gefallen und so hierher gekommen.

Sie sagten mir, ich könnte hier 'n Heim finden, wenn ich nur wollte. Inzwischen war's fast Tag geworden und alle gingen zu

Bett. Auch ich ging zu Bett, mit Buck. Als ich am Morgen aufwachte, hatte ich – verdammt noch mal – meinen Namen vergessen. Ungefähr 'ne Stunde lang lag ich da und grübelte. Als Buck aufwachte, sagte ich:

»Buck, kannste buchstabieren?«

»Klar, kann ich das«, sagte er.

»Wetten, dass du meinen Namen nicht buchstabieren kannst?«

»Wetten, dass doch?«, sagte er.

»Na, dann schieß los!«

»G-e-o-r-g-e J-a-c-k-s-o-n; na, was sagste nu?«

»Schön, du hast's geschafft. Ich hätt wirklich nicht gedacht, dass du's kannst. Aber 's ist auch kein schwieriger Name zum Buchstabieren. Den schafft man gleich, ohne erst viel nachzudenken.«

Aber heimlich schrieb ich ihn mir auf, denn es konnte ja bald jemand kommen und mich ihn buchstabieren lassen. Dann wollt ich ihn parat haben und ihn runterrasseln können, als ob's nichts Besonderes wär.

Das war wirklich 'ne nette Familie und das Haus war auch sehr nett. Ich hatte in der ganzen Gegend noch kein Haus gesehen, das so fein war und so viel Stil hatte. Da war keine Holz- oder Eisenklinke an der Haustür, sondern 'n Messingknopf zum Drehen, ganz wie bei den Häusern in der Stadt. Im Wohnzimmer war keine Spur von 'nem Bett zu sehen, und dabei gibt's doch selbst in der Stadt furchtbar viel Wohnzimmer mit Betten drin. Ein großer gemauerter Kamin war auch da und die Steine wurden immer mit Wasser fein sauber gehalten durch Schrubben mit 'nem Ziegel. Manchmal wurde der Kamin mit roter Wasserfarbe – Spanisch Braun heißt sie wohl – neu getüncht, genau wie in der Stadt. Und 'nen Rost hatten sie aus purem Messing und so stark, dass man 'nen Baumstamm hätte draufstellen können. Auf dem Kaminsims stand in der Mitte 'ne Uhr, wo unten 'n Bild von 'ner Stadt drauf war. Für die Sonne war 'n runder Einschnitt da und durch das Loch konnt man das Pendel schwingen sehen. Einfach herrlich war es, wie die Uhr tickte.

Rechts und links von der Uhr saßen komische, lustig bemalte Papageien aus 'ner Art Kreide. Neben einem von den Papageien saß 'n Kätzchen aus Steingut und neben dem anderen 'n Hund. Und wenn man die runterdrückte, dann quiekten sie, machten aber nicht den Mund dabei auf. Das Quieken kam aus dem Bauch. Und hinter den Figuren hingen zwei große Truthahnflügel. Auf 'nem Tisch in der Mitte vom Raum stand 'ne Schale, in der künstliche Äpfel und Apfelsinen und Pflaumen und Pampelmusen lagen, die viel roter und gelber und überhaupt viel prächtiger aussahen als richtige.

Auf dem Tisch lag 'ne Decke aus herrlichem Wachstuch mit 'nem roten und blauen Adler mit ausgebreiteten Flügeln bemalt und 'ner bunten Borte ringsum. Die Decke käm von weit her, aus Philadelphia, sagte Buck. Auch 'n paar Bücher lagen da, genau aufeinander gelegt. Das eine war 'ne Familienbibel mit sehr viel Bildern. 'n anderes hieß »Des Pilgers Wallfahrt« und handelte von einem Mann, der seine Familie verlassen hatte. Aber es stand nicht drin, warum. Ich hab manchmal drin gelesen. Die Beschreibung war mächtig interessant, aber schwer zu verstehn. 'n anderes Buch hieß »Opfer der Freundschaft«, mit prachtvollen Geschichten und viel Gedichten. Aber Gedichte hab ich nie gern gelesen. Ein andres hieß »Henry Clays Reden« und wieder ein andres »Dr. Gunns Familienheilkunde«, wo alles drinstand, was man tun sollte, wenn einer krank oder tot war. Auch 'n Gesangbuch gab's und noch 'ne Masse andre Bücher.

An den Wänden hingen Bilder – hauptsächlich Washingtons und Lafayettes und Schlachtenbilder und Sennerinnen. Eins hieß »Die Unterzeichnung der Unabhängigkeitserklärung«. Außerdem stand in dem Zimmer noch 'n kleines altes Klavier. Es gab nichts Schöneres, als wenn die Fräuleins »Das Band ist zerrissen« oder »Schlacht von Prag« sangen und dazu auf dem Klavier spielten.

Die Wände in den Zimmern waren alle getüncht und überall lagen Teppiche auf dem Boden und das ganze Haus war von außen gekalkt.

Es war 'n Doppelhaus, und der Hof war überdacht und gedielt. Manchmal wurde im Hof Mittag gegessen; denn das war 'n kühler, schöner Platz. Es konnte einfach nichts Schöneres geben. Und wie gut war das Essen, und wie viel es immer gab!

18. KAPITEL

Oberst Grangerford war 'n Gentleman, 'n Gentleman vom Scheitel bis zur Sohle, und seine ganze Familie war genauso wie er. Er war hochgeboren, wie man das nennt, und das ist für 'nen Menschen genauso viel wert wie für 'n Rennpferd. Wenigstens sagte das immer die Witwe Douglas, und kein Mensch hat je bestritten, dass sie zur Aristokratie in unserem Städtchen gehörte.

Oberst Grangerford war sehr groß und schmal, er hatte 'ne sehr bleiche Haut, wo nicht 'n bisschen Farbe drin war. Jeden

Morgen rasierte er sich. Er hatte die dünnsten Lippen, die man sich vorstellen kann, und ganz kleine Nasenlöcher, 'ne starke Nase und buschige Augenbrauen. Dazu kamen die dunkelsten Augen, die so tief lagen, dass es aussah, als wenn sie einen aus Höhlen ankuckten. Seine Stirn war hoch und sein Haar schwarz und glatt und es hing ihm bis auf die Schultern runter. Er hatte lange, schmale Hände und zog jeden Tag 'n frisches Hemd an und trug 'nen Leinenanzug, der so weiß war, dass einem die Augen wehtaten, wenn man drauf kuckte. Nur am Sonntag trug er 'nen blauen Frack mit Messingknöpfen. Er schleppte immer 'nen Mahagonispazierstock mit silberner Krücke mit sich rum. Der Oberst sagte nie was Unwichtiges und sprach niemals laut. Er war so freundlich, wie ein Mensch nur sein kann. Das fühlte man und darum hatte man auch Vertrauen zu ihm. Ab und zu lächelte er mal, und das tat einem wohl, wenn man's sah. Aber wenn er sich hoch aufrichtete wie 'ne Fahnenstange und wenn dann die Blitze unter seinen Augenbrauen vorschossen, dann wär man am liebsten auf 'nen Baum geklettert und hätt sich oben überlegt, warum der so streng kuckte. Er brauchte einen nie zu ermahnen, sich gut zu benehmen; denn jeder benahm sich schon gut, wenn er da war. Es hatte ihn auch jeder gern um sich, denn er war fast immer gut gelaunt.

Wenn er und seine Frau morgens runterkamen, stand die ganze Familie von ihren Stühlen auf und wünschte ihnen einen guten Morgen, und keiner setzte sich wieder hin, bis nicht die beiden saßen. Dann gingen Tom und Bob regelmäßig zum Büfett, wo die Flaschen standen, und mischten ihm seinen Magenbitter. Aber er trank nicht gleich, sondern hielt sein Glas in der Hand und wartete, bis Tom und Bob auch ihren Bitteren hatten. Dann verbeugten sich die beiden mit den Worten:

»Zum Wohle unseres Herrn Vaters und unserer Frau Mutter.«

Und dann verbeugten sich die Eltern, aber nur ein ganz winziges bisschen, und sagten: »Danke schön!« Und dann tranken sie alle gleichzeitig. Zuletzt taten Bob und Tim einen Teelöffel voll Wasser auf den Zuckerrest und die Neige von dem Likör in ihren Gläsern und reichten sie Buck und mir, und wir tranken dann auch den alten Herrschaften zu.

Bob war der Älteste und dann kam Tom, beides schöne, stattliche Männer mit breiten Schultern, mit braunen Gesichtern, langen schwarzen Haaren und schwarzen Augen. Sie waren wie der alte Herr von Kopf bis Fuß in weißes Leinen gekleidet und trugen breite Panamahüte.

Dann kam das Fräulein Charlotte, sie war ungefähr fünfundzwanzig Jahre alt, schlank und stattlich und stolz, doch von Herzen gut, solange sie keiner ärgerte. Wenn sie aber mal ärgerlich war, dann hatte sie genau wie ihr Vater 'nen Blick, der einen auf der Stelle zusammenschrumpfen ließ. Sie war sehr schön.

Ihre Schwester Sophia war es auch, aber ganz anders als sie. Sie war sanft und gütig wie 'n Täubchen und noch keine zwanzig.

Jeder von der Familie hatte seinen Neger zur Bedienung, sogar Buck. Mein Neger hatte 'ne gute Zeit, weil ich doch nicht dran gewöhnt war, einen andern was für mich machen zu lassen. Aber der von Buck war 'n ganzen Tag auf den Beinen.

Dem alten Herrn gehörten 'ne ganze Reihe Farmen und über hundert Neger. Manchmal kamen 'ne Menge Leute aus zehn bis fünfzehn Meilen in der Runde und blieben fünf, sechs Tage. Dann gab es großes Essen in der Umgebung oder auf dem Fluss, Tanzereien und Picknicks im Walde bei Tag und Bälle im

Haus des Nachts. Diese Leute waren meistens Verwandte von der Familie. Die Männer brachten ihre Flinten mit. Es waren alles feine Leute, kann ich euch sagen.

In der Gegend lebte noch 'ne andre aristokratische Sippe. Es waren fünf, sechs Familien, die fast alle Shepherdson hießen. Sie waren ebenfalls hochwohlgeboren und vornehm und reich wie die Grangerfords. Die Shepherdsons und die Grangerfords benutzten ein und dieselbe Dampferhaltestelle, die ungefähr zwei Meilen flussaufwärts von dem Haus lag. Wenn ich manchmal mit den Grangerfords dorthin kam, war da fast immer 'n Haufen von den Shepherdsons auf ihren schönen Pferden.

Als Buck und ich eines Tages draußen im Wald waren und jagten, hörten wir 'n Pferd kommen. Wir liefen rasch über die Straße und Buck sagte:

»Los, ins Gebüsch!«

Wir versteckten uns und kuckten zwischen den Blättern durch. Bald kam auch 'n vornehmer junger Mann langgaloppiert. Er ritt ganz schnell und sah aus wie 'n Soldat. Seine Flinte lag quer überm Sattelknopf. Ich hatte ihn vorher schon mal gesehen. Es war der junge Harney Shepherdson.

Da hört ich Buck seine Flinte dicht an meinem Ohr losgehen und Harneys Hut fiel runter. Er griff nach seiner Flinte und ritt grad auf das Gebüsch zu, wo wir uns versteckt hatte. Aber wir warteten nicht, sondern rannten los in den Wald rein. Als ich über meine Schulter zurückkuckte, denn ich wollte 'nem Schuss ausweichen, sah ich Harney zweimal auf Buck anlegen. Er schoss aber nicht, sondern ritt zurück, weil er seinen Hut holen wollte.

Wir rannten, bis wir zu Hause angekommen waren. Die Augen von dem alten Herrn leuchteten 'nen Augenblick vor Vergnügen auf, dann aber wurde sein Gesicht wieder ernst und er sagte:

»Ich habe diese Schießerei von hinten aus dem Gebüsch nicht gern. Warum bist du nicht auf die Landstraße rausgegangen, Junge?«

»Weil's die Shepherdsons auch nicht tun, Vater. Die nützen doch auch jeden Vorteil aus.«

Miss Charlotte hatte ihren Kopf stolz wie 'ne Königin erhoben, als Buck seine Geschichte erzählte, und ihre Nasenflügel bebten, und ihre Augen wurden immer größer. Die beiden jungen Männer schauten düster drein, aber sagten kein Wort nicht. Miss Sophia wurde blass, doch die Farbe kam wieder, wie sie hörte, dass der junge Mann nicht verletzt worden war.

Bald danach traf ich Buck an den Raufen fürs Vieh unter den Bäumen und fragte ihn:

»Wolltste ihn umbringen, Buck?«

»Natürlich.«

»Was hat er dir denn getan?«

»Er? Nichts hat er mir getan.«

»Warum haste ihn denn dann umbringen wollen?«

»Warum? Ach, bloß wegen der Fehde.«

»Was ist denn das, 'ne Fehde?«

»Na, wo bist du denn her, dass du nicht weißt, was 'ne Fehde ist?«

»Hab noch nie was davon gehört. Erzähl mal.«

»Na schön«, sagte Buck. »'ne Fehde ist so: Ein Mann hat

Streit mit 'nem anderen Mann und tötet ihn. Und dann tötet ihn der Bruder von dem andern Mann, und dann gehen die andern Brüder von den beiden gegeneinander los, und dann machen die Vettern mit. Und nach und nach werden eben alle umgebracht, und dann ist die Fehde aus. Aber das geht ziemlich langsam und dauert 'ne lange Zeit.«

»Dauert eure auch schon lange, Buck?«

»Na, das will ich meinen. Vor dreißig Jahren oder so um die Zeit rum hat sie angefangen. Es gab damals Krach wegen irgendwas und 'nen Prozess, um die Sache wieder ins Reine zu bringen. Aber der Prozess ging schlecht aus für einen von den Männern, und da machte der sich auf und knallte den nieder, der gewonnen hatte. Das war ganz selbstverständlich. Jeder hätt's so gemacht.«

»Weswegen hat's denn Krach gegeben, Buck? Wegen Land?«

»Schon möglich, ich weiß nicht.«

»Wer hat denn geschossen, einer von den Grangerfords oder einer von den Shepherdsons?«

»Lieber Gott, woher soll ich denn das wissen? 's ist doch schon so lange her.«

»Weiß es denn überhaupt einer?«

»Ja, Papa weiß es, nehm ich an, und noch 'n paar von den alten Grangerfords. Aber eigentlich keiner mehr richtig, weswegen der Krach angefangen hat.«

»Sind schon viele getötet worden, Buck?«

»Ja, es gab schon viele Beerdigungen. Aber so 'n Schuss bringt einen nicht immer gleich um. Papa hat 'ne ganze Menge Kugeln im Leib, aber sie stören ihn nicht. Bob haben sie mal 'n bisschen mit dem Dolch gekitzelt und auch Tom ist ein- oder zweimal verwundet worden.«

»Ist dieses Jahr schon einer getötet worden?«

»Natürlich, einer von uns und einer von denen. Ungefähr drei Monate ist's her, da ist mein Vetter Bud – er war vierzehn Jahre alt – am anderen Ufer durch den Wald geritten und hat keine Waffe bei sich gehabt, der Dussel. An 'nem einsamen Orte hört er, wie 'n Pferd hinter ihm herkommt und sieht den alten Saddy Shepherdson mit seinem Gewehr auf ihn anlegen. Anstatt nun abzuspringen und ins Gebüsch zu krauchen, reitet er weiter. Und der Alte immer hinter ihm her, fünf Meilen weit und mehr. Als Bud merkt, dass es keinen Zweck mehr hat, hält er an und dreht sich um und der Alte schießt ihn vom Gaul runter. Aber der hat dann auch nicht mehr viel Freude gehabt. Innerhalb von 'ner Woche hat einer von uns ihn umgelegt.«

»Der Alte war aber 'n Feigling, was?«

»Nein, er war kein Feigling. Bei den Shepherdsons gibt's überhaupt keine Feiglinge, auch nicht bei den Grangerfords. Einmal hat derselbe Alte 'ne halbe Stunde lang gegen drei Grangerfords gekämpft und gesiegt. Alle waren zu Pferd. Der Alte ist abgesprungen und hat sich hinter sein Pferd gelegt, von wegen der Kugeln. Aber die Grangerfords sind auf ihren Pferden sitzen geblieben und um den Alten rumgeritten. Und er hat auf sie gepfeffert und sie auf ihn. Nachher, wie er mit seinem Gaul nach Hause gegangen ist, da sahen die beiden ganz schön ramponiert aus. Aber die drei Grangerfords mussten nach Haus getragen werden. Nein, wenn einer Feiglinge sucht, dann darf er nicht zu den Shepherdsons gehen. Da gibt's nämlich keine.«

Am Sonntag drauf ritten wir drei Meilen weit zur Kirche. Die Männer nahmen ihre Flinten mit rein – Buck auch – und hielten sie später beim Gottesdienst zwischen den Knien oder stellten sie in Reichweite gegen die Wand. Die Shepherdsons machten's genau so. Es gab die übliche Predigt, mit brüderlicher Liebe und so 'nem Zeug. Aber alle sagten, es wär 'ne gute Predigt gewesen, und sie redeten auf dem Nachhauseweg schrecklich viel von Glauben und guten Werken und von Gnade und Prädestination und so 'nem Zeug. Es war, glaube ich, der anstrengendste Sonntag, den ich je erlebt hatte.

Nach dem Essen döste alles rum. Die einen lagen in ihren Stühlen, die andern in ihren Zimmern im Bett und es war mächtig langweilig. Buck lag ausgestreckt mit seinem Hund in der Sonne draußen im Gras und schlief fest. Ich ging rauf in unser Zimmer und wollt auch 'n Nickerchen machen. Die liebliche Miss Sophia stand grad in der Tür vor ihrem Zimmer, das neben unserem lag.

Sie nahm mich mit zu sich rein, machte die Tür sehr leise hinter sich zu und fragte mich, ob ich sie leiden könnte. Ich sagte ja. Und da fragte sie mich, ob ich was für sie tun würde, was ich keinem Menschen verraten dürfte, und ich sagte, ich wollte es tun. Sie sagte, sie hätte auf ihrem Platz in der Kirche zwischen zwei anderen Büchern ihr Neues Testament liegen lassen, ob ich ihr das holen wolle. Ich sagte ja.

Dann schlich ich raus auf die Chaussee. In der Kirche war keine Menschenseele, nur 'n paar Schweine; denn die Tür hatte kein Schloss, und Schweine gehen im Sommer gern in die Kirche, weil die Fliesen so schön kühl sind. Die meisten Menschen gehen gewöhnlich nur in die Kirche, wenn sie müssen. Bei den Schweinen ist das eben anders.

Ich sagte mir, da stimmt doch was nicht. Das ist doch nicht natürlich, wenn 'n Mädchen so aufgeregt ist wegen 'nem Neuen Testament. Als ich das Buch anstieß, fiel 'n Stückchen Papier raus, auf dem mit Bleistift geschrieben stand: »Halb drei.«

Da suchte ich das ganze Buch durch, fand aber nichts mehr. Auf »halb drei« konnte ich mir keinen Vers machen. Ich legte also das Papier wieder ins Buch.

Fräulein Sophia stand in der Tür und wartete schon auf mich, als ich die Treppe raufkam. Sie zog mich wieder in ihr Zimmer und schloss ab. Dann blätterte sie das Neue Testament durch, bis sie den Zettel fand, und sie sah ganz glücklich aus, als sie ihn gelesen hatte. Noch eh ich piep machen konnte, hatt sie mich schon gepackt und drückte mich fest an sich und sagte, ich wär der beste Junge von der Welt, aber ich dürft niemand was davon sagen. Sie war für 'nen Augenblick ziemlich rot geworden und ihre Augen glänzten und sie sah furchtbar schön aus. Ich war ganz erstaunt, und als ich wieder Luft kriegte, fragte ich, was denn der Zettel eigentlich bedeuten würde. Ob ich ihn gelesen hätte, wollte sie wissen. Ich sagte nein. Da fragte sie, ob ich überhaupt lesen könnte, und ich sagte: »Nein, nur gedruckte Buchstaben.« Und dann sagte sie, der Zettel wär bloß 'n Lesezeichen, damit sie wüsste, wo sie aufgehört hätte. Ich sollte jetzt gehen und spielen.

Ich ging runter zum Fluss und dachte über die Geschichte nach. Bald merkte ich, dass mir der Neger nachkam, der mich immer bediente. Als uns vom Haus aus keiner mehr sehen konnte, kuckte er sich nach allen Seiten um und kam dann zu mir gelaufen.

»Master George, wenn Sie mit mir ins Moor kommen wollen, will ich Ihnen 'nen ganzen Haufen Wasserschlangen zeigen.«

Da dachte ich mir, das ist doch komisch. Das hat er mir gestern schon mal gesagt. Er müsste doch wissen, dass nicht jeder Schlangen so gern hat, dass er darauf Jagd machen will. Was hat er bloß vor?

»Schön, geh voran«, sagte ich.

Ich folgte ihm 'ne halbe Meile, dann bog er ins Moor ein und ich watete noch 'ne halbe Meile hinter ihm her, bis zu den Knöcheln im Schlamm. Wir kamen schließlich auf 'n Stück Land, das ganz trocken war und mit Bäumen und Büschen und wildem Wein dicht bewachsen.

»Sie müssen reinkriechen da, nur 'n paar Schritte, hier ist es, wo sie sind. Ich hab sie schon gesehn, und ich mach mir nix draus, sie noch mal zu sehn.«

Dann drehte er sich um und ging weg und war bald hinter den Bäumen verschwunden. Ich stöberte an der Stelle rum und kam schließlich an ein kleines offnes Fleckchen, so groß wie 'n Zimmer und ganz von Wein umrankt. Da sah ich 'nen Mann auf der Erde schlafen, und beim Himmel: Es war mein alter Jim!

Ich weckte ihn und dachte, es wär für ihn 'ne große Überraschung, wenn er mich wiedersehen würde. Aber das war es nicht. Er weinte beinah vor Freude, aber überrascht war er nicht die Bohne. Er erzählte mir, er wär in der Nacht, wo wir mit dem Dampfer zusammengestoßen waren, hinter mir hergeschwommen und hätt mich auch immer rufen hören, aber er hätt nicht gewagt zu antworten, weil er Angst hatte, man würde ihn fangen und ihn wieder in die Sklaverei schleppen. Er fuhr fort:

»Jim war verletzt 'n bisschen und konnt nicht schwimmen sehr schnell. Ist 'ne ziemlich weite Strecke geschwommen hinter dir. Als du ans Ufer gegangen, Jim hat gedacht, er würd dich einholen und braucht nur zu rufen. Aber Jim dann gesehen hat das Haus und ist gegangen langsamer. Jim war zu weit und konnt nicht hören, was sie dir sagen taten. Jim war bang vor die Hunde. Aber wie alles gewesen ist wieder ruhig, und Jim hat gewusst, dass du bist in diesem Haus, ist Jim gegangen in den Wald und hat gewartet auf den Tag. Ganz früh sind gekommen welche von die Neger, als sie auf die Felder gingen, und die haben genommen Jim und haben gezeigt ihm diesen Fleck, wo ihn nicht können aufspüren die Hunde, wegen das Wasser. Jede Nacht sie haben Jim gebracht zu essen und haben erzählt, dass es dir geht gut.«

»Warum haste denn Jack nicht früher gesagt, dass er mich herholen soll, Jim?«

»Ach, es hatte keinen Zweck nicht, dich zu stören, Huck, bis wir konnten tun was. Aber nun ist alles in Ordnung. Jim hat gekauft Töpfe und Pfannen und Lebensmittel und hat geflickt das Floß nachts, wenn...«

»Was denn für 'n Floß, Jim?«

»Na, unser altes Floß.«

»Willste damit sagen, dass unser altes Floß nicht in tausend Stücke gegangen ist?«

»Nix tausend Stücke. 's war zwar ziemlich kaputt, aber 's ist nicht viel Schaden geschehn, nur unser Kram ist fast alles futsch. Wenn wir nicht hätten so tief getaucht und wären nicht geschwommen so weit unter Wasser und die Nacht wär nicht gewesen so dunkel und wir nicht so bang, dann wir hätten gesehn unser Floß. Aber jetzt ist's wieder fast wie neu und wir haben 'nen Haufen neue Sachen statt die verlorenen.«

»Wie haste denn das Floß wieder erwischt, Jim? Hast du's rausgefischt?«

»Wie Jim soll das Floß rausfischen, wo er doch gewesen ist im Wald? Nein, 'n paar von die Neger haben's gefunden unter 'n paar Stämmen im Wasser hier am Ufer und sie haben's versteckt im Gebüsch. Sie haben sehr gestritten, wem das Floß am meisten gehört, und da ist Jim rasch hin und hat geschlichtet den

Streit. Jim hat ihnen gesagt, dass das Floß keinem von ihnen nicht gehören tut, sondern niemand außer uns. Jim hat sie gefragt, ob sie vielleicht wollen stehln 's Eigentum von 'nem weißen jungen Mann und Prügel dafür kriegen? Dann Jim hat ihnen gegeben jedem zehn Cent, und sie sind gewesen sehr zufrieden und wünschten, dass mehr solche Flöße zu ihnen kommen sollten und sie machen wieder reich. Sie sind sehr gut zu Jim, diese Neger, und sie tun alles für Jim, worum er sie tut bitten. Dieser Jack ist 'n guter Neger und mächtig schlau.«

»Ja, das stimmt. Er hat mir nie verraten, dass du hier bist. Er hat bloß gesagt, ich sollt mitkommen, er würd mir Wasserschlangen zeigen. Wenn was rauskommt, hat er nichts damit zu tun. Er kann ruhig sagen, dass er uns niemals zusammen gesehen hat. Und das wär ja auch bloß die reine Wahrheit.«

Über den nächsten Tag möchte ich nicht viel reden. Ich will es ganz kurz machen. Ich wachte auf, als es eben anfing hell zu werden. Grad wollte ich mich auf die andre Seite drehen und weiterschlafen, da merkte ich, wie still alles war. Nirgends war was zu hören. Das war ganz anders als sonst. Dann fiel mir auf, dass Buck nicht mehr da war. Erstaunt stand ich auf und ging nach unten. Kein Mensch war zu sehn. Alles war mucksmäuschenstill. Draußen auch. Was hat das nur alles zu bedeuten?, fragte ich mich. Bei den Raufen treff ich Jack und frage ihn:

»Was ist denn los?«

»Wissen Sie nicht, Master George?«

»Nein«, sag ich, »ich weiß von nichts.«

»Miss Sophia ist weggelaufen, ist einfach durchgebrannt. In der Nacht ist sie fortgelaufen, niemand weiß genau, wann sie ist fortgelaufen. Sie will den jungen Harney Shepherdson heiraten, wissen Sie. So heißt's wenigstens. Vor 'ner halben Stunde hat die

Familie es rausgekriegt. Ich kann Ihnen sagen, sie haben nicht einen Augenblick verloren. So fix haben sie die Flinten und die Pferde genommen, wie ich es noch nie gesehn hab. Die Frauen sind los, um die Verwandtschaft mobil zu machen. Der alte Herr Saul und die Söhne haben ihre Flinten genommen und sind die Landstraße am Fluss raufgeritten. Sie wollen den jungen Mann abfangen und kaltmachen, bevor er mit Miss Sophia übern Fluss rüber kann. Ich glaub, es wird hoch hergehn.«

»Buck ist also fort und hat mich nicht geweckt?«

»Na, es ist schon besser so. Sie sollen wohl nicht mit reingezogen werden.«

So schnell ich konnte, rannte ich nach dem Flussweg. Nach 'ner Weile hörte ich Flintenschüsse, noch weit weg. Als ich den Holzschuppen und das Holzlager bei der Dampferlandestelle sehen konnte, kroch ich weit in das Dickicht, bis ich 'nen guten Platz fand. Ich kletterte auf 'ne Pappel und kuckte. Direkt vor der Pappel stand 'n vier Fuß hoher Holzstapel. Da hatt ich mich zuerst verstecken wollen; aber vielleicht war's gut, dass ich es nicht getan hab.

Vier oder fünf Männer ritten wie wild auf dem freien Platz vor dem Holzschuppen rum, fluchten und schrien und bemühten sich vergeblich, an zwei junge Burschen ranzukommen, die hinter den Bäumen an der Landungsstelle Posten gefasst hatten und die jedes Mal schossen, wenn sich einer von den Reitern blicken ließ. Die beiden Jungen standen Rücken an Rücken hinter 'nem Holzstoß und konnten so nach beiden Seiten hin den Weg beobachten.

Mit der Zeit gaben die Männer ihr Rumreiten und Schreien auf. Sie sprengten mit ihren Pferden auf den Holzschuppen los. Da sprang einer von den Jungen auf, legte ruhig auf einen von ihnen an und schoss ihn aus dem Sattel. Im Nu waren alle von ihren Pferden runter, packten den Verwundeten und schleppten ihn zu dem Schuppen. Im selben Augenblick hauten die beiden ab. Sie waren schon fast bis zu dem Baum, auf dem ich saß, eh die Männer es merkten. Sie sprangen sofort wieder auf ihre Pferde und ritten hinter ihnen her. Sie kamen den Jungen zwar immer näher, aber 's nützte nichts. Die beiden hatten 'nen großen Vorsprung. Sie erreichten den Holzstoß vor meinem Baum, versteckten sich dahinter und waren wieder im Vorteil.

Einer von den beiden war Buck und der andere war 'n schmaler junger Bursche von höchstens neunzehn Jahren. Die Männer fluchten 'ne Weile rum und ritten dann fort. Sowie sie weit genug weg waren, rief ich Buck an und erzählte ihm alles. Zuerst konnte er sich gar nicht erklären, wieso meine Stimme aus dem Baum kam. Er war ganz überrascht. Dann sagte er aber, ich sollte scharf aufpassen und ihm sofort Bescheid sagen, wenn die Männer wieder zurückkommen würden. Er sagte, sie hätten 'ne Schuftigkeit vor und würden sicherlich nicht lange fortbleiben. Für mein Leben gern wär ich von dem Baum runtergeklettert, aber ich traute mich nicht. Buck fing an zu schreien und zu schimpfen und sagte, dass er und sein Vetter Joe (das war nämlich der andere Junge) alles wieder gutmachen wollten. Er erzählte, dass sein Vater und seine beiden Brüder getötet worden wären und auch zwei oder drei von den Feinden. Die Shepherdsons hätten ihnen in 'nem Hinterhalt aufgelauert. Er meinte, sein Vater und seine Brüder hätten lieber auf die Verwandtschaft warten sollen, es wären zu viele Shepherdsons gewesen. Ich fragte, was denn aus dem jungen Harney und Fräulein Sophia geworden wär. Die wären über den Fluss entkommen und in Sicherheit, sagte er. Darüber war ich sehr froh. Aber Buck war wütend, dass er den Harney nicht richtig getroffen hatte, damals, als er auf ihn geschossen hatte. Das konnt ich nun nicht verstehen.

Ganz plötzlich, peng, peng, peng, gingen drei oder vier Flinten los. Die Männer hatten sich durch den Wald rangeschlichen und kamen jetzt zu Fuß von hinten. Die beiden Jungen liefen zum Fluss – beide waren getroffen und bluteten, und als sie sich von der Strömung treiben ließen, liefen die Männer ans Ufer, schossen nach ihnen und riefen: »Schießt sie tot! Schießt sie tot!«

Mir war so übel, dass ich fast vom Baum gefallen wär. Ich will hier nicht alles erzählen, was noch passiert ist; denn mir würde wieder übel, wenn ich's tun würde. Ich wünsch, ich wär damals nicht ans Ufer gekommen. Dann hätt ich solche Dinge nicht mit ansehen müssen. Solang ich lebe, werd ich das alles nicht vergessen. Ich träume immer noch davon.

Ich blieb auf dem Baum sitzen, bis es duster wurde, denn ich hatte Angst runterzuklettern. Hin und wieder hört ich schießen, weit hinten im Wald, und 'n paar Mal sah ich auch kleine Trupps von Männern mit ihren Gewehren an dem Holzschuppen vorbeigaloppieren. Ich nahm an, dass der Kampf noch immer im Gang war. Ich war furchtbar bedrückt und beschloss, nicht mehr ins Haus der Grangerfords zurückzugehen; denn ich fühlte, das ich nicht ganz unschuldig an der Sache war. Mir wurde klar, dass der Zettel nichts andres bedeutet hatte, als dass Miss Sophia den jungen Harney irgendwo um halb drei treffen und mit ihm durchbrennen wollte. Ich hätt ihrem Vater von dem Zettel und allem anderen erzählen müssen. Dann wär die Miss wahrscheinlich eingeschlossen worden und das schreckliche Unglück wär nie passiert.

Als ich schließlich von dem Baum runterkletterte, kroch ich erst 'n Stück am Flussufer lang, und da sah ich dann die Jungen liegen. Sie waren tot. Ich zog sie ganz an Land, deckte die Gesichter zu und ging, so schnell wie ich konnte, weg. Als ich Bucks Gesicht zudeckte, weinte ich. Er war immer so gut zu mir gewesen.

Inzwischen war's dunkel geworden. Ich machte 'nen Bogen um das Haus und ging durch den Wald aufs Moor zu. Jim war nicht auf der Insel. Ich lief durchs Gestrüpp und zwängte mich zwischen den Weidenbüschen durch. Ich fieberte danach, auf das Floß zu kommen und die schreckliche Gegend zu verlassen. Aber es war fort! Mein Gott, wie hab ich mich da erschreckt! Im ersten Augenblick blieb mir die Luft weg. Dann schrie ich und keine fünfundzwanzig Schritt von mir entfernt antwortete 'ne Stimme:

»Um Himmels willen! Bist du das? Mach nicht so 'nen Krach.«

Es war Jims Stimme. Sie klang mir so schön wie nie was anderes zuvor. Ich rannte 'n Stück am Ufer lang und sprang dann aufs Floß. Jim packte mich und drückte mich an sich, so freute er sich, dass ich wieder da war.

»Gott segne dich, Kleiner. Jim hat schon geglaubt, du bist wieder tot. Jack war hier, und er sagt, er glaubt, du bist totgeschossen, weil du nicht gekommen bist wieder nach Haus. Drum wollt Jim grad das Floß durchs Gestrüpp steuern und abstoßen und wegfahren, als Jack wiederkommt und sagt, du bist sicher tot. Mein Gott, wie ist Jim froh, dass er dich hat zurück!«

»Schön«, sagte ich, »das ist ja sehr schön. Sie werden mich sicher nicht finden und denken, dass ich tot bin und längst im Fluss schwimme. Man muss sie in ihrem Glauben noch bestärken. Also los, Jim, rasch in die Strömung, so rasch, wie du kannst.«

Erst als das Floß zwei Meilen weit getrieben war und wieder mitten im Mississippi schwamm, wurde mir leichter ums Herz. Wir hängten unsre Signallaterne auf, denn wir hielten uns jetzt für frei und völlig in Sicherheit. Seit gestern hatte ich keinen Bissen mehr gegessen. Also holte Jim 'n paar Maiskuchen und Buttermilch und Schweinefleisch und Kohl raus – nichts schmeckt in der ganzen Welt besser, wenn's richtig gekocht ist –, und als ich mein Abendbrot aß, schwatzten wir und ließen's uns wohl sein. Ich war heilfroh, der »Fehde« zu entwischen, und Jim war auch sehr vergnügt, dass er aus dem Moor fort war. Wir sagten uns, dass es kein besseres Heim gibt als so 'n Floß. Überall sonst ist es gepfropft voll und drückend, nur auf 'nem Floß nicht. Man fühlt sich herrlich frei und leicht und behaglich auf so 'nem Floß.

19. KAPITEL

Einige Tage und Nächte gingen vorbei, das heißt eigentlich, sie schwammen vorbei; denn sie verflossen ruhig und sanft und lieblich. Der Fluss war hier ungeheuer breit, manchmal über anderthalb Meilen. Des Nachts fuhren wir und bei Tag machten wir fest und versteckten uns.

Es war so wunderbar still in den Nächten, in denen man nur'n Froschgequak hören konnte. Wir lagen auf dem Rücken und pafften dicke Rauchwolken vor uns hin. Manchmal schwammen wir auch 'n Stück. Tags legten wir unsre Angeln aus und abends machten wir dann die Fische ab. Manchmal war weit und breit kein Dampfer und nichts zu sehen, sodass der ganze Fluss uns gehörte.

Vom Ufer blinkten 'n paar Lichter rüber, aber nur am Abend. Nach Mitternacht waren alle Leute im Bett und nicht 'n Fünkchen war dann mehr am Ufer zu sehen. Dann wussten wir: Jetzt ist Mitternacht vorbei und wir müssen uns langsam wieder nach 'nem schönen Landeplatz umsehen.

Eines Morgens bei Tagesanbruch fand ich 'n Kanu und ruderte rüber zur Küste – sie war kaum zweihundert Meter weg. Ich ruderte vielleicht 'ne Meile weit auf 'nem Nebenfluss, der durch 'nen Zypressenwald floss, um irgendwo Beeren zu suchen. Ich kam an 'ne Stelle, wo 'n Viehsteg über das Flüsschen führte, und sah 'n paar Männer so schnell wie sie konnten den Weg am Ufer lang laufen. Ich dachte schon, ich wär geliefert, denn wenn einer hinter jemand her war, dacht ich immer, er wär hinter mir oder hinter Jim her. Ich wollte mich aus dem Staub machen, aber sie waren schon zu nah. Sie riefen mich an und baten mich, ihr Leben zu retten. Sie sagten, sie hätten nichts verbrochen und würden verfolgt. Männer mit Hunden wären hinter ihnen her. Sie wollten gleich in mein Kanu reinspringen. Aber ich rief ihnen zu:

»Tut das nicht. Ich hör noch nichts von Hunden, ihr habt also noch Zeit, 'n Stück am Ufer lang zu laufen. Dann müsst ihr 'n paar Meter durch Wasser waten und ins Kanu springen. So verlieren die Hunde eure Spur.«

Das taten sie denn auch.

Sobald sie ins Kanu geklettert waren, holte ich aus und fuhr auf die Sandbank zu, wo wir mit dem Floß festgemacht hatten. Da hörten wir auch schon die Hunde bellen und die Männer rufen. Sie gingen den Fluss lang. Dann blieben sie 'ne Weile stehn und suchten rum. Wir kamen inzwischen immer weiter und hörten kaum mehr ihre Stimmen. Alles war still. Wir ruderten zu der Sandbank rüber, versteckten uns in dem Baumwollgestrüpp, in dem das Floß lag, und waren sicher.

Einer von den Männern war ungefähr siebzig oder noch älter. Er hatte 'nen kahlen Schädel und 'nen ganz grauen Schnurrbart. Er hatte 'nen alten, schäbigen Hut mit breiter Krempe auf und 'n schmieriges Wollhemd an und zerlumpte alte blaue Hosen, die in Stiefelschäften steckten, und selbst gestrickte Hosenträger, 'nen alten blauen Mantel mit blanken Messingknöpfen hatte er über den Arm geworfen. Beide trugen dicke, speckige abgewetzte Reisetaschen.

Der andere war so an die Dreißig und ziemlich normal angezogen.

Nach dem Frühstück legten wir alle los und erzählten uns was, und dabei kam raus, dass die beiden sich überhaupt nicht kannten.

»Wie bist du denn in die Klemme geraten?«, fragte der Glatzkopf den andern.

»Na, ich hab so 'n Zeug verkauft, womit der Zahnstein von den Zähnen abgeht. Das tut er wirklich, meistens geht sogar der Schmelz mit ab. Leider bin ich eine Nacht länger geblieben, als ich hätte sollen. Ich wollte grad abhauen, als ich dich hinter der Stadt traf. Du hast doch gesagt, sie wären hinter dir her, und ich sollte dir helfen wegzukommen. Na, da hab ich dir erzählt, dass mir genau dasselbe blühen könnte und dass ich mit dir zusammen los wollte. Das ist die ganze Geschichte, und wie steht's mit dir?«

»Gott, ich hab nur 'n paar Mäßigkeitsversammlungen abgehalten. Die Frauen waren hell begeistert; denn ich hab's den Schnapsdrosseln von Männern auch ordentlich gegeben, das kann ich dir sagen. Fünf, sechs Dollar hab ich pro Abend verdient – zehn Cent pro Kopf kostet der Eintritt, Kinder und Neger frei –, und mein Weizen blühte. Aber da ist gestern Abend irgendwie das Gerücht aufgekommen, dass ich heimlich saufen würde. Heute früh hat mich 'n Neger getroffen, und der hat mir erzählt, dass sich die Leute in aller Stille mit ihren Hunden und Pferden versammelt hätten. Wenn sie mich erwischt hätten, dann hätten sie mich geteert und gefedert und mich dann, 'n Strick um den Hals, in der Luft tanzen lassen. Da hab ich nicht erst aufs Frühstück gewartet. Plötzlich hatte ich keinen Appetit mehr.«

»Na Alter«, sagte der Junge, »mir scheint, wir passen zusammen. Wollen wir's nicht mit'nander versuchen?«

»Ich bin nicht abgeneigt. Was bist du denn eigentlich von Beruf?«

»Buchdrucker. Außerdem mach ich 'n bisschen in Arzneimitteln; Schauspieler bin ich auch, hauptsächlich Tragödie, verstehste. Dann hab ich's auch mal mit Wahrsagen versucht und unterrichte zur Abwechslung auch hin und wieder mal in Gesang oder in Geografie. Manchmal lasse ich auch 'nen Vortrag steigen. Ach, ich mach alles, was mir grad unter die Finger kommt, wenn's bloß nicht viel Arbeit macht. Was bist du denn?«

»Ich hab in meinem Leben viel rumgedoktert und kuriert. Handauflegen ist meine beste Masche, gegen Krebs und Paralyse und so was. Wahrsagen kann ich auch ganz gut, wenn ich jemand habe, der für mich das Nötige vorher rauskriegt. Predigen liegt mir auch und Versammlungen abhalten und so 'n bisschen innere Mission auf 'm Land.«

Für 'ne Weile sagte keiner was. Dann seufzte der junge Mann und sagte:

»Ach ja!«

»Warum seufzte denn?«, fragte der Glatzkopf.

»Gott, wenn man bedenkt, dass man lebt, um so 'n Leben zu führen und schließlich in so 'ne Gesellschaft zu geraten...«

Er wischte sich mit 'nem Lumpen die Augen.

»Verflucht noch mal«, sagte der Glatzkopf, »ist dir die Gesellschaft vielleicht nicht gut genug?«

»Doch, doch, sie ist schon gut genug für mich, sie ist so gut, wie ich sie verdiene. Ich bin ja selber schuld, dass ich so runtergekommen bin. Ich mache Ihnen ja keine Vorwürfe, meine Herren, da sei Gott vor! Es ist nicht mehr als in der Ordnung, dass ich dulden muss. Soll die erbarmungslose Welt mich so behandeln, es geschieht mir ganz recht. Aber ich weiß: Einmal wird ein Grab für mich offen stehn. Soll die Welt mir alles nehmen, wie bisher, mir, der ich einstmals geliebt war und reich. Eines Tages werde ich mich niederlegen und alles, alles vergessen, und mein armes Herz kann dann ausruhen, für immer ausruhen.« Und er wischte sich wieder die Augen mit den Lumpen.

»Was hat dich denn so runtergebracht?«

»Ach Gott, Sie werden mir nicht glauben. Die Welt wird es niemals glauben. Gehen wir darüber hinweg. Es hat keinen Sinn. Das Geheimnis meiner Geburt...«

»Das Geheimnis deiner Geburt? Soll das vielleicht heißen, dass...«

»Meine Herren«, sagte der junge Mann sehr feierlich, »ich will es Ihnen offenbaren. Ich fühle, dass ich zu Ihnen das vollste Vertrauen haben darf. Von Rechts wegen bin ich nämlich ein Herzog!«

Jims Augen traten ihm förmlich aus dem Kopf, als er das hörte, und ich glaube, meine taten es auch. Da sagte der Glatzkopf:

»Nein, das ist wohl nicht die Möglichkeit!«

»Doch. Mein Urgroßvater, der älteste Sohn des Herzogs von Bridgewater, flüchtete gegen Ende des vorigen Jahrhunderts in dieses Land, um die reine Luft der Freiheit atmen zu können. Er verehelichte sich hier und starb und hinterließ einen Sohn. Sein eigner Vater starb zur gleichen Zeit. Der zweite Sohn des verblichenen alten Herzogs ergriff Besitz und Titel und Vermögen, während der noch unmündige wirkliche Herzog einfach übergangen wurde. Ich bin der direkte Nachkomme dieses Sohns – ich bin der wahre Herzog von Bridgewater. Und wo bin ich? Ich bin hier, verlassen, herausgerissen aus meiner hohen Stellung, verfolgt von der Menschheit, verachtet von der schnöden Welt, zerlumpt, abgerissen, mit gebrochenem Herzen und in der Gesellschaft von Landstreichern hier auf dieses Floß verdammt.«

Jim bemitleidete ihn außerordentlich, und ich auch. Wir versuchten ihn zu trösten, aber er meinte, es hätte keinen Sinn, denn es würde keinen Trost für ihn geben. Wenn wir seine Würde anerkennen wollten, das würd ihm besser tun als alle Trostworte. Wir sagten, dass wir das gern tun würden, wenn er uns bloß sagen wollte, wie. Er meinte, wir müssten uns vor ihm verbeugen, wenn wir mit ihm sprächen und Euer Gnaden oder Mylord oder Euer Lordschaft zu ihm sagen. Er würde auch nichts dagegen haben, wenn wir ihn einfach »Bridgewater« anredeten, denn das wär ja eigentlich mehr ein Titel als ein Name. Außerdem sollten wir ihn bei Tisch bedienen und ihm die Handreichungen machen, die er wünschte.

Na, das war alles einfach und wir taten es. Beim Essen stand Jim die ganze Zeit hinter ihm und bediente ihn. Er sagte: »Befehlen Eure Gnaden dies oder befehlen Eure Gnaden das?« und so weiter, und man konnt es seinem Gesicht ansehn, was für'n Spaß es ihm machte.

Der alte Mann dagegen wurde allmählich immer stiller. Er sagte kein Wort mehr und sah nicht gerade vergnüglich dem ganzen Getue zu, das um den Herzog gemacht wurde. Er schien etwas auf dem Herzen zu haben. Im Laufe des Nachmittags sagte er: »Hör mal, Bridgewater, du tust mir mächtig Leid, aber du bist nicht der einzige Mensch auf der Welt, der solchen Kummer hat.«

»Nein?«

»Nein, du bist wirklich nicht der Einzige, der so viel Pech gehabt hat.«

»Ach!«

»Nein, du bist nicht der einzige mit 'ner geheimnisvollen Geburt.« Und bei Gott, der Alte fing jetzt an zu weinen!

»Um Gottes willen, was hast du denn?«

»Kann ich Vertrauen zu dir haben, Bridgewater?«, fragte der Alte und schluchzte dabei.

»Bis zum bitteren Tod!« Er nahm die Hand von dem Alten, drückte sie und sagte: »Nenne mir das Geheimnis deiner Geburt.«

»Bridgewater, ich bin der letzte französische Thronfolger!«

Jim und ich starrten ihn ganz entgeistert an. Dann sagte der Herzog:

»Was bist du?«

»Jawohl, mein Freund, das ist nur zu wahr. Deine Augen sehen in diesem Moment vor sich den armen verschwundenen Thronfolger, den Sohn Louis' XVI. und der Marie Antoinette. Ich bin Ludwig der Siebzehnte!«

»Du? Bei deinem Alter? Jetzt mach aber ’nen Punkt. Du meinst wohl, du bist Karl der Große. Du musst doch mindestens deine sechs-, siebenhundert Jahre alt sein.«

»Das hat der Kummer getan, Bridgewater, der Kummer. Der Kummer hat mir früh mein Haar grau gemacht, der Kummer ist auch schuld, dass ich schon ’ne Glatze hab. Jawohl, meine Herren, vor Ihnen steht, in blauem Zeug und Armseligkeit, der wandernde, verbannte, von der Revolution vertriebene, vom Schicksal zertretene und leidende rechtmäßige König der Franzosen.«

Er heulte und regte sich so schrecklich auf, dass Jim und ich wirklich nicht wussten, was wir machen sollten, so Leid tat er uns. Und dabei waren wir glücklich und stolz, dass wir ihn bei uns haben durften. Wir bemühten uns jetzt um ihn genauso wie vorher um den Herzog und taten alles, um ihn zu trösten. Er aber sagte, es wär alles umsonst, nur der Tod könnt ihn erlösen. Er meinte aber, es würde seinen Kummer erleichtern und ihm wenigstens für ein Weilchen wohl tun, wenn die Leute ihn seinem Rang entsprechend behandeln würden. Man müsste jetzt hinknien, »Eure Majestät« zu ihm sagen, ihn bei den Mahlzeiten zu allererst bedienen und sich in seiner Gegenwart niemals eher setzen, als bis er es erlaubt hätte. Na, Jim und ich bemajestäteten ihn also von hinten und von vorn, taten dies und das für ihn und blieben stehen, bis er uns erlaubte, uns zu setzen. Das tat ihm mächtig wohl und er wurde wieder ganz fröhlich und gemütlich. Nur der Herzog schien ihm das übel zu nehmen und war überhaupt nicht zufrieden, wie sich die Dinge entwickelten. Immerhin benahm sich der König wirklich freundlich gegen ihn und sagte, sein seliger Vater hätte sehr viel von dem Urgroßvater des Herzogs und überhaupt von den Herzögen von Bridgewater gehalten, und er würde alles tun, um ihn an 'ne ihm zukommende Stelle zu bringen. Aber der Herzog blieb die ganze Zeit verstockt. Schließlich sagte der König:

»Mein lieber Bridgewater, wahrscheinlich werden wir wohl oder übel 'ne verdammt lange Zeit hier auf diesem verfluchten Floß bleiben müssen. Was hat es also für 'nen Zweck, rumzustänkern? Das macht alles doch nur ungemütlich. Ich kann doch nichts dafür, dass du nicht als König geboren bist. Warum sollen wir uns also das Leben vermiesen? Man muss immer das Beste rausholen, sag ich, das ist immer mein Wahlspruch gewesen. Es ist gar nicht schlecht, dass wir hier gelandet sind. Es gibt schließlich zu essen und wir haben 'n faules Leben. Also komm, gib mir deine Hand, Herzog, und lass uns Freunde sein.«

Der Herzog tat es und Jim und ich waren sehr froh darüber. Die Ungemütlichkeit war wie weggeblasen und wir waren glücklich; denn Feindschaft an Bord von 'nem Floß ist nicht gerade angenehm. Auf 'nem Floß muss sich vor allem jeder wohlfühlen und zufrieden und gut Freund mit den anderen sein.

Es dauerte nicht lange, bis mir klar wurde, dass die beiden Schwindler keine Könige und keine Herzöge waren, sondern ganz gemeine Schufte und Betrüger. Aber ich sagte nichts, ließ mir auch nichts anmerken, sondern behielt meine Weisheit für mich. Das ist immer das Beste. Denn auf diese Weise gibt's wenigstens keinen Streit und keine Unannehmlichkeiten. Wenn's ihnen Spaß machte, sich König und Herzog nennen zu lassen, ich hatte nichts dagegen, wenn dadurch Ruhe auf dem Floß war.

20. KAPITEL

Die beiden fragten uns die Seele aus dem Leib, wollten wissen, warum wir mit ’nem Floß den Fluss runterfuhren, warum wir uns tags versteckten und uns nur nachts treiben ließen. Und ob Jim vielleicht ’n weggelaufener Neger wär. Da fragte ich sie:

»Lieber Gott, wird ’n durchgebrannter Neger nach Süden fliehen?«

Da sagten sie, nein, das würd kein durchgebrannter Neger tun. Aber weil ich ihnen doch einiges erklären musste, erzählte ich ihnen die folgende Geschichte:

»Ich bin in Pike County, Missouri, geboren. Meine ganze Familie ist gestorben, bis auf meinen Vater und meinen Bruder Ike. Da hat mein Vater eines Tages gesagt, er würde zu Onkel Ben ziehen. Der hat nämlich ’ne kleine Klitsche am Mississippi. Mein Vater war sehr arm und hatte noch Schulden dazu. Als alles verkauft war und alle Schulden bezahlt waren, da war nichts mehr übrig als sechzehn Dollars und unser Neger Jim. Das reichte natürlich nicht, um ’n Dampferbillet für uns vier zu kaufen. Na, als der Fluss anstieg, da hatte mein Alter Glück und fischte ’n Stück von ’nem Floß aus dem Wasser. Auf dem wollten wir nach New Orleans runter. Aber das Glück von meinem Alten hat nicht lang gedauert. ’n Dampfer hat unser Floß gerammt. Mein Alter ist über Bord und ertrunken, auch mein Bruder Ike, der erst vier Jahre alt war. Nur Jim und ich haben uns retten können. Na, in den nächsten Tagen hatten wir allerlei Unangenehmes auszustehen; denn die Leute meinten, Jim wär ’n durchgebrannter Neger und wollten ihn mir fortnehmen. Deshalb fahren wir nur noch nachts, denn da belästigt uns keiner.«

Der Herzog sagte:

»Geh jetzt weg. Ich werde darüber nachdenken, wie wir's anstellen müssen, dass wir auch am Tag fahren können. Die Stadt da drüben wollen wir aber noch nicht am Tag passieren, es könnte schief gehen.«

Am Abend bewölkte sich der Himmel, und es sah so aus, als ob es Regen geben würde. Es wetterleuchtete und die Blätter an den Bäumen fingen an zu zittern. Es würde 'ne schlimme Nacht werden, das konnte jeder sehen. Der König und der Herzog gingen in unsre Hütte, um sich die Betten mal anzusehen. Ich hatte 'nen Strohsack zum Schlafen, Jim nur 'nen Sack mit Maisblättern, und in dem steckten noch 'n paar Maiskolben, die einen ganz schön drückten, wenn man drauf lag. Und wenn Jim sich mal auf die andere Seite drehte, dann hörte sich das so an, als wenn einer über trockene Blätter rollte, und das machte einen dann immer wach. Der Herzog wollte mein Bett nehmen, aber der König wollte das nicht zulassen und sagte:

»Der Rangunterschied muss gewahrt bleiben. 'n Bett aus Maisblättern ist nu mal nicht das Richtige für den Sohn von Louis XVI. und Marie Antoinette. Euer Gnaden werden halt mit dem Lager von Maisblättern vorlieb nehmen müssen.«

Jim und ich hatten Angst, die beiden würden sich wieder in die Wolle fahren, und waren sehr froh, als der Herzog sagte:

»Es war schon immer mein Los, unter den eisernen Absatz von Despoten getreten zu werden. Unglück hat meinen einst ach so stolzen Sinn gebrochen. Ich gebe nach, ich gehorche, das ist mein Schicksal. Ich bin ganz allein auf der Welt. Lasst mich denn leiden, ich kann's ertragen.«

Als es dunkel genug war, stießen wir ab. Der König gab uns den guten Rat, immer hübsch in der Mitte vom Fluss zu bleiben und kein Licht aufzustecken, bis wir an der Stadt drüben vorbei sein würden. Nach 'ner Weile sahen wir Lichter. Das war die Stadt. Als wir sie ungefähr 'ne Dreiviertelmeile hinter uns gelassen hatten, zündeten wir unsere Signallaterne an.

Ungefähr um zehn fing's an zu regnen und zu stürmen, und es donnerte und blitzte. Da sagt uns der König, wir sollten beide Wache halten, bis das Wetter wieder besser wär. Er und der Herzog verzogen sich in die Hütte und gingen in die Falle. Bis zwölf Uhr hatt ich sowieso Wache, aber ich wär auch hinterher nicht schlafen gegangen, auch nicht, wenn noch 'n Bett frei gewesen wär, denn so 'n Sturm erlebt man eben nicht alle Tage. Mein Gott, wie der Wind heulte! Und alle paar Sekunden setzte 'n Blitz den Himmel in Brand und man konnte auf 'ne halbe Meile den weißen Schaum auf den Wellen sehen. Die Inseln sahen ganz staubig aus hinter dem Regenvorhang. Dann ging's wieder bum! krach, bum-bum!, und es dauerte lange, eh der Donner sich grollend und rumpelnd wieder verzog. Dann kam – zisch – schon wieder 'n Blitz, und es donnerte wieder. Ich war ganz nackt, und da machte es mir nichts aus, wenn ich über und über nass wurde.

Ich hielt auch die ganze Nacht Wache und schickte Jim in die Hütte, dass er sich auf den Boden legen und schlafen sollte. Als der Sturm endlich nachließ und im Osten der Tag dämmerte, weckte ich ihn wieder, und wir steuerten das Floß gemeinsam in 'n Versteck.

Am nächsten Morgen nach dem Frühstück holte der König 'n altes, zerfleddertes Kartenspiel raus und spielte mit dem Herzog 'ne Weile Sechsundsechzig, jedes Spiel mit fünf Cent Ein-

satz. Dann wurde es ihnen zu langweilig, und sie machten sich daran, 'nen »Schlachtplan« zu entwerfen, wie sie das nannten. Der Herzog griff in seine Reisetasche und holte 'nen ganzen Haufen bedruckter Zettel raus, die er laut vorlas. Auf einem Zettel stand:

»Der weltberühmte Dr. Armand de Montalbus aus Paris hält einen Vortrag über die Kunst der Phrenologie an dem und dem Ort, an dem und dem Tag. Eintritt zehn Cent. Es werden für fünfundzwanzig Cent pro Stück Charaktererklärungen geliefert.«

Der Herzog sagte, dieser Doktor Armand de Montalbus wär er selber. Auf 'nem zweiten Zettel war er als Shakespeare-Tragöde Garrick der Jüngere vom Drury-Lane-Theater in London. Auf anderen Zetteln hatte er noch 'ne Menge andere Namen und tat andere wunderbare Dinge, konnte zum Beispiel Wasser oder Gold mithilfe einer Wünschelrute oder mit Zaubersprüchen auffinden und so fort. Schließlich sagte er:

»Die Muse der Schauspielkunst ist allerdings meine Lieblingsmuse. Haben Sie, Sire, jemals auf den Brettern gestanden?«

»Nein«, sagte der König.

»Sie werden es tun, ehe Sie drei Tage älter sind, gestürzte Größe!«, sagte der Herzog. »In der ersten anständigen Stadt, in die wir kommen, wollen wir uns einen Saal mieten und den Schwertkampf aus ›Richard III.‹ und die Balkonszene aus ›Romeo und Julia‹ aufführen. Nun, was sagen Sie dazu?«

»Ich bin dabei, mit Haut und Haaren, wenn es sich auszahlt, Bridgewater. Aber du musst wissen, dass ich von der Schauspielerei nicht die Bohne verstehe und in meinem Leben kaum 'n Theaterstück gesehen habe. Ich war noch zu klein, als mein seliger Vater so was in seinem Schloss hatte. Glaubst du, dass du's mir beibringen kannst?«

»Natürlich, Sire.«

»Schön. Ich wollt sowieso schon lang mal was Neues anfangen. Lass uns auf der Stelle beginnen.«

Der Herzog erzählte ihm ausführlich, wer Romeo war und wer Julia. Er war gewöhnt, den Romeo zu spielen, der König müsst also die Julia übernehmen.

»Aber wenn Julia so ein junges Ding ist, Herzog, dann wirken doch mein kahler Schädel und mein weißer Bart reichlich komisch.«

»Darüber mach dir keine Gedanken. Diese Kaffern hier werden sich schon nicht dran stoßen. Außerdem wirst du ja im Kostüm sein, und das siehst du ganz anders aus. Julia kuckt vom Balkon aus in den Mond, bevor sie ins Bett geht. Sie hat ihr Nachthemd an und eine gefältelte Nachthaube auf. Hier sind die Kostüme.«

Damit holte er zwei, drei Gewänder aus Gardinenkattun raus; das sollten die mittelalterlichen Rüstungen für Richard III. und den anderen Burschen sein, dann 'n langes, weißes, baumwollnes Nachthemd und 'ne dazu passende Nachthaube. Der König war ganz zufrieden, und nun zog der Herzog sein Buch raus und las laut und schallend die Rollen vor. Er stolzierte rum und schauspielerte und zeigte, wie's gemacht werden musste. Dann gab er das Buch dem König und sagte ihm, er sollte seine Rolle auswendig lernen.

Drei Meilen flussabwärts lag 'n kleines Nest, und nach dem Mittagessen sagte der Herzog, er hätt 'nen Weg gefunden, wie wir auch am Tag fahren könnten, ohne dass es für Jim gefährlich würde. Er wollte gleich in das Nest rüberfahren und alles Nötige vorbereiten. Der König sollte mit und sehen, ob er nicht auch was ausrichten könnte. Wir hatten keinen Kaffee mehr, und Jim sagte, 's wär wohl besser, wenn ich auch mitfahren würde.

Als wir bei dem Städtchen landeten, war da alles wie ausgestorben, wie an 'nem Sonntag. Wir sahen 'n kranken Neger, der sich in 'nem Hof sonnte, und der sagte, alle, die nicht zu jung oder zu krank oder zu alt wären, die wären zur Versammlung in den Wald rausgepilgert, ungefähr zwei Meilen weit weg. Der König ließ sich den Weg zeigen. Er wollte hin und ich sollte mitgehen.

Der Herzog wollte aber erst 'ne Druckerei suchen. Wir stöberten auch bald eine auf, die über 'ner Schreinerwerkstatt lag. Alle Türen standen offen, der Drucker und der Schreiner waren zur Versammlung. Es war 'ne kleine, dreckige Werkstatt mit schwarzen Flecken und Plakaten mit Bildern von durchgebrannten Negern drauf an den Wänden. Der Herzog zog sofort seine Jacke aus und sagte, jetzt wär er endlich mal wieder in seinem alten Element und wollte dableiben. Da ging ich mit dem König zur Versammlung.

In 'ner halben Stunde waren wir da, völlig durchgeschwitzt, denn es war furchtbar heiß. Ungefähr tausend Menschen aus zwanzig Meilen im Umkreis waren zusammengekommen. Der Wald war voll von Gespannen und Wagen. Dazwischen standen Zelte, wo man Limonade, Pfefferkuchen, Wassermelonen und Puffreis kaufen konnte.

Die Predigten wurden auch in Zelten abgehalten, nur waren die viel größer und gerammelt voll mit Menschen. Die Bänke waren aus rohen Brettern zusammengezimmert. Die Prediger standen auf hohen Podien. Die Frauen hatten Sommerhüte auf und billige Kleider an. Einige von den jungen Männern waren barfuß, und 'n paar Kinder hatten nichts an als 'n Leinenhemdchen. 'n paar alte Frauen strickten und welche von dem jungen Gemüse poussierten.

Im ersten Zelt, in das wir reinkuckten, las der Prediger 'ne Hymne vor. Er las immer zwei Zeilen und dann wurden sie von der ganzen Versammlung gesungen. Es hörte sich grandios an, denn es waren sehr viele Menschen im Zelt, und sie sangen sehr laut. Dann las der Prediger wieder zwei Zeilen, und die Zuhörer sangen wieder. Die Leute gingen immer mehr aus sich raus und sangen immer lauter und lauter, und schließlich fingen einige an zu heulen und andere schrien. Dann fing der Prediger an zu predigen, sehr ernst. Er lief andauernd auf dem Podium hin und her, fuchtelte mit den Armen und schrie seine Worte ins Publikum rein. Immer wieder hielt er die Bibel hoch, schwenkte sie hin und her und schrie:

»Das ist die eherne Schlange in der Wildnis der Versuchung! Seht auf sie und gewinnt das Leben!«

Und die Zuhörer antworteten dann:

»Hosianna, Amen.«

Und so ging das weiter. Die Leute heulten und schrien und sagten »Amen«.

»Oh, kommt zum Herrn, kommt, die ihr mit Sünden beladen seid! (Amen!) Kommt, ihr, die ihr krank und unzufrieden seid! (Amen!) Kommt, ihr Lahmen und Blinden! (Amen!) Kommt, ihr Hungrigen und Durstigen, kommt, ihr, die ihr mit Schande beladen seid! (Amen!) Kommt alle, die ihr müde und leidend seid. Kommt, ihr, die ihr seid wie die Kinder, ihr mit den gebrochenen Herzen! Kommt in euren Lumpen, beladen mit Sünden und Schmutz, der Born des Herrn wird euch reinwaschen, die Tore des Himmels stehen euch offen! Tretet ein und genießt den himmlischen Frieden! (Amen! Hosianna, Halleluja!)…«

Das hörte gar nicht mehr auf. Man konnte kaum noch verstehen, was der Prediger da vorn sagte, so laut heulten und schrien die Menschen. Überall sprangen welche auf und bahnten sich mit den Ellbogen einen Weg zum Podium, wo die »Bank der Bußfertigen« stand. Die Tränen liefen ihnen die Backen runter. Und als alle Bußfertigen vorn waren, fingen sie an zu singen und zu schreien, warfen sich auf die Erde und benahmen sich wie die Verrückten.

Plötzlich war auch der König vorn! Er überschrie sie alle. Der Prediger bat ihn, er solle zum Volk reden. Das ließ er sich nicht zweimal sagen. Er erzählte ihnen, er wär seit dreißig Jahren Seeräuber draußen im Indischen Ozean. Bei einem Kampf im letzten Frühjahr wär fast seine ganze Mannschaft draufgegangen, und er wär zurückgekommen, um neue Burschen anzuheuern. Aber er wär in der vergangenen Nacht überfallen und bis auf den letzten Cent ausgeplündert worden. Dann hätten ihn die Schufte an Land gesetzt. Aber er wär sehr froh darüber gewesen, denn jetzt wär er ’n anderer Mensch geworden und zum ersten Mal in seinem langen Leben wirklich glücklich. Und so arm wie er jetzt auch wär, er würd auf der Stille zum Indischen Ozean zurückkehren und versuchen, alle Seeräuber auf den rechten Weg zurückzuführen. Wenn es ihm auch schwer fallen würde, ohne Geld den weiten Weg zurückzulegen, er würd's doch tun, und immer, wenn er wieder 'nen Piraten bekehrt hätte, dann würd er ihm sagen: »Danke nicht mir, mir kommt diese Ehre nicht zu, sondern den lieben Menschen auf dieser Versammlung, den wirklichen Brüdern und Wohltätern des ganzen Menschengeschlechts, und vor allem diesem Prediger, dem wahrhaftigsten Freund, den ich jemals gehabt habe.«

Dann brach der König in Tränen aus und jeder macht's ihm nach. Plötzlich rief jemand:

»Veranstaltet 'ne Kollekte für ihn!«

Mindestens 'n halbes Dutzend sprang auf, um Geld zu sammeln. Da aber rief wieder einer:

»Er soll selber sammeln!«

Alle stimmten zu, auch der Prediger.

Und der König ging mit seinem Hut durch die Reihen, trocknete sich dabei die Augen, segnete die Menschen und dankte ihnen dafür, dass sie so gut wären zu den armen Seeräubern in der Ferne. Ab und zu standen ganz süße Mädchen auf und fragten ihn mit Tränen in den Augen, ob sie ihn küssen dürften. Einige küssten und drückten ihn mindestens sechs- oder siebenmal. Man lud ihn ein, 'ne Woche zu bleiben, und jeder wollte, dass er in seinem Haus leben sollte. Sie sagten, das wär 'ne Ehre für sie. Aber er sagte, das ging nicht, denn er müsste so schnell wie möglich zum Indischen Ozean zurück, um die Piraten zu bearbeiten.

Als wir wieder zum Floß zurückruderten, zählte er das Geld. Es waren siebenundachtzig Dollar und fünfundsiebzig Cent.

Außerdem hatt er noch ’nen Drei-Gallonen-Krug mit Whisky mitgehen heißen, der unter ’nem Wagen gestanden hatte. Der König sagte, er hätt noch nie an einem Missionstag so viel eingenommen. Selbst mit Heiden könnt man auf so ’ner Versammlung nicht so viel rausholen wie mit Piraten.

Der Herzog hatte gedacht, er hätt auch nicht übel gearbeitet. Als aber der König von seinem Coup erzählte, da wurde er ganz klein. In der Druckerei hatte er erst zwei kleine Aufträge für Farmer ausgeführt und dafür vier Dollar eingesteckt. Dann waren Leute gekommen, die Anzeigen aufgeben wollten. Er nahm die Bestellungen an und noch vier Dollar Vorschuss dazu. Außerdem hatte er drei Jahresabonnements für die Zeitung verkauft. Die Zeitungen kosteten zwar zwei Dollar im Jahr, er hatte sie aber den Leuten für ’nen halben Dollar gelassen. Erst wollten sie mit Brennholz und Zwiebeln bezahlen, wie das üblich war. Aber er hatte ihnen gesagt, er hätt grad erst den Verlag gekauft und den Preis für die Zeitung gesenkt, müsste aber Bargeld haben. Schließlich hatte er noch ’n Gedicht gesetzt, das er ganz allein gereimt hatte. Es hatte drei Strophen und hieß: »Ja, kalte Welt, zerquetsch dies brechend Herz.« Das hatt er im Satz stehen lassen, dass es in der Zeitung gedruckt werden konnte. Er wollte gar kein Geld nicht dafür haben.

Alles in allem hatte er neun und ’nen halben Dollar eingenommen, und er sagte, er hätt saubere Arbeit dafür geleistet.

Dann zeigte er uns noch ’ne kleine Arbeit, die er auch gemacht hatte, ohne was dafür zu verlangen. Es war das Bild von ’nem weggelaufenen Neger, der ’nen Stock mit ’nem Bündel dran über der Schulter hatte. Drunter stand:

200 $ BELOHNUNG

Die Beschreibung, die dann folgte, passte genau auf Jim. Da stand, er wär von der St.-Jacques-Plantage, vierzig Meilen südlich von New Orleans, im vergangenen Winter ausgerissen und wär wahrscheinlich nach Norden gegangen. Wer ihn fangen und ihn dem Besitzer wiederbringen würde, der kriegte die Belohnung und dazu noch die Unkosten ersetzt.

»Jetzt«, sagte der Herzog, »können wir auch am Tag fahren. Wenn wir jemand sehen, der an Bord kommen will, dann binden wir Jim an Händen und Füßen mit 'nem Seil, legen ihn in die Hütte, zeigen den Handzettel und sagen, wir hätten ihn gefangen, wären aber zu arm, um mit dem Dampfer zu fahren. Wir hätten das Floß von 'nem Freund auf Pump gekriegt und würden jetzt nach der St.-Jacques-Plantage fahren, um die Belohnung zu kassieren. Handschellen und Ketten würden zwar schöner aussehen, aber das würd uns keiner glauben, weil wir so arm aussehen. Seile sind grad das Richtige.«

Sie sagten alle, dass der Herzog 'n ganz schlauer Bursche wär. Wir überlegten, dass wir in der kommenden Nacht so weit kommen würden, dass wir aus dem Trubel raus wären, den die Arbeit des Herzogs in der Druckerei sicherlich verursachen würde.

Wir legten uns aufs Floß und verhielten uns bis zehn Uhr ganz ruhig. Dann fuhren wir los und hielten uns ziemlich weit weg von dem Städtchen. Wir stellten auch so lange keine Laterne auf, bis wir die letzten Häuser aus den Augen verloren.

Als Jim mich morgens um vier für die nächste Wache weckte, sagte er:

»Huck, glaubste, dass noch mehr Könige uns werden übern Weg laufen?«

»Nein, das glaub ich nicht.«

»Dann ist's gut«, sagte er. »Jim macht sich nämlich nix aus

ein oder zwei Königen. Aber die reichen. Den wir hier haben, der ist fürchterlich besoffen, und der Herzog ist nicht viel besser dran.«

Später erfuhr ich, dass Jim versucht hatte, den König zum Französischsprechen zu kriegen. Aber der hatte gesagt, er wär schon so lange aus seinem Land weg und hätte so viel Schlimmes erlebt, dass er seine Muttersprache völlig vergessen hätte.

21. KAPITEL

Das Frühstück war kaum vorbei, da setzte sich der König auch schon auf eine Ecke vom Floß, zog sich die Stiefel aus, krempelte sich die Hosenbeine hoch, ließ die Beine ins Wasser baumeln und machte sich's bequem. Er rauchte und lernte dabei »Romeo und Julia«. Als er seine Rolle einigermaßen intus hatte, übte er mit dem Herzog zusammen. Aber der Herzog musste ihm bei jedem einzelnen Satz sagen, wie er ihn sprechen sollte. Er machte ihm vor, wie man seufzen und wie man die Hand aufs Herz legen muss. Nach 'ner guten Weile meinte er, es ging schon ganz gut, nur dürft er das »Romeo« nicht brüllen wie 'n Stier.

»Sie müssen es weich und leidend und schwärmerisch sagen«, sagte er. »Rooo-me-o! So muss das kommen, denn Julia ist 'n sehr liebes, süßes, kindliches Geschöpf, klar? Sie heult nicht wie 'ne Hyäne!«

Dann holten sie 'n paar lange Schwerter, die der Herzog aus Latten gemacht hatte, und fingen an, den Schwertkampf einzuüben. Der Herzog war Richard III. Es sah großartig aus, wie sie sich ins Zeug legten und auf dem Floß rumrasten. Aber der König rutschte aus und fiel über Bord. Da machten sie 'ne Pause und erzählten sich allerlei Abenteuer, die sie früher am Mississippi gehabt hatten.

Nach dem Mittagessen sagte der Herzog:

»Majestät, dass muss 'ne erstklassige Aufführung werden, verstanden? Ich denke, wir machen am besten noch 'n paar Verse dazu. Wir müssen irgendwas haben, was als Zugabe passt.«

»Was verstehst du unter Zugabe, Bridgewater?«

Der Herzog erklärte es ihm und fuhr dann fort:

»Ich gebe als Zugabe das ›Hochland-Lied‹, oder vielleicht besser noch den ›Tanz des Seemanns‹. Und du musst – warte mal, du musst Hamlets Monolog deklamieren!«

»Hamlets was?«

»Hamlets Monolog, das berühmteste Stück aus dem ganzen Shakespeare. Ach, der ist großartig, einfach großartig! Er reißt immer das ganze Haus mit. In meinem Buch steht er nicht, ich hab nämlich bloß den einen Band, aber ich bring ihn schon aus dem Kopf zusammen. Lass mich mal 'nen Augenblick auf und ab gehen. Ich will sehen, ob ich ihn aus der Gruft der Erinnerungen hervorholen kann.«

Damit fing er an, nachdenklich auf und ab zu wandern, zog immer wieder die Stirn in tiefe Falten und runzelte ganz fürchterlich die Augenbrauen, dann wieder presste er die Hand gegen die Stirn. Schließlich seufzte er und ließ 'ne Träne fallen. Es war herrlich mitanzusehen. Nach und nach fiel ihm alles ein, und er sagte, wir sollten jetzt aufpassen. Er nahm eine sehr edle Haltung ein, schob den einen Fuß vor, warf die Arme in die Luft und sah mit zurückgeworfenem Kopf empor. Dann ging's los. Er raste und knirschte mit den Zähnen, er heulte wie 'n Tier,

fuchtelte rum, ließ die Brust anschwellen und übertrumpfte alles an Schauspielkunst, was ich je gesehen hatte.

Na, dem König gefiel das sehr gut, er lernte sehr rasch und machte es ganz erstklassig. Er schien wie dafür geboren.

Als sich die erste Gelegenheit zu 'ner Vorstellung bot, ließ der Herzog 'n paar Anschlagzettel drucken. Die nächsten zwei oder drei Tage ging es auf unserem Floß ungewöhnlich lebhaft zu; denn es gab nichts als Fechtübungen und Proben, wie es der Herzog nannte. Eines Morgens, als wir schon ziemlich weit unten in Arkansas waren, tauchte hinter 'ner Biegung 'ne ganz kleine Stadt auf.

Drei Viertelmeilen oberhalb legten wir an der Mündung von 'nem Bach an, die von den Zypressen überdacht war. Wir alle, außer Jim, stiegen ins Kanu und fuhren zur Stadt, um zu sehen, ob sich dort wohl die erhoffte Gelegenheit für das Schauspiel bieten würde. Wir hatten großes Glück; denn an diesem Nachmittag sollte 'ne Zirkusvorstellung stattfinden und die Bevölkerung aus der ganzen Gegend war schon unterwegs auf allerlei alten, klapprigen Wagen oder zu Pferd. Der Zirkus wollte noch am Nachmittag wieder fort, unsere Theatervorstellung am Abend konnte also ziemlichen Erfolg haben. Der Herzog mietete das Gerichtsgebäude, und wir machten uns auf die Socken und klebten unsere Zettel an. Auf denen war Folgendes zu lesen:

SHAKESPEARES AUFERSTEHUNG!
GROSSE ATTRAKTION!

Unwiderruflich nur einen Abend!
Die weltberühmten Tragöden
Garrick der Jüngere vom Drury-Lane-Theater, London,
und Edmund Kean der Ältere
vom Kgl. Haymarket Theater, Picadilly, London
spielen aus dem erhabenen Schauspiel von William Shakespeare, betitelt

ROMEO UND JULIA
die Balkonszene

Romeo – Herr Garrick
Julia – Herr Kean
Unter Mitwirkung der gesamten Kräfte der Gesellschaft.
Neue Kostüme, neue Dekorationen, neu eingerichtet.
Ferner:
Der schauerliche, meisterhafte, alles Blut erstarren lassende

RICHARD III.

Schwertkampf

Richard III – Herr Garrick
Richmond – Herr Kean
Dazu: (auf besonderen Wunsch)
Hamlets unsterblicher Monolog!
Gesprochen von dem berühmten Kean!
Dreihundert Abende hintereinander in Paris
von ihm vorgetragen!
Unwiderruflich nur einen Abend,
wegen dringender Engagements in Europa!
Eintritt 25 Cent,
Kinder und Dienstboten 10 Cent.

Dann bummelten wir durch die Stadt. Die Läden und Häuser waren fast lauter alte, wacklige Fachwerkbauten, die niemals gestrichen worden waren. Sie standen drei oder vier Fuß über der Erde auf Pfählen, um bei Überschwemmungen vor dem Wasser gesichert zu sein. Rund um die Häuser waren kleine Gärten, in denen aber nichts wuchs als Unkraut und Sonnenblumen und in denen Müllhaufen sich türmten.

Die Läden lagen alle in einer Straße. Sie hatten vorn weiße Markisen und die Landleute banden ihre Pferde an den Markisenpfosten fest. Unter den Markisen standen überall leere Kisten. Auf jeder von ihnen saß 'n Bummler, der mit seinem Messer an ihr rumschnippelte, Tabak kaute, Maulaffen feilhielt und gähnte und sich rekelte – ein ganz übles Pack. Die meisten hatten gelbe Strohhüte auf, die so groß waren wie 'n Regenschirm, und keiner hatte 'ne Jacke oder 'ne Weste an.

Sie nannten sich gegenseitig Bill und Buck und Hank und Andy, redeten dummes Zeug und fluchten viel. Auch an jeder Hausecke lehnte mindestens ein solcher Bummler, der die Hände in den Hosentaschen hatte und sie höchstens rausnahm, wenn er jemand um 'n Stück Kautabak anbettelte oder wenn er sich kratzte. Das Einzige, was man von ihnen hörte, war:

»Gib mir 'n Stück Tabak, Bill!«

»Kann nicht, hab selber nur ein Stück. Frag mal Jack!«

Vielleicht bekam er dann von Jack 'n Stück, wenn der nicht auch schwindelte und sagte, er hätte nichts.

Je näher der Mittag rankam, umso dichter wurde das Gewimmel von Pferden und Wagen in den Straßen. Es kamen noch immer mehr. Die meisten Familien aus der Umgebung hatten ihr Mittagbrot mitgenommen und aßen in ihren Wagen. Es wurde ziemlich viel Schnaps getrunken. Ich sah drei Raufereien.

»Da kommt der alte Boggs!« hörte ich jemand rufen. »Da kommt er, um sich seinen kleinen monatlichen Rausch zu holen!«

Die Bummler machten frohe Gesichter. Ich glaube, sie waren es gewohnt, ihre Scherze mit Boggs zu treiben. Einer rief:

»Ich möchte bloß wissen, wen er heut verprügeln will. Wenn er alle die verprügelt hätte, die er in den letzten zwanzig Jahren hat verprügeln wollen, dann wär er 'n berühmter Mann.«

'n anderer sagte: »Ich wollte bloß, der alte Boggs hätt's auf mich abgesehen, dann würd ich noch tausend Jahre leben.«

Der alte Boggs raste auf seinem Pferd ran und schrie und brüllte wie 'n Indianer und rief:

»Macht die Straße frei! Ich bin auf dem Kriegspfad! Die Preise für Särge steigen!«

Er war betrunken und schwankte im Sattel hin und her. Er war über fünfzig Jahre alt und hatte 'n sehr rotes Gesicht. Jeder schrie hinter ihm her und lachte über ihn. Sie pöbelten ihn an, und er pöbelte wieder zurück und sagte, er würde es ihnen schon zeigen und sie einen nach dem anderen aufs Kreuz legen, er hätt jetzt bloß keine Zeit, denn er wär in die Stadt gekommen, um den alten Colonel Sherburn umzubringen.

»Mein Motto ist: Erst Fleisch und dann das Gemüse löffelweis hinterher!«

Als er mich sah, ritt er zu mir ran und sagte:

»Wo kommste her, Kleiner? Willste sterben?«

Dann ritt er weiter. Ich hatte Angst, aber 'n Mann sagte zu mir: »Er meint's nicht bös, er gibt immer so an, wenn er einen in der Krone hat. Er ist der gutmütigste alte Narr im ganzen Land und hat, ob er nu besoffen war oder nicht, noch keiner Menschenseele was zuleid getan!«

Boggs ritt vor den größten Laden der Stadt, bog den Kopf unter die Markise und schrie mit gellender Stimme:

»Komm raus, Sherburn, komm raus und stell dich dem Mann, den du beschwindelt hast! Du bist der Hund, hinter dem ich her bin. Ich werd dich schon kriegen!«

Und in dem Ton ging das weiter. Er rief Sherburn zu, was ihm grad auf die Zunge kam, und die ganze Straße, vollgepfropft mit Menschen, hörte zu und lachte. Schließlich trat 'n stolz aussehender Mann von vielleicht fünfundfünfzig Jahren aus dem Laden raus. Er war der am besten angezogene Mann in der ganzen Stadt. Und die Menge wich zu beiden Seiten zurück, um ihn durchzulassen. Er sagte sehr ruhig und langsam zu Boggs:

»Jetzt hab ich's satt! Bis eins heut Mittag will ich's aushalten. Verstanden, bis ein Uhr, nicht eine Minute länger! Wenn du nach eins noch mal dein Maul gegen mich aufreißt, kannst du laufen so weit du willst, und ich werd dich doch finden!«

Damit drehte er sich um und ging wieder rein. Die Leute draußen waren plötzlich nüchtern geworden. Niemand wagte, sich zu rühren, und kein Mensch lachte mehr. Boggs ritt fort und machte Sherburn madig, so laut er nur konnte, die ganze Straße lang. Dann kam er zurück, hielt wieder vor dem Laden und fing von neuem an. 'n paar Leute drängten sich um ihn und versuchten ihn zum Schweigen zu bringen, aber er wollte durchaus nicht. Man sagte ihm, es wär in 'ner knappen Viertelstunde eins, er solle jetzt nach Haus, und zwar sofort. Alles nützte nichts. Er schimpfte aus Leibeskräften weiter, schmiss seinen Hut in den Dreck, ritt drüber hin und galoppierte wieder mit flatterndem grauem Haar die Straße runter. Jeder versuchte auf irgendeine Art ihn von seinem Gaul runterzulocken. Man wollte ihn einsperren, bis er wieder nüchtern wär, aber es klappte nicht. Er galoppierte wieder die Straße zurück und fluchte auf Sherburn. Schließlich sagte einer:

»Holt doch seine Tochter! Schnell! Manchmal hört er auf sie. Wenn ihn überhaupt jemand überreden kann, ist sie's.«

Es lief jemand, um sie zu holen. Ich ging 'n Stück die Straße runter und blieb stehn. Nach ungefähr fünf Minuten kam Boggs wieder, diesmal aber nicht mit seinem Pferd. Er taumelte quer über die Straße auf mich zu, ohne Hut. Zwei Freunde stützten ihn und führten ihn schnell fort. Er war ganz ruhig und sah aus, als hätt er Angst. Er sträubte sich gar nicht, im Gegenteil, er schien sich selber zu beeilen. Da rief jemand:

»Boggs!«

Er sah auf, um zu sehen, wer es war. Es war Sherburn, der gerufen hatte. Er stand ganz ruhig mitten auf der Straße, in der erhobenen Hand 'ne Pistole. Er zielte nicht, sondern hielt sie mit dem Lauf gegen den Himmel. In dem Augenblick kam ein junges Mädchen mit zwei Männern angerannt. Boggs und seine Begleiter drehten sich um. Sie wollten wohl auch sehen, wer gerufen hatte. Als die Männer die Pistole sahen, sprangen sie zur Seite. Der Lauf der Waffe senkte sich langsam, bis zur Höhe des Ziels. Beide Hähne waren gespannt. Boggs warf die Hände hoch und rief: »Um Gottes willen, nicht schießen!«

Peng!

Der erste Schuss ging los, Boggs griff mit den Händen in die Luft und taumelte zurück.

Peng!

Der zweite Schuss – und Boggs fiel rücklings zu Boden, schwer und massig, die Arme gespreizt. Das junge Mädchen stürzte über ihn und schrie:

»Er hat ihn getötet, er hat ihn getötet!«

Die Menge bildete 'nen Kreis um sie, man schob und drängte sich, reckte die Hälse, um etwas zu sehen. Die Leute innen im Kreis stießen die andern zurück und riefen:

»Zurück, zurück! Lasst ihm Luft!«

Sherburn warf seine Pistole zu Boden, drehte sich auf dem Absatz rum und ging fort.

Sie trugen Boggs in 'nen kleinen Kramladen. Die Menge drängte nach. Ich beeilte mich und bekam 'nen sehr guten Platz am Fenster, von wo aus ich alles sehen konnte. Sie legten Boggs auf den Boden, schoben ihm 'ne große Bibel unter den Kopf und legten 'ne andere aufgeschlagen auf seine Brust. Vorher aber hatten sie ihm das Hemd aufgerissen, und ich konnte sehen, wo die Kugel reingegangen war. Er machte vielleicht noch 'n Dutzend schwere Atemzüge. Die Brust hob die Bibel, wenn er den Atem einzog, und wenn er ihn ausblies, senkte sie sich. Und danach lag er ganz still da. Er war tot. Man musste die Tochter, die laut schrie und weinte, von ihm wegziehen und fortführen. Sie war vielleicht sechzehn Jahre alt und sah sehr hübsch und sanft aus, aber sie war schrecklich blass und verängstigt.

Vor dem Laden quetschte und drückte man sich, puffte und schubste, bloß um ans Fenster zu kommen und 'nen Blick reinwerfen zu können. Aber die Leute, die ihre guten Plätze hatten, wollten sie nicht aufgeben. Die von hinten riefen dauernd:

»He, ihr habt genug gesehn. Es ist nicht recht, dass ihr die ganze Zeit da stehen bleibt und keinen andern ranlasst, andre Leute haben genauso viel Recht wie ihr!«

Die vorn standen, schimpften zurück, und ich machte mich dünne, weil ich Angst hatte, dass es Krach geben würde. Die Straße war voller Menschen und alle waren aufgeregt. Jeder, der die Schießerei mit angesehn hatte, erzählte, wie sich die Geschichte zugetragen hatte, und um jeden sammelte sich 'ne dichte Masse Menschen mit ausgereckten Hälsen und hörte zu.

Nach 'ner Weile sagte jemand, man müsste eigentlich Sherburn lynchen. Eine Minute später sagten alle dasselbe und mit lautem Geschrei zogen sie los. Wo man 'n Stück Strick fand, riss man's los, um Sherburn dran aufzuhängen.

22. KAPITEL

Sie schwärmten die Straße lang zum Haus von Sherburn. Sie rasten und brüllten wie die Indianer. Wer sich nicht aus dem Weg machte, wurde überrannt und zu Mus getrampelt. Es war schrecklich zu sehen. Kinder rissen aus vor der tobenden Menge, kreischten und suchten sich zu retten. Die ganze Straße lang sah man in jedem Fenster Gesichter von Frauen und fast in jedem Baum saß 'n Negerjunge. Über jeden Zaun kuckten Neger und Negerinnen. Aber sobald der Mob näher kam, rannte alles weg. Frauen und Mädchen weinten und waren zu Tode erschrocken.

Vor Sherburns Haus staute sich der Mob so dicht, wie er konnte, und man verstand vor lauter Krach sein eigenes Wort nicht mehr. Der Hof von Sherburns Haus war kaum größer als zwanzig Fuß im Quadrat.

'n paar schrien:

»Reißt den Zaun ein, reißt den Zaun ein!«

Da wurde gestoßen und gerissen und zerbrochen, und der Zaun fiel um. Die erste Reihe rollte wie 'ne Woge in den Hof.

Da trat Sherburn auf das Dach von dem kleinen Vorbau. Er hatte 'ne doppelläufige Flinte in der Hand und stellte sich ganz ruhig hin, ohne 'n Wort zu sprechen. Das Gepolter hörte auf und die Woge ging zurück.

Sherburn sagte noch immer kein Wort, er stand einfach da und sah runter. Die Stille war schrecklich drückend und ungemütlich. Sherburn kuckte langsam über die Leute hin, und wen er ankuckte, der versuchte, seinem Blick standzuhalten.

Aber keiner bracht's fertig. Alle schlugen die Augen nieder und sahen ziemlich bedeppert aus. Da fing Sherburn an zu lachen. Es war kein angenehmes Lachen, und man hatte 'n Gefühl dabei, wie wenn man Brot isst, wo Sand drin ist.

Sherburn sagte langsam und voller Verachtung:

»Schon der Gedanke, dass ihr einen lynchen wollt, ist komisch! Als wenn ihr 'nen wirklichen Mann lynchen könntet! Weil ihr tapfer genug seid, arme Weiber auszustoßen, zu teeren und zu federn, scheint ihr zu glauben, ihr wärt imstande, Hand an 'nen Mann zu legen. Mein Gott, 'n Mann ist sicher, und wenn er zehntausend von euresgleichen in die Finger fallen würde, wenigstens solange es hell ist und solang er euch nicht im Rücken hat.

Na, kenn ich euch nicht? Ich kenn euch ganz genau. Ich bin aus dem Süden und bin dort aufgewachsen. Aber ich hab auch im Norden gelebt. Ich kenne den Durchschnitt überall. Durchschnittskerle sind feige. Im Norden lassen sie jeden, der mag, auf sich rumtrampeln und gehen dann nach Haus und beten um Demut, um das ertragen zu können. Im Süden hält 'n einziger Mann am helllichten Tag 'ne ganze Kutsche voll Menschen an und plündert sie aus. Eure Zeitungen haben euch so lange 'n tapferes Volk genannt, bis ihr geglaubt habt, ihr wärt tapferer als jedes andere Volk. Aber das ist auch alles. Warum bringen eure Geschworenen die Mörder nicht an den Galgen? Weil sie fürchten, dass die Freunde der Mörder sie nachts hinterrücks erschießen. Jawohl, das würden sie auch tun.

Also sprechen sie sie lieber frei. Aber nachts geht dann irgend so 'n Kerl mit hundert vermummten Feiglingen los und lyncht den Schurken. Es ist euer Fehler, dass ihr keinen wirklichen Mann mitgebracht habt. Das ist der eine Fehler, und der andere ist, dass ihr nicht im Dunkeln gekommen seid. 'n Stück von 'nem Mann habt ihr allerdings mitgebracht – den Buck Hartnes. Wenn ihr den nicht gehabt hättet, euch auf Trab zu bringen, dann hättet ihr nur rumgeschrien.

Ihr habt ja gar nicht herkommen wollen. Durchschnittskerle scheuen Mühe und Gefahr. Ihr scheut auch Mühe und Gefahr. Aber wenn so 'ne halbe Portion wie Buck Hartnes brüllt: ›Lyncht ihn, lyncht ihn!‹, dann habt ihr Angst zu kneifen, weil man sonst merken könnte, dass ihr Feiglinge seid. Da habt ihr dann auch gebrüllt und euch so 'nem halben Kerl an die Rockschöße gehängt und seid voller Wut gekommen und habt euch damit dicke getan, was ihr für 'ne große Tat vorhabt. Es gibt doch nichts Jämmerlicheres als euch Mob. So, und jetzt kneift eure Schwänze zwischen die Beine, geht nach Hause und verkriecht euch in eure Löcher. Wenn wirklich gelyncht werden soll, müsst ihr's machen wie die Leute im Süden. Die bringen wenigstens 'nen Mann mit. Also schert euch fort, mitsamt eurem halben Kerl!«

Bei diesen Worten warf er seine Flinte über den linken Arm und spannte die Hähne.

Die Menge flutete plötzlich zurück, brach auseinander und ging nach allen Seiten davon. Buck Hartnes folgte ihr und sah

recht bekümmert aus. Ich hätt bleiben können, wenn ich gewollt hätte, aber ich wollt eben nicht.

Ich ging zum Zirkus und strolchte an der Hinterseite rum, bis der Wächter vorbeigegangen war. Dann schlüpfte ich unter der Zeltplane durch. Ich hatte zwar mein Zwanzig-Dollar-Stück und auch sonst noch 'n bisschen Geld, aber ich dachte, heb's dir auf, wer weiß, wie bald du es nötiger brauchst, wenn du so weit von zu Haus fort bist und mitten unter fremden Menschen leben musst. Man kann nicht vorsichtig genug sein. Ich hab ja nichts dagegen, Geld für den Zirkus auszugeben, wenn es nicht anders geht. Aber es hat schließlich keinen Sinn, es dafür zu verschwenden.

Es war wirklich 'n prima Zirkus. Das Schönste, was ich je gesehen hab, war, wie sie alle reingeritten kamen, zwei und zwei, immer 'n Herr und 'ne Dame, die Männer nur in Hosen und Unterhemd, ohne Schuh, die Hände in die Hüften gestützt, ganz leicht und bequem. Es waren mindestens zwanzig. Und dann die Damen, die ganz süß aussahen und furchtbar schön, wie 'n Haufen richtiger Königinnen. Sie hatten Kleider an, die sicher 'ne Million Dollars kosteten und die von Diamanten strotzten. War das 'n Anblick! Ich hab so was Entzückendes nie wieder gesehn.

Sie erhoben sich einer nach dem andern in den Steigbügeln und stellten sich auf die Sättel und ritten dann rund um die Manege. Die Männer sahen so edel aus und so schlank, und die

Röcke von den Damen bewegten sich wie Rosenblätter, weich und seidig, und sie sahen aus wie die schönsten Sonnenschirme.

Und dann ritten sie immer schneller und schneller und wippten rauf und runter. Erst hoben sie das eine Bein in die Luft und dann das andere, und die Pferde liefen immer schräger, und der Stallmeister drehte sich in der Mitte und knallte mit der Peitsche und rief: »Hü – hott! Hü – hott!« und der Clown machte seine Witze hinter ihm.

Schließlich ließen alle die Zügel fallen und alle Damen legten die Hände in die Hüften und die Herren kreuzten die Arme über die Brust. Da neigten sich die Pferde noch schräger. Schließlich sprang einer nach dem anderen runter und machte die schönste Verbeugung, die ich je gesehen hab. Dann liefen alle raus, und das Publikum klatschte.

Na, die tollsten Dinger folgten. Der Clown machte die ganze Zeit Späße, dass die Leute fast vor Lachen geplatzt wären. Der Stallmeister konnte kein Wort sagen, ohne dass nicht gleich die komischste Antwort von dem Clown kam. Ich konnte nicht verstehen, wieso der auf so viel Sachen kommen konnte und immer gleich was zu sagen hatte, was aufs Haar passte. Ich hätt 'n Jahr gebraucht, bis mir so was eingefallen wär. Schließlich wollt 'n Betrunkener in die Manege. Er sagte, er möchte auch gern mal reiten und behauptete, er könnte genauso gut reiten wie jeder andere. Er stritt mit dem Stallmeister rum, der wollte ihn nicht reinlassen, aber er hörte nicht hin, und die ganze Vorstellung wurde unterbrochen. Da fingen die Leute an, ihm was zuzurufen und ihn zum Narren zu halten. Aber das machte ihn wütend und er tobte und fluchte. Das brachte die Leute natürlich in Bewegung und sie standen haufenweise von ihren Bänken auf, stürmten auf die Manege zu und schrien:

»Haut ihn um! Schmeißt ihn raus!«

Und ein oder zwei Frauen fingen an zu schreien. Da hielt der Stallmeister eine kleine Ansprache und sagte, er hoffe, es würde keine weitere Störung geben. Wenn der Mann versprechen würde, keinen Krach mehr zu machen, dann würde er ihn reiten lassen, wenn er sich's zutraute. Da lachte wieder alles und der Mann stieg aufs Pferd. Er war noch kaum oben, da ging das Pferd durch und tobte und tanzte und sprang rum, zwei vom Zirkus an den Zügeln, die das Tier zu halten versuchten. Der Betrunkene klammerte sich um den Pferdehals und bei jedem Sprung flogen seine Beine zappelnd durch die Luft, und alle Leute standen auf und brüllten vor Lachen, bis ihnen die Tränen runterliefen. Aber zuletzt ging das Pferd doch endgültig durch und lief wie der Teufel immer rund um die Manege rum, und der Betrunkene hing an seinem Hals, erst das eine Bein fast auf dem Boden und dann das andere. Die Leute waren völlig aus dem Häuschen.

Ich fand das alles gar nicht komisch, ich zitterte vor Angst, weil's doch so gefährlich war. Schließlich krabbelte der Betrunkene doch auf den Sattel rauf und kriegte die Zügel zu fassen. Er taumelte nach rechts und nach links, aber im nächsten Augenblick sprang er hoch, ließ die Zügel fallen und stand. Und das Pferd raste rundum wie die Feuerwehr. Der Kerl auf dem Pferd aber flog so selbstverständlich mit durch den Zirkus und so sicher, als wenn er in seinem ganzen Leben niemals nicht betrunken gewesen wär. Er zog sich seine Sachen aus und warf sie durch die Luft. Siebzehn Anzüge zog er nacheinander aus. Und dann stand er da, schlank und schön, im prächtigsten Kostüm, das man sich überhaupt denken kann. Er trieb das Pferd mit seiner Peitsche an und ließ es noch schneller sausen. Schließlich sprang er runter und machte 'ne Verbeugung und tanzte raus. Alles schrie vor Vergnügen und Staunen.

Da merkte der Stallmeister erst, wie furchtbar er zum Narren gehalten worden war, und er machte das dümmste Gesicht, das man sich überhaupt vorstellen kann. Das war doch einer von seinen eigenen Leuten gewesen, der sich den ganzen Spaß allein ausgedacht und keinem Menschen was davon gesagt hatte. Na, ich kam mir auch blöd vor, dass ich mit reingefallen war. Aber nicht für tausend Dollar hätt ich jetzt in der Haut von dem Stallmeister stecken wollen. Es ist ja möglich, dass es bessere Zirkusse gibt als diesen. Aber ich bin bis jetzt keinem begegnet. Na, für mich war er gut genug. Aber wenn ich mal 'nem besseren begegnen sollte, dann werd ich zu jeder Vorstellung hingehen.

Abends war unsre Vorstellung, aber es waren höchstens zwölf Leute da, grad genug, um unsere Auslagen wieder reinzubringen. Sie lachten die ganze Zeit und das machte den Herzog ganz wild. Sie gingen alle schon vor Schluss der Vorstellung, bis auf einen Jungen, der eingeschlafen war. Der Herzog sagte, für die Holzköpfe in Arkansas wär Shakespeare zu hoch. Die Leute wollten leichte Komödien und vielleicht noch Schlechteres sehen. Er sagte, er könnte sich auch ihrem Geschmack anpassen. Also holte er am nächsten Morgen 'n paar große Bogen Packpapier und schwarze Farbe und malte Anschlagzettel, die er in der ganzen Stadt anklebte. Auf den Plakaten stand:

IM GERICHTSGEBÄUDE

Nur drei Abende!
Die weltberühmten Tragöden

DAVID GARRICK DER JÜNGERE

und

EDMUND KEAN DER ÄLTERE
vom Londoner und den Theatern des Kontinents
in ihrem schaurigen Trauerspiel

DES KÖNIGS GIRAFFE
oder
Das königliche Non Plus Ultra
Eintritt 50 Cent

Und ganz unten stand in den größten Buchstaben:

FRAUEN UND KINDER
HABEN KEINEN ZUTRITT

»Da«, sagte der Herzog, »wenn das nicht zieht, dann kenn ich Arkansas nicht!«

23. KAPITEL

Den ganzen Tag hatten der König und der Herzog mit dem Zurechtmachen von der Bühne und dem Vorhang und mit dem Aufstellen von Kerzen vorn an der Rampe zu tun. Am Abend war dann das Haus im Nu proppenvoll. Als in den Raum keiner mehr reinpasste, ging der Herzog von seinem Posten an der Tür weg und ging auf die Bühne, trat vor den Vorhang und hielt 'ne Rede. Er sagte sein Trauerspiel wär das Schauerlichste, was es gäbe. Er redete in einem fort über die Tragödie und über Edmund Kean den Älteren, der die Hauptrolle spielen würde. Und schließlich, als alle aufmerksam waren, zog er den Vorhang hoch, und es erschien der König, splitternackt, auf allen vieren. Er war über und über bemalt mit Ringeln und Streifen in allen Farben, so bunt wie 'n Regenbogen. Na, er sah wirklich wild aus, aber furchtbar komisch. Die Leute wären vor Lachen beinah gestorben. Als der König genug rumgesprungen war und schließlich hinter die Kulisse hopste, brüllte alles und klatschte und tobte und johlte, bis er wieder rauskam und das Ganze noch mal machte. Und hinterher musste er's sogar zum dritten Mal machen. Na, 'ne Kuh hätt sogar gelacht bei den Fratzen, die der alte Idiot schnitt.

Dann ließ der Herzog den Vorhang runter, verbeugte sich vorm Publikum und sagte, das große Trauerspiel könnte leider nur noch an den nächsten zwei Abenden aufgeführt werden, wegen eines unaufschiebbaren Engagements in London, zu dem bereits alle Plätze im Drury Lane ausverkauft wären. Dann verbeugte er sich noch einmal und bat die Leute, falls es ihm gelungen wär, sie zu unterhalten und zu belehren, es ihren Bekannten weiterzusagen. Er wär ihnen zu äußerstem Dank verpflichtet, wenn die auch kommen und sich das Stück ansehen würden.

Mindestens zwanzig Leute schrien auf einmal:

»Was, ist das schon zu Ende? Ist das alles?« Der Herzog sagte: »Ja.«

Da war Kirmes im Dorf. Alle schrien »Schwindel!«, standen wütend auf und stürmten auf die Bühne und auf die Schauspieler los. Aber ein großer, vornehm aussehender Herr sprang auf eine Bank und schrie:

»Ruhe! Ein Wort, meine Herrschaften!« Im Nu wurd's ruhig und alle hörten zu. »Wir sind reingefallen, ganz gewaltig reingefallen. Aber wir wollen doch nicht zum Gespött der ganzen Stadt werden und uns unser Leben lang mit der Geschichte aufziehen lassen. Nein! Wir werden von hier ganz still fortgehen und den Leuten draußen was vorschwärmen von dem Stück – sollen sie ruhig auch reinfallen. Dann sind wir wenigstens nicht allein die Genasführten. Hab ich Recht oder nicht?«

»Klar, Herr Richter, ganz Recht!«, riefen alle.

»Also schön. Kein Wort wird von dem Schwindel verraten. Geht nach Haus, und redet jedem zu, die Tragödie anzusehen.«

Am nächsten Tag konnt man in der ganzen Stadt nichts anderes hören, als wie herrlich das Theaterstück gewesen wär. Das Haus war am Abend wieder gerammelt voll und wir legten die Gesellschaft ganz genauso rein. Nachher gingen der König und der Herzog zu unserem Floß und aßen Abendbrot. Gegen Mitternacht mussten Jim und ich das Floß losmachen. Wir fuhren bis in die Mitte vom Fluss und trieben zwei Meilen weiter, wo wir 'n Versteck fanden.

Am dritten Abend war das Haus wieder proppenvoll, aber es waren keine Neuen, sondern alles Leute, die schon bei der ersten oder der zweiten Aufführung dabei gewesen waren. Ich stand bei dem Herzog am Eingang und sah, dass alle merkwürdig geschwollene Taschen oder irgendwas unter den Röcken hatten. Ich merkte gleich, dass es nicht grad Parfümflaschen waren. Es roch mir so wie faule Eier und verdorbener Kohl oder so 'n Zeug. Wenn man weiß, wie 'ne tote Katze riecht – und ich weiß das –, war's ganz klar, dass die mindestens vierundsechzig mitgenommen hatten. Ich huschte für 'nen Augenblick in den Zuschauerraum, aber's stank da so scheußlich, dass ich's beim besten Willen nicht aushalten konnte. Als kein Mensch mehr in den vollen Saal reinkonnte, gab der Herzog 'nem jungen Burschen 'nen Vierteldollar und sagte ihm, er sollte 'nen Augenblick auf die Tür aufpassen. Er ging zum Bühneneingang, und ich hinter ihm her. Als wir um die Ecke im Dunkeln waren, sagte er:

»Rasch, lauf, was du kannst, bis du die Häuser hinter dir hast, lauf zum Floß, als ob der Teufel hinter dir her wär.«

Ich rannte los, und er hinter mir her. Wir kamen zusammen beim Floß an und schwammen zwei Sekunden später stromabwärts, auf die Mitte vom Strom zu. Ich stellte mir vor, wie die Leute dem armen König zusetzen würden. Aber ich hatte mich geirrt. Es dauerte nicht lange, da sah ich ihn aus der Hütte rauskriechen.

»Na, Herzog, wie ist die Sache heut ausgegangen?« Er war überhaupt nicht in der Stadt gewesen.

Wir stellten kein Licht auf, bis wir gut zehn Meilen vom Ort weg waren. Dann machten wir unsere Laterne an und aßen Abendbrot. Der König und der Herzog lachten sich fast tot darüber, wie sie die Leute an der Nase rumgeführt hatten.

Der Herzog sagte:

»Diese Hornochsen, diese Holzköpfe! Ich hab gleich damit gerechnet, dass die von der ersten Vorstellung das Maul halten und die anderen reinziehen würden. Ich wusste auch, dass sie uns bei der dritten Vorstellung reinlegen wollten, dass sie denken würden, jetzt wären sie dran. Sie sind ja jetzt auch dran. Ich gäb was dafür, wenn ich wüsst, wie sie sich fühlen. Sie können jetzt 'n Picknick abhalten, genug mitgebracht haben sie ja.«

Die Schufte hatten an den drei Abenden vierhundertfünfundsechzig Dollars eingenommen.

Als sie schliefen und schnarchten, sagte Jim zu mir:

»Biste nicht erstaunt, wie die Könige sich benehmen?«

»Nein«, sagte ich, »ich bin gar nicht erstaunt.«

»Warum denn nicht, Huck?«

»Na, ich nehm an, 's gibt 'ne Menge Könige, die sich so benehmen.«

»Aber Huck, die hier sind doch richtige Halunken, richtige Halunken.«

»Das sag ich doch. Alle Könige sind Halunken, soviel ich weiß!«

»Wirklich?«

»Wenn du mal was über Könige gelesen hast, kommste auch dahinter. Kuck dir doch mal Heinrich VIII. an oder Karl II. oder Ludwig XIV. und Ludwig XV. oder James II. und Edward II. oder Richard III., und wie die alle heißen. Und dann die alten Angelsachsen-Häuptlinge, die strolchten immer rum, und dann war was los. Heiliger Bimbam. Und erst Heinrich VIII. Das war 'n fieser Kerl! Jeden Tag hat der 'ne andere Frau geheiratet und am nächsten Morgen hat er ihr den Kopf abschlagen lassen. Und das hat der so gleichgültig gemacht, wie 'n andrer sich 'n paar Spiegeleier bestellt. ›Ich will jetzt Nell Grynn haben‹, hat er gesagt. Und sie brachten ihm Nell Grynn. Und am nächsten Morgen: ›Kopf ab!‹ Und sie hackten ihr den Kopf ab. ›Jane Shore her!‹, sagte er, und sie brachten ihm Jane Shore. Und am nächsten Morgen wieder: ›Kopf ab!‹ Und schon war der Kopf weg. ›Holt mir Schön-Rosamunde!‹ Sie holten Schön-Rosamunde. Am nächsten Morgen: ›Kopf ab!‹ Und jede Frau musste ihm in der Nacht 'ne Geschichte erzählen. Auf tausendundeine Geschichte hat er's auf diese Weise gebracht. Daraus hat er dann 'n Buch gemacht.

Du kennst die Könige nicht, Jim. Aber ich kenn sie. Und den wir hier haben, das ist noch einer von den harmlosesten, der mir je in der Geschichte begegnet ist. Pass mal auf, wie der Heinrich das gemacht hat, als er Krach mit seinen Untertanen kriegte. Denkste, der hätt was drum gegeben? Nicht die Bohne. Erst hat er allen Tee im Bostoner Hafen über Bord schmeißen lassen, dann hat er 'ne Unabhängigkeitserklärung ausgetüftelt und schließlich noch gedroht, er würd 'nen Krieg anfangen. So hat der's gemacht, hat sich den Teufel um irgendjemand gekümmert. 'n andermal hat er 'nen Verdacht auf seinen Vater, den Herzog von Wellington. Was hat er da gemacht? Hat er mit seinem Vater gesprochen? Denkste! Einfach ersäufen hat er ihn lassen, wie 'ne Katze, in 'nem Fass voll Sirup. Wenn mal einer irgendwo Geld liegen ließ, Heinrich hat's einfach eingesteckt. Wenn er mal das Maul aufgemacht und nicht schnell wieder geschlossen hat: Schon war 'ne Lüge draußen. So 'n fieser Kerl war der Heinrich. Und wenn wir den an Bord hätten, der wär mit der Stadt noch viel schlimmer umgesprungen. Ich sag nicht, dass die, wo wir bei uns haben, Unschuldslämmer sind, aber im Vergleich zu dem alten Schuft sind sie noch harmlos. 'n König ist 'n König, das ist alles, was ich dir sagen kann. Sie sind alle ganz gemeines Pack, sonst würden sie nicht König werden.«

»Aber der Herzog, der ist doch 'n ganz passabler Kerl, manchmal wenigstens.«

»Ja, mit Herzögen ist das 'ne andere Sache, aber nicht viel anders. Unserer ist 'n mittelschlechter Kerl. Wenn er besoffen ist, kann man ihn kaum von 'nem König unterscheiden.«

»Ja. Jim hat die Nase voll von ihnen.«

»Ich auch. Aber sie sind nun mal da und wir müssen ihnen unsere Untertänigkeit beweisen. Manchmal wünsch ich mir, ich wär in 'nem Land, wo's überhaupt keine Könige gibt.«

Hatte es denn Zweck, Jim zu erzählen, dass der eine kein richtiger König und der andere kein richtiger Herzog war? Und zudem: Man konnt sie wirklich nicht von richtigen Königen und richtigen Herzögen unterscheiden.

Ich ging schlafen, und Jim weckte mich nicht, als ich mit der Wache eigentlich an der Reihe gewesen wär. Das machte er oft so. Als ich bei Tagesanbruch wach wurde, saß Jim da, den Kopf zwischen den Knien und ächzte und stöhnte vor sich hin. Ich achtete weiter nicht drauf und ließ ihn auch nicht merken, dass ich was gemerkt hatte. Ich wusste, was mit ihm los war. Er dachte an seine Frau und an seine Kinder in der Ferne, und er war niedergedrückt und hatte Heimweh. Schließlich war er in seinem ganzen Leben noch nie von zu Hause fort gewesen. Ich glaub wirklich, er hatte seine Familie genau so lieb wie wir Weißen unsere. Nachts, wenn er glaubte, ich wär schon eingeschlafen, stöhnte und jammerte er oft so. »Arme kleine Elisabeth, arme kleine Elisabeth!«, sagte er dann. Es war bitter. Jim glaubte, er würd sie niemals wiedersehen. Jim war wirklich 'n prima Kerl.

Später kam ich dann ganz zufällig mit Jim auf seine Frau und seine Kinder zu sprechen, und da sagte er:

»Ach, Jim ist so traurig, weil er gehört hat vor 'ner Weile am Ufer 'n Schlag, und da hat Jim müssen denken an die Zeit, wo er behandelt hat seine kleine Elisabeth so schlecht. Sie war damals gewesen fünf Jahr nur alt und hatt gehabt den Scharlach. Aber sie ist geworden wieder gesund. Und eines Tages hat sie gestanden rum und Jim hat gesagt zu ihr: ›Mach zu die Tür.‹ Da hat sie gestanden da und hat Jim angelächelt. Das hat Jim gemacht verrückt und er hat gesagt noch mal, ganz laut: ›Mach zu die Tür. Kannste mich nicht hören?‹ Aber sie hat nicht verzogen 'ne Miene. Und da ist Jim rasend geworden und hat gesagt: ›Wart, ich will's dir schon zeigen!‹ Und damit packt er sie und haut ihr runter 'ne Ohrfeige. Dann ist Jim gegangen in 'nen andren Raum für zehn Minuten, und als er kommt zurück, war noch immer offen die Tür, und das Kind hat noch immer gestanden da, und es hat gekuckt auf Boden und hat geweint. Aber Jim war so wütend und ist gegangen auf Kind los. Und da hat der Wind die Tür zugeschlagen mit 'nem mächtigen Krach. Aber Elisabeth hat sich nicht gerührt von der Stelle. Jim ist fast weggeblieben die Luft, ist rausgegangen, hat leis aufgemacht die Tür und hat geschrien, so laut er konnt schreien. Aber das Kind hat sich nicht gerührt. Da hat Jim geheult und hat Elisabeth genommen in seine Arme und hat gesagt: ›Oh, du armes kleines Ding! Der allmächtige Gott vergebe 'nem alten Neger, wo sich nicht vergeben kann, solang er tut leben.‹ Ach, Huck, Elisabeth war stocktaub von der Krankheit und Jim hatte sie so schlecht behandelt!«

24. KAPITEL

Am nächsten Tag legten wir wieder am Abend bei 'ner Insel an, auf der Weiden wuchsen. Auf jeder Seite vom Fluss lag 'ne Ortschaft, und der König entwarf mit dem Herzog allerhand Pläne, wie man am besten was aus ihnen rausholen könnte. Jim sagte zum Herzog, er hoffe, sie würden nur 'n paar Stunden in der Stadt bleiben, denn es wär ihm furchtbar unangenehm, immer den ganzen Tag mit 'nem Strick gefesselt in der Hütte liegen zu müssen. Wir mussten ihn nämlich fesseln, wenn wir ihn allein ließen. Denn wenn ihn jemand frei rumlaufen gesehen hätte, dann hätt der ihn bestimmt für 'nen fortgelaufenen Neger gehalten. Der Herzog sagte, er könnte verstehen, dass es unangenehm wär, den ganzen Tag gefesselt dazuliegen; er wollte sich was ausdenken, um drum rumzukommen.

Der Herzog war doch 'n verdammt gescheiter Kerl und er hatte auch bald das Richtige gefunden. Er zog Jim das Kostüm vom König Lear an, das wie 'n langes Nachthemd aus Gardinenstoff aussah, setzte ihm 'ne weiße Perücke auf und machte ihm 'nen Bart. Dann holte er seine Schminke raus und bemalte

Jims Gesicht und seine Hände und Ohren von oben bis unten blau. Er sah aus, als wär er vor mindestens acht Tagen ersoffen. Verdammt will ich sein, wenn Jim in dem Aufzug nicht das grässlichste Monstrum war, das ich je gesehen hatte. Der Herzog machte dann noch 'n Schild zurecht und schrieb drauf:

Kranker Araber –
aber ungefährlich,
wenn bei Sinnen.

Das Schild nagelte er auf 'n Brett, das er 'n paar Meter vor der Hütte aufstellte. Damit war Jim zufrieden und meinte, das wär angenehmer, als jeden Tag gefesselt zu liegen und bei jedem Geräusch vor lauter Angst zittern zu müssen. Der Herzog sagte, Jim könnte sich's jetzt ganz bequem machen. Und wenn einer sich nähern sollte, dann müsste Jim nur aus der Hütte raus und brüllen und 'n bisschen toben wie 'n wildes Tier. Wenn er ein-, zweimal gehörig gebrüllt hätte, dann würden die Leute schon ausreißen und ihn in Ruh lassen.

Die beiden Halunken wollten es noch mal mit dem »Non plus ultra« versuchen, weil damit am meisten Geld zu holen war. Aber sie waren ihrer Sache nicht so ganz sicher, weil ja inzwischen die Nachricht von ihrem Schwindel bis hierher gekommen sein konnte. Ihnen wollte nichts Passendes einfallen, und da sagte der Herzog, er würd sich 'ne Stunde zurückziehen und sich die Sache überlegen. Es wär doch gelacht, wenn sich aus diesem Arkansas-Nest hier nicht auch was rausholen ließ. Der König entschloss sich, zu einer von den Ortschaften rüberzurudern. Er hatte keinen bestimmten Plan, sondern vertraute nur auf die Vorsehung, die ihn schon den richtigen Weg führen würde. Mit der Vorsehung meinte er wahrscheinlich den Teufel.

In dem Ort, wo wir zuletzt gewesen waren, hatten wir 'nen ganzen Haufen Kleider zusammengekauft. Der König zog sich seine an und befahl mir, mich umzuziehen. Ich weiß nicht, was ich lieber getan hätte. Der König zog sich nur schwarzes Zeug an, er sah furchtbar fein und großartig darin aus. Ich hab nie gewusst, dass Kleider 'n Menschen so von Grund auf verändern können. Vorher hat er wie der gewöhnlichste alte Strolch ausgesehen; aber wie er jetzt so seinen schwarzen Hut abnahm und sich verbeugte und dabei lächelte, sah er ganz vornehm und gesittet und fromm aus. Man konnte wirklich denken, er käm direkt aus der Arche Noah und hätt das dritte Buch Mose selber geschrieben. Jim machte das Kanu fertig und ich holte das Ruder. Etwas weiter unten am Ufer, in der Nähe von 'ner Landspitze, lag 'n großer Dampfer. Von dort waren's vielleicht noch drei Meilen bis zur Stadt. Der Dampfer lag schon 'n paar Stunden da und nahm seine Ladung auf. Der König meinte:

»So wie ich jetzt angezogen bin, ist's wohl besser, wenn ich von St. Louis oder von Cincinnati oder sonst 'ner Großstadt ankomme. Fahr zu dem Dampfer rüber, Huckleberry, wir werden auf ihm das letzte Stück bis zu dem Nest zurücklegen.«

Man brauchte mir nicht zweimal zu sagen, dass ich 'ne Dampferfahrt machen sollte. Ich erreichte das Ufer 'ne halbe Meile oberhalb von der Ortschaft und ließ dann das Kanu im Brackwasser treiben. Es dauerte nicht lange, da sahen wir 'nen netten, unschuldig aussehenden jungen Bauern, der auf 'nem Baumstamm saß und sich den Schweiß aus dem Gesicht wischte. Es war nämlich schrecklich heiß und er hatte zwei große Reisetaschen zu tragen.

»Fahr ans Ufer ran«, sagte der König, und ich tat es.

»Wohin wollen Sie, junger Mann?«, fragte er.

»Zum Dampfer nach New Orleans.«

»Steigen Sie ein«, sagte der König. »Einen Augenblick, mein Diener wird Ihnen die Taschen tragen helfen. Spring raus und hilf dem Herrn, Adolphus!« Damit meinte er mich.

Ich tat, was er sagte, und wir fuhren zu dritt wieder los. Der junge Bursche war sehr dankbar. Er sagte, es wär 'ne saure Arbeit, bei so 'nem Wetter Gepäck schleppen zu müssen. Er fragte den König natürlich, wohin er reiste, und der König erzählte ihm, er wär den Fluss runtergekommen und heut früh ganz verkehrt ausgestiegen. Er wollte aber 'n paar Meilen weiter, um 'nen alten Freund auf seiner Farm zu besuchen. Der junge Bursche sagte:

»Wie ich Sie zuerst gesehen hab, sagte ich mir, das ist ganz sicher Mr Wilks. Er kommt leider zu spät. Aber dann sagte ich mir wieder: Nein, ich glaub, er ist es doch nicht. Wenn er's wär, würde er doch nicht den Fluss raufkommen. – Sie sind doch nicht Mr Harvey Wilks, nicht wahr?«

»Nein, mein Name ist Blodgett – Alexander Blodgett – Reverend Alexander Blodgett, wie ich mich wohl nennen muss, denn ich bin ein bescheidener Diener des Herrn. Aber nichtsdestoweniger habe ich das Recht, es zu bedauern, dass Mister Wilks zu spät kommt, zumal wenn ihm dadurch etwas verloren gehen sollte. Aber ich hoffe, es wird nicht der Fall sein.«

»Na, das Vermögen verliert er schon nicht, das wird er sowieso bekommen. Doch er kann jetzt seinen Bruder nicht mehr auf dem Sterbebett sehen. Ihm ist's ja vielleicht gleich. Wer kann das wissen? Aber sein Bruder hätt alles in der Welt drum gegeben, wenn er ihn vor seinem Tode noch mal hätte sehen können. Er hat die ganzen letzten drei Wochen von nichts anderem geredet. Er hat ihn nämlich nicht mehr gesehen, seit die beiden kleine Jungs waren, und seinen Bruder William – das ist nämlich der taubstumme William –, den hat er überhaupt noch nicht gesehen. William ist nicht älter als dreißig oder fünfunddreißig. Peter und George waren die beiden Einzigen, die hierher gekommen sind. George war verheiratet, aber er und seine Frau sind beide letztes Jahr gestorben. Harvey und William sind nur noch übrig, und die sind, wie ich eben schon sagte, nicht mehr zur rechten Zeit gekommen.«

»Hat ihnen denn jemand Bescheid gesagt?«

»Doch, schon vor ein oder zwei Monaten, als Peter krank wurde. Denn Peter hat damals gesagt, er hätte so 'n Gefühl, als wenn er diesmal nicht wieder auf die Beine kommen würde. Sie müssen nämlich wissen, er war schon ziemlich alt, und die Mädchen von George waren noch viel zu jung und nicht die richtige Gesellschaft für ihn, bis vielleicht auf Mary Jane, die mit den roten Haaren. Darum ist er auch seit dem Tod von George und seiner Frau ziemlich einsam gewesen, und es lag ihm nicht mehr viel am Leben. Aber er hat sich ganz furchtbar nach Harvey gesehnt und auch nach William, denn er gehört nun mal zu den Menschen, die kein Testament machen wollen. Er hat 'nen Brief für Harvey hinterlassen und gesagt, da würde genau drinstehn, wo er sein Geld versteckt hätte und wie er seinen übrigen Besitz geteilt haben wollte. Georges Töchter sollen nämlich gut bedacht werden, weil George selber nichts hinterlassen hat. Aber zu was anderem wie dem Brief hat man ihn nicht bewegen können. Er wollte die Feder nicht in die Hand nehmen.«

»Warum nehmen Sie an, dass Harvey nicht kommt? Wo ist er denn zu Hause?«

»Ach, er lebt in England, ist Prediger und noch nie hier gewesen. Wer weiß, ob er überhaupt den Brief bekommen hat.«

»Zu traurig, zu traurig, dass er nicht so lange leben konnte, bis er seine Brüder wiedersah, die arme Seele. – Sie wollen nach New Orleans?«

»Ja, aber das ist nur 'n Stück von meiner Reise. Nächsten Mittwoch will ich mit dem Schiff nach Rio de Janeiro, wo 'n Onkel von mir lebt.«

»Na, das ist ja 'ne ziemlich lange Reise, aber sie muss herrlich sein. Ich wünschte, ich könnte mit. – Sagen Sie mal, ist Mary Jane die älteste Tochter? Wie alt sind denn die anderen?«

»Mary Jane ist neunzehn, Susan ist fünfzehn und Joanna ungefähr vierzehn – Joanna hat 'ne Hasenscharte und ist sehr wohltätig.«

»Die armen Dinger, so einsam und verlassen in der schnöden Welt.«

»Na, es hätt ihnen noch viel schlechter gehen können. Der alte Peter hatte viele Freunde, und die werden schon dafür sorgen, dass ihnen kein Leid geschieht. Vor allem Hobson, der Baptistenprediger, und Diakon Lot Hovey, und auch Ben Bucker und Abner Shacklefort und der Rechtsanwalt Bell und ebenso Doktor Robinson und die Witwe Bartley natürlich auch. Er hatte 'ne ganze Menge Freunde, aber mit denen war er am dicksten befreundet und hat von ihnen nach Hause geschrieben, wenn er überhaupt schrieb. Sein Bruder Harvey wird die Freunde schon kennen, wenn er kommt.«

Na, der Alte fragte immer weiter, bis er alles aus dem jungen Mann rausgeholt hatte, was nur aus ihm rauszuholen war. Es gab nichts und keinen in dem ganzen Ort, über den er ihn nicht ausgefragt hätte. Er wollte alles wissen, über die Wilks und über Peters Geschäft – er hatte eine Gerberei – und über das Geschäft von George – der war Schreiner gewesen – und über Harvey – der war, wie gesagt, Geistlicher. Er fragte immer weiter. Schließlich wollt er noch wissen:

»Warum sind Sie dem Dampfer so weit entgegengegangen?«

»Es ist doch ein großer Dampfer, und ich hatte Angst, er würde hier vielleicht nicht anhalten.«

»War Peter Wilks wohlhabend?«

»Ach ja, ziemlich wohlhabend. Er hatte Häuser und Land, und man nimmt an, dass er sicher noch drei-, viertausend in bar irgendwo versteckt hat.«

»Wann ist er eigentlich gestorben?«

»Heut nacht.«

»Da ist wohl morgen das Begräbnis?«

»Ja, gegen Mittag.«

»Ja, das ist alles sehr traurig. Aber wir müssen ja alle mal sterben, der eine früher, der andere später. Das Einzige, was wir zu tun haben, ist bereit zu sein, dann ist alles in bester Ordnung.«

»Sicher, das ist das Beste. Meine Mutter sagt das auch immer.«

Als wir den Dampfer erreichten, war er fast voll beladen, und bald fuhr er ab. Der König sagte kein Wort mehr von Mitfahren und ich kam nun doch wieder um meine Dampferfahrt. Als der Dampfer fort war, ließ mich der König noch 'ne Weile weiter flussabwärts rudern, bis zu 'nem einsamen Platz. Da ging er an Land und sagte: »Jetzt mach, dass du zurückkommst, und bring den Herzog hierher und auch die neuen Reisetaschen.«

Ich wusste, was er vorhatte, aber ich sagte nichts. Als ich mit dem Herzog wieder an die Stelle kam, versteckten wir das Kanu, und dann setzten sich die beiden auf 'nen Baumstamm, und der König erzählte ihm die ganze Geschichte genauso haarklein, wie sie ihm der Bauernbursche erzählt hatte. Dabei versuchte er die ganze Zeit zu sprechen wie 'n richtiger Engländer und er machte es auch ganz gut. Ich kann's nicht nachmachen und ich versuch's auch darum gar nicht erst. Aber er hat's wirklich gut gemacht. Dann fragte er den Herzog:

»Na, Bridgewater, wie liegt dir das Taubstumme?«

Der Herzog sagte, das solle er ihn ruhig machen lassen, er hätte auf der Bühne schon immer die Taubstummen spielen müssen. So warteten sie denn auf 'nen Dampfer. Am Nachmittag kamen 'n paar Dampfer, aber die waren nicht von weit genug her. Schließlich kam 'n ganz großer und den riefen sie an. Es wurde 'ne Jolle an Land geschickt und wir gingen an Bord. Der Dampfer war von Cincinnati, und die Leute wurden fuchsteufelswild, als sie hörten, dass wir nur vier oder fünf Meilen mitfahren wollten. Sie erklärten, sie würden uns einfach nicht an Land setzen. Der König aber blieb ganz ruhig und sagte:

»Wenn ein Herr sich's leisten kann, für sich und jeden seiner Begleiter pro Meile 'nen ganzen Dollar zu bezahlen und sich in 'ner Jolle holen und wieder an Land setzen zu lassen, kann sich's doch wohl 'n großer Dampfer leisten, sie mitzunehmen, nicht wahr?«

Da beruhigten sie sich und sagten, es wär schon gut. Als wir bei dem Städtchen angekommen waren, wurden wir mit der Jolle an Land gebracht. Ungefähr zwei Dutzend Leute kamen ran, wie sie die Jolle kommen sahen. Als der König fragte: »Kann mir vielleicht einer von den Herren sagen, wo Mister Peter Wilks wohnt?«, da kuckten sie sich an, nickten und schienen zu sagen: »Na, was habe ich euch gesagt?« Schließlich sagte der eine von ihnen leise und rücksichtsvoll:

»Es tut mir Leid, mein Herr, aber wir können Ihnen bloß sagen, wo er gestern Abend noch gewohnt hat.«

Da klappte der alte Halunke plötzlich zusammen, ließ sich

gegen den Mann fallen, legte ihm sein Kinn auf die Schulter und heulte und schluchzte: »Ach, mein Gott, mein Gott! Unser lieber Bruder – dahingegangen, und wir haben ihn nicht mehr gesehn. Ach, es ist zu hart!«

Damit drehte er sich um und machte dem Herzog 'n paar idiotische Zeichen mit der Hand. Der ließ die Reisetasche fallen und fing ebenfalls an zu schluchzen. Die beiden Halunken waren wirklich die gerissensten Betrüger, denen ich je begegnet bin.

Die Leute sammelten sich um die beiden und bemitleideten sie und sagten ihnen freundliche Dinge, sie schleppten ihnen die Reisetaschen den Hügel rauf, ließen sie an sich gelehnt stehen und weinen und erzählten dem König alles über die letzten Augenblicke seines »Bruders«. Und der König übersetzte alles mit Handbewegungen dem Herzog, und beide stellten sich so an, als ob sie mit dem alten Gerber Gott weiß nicht was verloren hätten. Man konnte sich richtig schämen, dass man überhaupt 'n Mensch war, wenn man das mit ansah.

25. KAPITEL

In zwei Minuten war die Neuigkeit in der ganzen Stadt rum. Die Menschen liefen aus allen Richtungen zusammen, manche zogen ihre Jacken erst auf der Straße an. Sehr bald waren wir mitten in 'ner Menschenmenge, und der Lärm von den vielen Schritten hörte sich an, als ob Soldaten marschierten. Fenster und Türen waren voller Menschen, und über jeden Zaun kuckten welche und fragten die anderen:

»Sind sie's?«

Und immer kam die Antwort von den Vorbeiziehenden: »Natürlich sind sie's?«

Als wir an das Haus kamen, war die Straße davor gedrängt voll von Menschen. Die drei Mädchen standen in der Haustür. Mary Jane hatte wirklich rote Haare. Sie sah wirklich schön aus, und ihr Gesicht und ihre Augen leuchteten vor lauter Seligkeit darüber, dass die beiden Onkels gekommen waren. Der König breitete seine Arme aus und Mary Jane warf sich richtig in sie rein und das Mädchen mit der Hasenscharte warf sich dem Herzog in die Arme. Fast alle, ganz bestimmt aber alle Frauen, weinten vor Freude, wie sie sahen, dass sich nun alle gefunden hatten.

Der König gab dem Herzog heimlich 'nen Puff, aber ich merkte es doch. Der sah sich um und entdeckte den Sarg, der in 'ner Ecke auf zwei Stühlen stand. Der Herzog und er schlangen einander den Arm um den Nacken, die andere Hand hielten sie vor die Augen und gingen langsam und feierlich auf den Sarg zu. Alles wich zurück, damit sie ja genügend Platz hatten. Alle hörten auf zu sprechen und jedes Geräusch verstummte. Die Männer nahmen ihre Hüte ab und senkten die Köpfe. Man hätte 'ne Stecknadel zu Boden fallen hören können. Dann beugten sich die beiden über den Sarg, hoben den Deckel und warfen 'nen Blick rein und brachen dann in so lautes Schluchzen aus, dass man sie noch in New Orleans hätte hören können. Dann umarmten sie sich wieder, und die nächsten drei oder vielleicht auch vier Minuten sah ich sie so weinen, wie ich niemals Menschen weinen gesehen hatte. Alle machten's ihnen nach, bis der Boden ganz nass war. Dann knieten sie nieder und beteten.

Schließlich stand der König auf, trat'n Schritt vor, raffte sich auf und schluchzte 'ne Rede runter. Er sagte, es wär für ihn und

seinen armen Bruder 'ne harte Prüfung, den Verblichenen verloren und ihn nach der langen Reise von über viertausend Meilen nicht mehr unter den Lebenden getroffen zu haben. Aber es wär doch 'ne Prüfung, die ihnen durch die teure Sympathie und all die heiligen Tränen versüßt und geweiht wär, und er danke ihnen aus vollem Herzen, zugleich im Namen seines Bruders, weil dem sein Mund ja den Dank nicht sagen könne. Außerdem wären Worte zu schwach und kalt. Na, er redete lauter so 'n Quatsch und Unsinn, dass einem richtig schlecht werden konnte. Dann blubberte er noch 'n frommes Amen, riss sich los und fing wieder an zu heulen, dass man glaubte, er müsste gleich vor Kummer platzen.

Kaum war der König ruhig, da fing einer »Großer Gott, wir loben dich« an, und alle fielen ein mit ihrer ganzen Kraft. Mir wurde richtig warm, und ich dachte, ich wär in 'ner richtigen Kirche. Wirklich, Musik ist 'ne feine Sache. Das hab ich nie wieder so gemerkt wie damals, nach all dem butterweichen Gesabbere. Das Lied klang richtig stark und ehrlich.

Aber der König setzte seine Kinnladen wieder in Bewegung und sagte, dass er und seine Nichten sich außerordentlich freuen würden, wenn einige der nächsten Freunde der Familie mit ihnen zu Abend essen und bei den sterblichen Überresten des Verblichenen wachen wollten. Er sagte, wenn sein armer Bruder, der dort läge, noch sprechen könnte, der würde wissen, welche Namen genannt werden müssten, lauter Namen, die auch ihm teuer und die oft in den Briefen erwähnt worden wären: Prediger Hobson, Diakon Lot Hovey und Ben Bucker, Abner Shackleford und Rechtsanwalt Bell und natürlich auch Doktor Robinson, alle mit ihren Damen, und die Witwe Bartley.

Prediger Hobson und Doktor Robinson machten grad ein gemeinsames Geschäft: Der Doktor beförderte 'nen Kranken in die andere Welt und der Pfarrer half ihm dabei. Rechtsanwalt Bell war in Geschäften auswärts. Aber die anderen waren alle da. Sie gingen auf den König zu, schüttelten ihm die Hand, dankten ihm und sprachen mit ihm. Sie gaben auch dem Herzog die Hand, aber sie sagten kein Wort, sondern lächelten nur und wackelten mit den Köpfen wie 'n Haufen Schwachsinnige, und der Herzog machte mit den Händen lauter Zeichen und gab weiter nichts von sich als »gugugugu«, wie 'n Säugling, der noch nicht reden kann.

Dann kam Mary Jane und brachte den Brief, den ihr Onkel hinterlassen hatte, und der König las ihn laut vor und weinte dabei. In dem Brief stand, dass er das Wohnhaus und dreitausend Dollar in Gold den Nichten vermachen würde; die Gerberei, 'n paar Häuser und Grundstücke (ungefähr ihre siebentausend Dollar wert) und dreitausend Dollar in Gold sollten Harvey und William kriegen. Außerdem stand noch drin, wo die sechstausend Dollar in bar versteckt lagen, nämlich unten im Keller. Die beiden Betrüger sagten, sie würden jetzt runtergehen, um es zu holen, damit alles ordentlich geregelt würde. Ich musste mit 'ner Kerze mitkommen. Wir machten die Kellertür hinter uns zu. Die beiden fanden den Beutel und leerten ihn auf den Boden aus. Es war wirklich 'n schöner Anblick, so viele Goldpiepen zu sehen. Dem König seine Augen leuchteten. Er schlug dem Herzog auf die Schulter und sagte:

»Na, wenn das nicht 'ne feine Sache ist, dann weiß ich's nicht. Damit hätten wir das ›Non plus ultra‹ noch übertrumpft, was, Bridgewater?«

Der Herzog gab das zu. Sie wühlten in den Goldstücken rum, ließen sie durch die Finger gleiten und klingend auf die Erde fallen. Der König sagte:

»Sag, was du willst, Brüder von 'nem reichen Mann zu sein, der gestorben ist, und die Erben zu vertreten, die nicht da sind, das ist das Richtige für dich und für mich, Bridgewater. Man muss eben nur auf die Vorsehung bauen, das ist immer das Beste. Ich habe manche Wege versucht, aber 'nen besseren gibt's nicht.«

Andere Leute wären sicher mit dem Haufen Geld zufrieden gewesen und wären damit abgehauen. Aber die beiden fingen auch noch an zu zählen. Als sie damit fertig waren, fehlten vierhundertfünfzehn Dollar, und der König sagte:

»Möchte bloß mal wissen, was der alte Kerl mit den vierhundertfünfzehn Dollar angefangen hat.«

Sie ärgerten sich 'ne Weile und suchten überall rum.

»Er war ja schließlich 'n todkranker Mann«, sagte der Herzog endlich. »Wahrscheinlich hat er sich geirrt. Am besten lassen wir die Geschichte auf sich beruhen und verlieren kein Wort mehr darüber. Die paar Kröten können wir entbehren.«

»Dass wir die entbehren können, das weiß ich auch. Es ist nur wegen der Abrechnung. Wir müssen hier schrecklich genau und ganz offen und ehrlich sein, verstehste? Wir müssen das Geld mit nach oben nehmen und vor allen andern durchzählen, dann kann kein Verdacht aufkommen. Wenn der Tote gesagt hat, es sind sechstausend, dann dürfen wir doch nicht…«

»Halt«, sagte der Herzog, »am besten tun wir den Rest aus der eigenen Tasche dazu!«

Und er kramte auch schon in seiner Tasche und holte die nötigen Goldstücke raus.

»Mensch, Herzog, das war 'n guter Gedanke. Du hast doch 'nen klugen Kopf«, sagte der König. »Jetzt hilft uns das ›Non plus ultra‹ schon wieder mal aus 'ner Klemme!« Und er holte auch seine Goldstücke aus der Tasche und legte sie dazu.

Das kratzte sie zwar, aber die sechstausend wurden voll.

»Hör mal«, sagte der Herzog, »ich hab noch 'ne Idee. Wir gehen nach oben, zählen das Geld vor und geben es dann den Töchtern.«

»Donnerwetter, Herzog, komm in meine Arme! Das ist die großartigste Idee, die 'n Mensch je gehabt hat. Du hast den feinsten Kopf, der mir je vorgekommen ist. Jetzt können sie so viel Verdacht gehabt haben, wie sie wollen, das wird ihnen das Maul stopfen.«

Wir gingen nach oben und alle versammelten sich um den Tisch. Der König zählte das Geld und schichtete es in Häufchen zu je dreihundert Dollars auf. Es waren zwanzig tadellose Häufchen. Die Leute kuckten gierig zu und das Wasser lief ihnen in den Mäulern zusammen. Aber die beiden taten alles wieder in den Beutel, und dann holte der König tief Atem und hielt 'ne neue Rede.

»Liebe Freunde, mein armer Bruder, der da drüben seinen letzten Schlaf hält, hat edel gehandelt gegenüber denen, die er in diesem Jammertal zurückgelassen hat. Er hat wahrhaftig edel gehandelt gegenüber den armen, kleinen Lämmern, die er geliebt und geschützt hat, die jetzt ohne jeden Schutz zurückgeblieben sind. Und wir, die wir ihn gekannt haben, wissen, dass er an ihnen noch edler gehandelt hätte, wenn er nicht gefürchtet hätte, seinen lieben William und mich zu verletzen. Nicht wahr, das hätte er doch? Ich jedenfalls hege keinen Zweifel daran. Was aber würden das für Brüder sein, die seinem Willen jetzt im Wege stehen würden? Und das würden schlechte Onkels sein, die solche armen, lieben Lämmer, die er so geliebt hat, jetzt berauben würden. Ja, berauben sage ich. Wie ich William kenne – und ich glaube, dass ich ihn kenne –, würd er sicherlich… aber ich will ihn gleich mal fragen.«

Er wandte sich um und machte dem Herzog allerlei Zeichen mit den Händen, und der Herzog sah ihn 'ne Zeitlang ziemlich blöde an, bis er den Sinn der Bewegungen kapiert hatte. Dann aber warf er sich ihm um den Hals und machte »gu – gu – gu« vor Freude und umarmte ihn wohl fünfzehnmal.

Da nahm der König wieder das Wort und sagte:

»Ich hab's ja gewusst, und ich glaube, dass jetzt jeder weiß, wie mein Bruder fühlt und denkt. Hier, liebe Mary Jane, Susan und Joanne, nehmt das Geld, nehmt alles! Es ist eine Gabe von dem, der da liegt, kalt und tot, aber im Besitz der Seligkeit.«

Mary Jane trat auf den König zu, Susan und die Hasenscharte gingen zum Herzog, und es gab ein Umarmen und Küssen, wie ich es nie erlebt hatte. Auch die anderen drängten sich mit Tränen in den Augen zu den beiden Betrügern, schüttelten ihnen fast die Hände ab und sagten immer und immer wieder:

»Ach, ihr lieben, guten Seelen, ach, wie schön, wie konntet ihr…«

Sehr bald redeten alle wieder von dem Verstorbenen, wie gut

er gewesen wäre und welchen Verlust sein Tod bedeuten würde und so weiter.

Unterdessen arbeitete sich ein Mann mit großen Kieferknochen durch die Menge. Er stand da, ohne nur ein Wort zu sagen, und hörte und sah sich alles an. Kein Mensch sprach ihn an, denn der König redete ja, und keiner wollte ein Wort verlieren. Der König war gerade mittendrin:

»...weil sie besonders gute Freunde des teuren Verblichenen waren. Darum haben wir Sie für heute Abend eingeladen. Es wäre aber ganz besonders schön, wenn Sie morgen alle kommen würden, alle, die Sie hier stehen, denn er schätzte alle, liebte alle, und darum ist es eigentlich nur in der Ordnung, dass die Begräbnisorgie öffentlich stattfindet.«

Er quasselte weiter, denn er hörte sich gern reden, und alle paar Sätze fing er wieder von der Begräbnisorgie an. Schließlich wurde es dem Herzog zu bunt und er kritzelte auf 'nen Zettel: »Obsequien heißt es – du Esel!« Er faltete den Zettel zusammen, ging mit »gu – gu« auf den König zu und reichte ihm das Ding über die Köpfe der Leute weg. Der König las den Zettel und steckte ihn in die Tasche.

»Ach, der gute William«, fuhr er fort, »so tief gebeugt er ist, er hat wieder mal das Richtige getroffen. Ich soll jeden bitten, an der Begräbnisfeier teilzunehmen; jeder soll uns willkommen sein. Weiß Gott, er hätte mich gar nicht darum bitten brauchen, denn ich hab das ja schon gesagt.«

Und dann redete er ganz ruhig weiter und kam immer wieder mit seiner Begräbnisorgie. Schließlich sagte er:

»Ich sage Orgie nicht etwa, weil das der richtige Ausdruck ist, denn das ist er eigentlich nicht. Der richtige Ausdruck ist Obsequien – aber Orgie ist sozusagen doch wieder der richtige

Ausdruck. In England sagt man heutzutage nicht mehr Obsequien, das ist 'n ganz veralteter Ausdruck. Wir Engländer nennen das Orgie. Orgie passt ja auch viel besser. Das Wort ist zusammengesetzt aus dem griechischen ›Orgo‹, was so viel heißt wie ›draußen‹ und dem hebräischen ›jiesumi‹, was ›mit Erde bedecken‹ heißt. Also sind Begräbnisorgien öffentliche Beerdigungen.«

Das war das Unverschämteste, was ich je gehört hatte. Der Mann mit den großen Kieferknochen lachte ihn auch direkt aus und alle waren entsetzt.

»Aber Herr Doktor!«, sagte jeder und Abner Shackleford sagte sogar:

»Aber Doktor Robinson, wissen Sie denn nicht, was los ist? Das ist doch Harvey Wilks!«

Der König lächelte eifrig, streckte schon seine Pranke aus und rief:

»Sie sind also der liebe Freund von meinem armen Bruder und sein Arzt? Ich…«

»Fassen Sie mich nicht an!«, sagte der Doktor. »Sie wollen wie 'n Engländer reden, was? In meinem ganzen Leben habe ich's nicht so schlecht nachmachen hören. Sie wollen Wilks' Bruder sein? Sie sind 'n Betrüger!«

Mein Gott, gab das ein Durcheinander! Alle drängten sich um den Doktor und versuchten ihn zu beruhigen. Sie wollten ihm klar machen, dass Harvey mindestens fünfzigfach bewiesen hätte, dass er der richtige Harvey war, dass er von jedem den Namen wusste und überhaupt jede Katze kannte. Sie bettelten und baten ihn flehentlich, Harveys Gefühle und die Gefühle der armen Mädchen nicht zu verletzen. Aber sie erreichten nichts. Der Doktor tobte weiter und sagte, wer 'n Engländer sein wolle und die Aussprache nicht besser nachahmen könne wie der, das wär 'n Betrüger und Lügner. Die armen Mädchen hingen an dem König und weinten. Aber da drehte der Doktor plötzlich mächtig auf und sagte zu ihnen:

»Ich bin der Freund von eurem Vater gewesen, und ich bin euer Freund und 'n ehrlicher Mensch, der euch beschützen und euch vor Kummer und Leid bewahren will. Dreht dem Halunken den Rücken und lasst eure Hände von diesem Strolch. Er ist 'n jämmerlicher Betrüger mit seinem idiotischen Griechisch und Hebräisch, der hierher gekommen ist mit 'nem Haufen leerer Namen und Tatsachen, die er irgendwo aufgeschnappt hat. Wollt ihr euch damit was beweisen lassen? Aber eure genasführten Freunde hier helfen noch dabei, dass ihr euch zum Narren machen lasst. Sie sollten eigentlich gescheiter sein. Mary Jane Wilks, du weißt, dass ich dein Freund bin, ein selbstloser Freund. Hör auf mich und schmeiß diesen traurigen Schurken raus. Ich bitt dich drum.«

Mary Jane richtete sich stolz auf und sah sehr schön aus, als sie sagte:

»Hier, dies ist meine Antwort.«

Sie hob den Beutel mit den Goldstücken vom Tisch, legte ihn dem König in die Hände und sagte:

»Hier, nimm die sechstausend Dollars und leg sie für mich und meine Schwester so an, wie du's für richtig hältst. Eine Quittung brauchen wir nicht.«

Dann legte sie einen Arm um den König und Susan und das Mädchen mit der Hasenscharte umarmten ihn auch. Die Leute klatschten und trampelten mit den Füßen. Der König aber stand da mit stolz erhobenem Kopf und schwieg und lächelte. Der Doktor rief:

»Ich wasche meine Hände in Unschuld. Aber ich sag euch, die Zeit wird kommen, wo's euch jedes Mal übel werden wird, wenn ihr an den heutigen Tag zurückdenkt.« Und er ging weg.

»Klar, Doktor«, rief der König ihm höhnisch nach. »Dann werden wir nach Ihnen schicken, Herr Doktor!«

Darüber lachten alle, und alle sagten, das wär 'ne anständige Parade gewesen.

26. KAPITEL

Wie alle gegangen waren, fragte der König Mary Jane, wie's mit dem Platz im Hause bestellt wär. Und sie sagte, sie hätten 'n Gästezimmer. Da könnt Onkel William drin schlafen. Onkel Harvey könnte in ihrem Zimmer schlafen, sie gäb's gern her. Sie würde mit ihren Schwestern zusammen schlafen, auf 'nem Faltbett. Oben wär noch 'n kleiner Verschlag. Der König sagte, das wär genug für seinen Diener. Damit meinte er mich.

Mary Jane führte uns rauf und zeigte uns die Zimmer, die einfach aber nett waren. Sie sagte, wenn die Kleider und die anderen Klamotten stören würden, dann könnt sie die ja wegräumen. Aber ›Onkel Harvey‹ beteuerte, sie wären gar nicht im Weg. Es wär so anheimelnd und lieblich, wenn das alles so an den Wänden rumhängen würde. Das Zimmer vom Herzog war ziemlich klein, aber doch wohnlich; und meins auch.

Am Abend gab's 'n großes Essen und alle Männer und Frauen vom Nachmittag waren gekommen. Ich stand hinter den Stühlen vom König und vom Herzog und bediente sie. Die anderen wurden von Negern bedient. Mary Jane saß am Kopfende vom Tisch und sagte die ganze Zeit über, wie schlecht das Gebäck und das Eingemachte geraten wär, wie zäh die gebratenen Hühnchen wären, wie's die Frauen immer sagen, um 's Gegenteil zu hören. Die Leute am Tisch merkten natürlich, dass alles gut geraten war, und sie sagten dann auch: »Ach nein, wie gut Ihnen das Gebäck gelungen ist!« oder »Wo haben Sie nur das ausgezeichnete Eingemachte her?« und noch mehr solchen Humbug, den Gäste immer von sich geben, wenn sie zum Abendessen eingeladen sind.

Als alles vorbei war, saß ich zusammen mit dem Mädchen mit der Hasenscharte in der Küche. Die Hasenscharte fing an, mich über England auszufragen. Da ist mir manchmal kalt und heiß geworden. Sie fragte:

»Hast du jemals den König gesehen?«

»Wen? Wilhelm IV.? Natürlich hab ich den gesehen. Der geht immer in unsre Kirche. Ich wusste, dass Wilhelm IV. schon seit Jahren tot war, aber ich hab mich den Teufel drum geschert.

»Was? Wirklich?«, rief sie. »Ich hab immer geglaubt, der König lebt in London.«

»Das tut er ja auch. Wo sollt er denn sonst leben?«

»Aber ihr lebt doch in Sheffield.«

Da war ich also reingefallen. Ich tat erst mal so, als ob ich mit 'nem Hühnerknochen beschäftigt wär, um Zeit zum Überlegen zu gewinnen. Dann sagte ich:

»Ich meine natürlich, dass er in unsere Kirche geht, wenn er in Sheffield ist. Und er ist nur im Sommer in Sheffield, um im Meer zu baden.«

»Was erzählst du mir da? Sheffield liegt doch nicht am Meer.«

»Wer hat denn das gesagt, es läg am Meer?«

»Du!«

»Ich hab das nicht gesagt.«

»Doch hast du's gesagt.«

»Nein.«

»Doch.«

»Ich hab so was nie behauptet!«

»Was hast du denn gesagt?«

»Ich hab gesagt, er kommt im Sommer nach Sheffield, um im Meer zu baden.«

»Na, wie soll er denn im Meer baden, wenn Sheffield nicht am Meer liegt?«

»Pass mal auf. Haste schon mal Selterswasser getrunken?«

»Ja.«

»Musst du nach Selters fahren, um's zu trinken?«

»Natürlich nicht.«

»Siehste, und der König braucht nicht ans Meer zu fahren, um im Meerwasser zu baden.«

»Wie macht er denn das?«

»Der lässt sich das Meerwasser wie Selters in Flaschen kommen.«

»Ah, jetzt versteh ich. Das hättest du gleich sagen sollen.«

Jetzt war ich wieder mal aus der Patsche raus und ich war froh und zufrieden. Da fragte sie:

»Gehst du auch zur Kirche?«

»Ja – regelmäßig.«

»Wo sitzt du denn?«

»Wo? In unserer Bank natürlich.«

»In wem seiner Bank?«

»Na, in Onkel Harvey seiner.«

»Was denn, braucht der ’ne Bank? Wozu braucht er die?«

»Na, um sich reinzusetzen natürlich.«

»Ich dachte, der ständ auf der Kanzel.«

Verdammt noch mal! Jetzt hatt ich doch vergessen, dass er ’n Pastor war. Ich war also wieder in der Patsche, und ich musste wieder lang an ’nem Hühnerknochen knabbern, um Zeit zum Überlegen zu gewinnen.

»Denkste vielleicht, an der Kirche gibt’s nur einen Pastor?«

»Gibt’s mehrere? Was machen die denn?«

»Was die machen? Die predigen vorm König. Meistens siebzehn Stück sind an der einen Kirche.«

»Siebzehn? Da würd ich nie in die Kirche gehen. Stell dir mal vor, wie lange das dauert, bis die alle mit Predigen fertig sind.«

»Quatsch! Die predigen doch nicht alle in einem Gottesdienst. Es predigt immer nur einer.«

»Und was machen dann die anderen?«

»Ach, nicht viel. Sie machen dies und das und lungern rum.«

»Wozu sind sie dann da?«

»Na, zur Ripresentazion. Du weißt aber auch gar nichts.«

»Von so ’nem Blödsinn will ich auch nichts wissen. – Wie behandelt man eigentlich euch Diener in England? Besser als wir die Neger behandeln?«

»Nein. ’n Diener gilt überhaupt nichts. Sie werden schlechter als die Hunde behandelt.«

»Haben sie nicht mal frei, wie bei uns die Neger, zu Weihnachten und Neujahr oder zum 4. Juli?«

»Nein, du kennst eben England nicht. Die Diener haben nie ’nen Feiertag, das ganze Jahr durch nicht, und sie dürfen nie mal in den Zirkus gehen, auch nicht ins Theater.«

»Auch nicht in die Kirche?«

»Auch nicht in die Kirche.«

»Aber du hast doch gesagt, du gehst immer.«

Jetzt saß ich doch wieder in der Patsche! Ich hatte ganz vergessen, dass ich ja der Diener von dem Alten war. Ich dachte mir rasch 'ne Erklärung aus, dass 'n Kammerdiener was anderes wär also so 'n ganz gewöhnlicher Hausknecht. So 'n Kammerdiener von 'nem Pastor, der musste in die Kirche gehen, ob er wollte oder nicht. Aber die Erklärung hatte wohl nicht ganz plausibel geklungen. Jedenfalls war sie mit der Antwort gar nicht zufrieden. Das konnte man deutlich sehen. Sie sagte: »Hast du mir nicht 'nen Sack voll Lügen erzählt?«

»Nein! Großes Ehrenwort!«

»Überhaupt keine Lügen?«

»Überhaupt keine Lügen.«

»Leg deine Hand auf das Buch hier und schwör.«

Ich sah, dass es nichts anderes war als 'n Wörterbuch. Da legte ich dann seelenruhig meine Hand drauf und schwor. Da sah sie schon 'n bisschen zufriedener aus.

»Na, jetzt glaub ich dir einiges, nicht alles!«, sagte sie.

»Was willst du nicht glauben?«, sagte in dem Moment Mary Jane, die zusammen mit Susan zur Tür reinkam. »Es ist nicht freundlich, so mit ihm zu sprechen. Er ist doch 'n Fremder und er ist so weit weg von seiner Heimat. Was würdest du sagen, wenn man dich so behandelte?«

»Das sieht dir ganz ähnlich, Mary Jane. Immer hast du Angst, man könnte einem wehtun. Ich hab ihm ja nichts getan. Er hat mir einiges erzählt, was ich nicht glauben wollte. Und ich hab ihm nur gesagt, ich würde nicht alles schlucken. Das wird ihm doch nicht wehgetan haben, oder doch?«

»Es ist ganz egal, ob es viel oder wenig war, was du ihm gesagt hast. Er ist in unserem Haus und er ist 'n Fremder, und es war nicht recht von dir, dass du überhaupt was gesagt hast. Stell dir doch mal vor, du wärst an seiner Stelle und ich würd versuchen, dich zu blamieren…«

»Aber er hat doch gesagt…«

»Es kommt nicht drauf an, was er gesagt hat. Du musst ihn auf jeden Fall so freundlich behandeln, dass er sich wohl fühlt.«

Und ich kuckte also zu, ich Schuft, wie der alte Hund dem Mädchen sein Geld klaute!

»Es ist schon gut«, fuhr sie fort. »Du brauchst ihn nur um Verzeihung zu bitten.«

Das Mädchen mit der Hasenscharte hat es auch getan. Sie hat mich so wunderschön um Verzeihung gebeten, dass ich wünschte, ich könnt ihr tausend Lügen erzählen, nur damit sie mich immer wieder um Verzeihung bitten würde.

Das ist also auch eine von denen, die ich einfach ausrauben lasse, sagte ich mir. Ich hätt mich am liebsten selber angespuckt, so gemein, so niederträchtig kam ich mir vor.

Da sagte ich mir: Ich werd ihr Geld retten oder ich will tot umfallen!

Als ich am Abend allein war, überlegte ich mir die Geschichte. Ich fragte mich: Soll ich heimlich zu dem Doktor gehen und die Gauner verraten? Nein, das war nicht das Richtige. Der Doktor würde vielleicht verraten, wer's ihm gesagt hat, und dann würden der König und der Herzog mir ganz schön die Hölle heiß machen. – Sollte ich heimlich zu Mary Jane gehen und es ihr erzählen? Nein, dazu hatte ich nicht den Mut. Ihr Gesicht würde sie außerdem sicher verraten und die Kerle hatten das Geld und würden damit ausrücken. Wenn sie aber erst Hilfe heranholen würde, dann würd ich wahrscheinlich in die ganze Angelegenheit verwickelt werden. Nein, es gab nur einen einzigen richtigen Weg. Ich musste das Geld stehlen, und zwar so, dass kein Verdacht auf mich fiel. Ich sagte mir, dass der Herzog und der König hier schließlich einen guten Fang tun wollten und dass sie nicht eher fortgehen würden, bis sie alles bis auf den letzten Heller aus der Stadt und aus der Familie rausgeholt hatten. Ich konnte in aller Ruhe auf 'ne gute Gelegenheit warten. Ich musste also das Geld stehlen, es gut verstecken und, wenn ich 'n Stück weiter flussabwärts war, in 'nem Brief Mary Jane mitteilen, wo ich es versteckt hatte. Es war sicher gut, wenn ich's gleich heut Nacht noch holte. Vielleicht würde der Doktor die Angelegenheit nicht auf sich beruhen lassen. Er konnte ja die beiden noch verscheuchen.

Da sagte ich mir: Geh nach oben und such die Zimmer durch.

Im Treppenhaus war's dunkel, aber ich fand doch das Zimmer vom Herzog und tastete es rundum ab. Schließlich sagte ich mir, dass es eigentlich dem König nicht ähnlich sehen würde, das Geld von 'nem anderen aufheben zu lassen. Ich ging also in sein Zimmer und suchte da nach dem Geld rum. Ich sah bald ein, dass ich ohne Kerze nicht viel machen konnte, aber ich traute mich natürlich nicht, eine anzuzünden. Da entschloss ich mich, die Sache anders anzufangen. Ich wollte den beiden auflauern und sie belauschen. Bald hörte ich ihre Schritte und war auf dem Sprung, unters Bett zu kriechen. Ich tastete danach, aber ich konnt's nicht finden, musste mich also in der Stelle geirrt haben. Was ich zu fassen kriegte, war der Vorhang, der vor Mary Janes Kleidern hing. Ich schlüpfte dahinter und versteckte mich zwischen den Sachen und blieb ganz mucksmäuschenstill liegen.

Die beiden kamen ins Zimmer und schlossen die Tür ab. Der Herzog warf sich sofort auf den Boden und kuckte unters Bett.

Ich war heilfroh, dass ich nicht darunter gekrochen war. Es ist ja auch klar, dass jeder zuerst daran denkt, sich unterm Bett zu verstecken, wenn er so was Heimliches vorhat. Die beiden setzten sich und der König sagte:

»Na, was ist? Mach's kurz. Es ist besser, wenn wir unten sind und mit den andern heulen, als wenn wir hier oben bleiben und ihnen 'ne Gelegenheit geben, über uns zu quatschen.«

»Also pass auf: Ich bin nicht recht zufrieden, mir ist die Sache nicht ganz geheuer. Der Doktor liegt mir schwer im Magen. Ich möchte wissen, wie das weitergehen soll. Ich hab 'ne Idee, und ich glaube, sie ist ganz akzeptabel.«

»Erzähl, Herzog!«

»Es ist besser, wenn wir noch vor drei Uhr hier raus sind und mit dem, was wir haben, möglichst bald den Fluss runter verschwinden. Wo wir doch so leicht dazu gekommen sind. Es ist uns zurückgegeben und hinterhergeschmissen worden, wo wir gedacht haben, dass wir's uns würden stehlen müssen. Ich bin dafür, kurzen Prozess zu machen und abzuhaun.«

Mir wurde ziemlich unbehaglich zumut. Vor ein, zwei Stunden hätt ich noch anders darüber gedacht, aber jetzt fühlte ich mich unbehaglich und enttäuscht. Der König fluchte los und sagte:

»Was?! Und nicht erst noch den Rest vom Eigentum verscherbeln? Sollen wir hier wie 'ne Herde Idioten abrücken und acht- oder neuntausend Dollars liegen lassen, damit es 'n anderer einsteckt, noch dazu, wo's doch lauter Sachen sind, die man leicht loswird?«

Der Herzog brummte und sagte, der Sack voll Gold wär genug. Er wollte nicht noch die armen Waisen ums Letzte bringen.

»Wie du nur wieder redest!», sagte der König. »Wir bringen

sie doch nur um das Geld hier. Die Leute, die den Kram von uns kaufen, sind die Dummen, und nicht die Mädchen. Denn wenn erst mal rauskommt, dass das Zeug uns gar nicht gehört hat – und das dauert gar nicht lange, wenn wir abgehauen sind –, dann gilt der Kauf nicht mehr und alles fällt an die Mädchen zurück. Deine Waisen kriegen ihr Haus schon wieder, und das ist genug für sie. Sie sind ja noch jung und rüstig und können sich ihren Unterhalt leicht verdienen. Die werden nichts zu leiden haben. Es gibt tausend und abertausend, die es nicht so gut haben. Du meine Güte, die brauchen sich wirklich nicht zu beklagen.«

Na, der König machte den Herzog ganz besoffen mit seinem Gequatsche, und schließlich gab der nach, erklärte aber, es wär Prügel wert, hier zu bleiben, wo man doch dauernd den Doktor zu fürchten hätte. Doch der König sagte:

»Den Doktor soll der Teufel holen. Was haben wir nach dem zu fragen? Haben wir nicht die Dummen auf unserer Seite? Und die sind hier, wie überall, in der Mehrheit.«

Sie machten sich fertig, wieder runter zu gehen, und der Herzog sagte:

»Ich finde eigentlich, dass wir das Geld nicht gut versteckt haben.«

Das machte mich wieder vergnügt, denn ich hatte schon Angst, dass ich gar keinen Fingerzeig bekommen würde, der mir hätt weiterhelfen können.

»Warum denn?«, sagte der König.

»Weil Mary Jane jetzt sicher in Trauerkleidung rumlaufen wird, und da wird der Neger, der die Zimmer aufräumt, ihren Kram einpacken und weglegen müssen. Meinst du vielleicht, dass 'n Neger Geld findet, ohne sich was davon zu nehmen?«

»Du hast wirklich 'n prima Köpfchen, Herzog!«, sagte der König und fummelte kaum drei Fuß von mir entfernt unter dem Vorhang rum. Ich drückte mich ganz eng an die Wand und hielt mich ganz still. Aber ich zitterte und versuchte mir vorzustellen, was die Kerle wohl machen würden, wenn sie mich erwischten. Aber eh ich auch nur 'nen halben Gedanken zu Ende gedacht hatte, fand der König den Beutel. Er hatte nichts davon gemerkt, dass ich da war. Die beiden nahmen den Beutel und schoben ihn in die Strohmatratze.

»So, jetzt ist's richtig«, sagten sie. »'n Neger schüttelt ja doch nur das Federbett und dreht höchstens zweimal im Jahr die Matratze um. Wir brauchen also keine Angst mehr zu haben, dass es gestohlen wird.«

Aber ich wusste das besser. Sie waren noch nicht die halbe Treppe runter, da hatt ich den Beutel schon rausgeholt. Ich tappte nach oben in meine Kammer und versteckte ihn hier erst mal, bis ich 'nen besseren Platz finden würde.

Ich überlegte mir, dass es klüger wär, den Beutel irgendwo außer dem Haus zu verstecken; denn wenn die beiden das Geld vermissten, dann würden sie das ganze Haus auf den Kopf stellen. Ich ging angezogen ins Bett. Aber ich hätt nicht schlafen können, selbst wenn ich gewollt hätte. Ich war zu aufgeregt.

Nach 'ner ganzen Zeit hörte ich den König und den Herzog die Treppe raufkommen. Da sprang ich aus dem Bett und wartete, ob sich was ereignen würde. Aber alles blieb ruhig. Ich wartete, bis alle Einschlafgeräusche verstummt waren, und schlich dann die Treppe runter.

Sehr leise schlich ich an ihre Tür und lauschte. Die beiden Gauner schnarchten. Auf Zehenspitzen ging ich weiter und kam gut nach unten. Nirgends war 'n Laut zu hören. Ich kuckte durch 'ne Ritze in der Esszimmertür und sah, dass die Männer, die die Totenwache halten sollten, allesamt auf ihren Stühlen eingeschlafen waren. Die Verbindungstür zum Wohnzimmer, wo die Leiche lag, stand offen, und in beiden Räumen brannten Kerzen. Ich ging weiter. Die Wohnzimmertür war auch offen. Ich sah, dass niemand drin war außer der Leiche. Ich schlich mich auch da vorbei, aber die Haustür war abgeschlossen und der Schlüssel steckte nicht im Schloss.

In diesem Augenblick hörte ich, wie jemand hinter mir die Treppe runterkam. Ich lief rasch ins Wohnzimmer und sah mich um. Der einzige Platz, wo ich meinen Beutel verstecken konnte, war der Sarg. Der Deckel war ziemlich 'nen Fuß weit zurückgeschoben und man konnt das Gesicht von dem Toten mit dem feuchten Tuch drüber und das Sterbehemd sehen. Ich stopfte den Geldbeutel rasch in den Sarg, gleich daneben, wo die gefalteten Hände lagen. Sie waren so kalt, dass mir 'n Schauer über den Rücken lief. Dann rannte ich aus dem Raum und versteckte mich hinter der Tür. Die Person, die ich kommen gehört hatte, war Mary Jane. Sie ging ganz leise zum Sarg, kniete vor ihm nieder und blickte rein. Dann zog sie ihr Taschentuch raus und fing an zu weinen.

Ich benutzte den Augenblick und schlüpfte aus dem Zimmer raus. Als ich am Esszimmer vorbeikam, wollte ich mich überzeugen, ob mich auch die Totenwächter nicht gesehen hätten. Ich kuckte wieder durch die Ritze in der Tür. Aber es war alles in bester Ordnung. Es hatte sich keiner gerührt.

Ich ging wieder in mein Bett und kam mir reichlich dämlich vor, weil die Geschichte so schief gelaufen war, obwohl ich mir so viel Mühe gegeben und so viel riskiert hatte. Ich sagte mir: Wenn das Geld da bleibt, wo's jetzt ist, dann ist es gut. Dann kannst du es Mary Jane schreiben, wenn wir erst ein-, zweihundert Meilen weiter flussabwärts sind, und sie kann den Sarg ausgraben lassen und sich's holen. Aber so wird's ja nicht kommen. Es wird so sein, dass sie das Geld finden, wenn sie kommen, um den Sargdeckel anzuschrauben. Und dann wird's der König zurückbekommen, und es kann 'ne ganze Weile dauern, bis sich wieder 'ne Gelegenheit bietet, es ihm noch mal abzuluchsen. Am liebsten wär ich natürlich gleich wieder runtergeschlichen und hätt das Geld rausgeholt. Aber ich hatte keinen Mumm dazu. Es wurde nämlich schon immer heller, und bald würden die Männer, die die Totenwache hatte, sich regen. Und wenn ich dann mit den sechstausend geschnappt würde! Ich wollte mit so 'ner Sache nichts zu tun haben.

Als ich am Morgen nach unten kam, strömten die Leute schon ins Wohnzimmer. Die beiden Gauner und die Mädchen setzten sich in die vorderste Reihe am Kopfende des Sarges und ließen die Leute 'ne halbe Stunde lang im Gänsemarsch vorbeimarschieren. Jeder warf 'nen Blick auf das Gesicht des Toten und mancher ließ 'ne Träne drauffallen. Es war alles sehr still und feierlich. Die Mädchen und die beiden Gauner hielten ihre Taschentücher vor die Augen und hatten die Köpfe tief gebeugt und schluchzten.

Als das Haus gerammelt voll war, schlich der Leichenbestatter ins Zimmer und legte letzte Hand an. Er schob Menschen und Dinge an den rechten Platz und bewegte sich dabei so leise wie 'ne Katze. Er sprach kein Wort, führte die Leute, quetschte Zu-spät-Kommende zwischen die anderen und machte 'nen Durchgang frei. Er dirigierte alles nur mit Kopfnicken und Handbewegungen. Schließlich stellt er sich an der Wand auf.

Man hatte sich irgendwoher 'n Harmonium gepumpt, eins, das schon ziemlich klapprig war. Und als alle an ihren Plätzen standen, setzte sich 'ne junge Frau davor und bearbeitete es. Was da rauskam, war furchtbar schrill und kreischend. Alle fielen in das Lied ein. Nur der tote Peter brauchte's nicht, der hatte's gut.

Dann fing Pastor Hobson an, langsam und feierlich zu reden.

Es war eine sehr schöne Rede, aber furchtbar lang und ermüdend. Nach dem Pastor legte der König los und gab was von seinem üblichen Unsinn zum Besten. Schließlich war auch das überstanden und der Leichenbestatter ging mit 'nem großen Schraubenzieher zum Sarg. Ich schwitzte Blut und Wasser und sah ganz genau hin. Aber der Leichenbestatter tat gar nichts weiter, er schob nur den Deckel drüber und schraubte ihn dann fest. Da stand ich nun! Ich wusste nicht, ob das Geld noch drin war oder nicht.

Angenommen, irgendwer hatte den Beutel heimlich rausgenommen, wer sagt dir dann, ob du Mary Jane noch schreiben sollst oder nicht. Angenommen, sie gräbt den Sarg aus und findet nichts – was soll die dann von dir denken? Verdammt, womöglich lässt sie dich suchen und einsperren. Es ist schon besser, du versteckst dich und schreibst überhaupt nicht. Die Sache ist jetzt schon so verworren. Du hast sie besser machen wollen und nun ist sie hundertmal schlimmer. Mein Gott, hättste bloß deine Finger davon gelassen!

Peter wurde begraben und wir kamen bald zurück. Ängstlich kuckte ich in alle Gesichter. Aber keiner schien irgendwas bemerkt zu haben.

Abends machte der König überall Besuche, tat mit jedem schön und machte sich noch weiter beliebt. Er sagte, dass ihn seine Gemeinde drüben in England so schnell wie möglich wieder zurückhaben wolle, und deshalb müsste er sich mit der Regelung der Erbschaft beeilen. Es tät ihm sehr Leid, dass er so bald schon wegmüsste.

Den Leuten tat es genauso Leid. Sie hätten ihn gern noch länger bei sich gehabt, aber sie sagten, sie würden einsehen, dass das nicht ging. Er sagte, er und William würden selbstverständlich die Mädchen mit nach England nehmen, was natürlich allgemeinen Beifall fand, weil die drei dann gut aufgehoben wären und bei ihren Verwandten leben könnten. Die Mädchen waren auch Feuer und Flamme. Sie sagten, er sollte so rasch wie möglich alles verkaufen, sie wären reisefertig. Die armen Dinger waren so froh und glücklich, dass mir das Herz wehtat, wenn ich dran dachte, wie sie belogen und betrogen wurden. Aber ich wusste keinen Weg, wie ich die Sache gradebiegen konnte.

Tatsächlich ließ der König das Haus und die Neger und überhaupt allen Besitz auf der Stelle zur öffentlichen Versteigerung ausschreiben. Jeder, der Lust hatte, konnte vorher auch schon privat kaufen.

Aber schon am Tag nach der Beerdigung bekam die Freude der Mädchen ihren ersten Dämpfer. Kurz nach Mittag kamen nämlich 'n paar Sklavenhändler und der König verkaufte ihnen die drei Neger zu 'nem ganz guten Preis, allerdings gegen 'nen Wechsel. Die Mutter musste flussabwärts nach New Orleans und die beiden Söhne flussaufwärts nach Memphis. Ich dachte, den armen Mädchen und den Negern würde das Herz vor Kummer brechen. Sie weinten, dass mir ganz elend wurde, wie ich's sah. Die Mädchen sagten, sie hätten sich's nicht träumen lassen, dass die Familie jemals getrennt und vom Ort weg verkauft würde. Ich kann den Anblick der armen unglücklichen Mädchen und der Neger, die sich weinend um den Hals fielen, nicht vergessen. Ich hätt auch sicher den Mund nicht gehalten und die Bande verraten, wenn ich nicht so genau gewusst hätte, dass der Verkauf doch nicht gültig war und dass die Neger in einer oder höchstens zwei Wochen wieder nach Hause zurückkommen würden.

Die Geschichte machte natürlich großes Aufsehen, und es kamen sofort 'ne Menge Leute und erklärten kurz und bündig, es wär 'ne Sünde und 'ne Schande, Mutter und Kinder so einfach auseinander zu reißen. Den beiden Gaunern schadete die Sache ziemlich; aber der König blieb dabei, wie viel der Herzog auch dagegen sagte und tat. Ich kann euch verraten, dem Herzog war gar nicht wohl in seiner Haut.

Am nächsten Tag war die Auktion. Schon bei Sonnenaufgang kamen der König und der Herzog in meine Kammer, und ich sah ihren Gesichtern an, dass da was schief gegangen war. Der König fragte:

»Biste vorvorige Nacht in meinem Zimmer gewesen?«

»Nein, Eure Majestät!« So nannte ich ihn immer, wenn kein Fremder dabei war.

»Biste gestern am Tag oder am Abend drin gewesen?«

»Nein, Eure Majestät!«

»Dein Ehrenwort! Lüg nicht!«

»Mein Ehrenwort! Ich sag die Wahrheit. Ich bin nicht im Zimmer gewesen, seit Mary Jane es Euch neulich gezeigt hat.«

Der Herzog sagte:

»Haste wen sonst reingehen sehen?«

»Nein, Euer Gnaden, nicht dass ich mich erinnern könnte.«

»Denk mal nach!«

Ich überlegte 'ne Weile. Da kam mir 'n Gedanke.

»Doch, 'n paar Mal hab ich die Neger reingehn sehn«, sagte ich.

Die beiden fuhren zusammen. Es sah so aus, als wenn sie damit nicht gerechnet hatten, und auch wieder, als ob sie's erwartet hatten. Der Herzog fragte weiter:

»Was? Alle?«

»Nein, wenigstens nicht alle auf einmal. Das heißt, ich weiß nicht, ob ich sie nicht doch mal alle zusammen rauskommen gesehn hab.«

»Mensch, wann war denn das?«

»An dem Tag, wo die Beerdigung war. Am Morgen. Es war nicht so sehr früh, weil ich verschlafen hatte. Ich wollte grad die Treppe runter, da hab ich sie gesehen.«

»Gut, erzähl weiter! Was haben sie gemacht, wie haben sie sich benommen?«

»Gemacht haben sie gar nichts. Soviel ich sehen konnte, haben sie sich gar nicht auffällig benommen. Sie gingen auf Zehenspitzen weg. Ich hab mir gedacht, dass sie drin gewesen wären, um das Zimmer von Eurer Majestät aufzuräumen oder so!«

»Heiliges Kanonenrohr, das ist 'n starkes Stück!«, sagte der König. Beide sahen ziemlich blöde drein. Für 'nen Augenblick standen sie ganz in Gedanken da und kratzten sich die Köpfe. Dann fing der Herzog an zu lachen und schrie:

»Das haut doch den stärksten Eskimo vom Schlitten. Fein haben sie das gedreht, die Jungs. Da tun sie, als ob sie wer weiß wie traurig sind, weil sie von hier fortmüssen, und ich hab das auch noch geglaubt. Und du hast's auch geglaubt und alle andern auch. Jetzt soll mir keiner mehr sagen, dass Neger nicht geborene Schauspieler sind. Sag mal, wo haste den Wechsel.«

»Bei der Bank zum Einlösen. Wo sollt er denn sonst sein?«

»Gott sei Dank, dann wär das wenigstens in Ordnung.«

Da sagte ich 'n bisschen eingeschüchtert:

»Ist was schief gegangen?«

Der König sprang auf mich los und brüllte:

»Was geht denn dich das an! Halt dein Maul und kümmre dich um deine eigenen Angelegenheiten. Vergiss das ja nicht, solang du hier in der Stadt bist! Verstehste?«

Dann sagte er zum Herzog:

»Wir müssen's schlucken und still sein. Dichthalten, das muss jetzt unsere Parole sein.«

Als sie die Treppe runtergingen, sagte der Herzog höhnisch:

»Rascher Verkauf und kleiner Profit. Das ist 'n gutes Geschäft, was?«

Der König drehte sich um und sagte zum Herzog:

»Ich hab nur's Beste gewollt, als ich die Neger so schnell verkauft hab. Wenn sich das Geschäft als 'ne Pleite rausgestellt hat, dann ist's genau so deine Schuld wie meine.«

»Hättste auf mich gehört, dann wären die Neger noch im Haus.«

Der König schimpfte sofort zurück, und dann drehte er sich um und fing mit mir an und machte mich runter, weil ich nicht sofort zu ihm gekommen wär und nicht alles von den Negern erzählt hätte. Jeder Idiot hätt doch merken müssen, dass da was faul gewesen wär. Schließlich klagte er sich selber an.

»Das kommt nur davon, dass ich an dem Morgen nicht noch

im Bett geblieben bin. Und ich will verdammt sein, wenn ich jemals wieder so früh aufstehe.«

So gingen sie weg und ich war heilfroh, dass ich alles auf die Neger abgewälzt hatte, denen ja doch nichts mehr passieren konnte.

28. KAPITEL

Allmählich wurde es Zeit zum Aufstehen. Ich kletterte also die Treppe runter. Als ich an dem Zimmer von den Mädchen vorbeikam, sah ich durch die offene Tür Mary Jane vor ihrem alten Koffer hocken und ihre Sachen packen. Sie machte sich fertig für die Reise nach England. Sie machte grad 'ne Pause und hatte 'n zusammengelegtes Kleid auf ihrem Schoß. Sie hielt den Kopf in die Hände gestützt und weinte. Mir war hundeelend bei dem Anblick. Ich ging rein und sagte:

»Miss Mary Jane, Sie können sicher niemand weinen sehen. Ich kann's auch nicht. Bitte, sagen Sie mir doch, was los ist.«

Und sie sagte es mir. Sie weinte wegen der Neger. Das hatte ich auch erwartet. Sie sagte mir, die schöne Reise nach England wär ihr dadurch ganz verleidet, und sie könnte sich nicht denken, wie sie jemals dort glücklich werden könnte, wo sie doch wüsste, dass die Negermutter und ihre Söhne sich nie wieder sehen würden. Sie weinte heftiger als vorher, schlug die Hände überm Kopf zusammen und rief:

»Ach, du mein lieber, lieber Gott! Nur daran zu denken, dass sie sich nie wieder sehen werden!«

»Aber sie werden sich wieder sehen, und zwar noch in den nächsten zwei Wochen, ich weiß das.«

Mein Gott, jetzt war's mir doch rausgerutscht. Ehe ich wusste, was los war, hatte sie ihre Arme um meinen Hals geschlungen und sagte:

»Sag's noch mal! Sag's noch mal!«

Da merkte ich, das sich zu schnell gewesen war und dass ich jetzt in der Patsche saß. Ich bat sie, sie sollt mich 'nen Augenblick nachdenken lassen. Sie setzte sich und sah sehr ungeduldig und aufgeregt, aber sehr vornehm aus. Sie war auf einmal wieder glücklich und erleichtert, wie jemand, dem man 'nen Zahn gezogen hat. Ich überlegte mir die ganze Sache gründlich. Es hilft alles nichts, sagte ich mir, du musst es wagen, raff dich auf und sag die Wahrheit. Aber dabei kam's mir vor, als ob ich auf 'nem Pulverfass sitzen würde und es anstecken wollte, nur um zu sehn, wohin ich wohl fliegen würde.

»Miss Mary Jane, kennen Sie nicht draußen vor der Stadt jemand, wo Sie hingehen und drei oder vier Tage bleiben können?«

»Ja, zu den Lothrops. Aber warum?«

»Fragen Sie nicht, warum. Wenn ich Ihnen sage, wieso ich weiß, dass sich die Neger wieder sehen werden, und noch dazu hier im Haus, und wenn ich Ihnen erzähle, woher ich das weiß, wollen Sie dann zu den Lothrops gehen und vier Tage da bleiben?«

»Vier Tage?, sagte sie. «Ich würd 'n Jahr da bleiben!«

»Schön«, sagte ich, »ich will weiter nichts von Ihnen als Ihr Wort; das ist mir mehr wert, als wenn andre Leute auf die Bibel schwören.«

Sie lächelte, wurde rot und sah ganz entzückend aus.

»Wenn es Ihnen recht ist, mache ich lieber die Tür zu und verriegle sie«, sagte ich. Als ich das getan hatte, setzte ich mich hin und fuhr fort:

»Bitte, schreien Sie nicht! Bleiben Sie ganz still sitzen und tragen Sie's wie 'n Mann. Ich werde Ihnen jetzt die Wahrheit sagen, aber Sie müssen gefasst sein, Miss Mary Jane, denn sie ist schlimm und nicht leicht zu tragen. Aber es geht nun mal nicht anders. Diese beiden Onkels von Ihnen sind gar nicht Ihre Onkels. Sie sind 'n paar Betrüger, 'n paar ganz richtige Verbrecher. So, nun wären wir über das Schlimmste weg. Den Rest werden Sie schon ziemlich leicht ertragen.«

Das gab ihr natürlich 'nen mächtigen Stoß, aber ich war jetzt wenigstens aus dem Gröbsten raus und ich konnte weitersprechen. Ihr Augen fingen an immer stärker zu glühen. Ich erzählte ihr alles, von dem Augenblick an, wo wir den dummen Kerl getroffen hatten, bis zu dem Augenblick, wo sie dem König vor der Haustür an den Hals geflogen war und er sie sechzehn- oder siebzehn Mal geküsst hatte. Da sprang sie auf, ihr Gesicht brannte wie die untergehende Sonne und sie rief:

»Diese Schufte! Rasch, keine Minute verloren, keine Sekunde, wir wollen sie teeren und federn und in den Fluss werfen!«

Da sagte ich:

»Natürlich. Aber wollen Sie das wirklich noch, ehe Sie zu den Lothrops gehen, oder...«

»Oh«, sagte sie, »ich bin ganz durcheinander!« Sie setzte sich wieder und sagte: »Vergiss, was ich gesagt habe, bitte vergiss es, ja?«

Und sie legte ihre samtene Hand auf meine, und ich sagte, ich würd's vergessen, und wenn es mich mein Leben kosten sollte.

»Ich hätt nicht gedacht, dass ich so leicht aus der Fassung zu bringen wär. Aber erzähl weiter, ich will mich zusammennehmen. Du musst mir sagen, was geschehen soll, und ich will alles tun, was du sagst.«

»Tja«, sagte ich, »die beiden sind ’ne rohe Bande, aber ich muss noch ’ne Weile mit ihnen zusammen reisen, ob ich nu will oder nicht. Ich möcht Ihnen nicht erzählen, warum. Wenn Sie jetzt die ganze Stadt auf sie hetzten würden, wär ich sie los, und das wär gut für mich. Aber da ist noch ’ne andre Person, die Sie nicht kennen, und die würde dadurch in furchtbare Not geraten. Na, und die müssen wir doch retten, nicht wahr?«

»Selbstverständlich.«

»Wir fallen also besser nicht gleich über die beiden her.«

Während ich so sprach, kam mir ’n guter Gedanke. Ich wusste jetzt, wie Jim und ich die Gauner loswerden konnten. Sie mussten hier ins Gefängnis geworfen werden, und dann konnten wir losfahren. Aber ich hatte keine Lust, mit dem Floß am Tag zu fahren, wo doch außer mir niemand an Bord war, der auf Fragen antworten konnte. Mein Plan konnte also nicht vor dem späten Abend ausgeführt werden.

»Miss Mary Jane«, sagte ich, »ich weiß, was wir tun werden. Sie brauchen auch gar nicht so lange bei den Lothrops bleiben. Wo wohnen die eigentlich?«

»Vier Meilen von hier.«

»Na, das wird gehen. Fahren Sie also jetzt hin und bleiben Sie da bis heut Abend um neun oder halb zehn, und lassen Sie sich dann wieder nach Haus bringen. Sagen Sie, es wär Ihnen was eingefallen. Wenn Sie vor elf zurück sind, stellen Sie ’ne Kerze ins Fenster, und wenn ich nicht komme, warten Sie bis elf, und wenn ich dann noch nicht da bin, dann heißt das, dass ich fort und in Sicherheit bin. Dann erzählen Sie überall, was los ist, und lassen die Gauner ins Gefängnis werfen.«

»Gut, das werd ich tun.«

»Wenn's aber so ausgeht, dass ich nicht abhauen kann und mit den Kerlen erwischt werde, dann müssen Sie sagen, dass ich Ihnen die ganze Sache vorher erzählt hab, und Sie müssen mir dann helfen, soviel Sie können.«

»Natürlich werd ich dir helfen. Dir soll kein Härchen gekrümmt werden«, sagte sie, und ich sah, wie dabei ihre Nasenflügel zuckten und ihre Augen funkelten.

»Wenn ich weg bin, kann ich nicht hier sein, um beweisen zu können, dass diese Halunken nicht Ihre Onkels sind. Aber das könnt ich auch nicht, wenn ich hier wär. Ich könnte nur beschwören, dass die beiden Schufte und Gauner sind. Das wär sicher was wert, aber es gibt 'ne Menge anderer Leute, die das ebenso gut tun können wie ich und zu denen man mehr Vertrauen hat als zu mir. Ich will Ihnen sagen, wo Sie die finden können. Geben Sie mir 'nen Bleistift und 'n Stück Papier. Da: ›Das Königliche Non plus ultra zu Bricksville‹. Stecken Sie den Zettel weg und verlieren Sie ihn nicht. Wenn das Gericht was Näheres über die beiden wissen will, braucht's nur einen Boten nach Bricksville zu schicken, der die Nachricht dorthin bringt, sie hätten die Leute, die das ›Königliche Non plus ultra‹ gespielt hätten, erwischt und suchten jetzt Zeugen. Im Handumdrehen wird ganz Bricksville hier sein und die Leute werden furchtbar wütend sein.«

So, dacht ich, jetzt ist alles geregelt. Und ich sagte:

»Lassen Sie die Auktion ruhig stattfinden. Noch braucht ja keiner für die Sachen zu bezahlen, das kommt erst morgen an die Reihe. Und die beiden werden nicht eher abhauen, bis sie nicht das Geld haben. Der ganze Verkauf ist ungültig und sie werden überhaupt kein Geld nicht kriegen. Das ist genauso wie mit den Negern. Das war auch kein richtiger Verkauf und über kurz oder lang werden die Neger wieder hier sein. Nicht mal das Geld für die Schwarzen können sie bei der Bank jetzt einlösen. Sie sitzen ganz schön in der Klemme.«

»Gut«, sagte sie, »ich geh jetzt rasch runter frühstücken und dann fahr ich gleich zu den Lothrops.«

»Das geht auf keinen Fall, Miss Mary Jane, auf keinen Fall. Sie müssen noch vorm Frühstück fort. Auf Ihrem Gesicht liest man alles wie in 'nem Buch. Denken Sie vielleicht, Sie können zu den Onkels hingehen und ihnen frei ins Gesicht sehen, wenn sie Ihnen den Gutenmorgenkuss geben wollen, und …«

»Hör auf, hör auf! Ja, ich will noch vorm Frühstück fahren, mit Freuden. Soll ich meine Schwestern hier lassen?«

»Ja, machen Sie sich wegen denen keine Sorgen. Die müssen's eben noch 'ne Weile aushalten. Die beiden könnten die Sache faul finden, wenn Sie alle drei fort sind. Ich möchte überhaupt, dass Sie niemand mehr sehen, auch Ihre Schwestern nicht. Wenn Sie einer von den Nachbarn fragen sollte, wie's Ihrem Onkel geht, würde Ihr Gesicht schon alles verraten. Bitte, gehen Sie gleich, ich werd schon alles in Ordnung bringen. Miss Susan soll Ihre Onkels von Ihnen grüßen und ihnen sagen, Sie wären für 'n paar Stunden fort und wollten sich 'n bisschen ausruhn und zerstreun oder 'ne Freundin besuchen, aber Sie wären am Abend oder spätestens morgen früh wieder zurück.«

»Ja, ich wär zu 'ner Freundin gegangen, das ist gut. Aber sie sollen nicht von mir grüßen.«

»Schön, dann eben nicht. Aber da ist noch 'ne andre Sache – der Geldbeutel…«

»Na, den haben sie doch. Ich komme mir sehr dumm vor, wenn ich daran denke, auf welche Weise sie ihn gekriegt haben.«

»Nein, da irren Sie sich. Die beiden haben ihn nicht.«

»Was? Wer hat ihn denn?«

»Das möchte ich auch gern wissen. Ich hatte ihn mal, denn ich hatte ihn den beiden geklaut, um ihn Ihnen zu geben. Ich weiß, wo ich ihn versteckt hab, aber ich weiß nicht, ob er noch da ist. Es tut mir sehr Leid, Miss Mary Jane, aber ich hab getan, was ich konnte, wirklich. Ich wär fast dabei geschnappt worden und ich musste den Beutel am ersten besten Platz verstecken. Und es war nicht grad der beste Platz, wo ich ihn versteckt hab.«

»Hör auf, dich selber schlecht zu machen. Das erlaub ich nicht. Es war doch schließlich nicht deine Schuld. Wo hast du ihn versteckt?«

Ich wollte nicht, dass sie wieder an all die Widerwärtigkeiten dachte, die ihr widerfahren waren. Meine Zunge sträubte sich, vor ihr das Bild von ihrem toten Onkel raufzubringen, der im Sarg liegt, den Beutel mit dem Geld auf dem Bauch.

Ich schwieg für 'ne volle Minute. Dann sagte ich:

»Das möchte ich Ihnen lieber nicht sagen. Bitte, erlassen Sie's mir, wenn es Ihnen recht ist. Aber ich will's Ihnen gern auf 'nen Zettel schreiben, und den können Sie auf dem Weg zu Lothrops lesen, wenn Sie wollen. Ja?«

»Ja, gut.«

Ich schrieb also auf:

»Ich hab ihn in den Sarg gelegt. Er lag schon drin, wie Sie in der Nacht dort geweint haben. Ich hab hinter der Tür gestanden und Sie haben mir schrecklich Leid getan, Miss Mary Jane.«

Meine Augen wurden 'n bisschen feucht, als ich dran dachte, wie sie ganz allein in der Nacht geweint hatte, während die beiden Schufte unter ihrem Dach zu Gast waren und sie betrogen und beraubten. Als ich den Zettel zusammenfaltete und ihn ihr gab, sah ich, wie auch ihr die Augen feucht wurden. Sie schüttelte mir kräftig die Hand und sagte:

»Leb wohl. Ich werde alles so machen, wie du mir gesagt hast. Wenn ich dich auch nie wieder sehen sollte, werd ich dich doch nie vergessen, und ich werde oft und oft an dich denken und auch für dich beten.«

Und fort war sie.

Ich nehme an, sie war durch die Hintertür rausgeschlüpft; denn niemand hatte sie gehen sehen. Als ich Susan und Joanna traf, sagte ich: »Wie heißen eigentlich die Leute da drüben auf der anderen Seite vom Fluss, die Sie manchmal besuchen?«

»Da gibt es verschiedene«, sagten sie, »aber meistens besuchen wir die Proctors.«

»Ja, das ist der Name. Ich hätt ihn fast vergessen. Miss Mary Jane hat mir nämlich gesagt, ich sollte Ihnen ausrichten, dass sie rasch mal hätte rübermüssen; es wär da jemand krank.«

»Wer denn?«

»Ich weiß es nicht mehr, ich hab's ganz vergessen, aber ich glaube, es ist…«

»Um Gottes willen, es ist doch hoffentlich nicht Hanna?«

»Es tut mir ja furchtbar Leid, dass ich's sagen muss, aber die ist es.«

»Ach du lieber Gott, und vorige Woche war sie doch noch ganz gesund. Ist's was Schlimmes?«

»Ich weiß nicht, was es ist. Miss Mary Jane hat nur gesagt, die Proctors wären die ganze Nacht aufgeblieben, und sie glauben, dass es nur 'n paar Stunden dauert, bis Ihre Schwester wieder zurück ist.«

»Ach, wie furchtbar! Was fehlt ihr denn bloß?«

Mir fiel nicht gleich was Vernünftiges ein. Das sagte ich einfach:

»Mumps!«

»Mumps, du Dummkopf? Wenn einer Mumps hat, braucht man doch nicht die ganze Nacht bei ihm zu wachen.«

»Nein? Aber wenn's nu 'n ganz besonderer Mumps ist, da muss man's eben doch! Und ihr Mumps ist was ganz Besonderes, 'ne ganz neue Art, hat Miss Mary Jane gesagt.«

»Wieso?«

»Weil noch was andres dabei ist.«

»Was ist denn noch dabei?«

»Na, Masern und Keuchhusten und 'ne Rose und Schwindsucht und Gehirnerschütterung und Gelbsucht und ich weiß nicht, was sonst noch.«

»Lieber Gott, und das soll Mumps sein?«

»Ja, Miss Mary Jane hat es so genannt.«

»Aber warum in aller Welt nennen sie denn das Mumps?«

»Na, weil's eben Mumps ist. Damit hat's angefangen.«

»Aber das ist doch Unsinn. Ist's denn ansteckend?«

»Na und ob!«

»Aber das ist ja fürchterlich«, sagte die mit der Hasenscharte. »Ich laufe zu Onkel Harvey und...«

»Ja natürlich«, sagte ich, »das würd ich auch tun. Ich würd keine Zeit nicht verlieren...«

»Warum denn?«

»Passen Sie mal auf, vielleicht verstehn Sie's dann. Müssen Ihre Onkels nicht so schnell wie möglich wieder nach England zurück? Und glauben Sie, sie werden so gemein sein und abreisen und Sie und Ihre Schwestern allein nachkommen lassen? Na schön. Wird vielleicht 'n Pastor die Schiffsbeamten beschwindeln? Darf er vielleicht den Passbeamten betrügen, damit er Miss Mary Jane an Bord lässt? Gott, Sie wissen doch ganz genau, dass er das nicht tun kann. Aber was wird er tun? Er wird sagen müssen: Es ist zwar sehr bedauerlich, aber meine kirchlichen Angelegenheiten müssen eben, so gut wie's geht, allein weiterlaufen. Meine Nichte ist einem ganz komplizierten Mumps ausgesetzt gewesen, und jetzt ist es meine Pflicht und Schuldigkeit, hier zu bleiben und 'n Vierteljahr zu warten, ob sie sich nicht angesteckt hat. – Mir ist es ja egal, wenn Sie's für das Beste halten, Ihrem Onkel Harvey zu erzählen, dass…«

»Damit wir hier rumsitzen, wo wir doch schon in England sein könnten, und warten, ob Mary Jane sich angesteckt hat. Nein, nein, du redest wirklich wie 'n Blinder von der Farbe.«

»Na, vielleicht ist es besser, wenn Sie's wenigstens 'n paar Nachbarn erzählen.«

»Nu hör bloß einer an! Du bist wirklich dumm. Verstehst du denn nicht, dass die es weitererzählen würden? Das einzig Richtige ist, es überhaupt keinem zu erzählen.«

»Vielleicht haben Sie wirklich Recht – ja, ich glaube, Sie haben sogar Recht.«

»Aber ich glaube, wir müssen Onkel Harvey wenigstens sagen, dass sie für 'n Weilchen ausgegangen ist, damit er sich nicht ängstigt.«

»Ja, Fräulein Mary Jane lässt Sie sogar schön darum bitten. Sie hat mir gesagt: ›Sag ihnen, sie sollen Onkel Harvey und Onkel William von mir grüßen und ihnen 'nen Kuss geben und ihnen sagen, ich wär über den Fluss rüber und besuchte die – die –, ach Gott, wie heißt doch die reiche Familie, von der ihr Onkel Peter so viel gehalten hat, – ich meine die… die…«

»Ach, du meinst die Apthorps, was?«

»Natürlich, es ist zu blöd, man kann diese Namen wirklich nicht immer behalten. Ja, sie hat gesagt, Sie möchten ausrichten, dass sie zu Apthorps rüber ist, um die zu bitten, auch ganz bestimmt zu der Versteigerung zu kommen und das Haus zu kaufen. Denn sie meint, der Onkel Peter würde es am liebsten sehn, wenn die's kaufen und kein anderer. Und sie wollte so lange bei ihnen bleiben, bis sie fest versprochen haben, dass sie auch wirklich kommen. Dann würde sie wieder zurückkommen, am Abend noch, wenn sie nicht zu müde wär, aber spätestens morgen früh.«

»Ist schon recht«, sagten sie und gingen. Sie warteten auf ihre Onkels, um ihnen die Grüße auszurichten und die Küsse und die Bestellung.

Alles war also in Ordnung. Die Mädchen würden nichts sagen, weil sie doch gern bald nach England reisen wollten. Und dem König und dem Herzog war es sicher auch viel lieber, dass Mary Jane fort war und Leute zur Versteigerung ranholte, als dass sie hier im Bereich von Doktor Robinson geblieben wär. Ich war froh und nahm an, ich hätt es sehr geschickt eingefädelt. Ich sagte mir, dass selbst Tom Sawyer es nicht geschickter hätt machen können. Vielleicht hätt der's nur mit mehr Eleganz gemacht.

Na, am späten Nachmittag fand dann die öffentliche Versteigerung statt und sie wollte gar kein Ende nehmen.

Schließlich war die Sache doch zu Ende und alles war verkauft, bis auf einen kleinen unbedeutenden Platz auf dem Kirchhof. Aber auch den wollten die beiden Schufte noch verscherbeln. In meinem ganzen Leben hatte ich nicht so 'nen raffsüchtigen Kerl gesehen wie den König. Alles wollte der schlucken.

Na, als sie noch dabei waren, legte 'n Dampfer an, und zwei Minuten später kam 'ne Menge Menschen schreiend und johlend, lachend und tobend die Straße rauf. Sie schrien:

»Hier kommt die Konkurrenz! Hier kommt die zweite Garnitur der Erben vom alten Peter Wilks!«

29. KAPITEL

Mit 'nem sehr nett aussehenden älteren Herrn und 'nem nett aussehenden jüngeren, der den Arm in 'ner Binde trug, erschienen sie auf der Bildfläche. Lieber Gott, wie die Menschen schrien und lachten. Aber ich konnte nicht sehen, wo da der Jokus sein sollte. Dem Herzog und dem König musste die Geschichte ziemlich auf die Nerven gehen. Ich dachte, sie würden weiß wie die Wand werden. Aber sie wurden auch nicht 'n bisschen bleich. Der Herzog ließ sich überhaupt nichts anmerken, war weiter ganz glücklich und zufrieden und machte sein »gu – gu«, das sich genauso anhörte, als wenn man aus 'ner Flasche mit 'nem zu engen Hals Buttermilch gießt. Der König starrte betrübt auf die Neuen und machte 'n Gesicht, als wenn er bei dem Gedanken, dass es solche Betrüger auf der Welt geben könnte, Magenschmerzen kriegen würde. Das machte der wirklich großartig! Viele einflussreiche Leute sammelten sich um den König, um zu zeigen, dass sie zu ihm halten würden. Der ältere Herr von den beiden Neuen sah ganz verdattert aus. Aber dann fing er an zu sprechen, und ich merkte gleich, dass er wie 'n richtiger Engländer sprach. Das hörte sich ganz anders an wie das Gerede vom König, obgleich der's doch ganz gut gemacht hatte. Ich kann die Rede von dem alten Herrn nicht wiedergeben und auch nicht richtig nachmachen, wie er gesprochen hat. Aber 's war ungefähr Folgendes:

»Das hier ist für mich eine ganz unerwartete Überraschung; ich muss gestehen, dass ich darauf nicht vorbereitet war und auch nicht die richtige Antwort darauf weiß. Mein Bruder und ich haben Unglück gehabt; er hat sich den Arm gebrochen und unser Gepäck ist versehentlich heute Nacht auf der letzten Dampferstation von Bord gebracht worden. Aber ich bin doch Peter Wilks' Bruder Harvey, und das hier ist unser Bruder William, der weder hören noch sprechen kann und der sich nicht richtig verständlich machen kann, weil er eine Hand in der Schlinge tragen muss. Wir sind die, für die wir uns ausgeben, und wenn wir in ein oder zwei Tagen unser Gepäck wiederkriegen, kann ich's beweisen. Bis dahin will ich nichts weiter sagen, sondern ins Hotel gehen und abwarten.«

Damit gingen die beiden wieder weg.

Der König lachte und blubberte los:

»Den Arm gebrochen! Sehr glaubwürdig, was? Sehr praktisch für 'nen Betrüger, der Zeichensprache reden soll und sie nicht gelernt hat. – Das Gepäck verloren! Ausgezeichnet! Eine fein ausgeknobelte Geschichte!«

Er brach von neuem in Gelächter aus und alle lachten mit, bis auf drei oder vier, vielleicht auch 'n halbes Dutzend. Einer von ihnen war der Doktor, und 'n anderer war 'n ziemlich scharf dreinschauender Herr mit 'ner altmodischen, gestickten Reisetasche, der auch grad vom Dampfer gekommen war. Er sprach leise mit dem Doktor und sie sahen sich immer wieder den König an und nickten sich zu. Es war Levi Bell, der Rechtsanwalt, der in Louisville gewesen war. Ein anderer von denen, die nicht gelacht hatten, war 'n ziemlich großer, grobschlächtiger Kerl. Er ging zu den beiden, hörte auf jedes Wort, was der alte Herr sagte, und passte auf jedes Wort von dem König auf. Als der König zu Ende war, ging er auf ihn zu und fragte ihn:

»He, wenn Sie Harvey Wilks sein wollen, wann sind Sie denn hier angekommen?«

»Den Tag vor der Beerdigung, Freund«, sagte der König.

»Und um welche Zeit?«

»Am Abend – vielleicht ein, zwei Stunden vor Sonnenuntergang.«

»Wie sind Sie hergekommen?«

»Ich bin mit der ›Susan Pawell‹ von Cincinnati runtergekommen.«

»Na, aber wieso sind Sie denn am Morgen schon in 'nem Kanu an der Landzunge gewesen?«

»Das ist 'ne Lüge! Ich war am Morgen nicht an der Landzunge.«

Ein paar Leute sprangen auf den Kerl los und baten ihn, nicht so mit 'nem alten Mann, der noch dazu 'n Geistlicher wär, zu reden.

»Das ist 'n feiner Geistlicher! Ein Betrüger und Schwindler ist er! Er ist an dem Morgen mit 'nem Kanu gefahren, ich hab ihn doch gesehn! Er saß mit Tim Collins und 'nem Jungen drin.«

Jetzt kam auch der Doktor näher ran und sagte:

»Würden Sie den Jungen wieder erkennen, wenn Sie ihn sähen, Hines?«

»Ich glaube ja, doch ich weiß es nicht genau. Aber da drüben steht er ja! Jetzt erkenne ich ihn!«

Er zeigte auf mich und der Doktor sagte:

»Nachbar, ich weiß nicht, ob die zwei Neuen nicht auch Betrüger sind. Aber wenn die beiden Kerle hier keine Betrüger sind, dann bin ich 'n Idiot. Ich meine, dass es unsere Pflicht ist, aufzupassen, dass sie nicht vorn hier fortkommen, bis wir die Geschichte gründlich geprüft haben. Hines, kommen Sie mit, und auch ihr anderen. Wir wollen die Burschen hier mal mit ins Wirtshaus nehmen und sie den anderen beiden gegenüberstellen. Ich glaube, es wird gar nicht lange dauern, bis wir hinter die Sache kommen.«

Das machte den Leuten Spaß, natürlich mit Ausnahme von denen, die mit dem König hielten. Wir machten uns also alle auf den Weg. Es war gegen Sonnenuntergang. Der Doktor führte mich an der Hand und war ganz freundlich zu mir, aber er ließ mich nie los.

Wir gingen alle in ein großes Zimmer von dem Hotel und machten Kerzen an. Dann wurde das neue Paar geholt und der Doktor sagte:

»Ich will ja nicht zu grob zu den beiden Männern hier sein, aber ich glaube, sie sind Betrüger. Und wenn sie Betrüger sind, haben sie vielleicht noch Komplizen, von denen wir noch gar nichts wissen und die wahrscheinlich mit dem Sack voll Gold, den Peter Wilks hinterlassen hat, auf und davon gehen werden. Das hat viel für sich. Wenn die beiden hier keine Betrüger sind, dann können sie wohl nichts dagegen haben, wenn wir das Gold holen lassen und aufheben, bis sie bewiesen haben, dass sie die Richtigen sind. Habe ich Recht?«

Alle stimmten zu. Na, da saß unsre Bande ganz schön in der Patsche. Aber der König kuckte nur traurig und sagte:

»Meine Herren, ich wünschte nur, das Geld wär noch da, denn ich habe nicht die Absicht, einer gerechten, offenen, gründlichen Untersuchung dieser vertrackten Sache im Weg zu stehn. Aber ach, das Geld ist nicht mehr da. Wenn Sie wollen, können Sie jemand hinschicken und nachsehen lassen.«

»Wo ist's denn?«

»Na, als meine Nichte es mir zum Aufbewahren gegeben hat, da hab ich's in die Strohmatratze von meinem Bett gesteckt. Ich wollt's für die paar Tage, die wir ja doch nur hier sein wollten, nicht erst auf die Bank bringen. Ich dachte, im Bett wär's sicher genug. Wir sind ja nicht an Neger gewöhnt, und wir haben gedacht, dass sie genau so ehrlich sind wie die Dienstboten in England. Aber die Neger haben das Geld gleich am nächsten Morgen gestohlen, nachdem ich nach unten gegangen war. Als ich sie verkaufte, hab ich das Geld noch nicht vermisst, und so konnten sie ganz ruhig damit abziehen. Mein Diener hier kann Ihnen auch davon erzählen, meine Herren.«

Der Doktor und noch mehrere andere sagten: »Blödsinn!«, und ich merkte, dass keiner dem König glaubte. Ein Mann fragte mich, ob ich gesehen hätt, wie die Neger das Geld gestohlen haben. Ich sagte nein, ich hätt sie nur aus dem Zimmer rausschleichen und forthuschen sehen und hätt mir weiter nichts dabei gedacht. Das war alles, was sie mich fragten.

Aber plötzlich wandte sich der Doktor wieder an mich:

»Bist du auch Engländer?«

Ich sagte: »Ja« und er und 'n paar andre lachten und sagten: »Na, da lachen ja die Hühner.«

Jetzt fing die Untersuchung an und sie dauerte Stunden um Stunden. Kein Mensch dachte ans Abendessen. Die Geschichte war ja auch zu sehr verwickelt. Man ließ den König sein Garn spinnen und den alten Herrn seins, und alle, außer 'n paar Holzköpfen, merkten, dass der alte Herr die Wahrheit sagte und dass der König log. Nach 'ner Weile musste ich auch erzählen, was ich wusste. Der König sah mich dabei ganz schief von der Seite an. Da wusste ich Bescheid. Ich erzählte also von Sheffield und wie wir dort lebten und allerhand von den Wilks in England. Aber ich kam nicht weit damit. Der Doktor fing an zu lachen, und Levi Bell, der Rechtsanwalt, sagte:

»Hör auf, Junge. Wenn ich du wäre, würde ich mich gar nicht so anstrengen. Du bist das Schwindeln anscheinend nicht gewöhnt, bist zu ungeschickt. Dir fehlt die Übung.«

Ich machte mir nichts aus dem Kompliment, ich war bloß froh, dass man von mir ablassen wollte.

Der Doktor sagte:

»Ja, wenn Sie gleich da gewesen wären, Levi Bell…«

Aber da fiel ihm der König ins Wort, streckte die Hand aus und rief:

»Was? Sie sind der alte Freund meines armen, seligen Bruders, von dem er mir so oft geschrieben hat?«

Der König und der Rechtsanwalt schüttelten sich die Hände und der Rechtsanwalt lächelte und sah erfreut aus und sie sprachen 'ne ganze Weile zusammen. Sie traten etwas beiseite und tuschelten. Endlich sagte der Rechtsanwalt laut:

»Wir werden die Sache schon in Ordnung bringen. Ich werde das Schriftstück von Ihnen und das von Ihrem Bruder hinschicken, und dann wird sich ja herausstellen, dass alles seine Richtigkeit hat.«

Papier und Feder wurden gebracht und der König setzte sich hin, kuckte erst mal nach der Seite, kaute am Federhalter und kritzelte dann was hin. Dann gab er die Feder dem Herzog. Ich sah, dass ihm nicht sehr wohl zumute war. Aber er nahm die Feder hoch und schrieb. Darauf wandte sich der Rechtsanwalt an den anderen alten Herrn und sagte:

»Wollen Sie und Ihr Bruder nun bitte auch ein oder zwei Zeilen schreiben und mit Ihrem Namen unterzeichnen.«

Der alte Herr schrieb, aber keiner konnte die Unterschrift entziffern. Der Rechtsanwalt sah schrecklich erstaunt aus und erklärte:

»Jetzt hört doch alles auf!«

Damit zog er 'n ganzen Pack von alten Briefen aus der Tasche, prüfte erst sie und dann die Schriftproben und dann noch einmal die Briefe und sagte schließlich:

»Diese alten Briefe sind alle von Harvey Wilks. Und hier sind die beiden Handschriften, und jeder kann sehen, dass diese beiden Männer die Briefe nicht geschrieben haben können.« Der König und der Herzog sahen ganz dumm drein, weil sie der Rechtsanwalt so reingelegt hatte. »Aber hier habe ich noch die Handschrift dieses alten Herrn, und auch da kann jeder mit Leichtigkeit sehen, dass die Briefe auch nicht von ihm stammen. Sein Gekritzel kann man überhaupt nicht als Schrift bezeichnen. Hier sind noch ein paar Briefe von…«

Da sagte der alte Herr:

»Wenn ich darf, möchte ich etwas erklären. Meine Schrift kann überhaupt niemand lesen außer meinem Bruder. Darum schreibt er immer alles für mich ab. Die Handschrift, in der die Briefe geschrieben worden sind, ist seine und nicht meine.«

»Na, das kommt mir alles spanisch vor«, sagte der Rechtsanwalt. »Aber ich habe hier auch noch 'n paar Briefe von William. Vielleicht, vielleicht erklären Sie ihm, er soll auch was schreiben, dann können wir ja die Handschriften verglei…«

»Aber er kann doch nicht mit der linken Hand schreiben«, sagte der alte Herr. »Wenn er die rechte Hand gebrauchen könnte, dann würden Sie sofort sehen, dass er seine und meine

Briefe geschrieben hat. Bitte vergleichen Sie doch die beiden, es ist dieselbe Handschrift.«

Der Rechtsanwalt tat es und sagte dann:

»Das kann schon stimmen, und wenn es nicht stimmen sollte, so liegt hier wenigstens eine sehr große Ähnlichkeit vor. – Na schön! Ich dachte schon, ich wär auf der richtigen Spur, aber damit ist es nun wieder nichts. Aber eins scheint sicher zu sein: Von den beiden da ist keiner ein Wilks!«

Und er zeigte auf den König und den Herzog.

Aber was denkt ihr? Der alte eselköpfige Narr gab noch immer nicht nach, nicht 'n kleines bisschen! Er sagte, das Ganze wär nicht fair gewesen. Sein Bruder William machte gern Witze und hätt gar nicht versucht richtig zu schreiben. Gleich, wie der die Feder ansetzte, hätt er gemerkt, dass William einen von seinen Scherzen steigen lassen würde. Aber da unterbrach ihn der alte Herr:

»Mir ist etwas eingefallen. Ist vielleicht jemand hier, der geholfen hat, die Leiche von Peter Wilks zurechtzumachen?«

»Ja», rief einer, »ich und Ab Turner. Wir sind beide hier.«

Der alte Herr wandte sich an den König und sagte:

»Vielleicht kann der Herr mir sagen, was auf der Brust von Peter Wilks tätowiert war?«

Verdammt noch mal, wenn der König sich nicht rasch gefasst hätte, wär ihm der ganze Wind aus den Segeln genommen worden, und die Frage war ja auch danach, jeden umzuschmeißen, der nicht auf sie gefasst war. Wie sollt der König auch wissen, was auf der Brust von dem Toten tätowiert gewesen war? Er ist 'n bisschen blass geworden, ohne dass er was dagegen tun konnte. Tiefe Stille trat ein, alle schoben die Köpfe neugierig vor und starrten ihn an. Jetzt wird er den Kampf aufgeben, dacht ich.

Das ganze Theater hat ja doch keinen Zweck mehr. Aber nein, er gab sich nicht geschlagen. Ich glaube, er wollte so lange bei seiner Behauptung bleiben, bis die Leute müde waren und so viele fortgingen, dass er und der Herzog durchbrechen und ausreißen konnten. Jedenfalls fing er an zu lächeln und erklärte:

»Das ist 'ne schwierige Frage. Aber ich kann Ihnen sagen, was auf der Brust tätowiert war: 'n kleiner, dünner, blauer Pfeil, das war alles, und wenn man nicht ganz genau hinsah, konnt man ihn gar nicht sehen. Was sagen Sie nun, na?«

So was hätt ich nicht für möglich gehalten!

Der alte Herr wandte sich schnell Ab Turner und seinem Kumpan zu. Seine Augen blitzten auf, wie wenn er hätte sagen wollen: Hab ich dich jetzt, alter Halunke!

»Sie haben gehört, was er gesagt hat? War so 'n Zeichen auf der Brust von Peter Wilks?«

Beide sprachen zur gleichen Zeit und sagten:

»Wir haben so 'n Zeichen nicht gesehen.«

»Gut«, sagte der alte Herr. »Auf der Brust war nämlich 'n kleines, blasses P und 'n B – der Anfangsbuchstabe seines zweiten Vornamens, den er seit seiner Jugendzeit nicht mehr gebraucht hat – und 'n W , mit Gedankenstrichen dazwischen, ungefähr so: P – B – W«, und er zeichnete die Buchstaben auf 'n Stück Papier. »Nicht wahr, das haben Sie doch gesehen?«

»Nein, wir haben überhaupt kein Zeichen gesehen«, sagte Ab Turner und sein Kumpan.

Na, jetzt waren alle nicht mehr zu halten und schrien:

»Das sind ja alle vier Lügner! Ins Wasser mit ihnen, ersäufen müsste man die!«

Alle schrien durcheinander. Da sprang der Rechtsanwalt auf einen Tisch und rief mit gellender Stimme:

»Meine Herren! Meine Herren! Hören Sie mich an! Ein Wort noch, ein einziges Wort, bitte! Es gibt nur einen Ausweg: Lassen Sie uns die Leiche ausgraben und nachsehen.«

Das half.

»Hurra!«, schrien sie und wollten sofort aufbrechen. Aber der Rechtsanwalt und der Doktor riefen:

»Nicht so eilig, nicht so eilig! Die vier hier und der Junge werden mitgenommen. Packt sie!«

»Wird gemacht«, schrien alle. »Wenn wir die Zeichen nicht finden, hängen wir die ganze Bande auf.«

Jetzt kriegte ich wirklich Angst, das kann ich euch sagen; aber es gab keine Möglichkeit auszukneifen. Man packte uns und marschierte mit uns stracks zum Friedhof, der anderthalb Meilen weit weg am Fluss lag. Und hinter uns die ganze Stadt.

Wie wir an Peter Wilks' Haus vorbeikamen, wünscht ich, ich hätt Mary Jane nicht fortgeschickt. Ich hätt jetzt ja bloß zu winken brauchen und sie wär rausgekommen und hätt mich gerettet.

Die Menge schwärmte am Ufer lang und benahm sich wie die Wilden. Und um die ganze Sache noch schauerlicher zu machen, verdüsterte sich der Himmel, und der Wind fing an, in den Blättern zu rascheln. Das war die gemeinste Klemme, in der ich je gesteckt hatte. Alles war ganz anders gekommen, als ich mir's ausgerechnet hatte. Anstatt dass Mary Jane mir half und dass ich mit dem Floß weitergondeln konnte, stand ich jetzt dem Tod gegenüber. Bloß wegen der blöden Tätowierung. Wenn sie den Pfeil auf der Brust des Toten nicht finden würden...

Ich konnte den Gedanken nicht zu Ende bringen, und doch musst ich immer wieder dran denken. Es wurde dunkler und dunkler, obschon 's erst neun Uhr abends war. Es wär jetzt die richtige Gelegenheit zum Ausreißen gewesen. Aber der starke Hines hatte mich am Kragen. Da hätt ich genauso gut dem Goliath ausreißen können! Er war furchtbar aufgeregt und zerrte mich immer weiter mit. Ich hatte Mühe, Schritt zu halten. Als sie das Grab erreicht hatten, merkten sie, dass sie ungefähr hundertmal mehr Schaufeln hatten, als nötig gewesen wären, dass aber keiner auf den Gedanken gekommen war, 'ne Laterne mitzunehmen. Doch sie fingen einfach an zu graben und schickten 'nen Mann nach dem nächsten Haus, das 'ne gute Viertelstunde entfernt lag, um 'ne Laterne zu borgen.

Sie gruben und gruben und es wurde furchtbar duster. Es fing an zu regnen, der Wind brauste und pfiff, die Blitze zuckten grell über den Himmel, und der Donner krachte. Aber die Leute kümmerten sich nicht drum, so vertieft waren sie in ihre Arbeit.

Schließlich hatten sie den Sarg glücklich raus und fingen an den Deckel abzuschrauben. Es gab 'n schreckliches Gedränge und Gepuffe und Geschubse. Sie stießen und quetschten sich, um was sehen zu können, und das alles in der Dunkelheit. Es war schrecklich! Hines riss an meinem Handgelenk, dass es mir wehtat, und zerrte mich mit sich. Er hatte sicher ganz vergessen, dass ich noch da war, so aufgeregt war er.

Da schoss ein ganzes Bündel heller Blitze über den Himmel und einer rief laut:

»Beim lebendigen Gott! Da liegt der Beutel auf seiner Brust!«

Hines schrie laut auf, ließ meine Hand fahren, machte 'nen Satz nach vorn; denn er wollte auch was sehen. Aber noch schneller schlängelte ich mich durch die Menge und rannte auf die dunkle Landstraße zu.

Ich hatte die ganze Straße für mich allein, ich flog förmlich.

Als ich den Ort erreichte, sah ich, dass bei dem Unwetter kein Mensch draußen war. Ich brauchte also nicht erst nach Seitenstraßen zu suchen, sondern rannte die Hauptstraße lang. Als ich in die Nähe von dem Haus kam, kuckte ich angestrengt. Aber kein Licht war zu sehen, alles war dunkel. Ich war enttäuscht und sehr traurig und wusste doch nicht, warum. Da plötzlich blitzte Licht in Mary Janes Fenster auf. Das Herz schwoll mir in der Brust, als ob es bersten wollte. Aber schon lag das Haus und alles hinter mir und ich rannte weiter in die tiefe Dunkelheit. Ich sollte es nie wieder sehen. Ach, Mary Jane war doch das beste Mädchen, das ich jemals getroffen hab.

Ich war jetzt weit genug von dem Ort fort, um daran denken zu können, wie ich nach der Insel im Fluss kommen könnte, wo unser Floß lag. Ich sah mich überall nach 'nem Boot um. Ich holte mir das erste, das ich im Schein der Blitze sehn konnte, und stieß vom Ufer ab.

Die Insel lag ziemlich weit draußen im Strom. Aber ich verlor keine Zeit. Als ich das Floß glücklich erreicht hatte, war ich so erschöpft. dass ich mich am liebsten erst mal hingelegt und verschnauft hätte. Aber ich tat's nicht. Ich sprang an Bord und rief:

»Heraus mit dir, Jim! Mach das Floß los! Gott sei Lob und Dank, die sind wir los!«

Jim stürzte mit ausgebreiteten Armen aus der Hütte auf mich zu, so froh war er. Aber als ich ihn beim Schein der Blitze sah, fiel mir das Herz vor Schreck in die Hosen, und ich plumpste rücklings über Bord. Ich hatte ganz und gar vergessen, dass er der »kranke Araber« war. Ich wär beinah gestorben vor Schreck. Jim fischte mich raus. Er wollte mich umarmen und küssen vor lauter Freude, dass wir den König und den Herzog los waren, aber ich sagte:

»Jetzt nicht, heb dir's zum Frühstück auf! Mach los und lass das Floß treiben.«

Zwei Sekunden später trieben wir den Fluss runter. Es war so schön, wieder frei und ganz allein auf dem weiten Fluss zu sein. Ich konnte nicht anders, ich musste rumspringen und tanzen. Aber beim dritten Sprung hörte ich 'nen Laut, den ich nur allzu gut kannte. Ich hielt den Atem an, horchte und wartete. Als der nächste Blitz über das Wasser zuckte, sah ich sie kommen. Sie ruderten kräftig drauflos und ihr Boot sauste nur so übers Wasser. Es waren der König und der Herzog.

Ich fiel auf die Planken und gab es auf.

30. KAPITEL

Als sie schließlich an Bord waren, kam der König auf mich zu, packte mich am Kragen, schüttelte mich und sagte:

»Hast uns wohl heimlich entwischen wollen, was, du Hundesohn. Habt wohl unsere Gesellschaft satt, was?«

Ich sagte: »Nein, Eure Majestät, bitte, lassen Sie mich los.«

»Schnell sag, was du vorgehabt hast, oder ich schüttel dich, dass dir die Gedärme rauskommen!«

»Ich will Ihnen ja alles erzählen, Eure Majestät, alles, wie's passiert ist. Der Mann, der mich festhielt, war sehr gut zu mir und erzählte mir andauernd von seinem Jungen, der ebenso groß wär wie ich und voriges Jahr gestorben wär, und es tät ihm Leid, dass ich in so 'ner großen Gefahr wär. Na, und wie sie alle so furchtbar erstaunt waren, dass das Geld in dem Sarg war und drauf losstürmten, da hat er mich losgelassen und mir zugeflüstert: ›Lauf, was du kannst, sonst wirste gehängt.‹ Na, da bin ich natürlich ausgekratzt.«

Es sah nicht grad gut für mich aus und ich wollt auf keinen Fall aufgehängt werden. Da bin ich dann gelaufen, bis ich 'n Kanu gefunden hab. Und als ich auf dem Floß angekommen bin, hab ich zu Jim gesagt, er soll nur machen, dass wir fortkommen, oder sie werden mich hängen. Ich hab auch gesagt, dass ich fürchtete, Sie und der Herzog wären erwischt worden. Und ich war darüber so traurig, und Jim auch. Und wir haben uns so gefreut, als wir Sie wieder gesehen haben. Fragen Sie nur Jim, der kann's bestätigen.«

Jim sagte, genauso wär's gewesen. Aber der König befahl ihm, das Maul zu halten, und sagte dann zu mir:

»Na, wenn das stimmt, fress ich 'nen Besen.«

Er schüttelte mich wieder und sagte, er würde mich am liebsten ersäufen. Aber der Herzog sagte:

»Lass doch den Jungen los, alter Idiot! Hättst du's vielleicht anders gemacht? Hast du dich vielleicht nach ihm umgekuckt, wie du ausgerissen bist? Ich kann mich nicht daran erinnern.«

Da ließ mich der König los und fing an die Stadt und alles was drin lebte zu verfluchen. Aber der Herzog sagte:

»Es wär besser, du würdest dich selber verfluchen, denn du hast's am meisten verdient. Das einzig Gescheite, was du gemacht hast, war, dass du so frech den blauen Pfeil erfunden hast. Das war einfach glänzend, das war fabelhaft. Das hat uns gerettet. Wenn das nicht gekommen wär, hätten die uns eingesperrt, bis das Gepäck von den Engländern da war, und dann wär uns das Zuchthaus sicher gewesen. Aber so sind wir zum Friedhof gekommen. Und das Geld hat uns noch mehr genützt. Denn wenn die aufgeregten Narren uns nicht losgelassen hätten und nicht vorgestürmt wären, um das Gold zu sehen, dann wären wir heut Nacht mit 'nem Seil um den Hals schlafen gegangen.«

Sie schwiegen 'nen Augenblick und dachten nach. Dann sagte der König:

»Ja, und wir haben geglaubt, die Neger hätten's gestohlen.«

Da ist mir ganz anders geworden.

»Tja...«, sagte der Herzog langsam und scharf. »Wir haben's geglaubt.«

Nach ungefähr 'ner halben Minute sagte der König ebenso langsam:

»Ja, ich hab's geglaubt.«

Der Herzog erwiderte in der gleichen Weise:

»Nein, im Gegenteil, ich hab's geglaubt.«

Der König fuhr auf.

»Hör mal, Bridgewater, was willst du eigentlich damit sagen?« Und der Herzog entgegnete ziemlich heftig:

»Vielleicht gestattest du mir, zu fragen, was du damit sagen willst?«

»Quatsch!«, sagte der König höhnisch. »Ich will gar nichts sagen. Vielleicht haste geschlafen und nicht gewusst, was du getan hast.«

Aber da fuhr der Herzog wütend auf.

»Nun lass endlich diesen verfluchten Unsinn! Hältste mich denn für 'nen Idioten? Meinste, ich weiß nich, wer das Geld in dem Sarg versteckt hat?«

»O ja, mein Herr! Ich weiß, dass du's weißt, weil du's selber getan hast.«

»Das ist 'ne Lüge.«

Der Herzog ging auf den König los und der schrie:

»Hände weg! Lass meine Kehle los! Ich nehme alles zurück!«

Der Herzog sagte:

»Gut, aber erst gesteh, dass du das Geld versteckt hast, weil du mir entwischen und es eines Tages ausgraben und für dich behalten wolltest.«

»Einen Augenblick, Herzog! Antworte mir auf meine Frage ehrlich und offen. Wenn du das Geld nicht versteckt hast, dann sag es mir, und ich will dir glauben und alles zurücknehmen, was ich gesagt hab.«

»Du alter Schuft! Ich hab's nicht versteckt, das weißte ganz genau.«

»Na, ich glaub's dir. Aber beantworte mir noch eine Frage

und werd nicht gleich wieder wild. Haste wirklich nicht ein einziges Mal den Gedanken gehabt, das Geld zu klauen und zu verstecken?«

Der Herzog schwieg für 'ne kurze Weile und sagte dann:

»Ich doch ganz egal, ob ich dran gedacht hab. Jedenfalls hab ich's nicht getan. Aber du hast nicht nur dran gedacht, sondern du hast's auch getan.«

»So wahr ich lebe, ich hab's nicht getan, Herzog, ganz ehrlich. Ich will ja nicht leugnen, dass ich die Absicht gehabt hab. Aber du – ich meine, irgendwer ist mir zuvorgekommen.«

»Das ist 'ne Lüge. Du hast's getan. Gesteh, dass du's getan hast, sonst…«

Der König fing an zu röcheln und rief keuchend:

»Nicht! Ich geb's ja zu!«

Ich war heilfroh, wie er das sagte, und ich fühlte mich viel wohler. Der Herzog ließ dem König seine Kehle los und sagte:

»Wenn du's jetzt noch einmal leugnest, ersäuf ich dich. Und dir hab ich nu vertraut, wie meinem eignen Vater. Du sollst dich was schämen, dabeizustehen, wie man den armen Negern die ganze Geschichte aufhalst, und auch nicht ein gutes Wort für sie einzulegen. Zum Teufel noch mal, jetzt geht mir 'ne Stalllaterne auf, warum du so darauf erpicht warst, das Defizit zu decken. Du wolltest auch noch das Geld haben, das ich mit dem ›Non plus ultra‹ reingebracht hab. Alles haste einsacken wollen.«

Der König sagte, immer noch eingeschüchtert und schnaufend:

»Aber Herzog, du hast doch gesagt, wir wollen das Defizit decken, und nicht ich!«

»Halt 's Maul! Ich will von dir nichts mehr hören!«, sagte der Herzog. »Du siehst ja, was bei der Geschichte rausgekommen ist. Sie haben jetzt nicht nur ihr eigenes Geld wieder, sondern unseres dazu, bis auf ’n paar Dollars. Geh schlafen und deck, solange du lebst, bloß ja kein Defizit mehr!«

Der König kroch in die Hütte und tröstete sich mit seiner Flasche und nicht viel später nuckelte der Herzog auch an einer. In ’ner halben Stunde waren sie wieder die dicksten Freunde, und je mehr sie in sich hineinlaufen ließen, desto mehr liebten sie sich. Bald schnarchten sie, einer im Arm vom anderen.

Als die beiden schliefen, erzählte ich Jim alles.

31. KAPITEL

Mehrere Tage legten wir nirgends an, sondern hielten uns immer in der Mitte vom Fluss. Wir waren jetzt im Süden und hatten warmes Wetter und waren unendlich weit von zu Haus weg. Wir sahen Bäume, die mit Spanischem Moos bewachsen waren, das wie lange graue Bärte von ihren Ästen runterhing. Ich hatte so was noch nie gesehen. Jetzt glaubten die beiden Betrüger, sie wären wieder in Sicherheit, und fingen von neuem an, auf die Dörfer zu gehen.

Erst haben sie Vorlesungen über Mäßigkeit gehalten. Doch das brachte nicht genug ein, außerdem haben sie das Geld anschließend immer versoffen. In der nächsten Ortschaft machten sie ’ne Tanzschule auf. Aber sie konnten nicht besser tanzen wie ’n Känguru und nach der ersten Lektion haben die Leute sie rausgeprügelt. Dann versuchten sie’s mit Hellsehen. Aber sie haben nicht lang hellgesehen; denn das Publikum gab ihnen ’ne ordentliche Tracht Prügel und warf sie raus. Sie machten in

Missionieren, Quacksalbern und Handlesen. Aber's schien, als hätten sie mit nichts Glück. So lagen sie schließlich mürrisch auf dem Floß rum und überlegten und sagten nichts.

Eines Tages steckten sie ihre Köpfe zusammen und sprachen leise zwei oder drei Stunden miteinander. Jim und ich fühlten uns gar nicht wohl. Wir nahmen an, sie würden 'ne schlimmere Teufelei als je zuvor ausbrüten. Wir überlegten hin und her und kamen schließlich zu dem Schluss, dass die beiden entweder irgendwo einbrechen oder unter die Falschmünzer gehen wollten. Da kriegten wir furchtbare Angst und schworen uns, mit ihren Plänen niemals was zu tun zu haben.

Na, eines Morgens brachten wir unser Floß wie gewöhnlich ins Versteck, vielleicht zwei Meilen unterhalb von 'nem schäbigen kleinen Nest mit Namen Pikesville. Der König ging an Land und befahl uns, im Versteck zu bleiben. Er wollte inzwischen mal rumhorchen, ob man in dieser Gegend schon Wind bekommen hätte von dem »Königlichen Non plus ultra«. Er sagte, wenn er bis Mittag nicht zurück wär, so würde das heißen: Die Luft ist rein und der Herzog und ich sollten dann nachkommen.

Wir blieben also, wo wir waren. Der Herzog stand rum und war furchtbar aufgeregt und schlecht gelaunt. Er schimpfte uns wegen jeder Kleinigkeit aus. Ich war froh, als es Mittag wurde und kein König wiederkam; denn nun gab's doch wenigstens Abwechslung und vielleicht sogar 'ne Möglichkeit zu 'ner dauernden Veränderung.

Der Herzog und ich, wir machten uns also nach der Ortschaft auf und suchten überall nach dem König. Schließlich fanden wir ihn in 'nem Hinterzimmer von 'ner kleinen, ganz hundsmiserablen Destille. Er war schrecklich besoffen und saß mitten in ’ner Runde von Kerlen, die sich über ihn lustig machten. Er fluchte und drohte ihnen mit allem Möglichen. Aber er war so besoffen, dass er nicht mal aufstehn konnte. Der Herzog schimpfte ihn ’nen alten Idiot und der König keifte zurück. Wie sie mitten beim besten Schimpfen waren, haute ich ab. Ich nahm die Beine in die Hand und rannte wie ’n gehetztes Reh den Weg zum Fluss zurück, denn ich hatte die günstige Gelegenheit erkannt, und ich schwor mir, dass sie alt werden könnten, eh sie mich und Jim wieder sehen sollten. Atemlos kam ich zum Floß zurück und rief:

»Mach das Floß los, Jim, jetzt ist alles gut!«

Aber es kam keine Antwort und niemand kroch aus der Hütte. Jim war fort. Ich rief noch mal und noch mal, rannte hierhin und dorthin, schrie in den Wald rein, schrie wie toll. Es hatte keinen Zweck. Der alte Jim war fort. Da setzte ich mich hin und weinte. Ich konnte nicht anders. Aber lange blieb ich nicht still sitzen. Ich ging zurück auf die Straße und überlegte, was ich jetzt tun sollte. ’n Junge kam mir entgegen, und den fragte ich, ob er nicht ’nen fremden Neger gesehn hätt, der so und so angezogen war, und er sagte:

»Ja.«

»Wo denn?«, fragte ich.

»Zwei Meilen weiter unten, wo Silas Phelps wohnt. Das war ’n weggelaufner Neger, sie haben ihn erwischt. Haste ihn auch gesehn?«

»Klar. Ich bin ihm im Wald in die Quere gekommen, und er hat gesagt, wenn ich anfangen würde zu schreien, dann würd er mir die Kehle durchschneiden. Er sagte mir, ich sollt mich hinlegen und mich nur ja nicht mucksen. Ich musste’s tun, ich hatte so ’ne Angst vor ihm.«

»Na, jetzt brauchste keine Angst mehr zu haben. Jetzt haben sie ihn ja gefangen. Der muss irgendwo unten im Süden ausgerissen sein.«

»Ist wohl 'n gutes Geschäft, ihn zu fangen.«

»Das will ich meinen! Zweihundert Dollar Belohnung sind auf ihn ausgesetzt. Ja, bei solchen Gelegenheiten liegt das Geld richtig auf der Straße. Man braucht sich nur zu bücken.«

»Ja, so was ist 'n gutes Geschäft. Ich hätt ja auch die Dollar kassieren können, wenn ich nur 'n bisschen stärker gewesen wär. Ich hab ihn doch zuerst gesehen. Wer hat ihn denn eigentlich gefangen?«

»'n alter Kerl mit 'ner Glatze, 'n Fremder. Das Anrecht auf die Belohnung hat er gleich für vierzig Dollar weiterverkauft, denn er musste flussaufwärts und konnte nicht warten. Stell dir so was mal vor! Ich würd warten, und wenn es sieben Jahre dauern sollte.«

»Auf jeden Fall«, sagte ich, »aber vielleicht ist sein Anrecht nicht mehr wert, sonst hätt er's sicher nicht so billig verkauft. Wer weiß, ob da nicht was faul ist.«

»Das glaub ich nicht. Ich hab den Handzettel gesehn, wo der Neger ganz genau drauf beschrieben war. Da stand auch die Farm drauf, von wo er weg ist, die ist in der Nähe von New Orleans. Nee, mein Lieber, die Geschichte ist goldrichtig, da kannste Gift drauf nehmen. Gib mir mal 'nen Priem.«

Ich hatte keinen bei mir und der Junge ging weiter. Ich zog mich auf das Floß zurück, setzte mich in die Hütte und dachte nach, bis mir der Kopf brummte, aber ich fand keinen Weg, der uns aus der Klemme rausbringen konnte. Nach so 'ner langen Reise und nach allem, was wir für die beiden Gauner hatten durchmachen müssen, sollte das nun das Ende sein? Bloß weil die beiden Kerle sich nicht schämten, Jim so gemein zu behandeln und ihn für sein Leben lang wieder zum Sklaven zu machen, und noch dazu bei wildfremden Menschen. Und alles für dreckige vierzig Dollar.

Mal sagte ich mir, es wär tausendmal besser für Jim, wenn er wieder da Sklave würde, wo seine Familie lebte, und es wär wohl besser, wenn ich 'nen Brief an Tom Sawyer schreiben und ihm mitteilen würde, er sollte alles Miss Watson sagen. Aber bald gab ich den Gedanken auf. Denn erstens wär Miss Watson wohl sehr ärgerlich über Jims Undankbarkeit, weil er doch weggelaufen war, und sie würd ihn wahrscheinlich sofort nach dem Süden verkaufen. Und zweitens dacht ich an mich. Es wird im Nu überall rum sein, dass Huck Finn 'nem Neger zur Freiheit hat verhelfen wollen, und wenn ich jemals wieder 'nem Menschen aus Petersburg unter die Augen kommen würde, müsst ich rot werden vor Scham.

Je mehr ich über alles nachdachte, desto mehr plagte mich mein Gewissen und desto niederträchtiger kam ich mir vor. Plötzlich ging mir 'n Licht auf. Ich merkte, dass in allem die Hand von der Vorsehung gewesen war, die mich jetzt rechts und links um die Ohren schlug, damit ich meine Verdorbenheit erkennen sollte. Der liebe Gott hatte mich die ganze Zeit über vom Himmel aus beobachtet, während ich 'ner armen Frau, die mir niemals was zuleid getan hatte, den Neger gestohlen hatte. Aber er hatte so was nicht länger mit ansehen können.

Ich versuchte mein Gewissen zu beruhigen. Aber da war 'ne Stimme in mir, die mir keine Ruhe ließ und die sagte:

»Wärste regelmäßig zur Sonntagsschule gegangen, dann hättest gelernt, dass Leute, die so handeln, wie du im Fall von dem Neger gehandelt hast, geradewegs in die Hölle kommen.«

Ich schauderte. Dann versuchte ich zu beten, um 'n besserer Mensch zu werden. Ich kniete hin, aber die Worte des Gebets wollten nicht über meine Lippen. Warum eigentlich nicht? Ich wusst's genau: Sie kamen nicht aus dem Herzen, ich spielte 'n doppeltes Spiel! Ich wollte nicht mehr sündigen, aber meine schwerste Sünde konnt ich nicht bereuen. Ich versuchte mich zum Beten zu zwingen, versuchte mir einzureden, dass ich mich sofort hinsetzen und 'nen Brief an Miss Watson schreiben und ihr mitteilen müsste, wo Jim war. Aber ich wusste, dass das alles nicht aus dem Herzen kam, und der liebe Gott wusst's auch. Man kann beim Beten nicht lügen, das merkte ich.

Ich war voller Zweifel und wusste nicht, was ich tun sollte. Schließlich kam mir 'n Gedanke. Ich wollte den Brief schreiben und sehen, ob ich hinterher beten konnte. Ich fühlte mich plötzlich so wohl, dass ich selber darüber erstaunt war. Alle meine Sorgen waren wie weggeblasen. Ich nahm 'n Stück Papier und 'nen Bleistift, setzte mich hin und schrieb:

»Liebe Miss Watson,
Ihr weggelaufener Neger ist zwei Meilen unterhalb von Pikesville. Mr Phelps hat ihn eingefangen und wird ihn Ihnen geben, wenn Sie ihm die Belohnung schicken.
Huck Finn.«

Jetzt fühlte ich mich wie neugeboren. Ich wusste, dass ich jetzt beten konnte, aber ich tat's nicht sofort, sondern legte erst mal das Papier beiseite und fing wieder an nachzudenken. Diesmal aber dacht ich dran, wie gut es wär, dass alles so gekommen war, und wie nah ich der Hölle gewesen war. Und ich dachte weiter nach, dachte an unsre Reise den Fluss runter, und ich sah Jim vor mir, wie er auf dem Floß stand, am Tag und in der

Nacht, im Mondlicht, im Sturm. Ich sah, wie wir den Fluss runtertrieben, wie wir schwatzten, lachten, sangen. Und ich konnte das Bild nicht wegwischen. Ich sah ihn, wie er meine Nachtwache hielt, nachdem er seine gehalten hatte, anstatt mich aufzuwecken, sodass ich weiterschlafen konnte. Ich sah, wie froh er war, als ich aus dem Nebel wieder auftauchte und als ich ihn später in dem Sumpf traf. Ich hörte, wie er mich »Kleiner« rief und fühlte, wie er mich streichelte, und sah, wie er alles für mich tat. Schließlich erinnerte ich mich daran, wie ich ihn gerettet hatte, als ich den Leuten erzählt hatte, bei uns an Bord wären die Blattern. Und ich sah wieder, wie dankbar er war, und hörte, wie er sagte, ich wär doch der beste Freund, den er jemals gehabt, und der einzige, den er jetzt noch hätte.

Da fiel mein Blick auf den Brief!

Ich nahm ihn, hielt ihn 'ne Zeit lang in der Hand. Und meine Hand zitterte; denn jetzt musst ich mich entscheiden. Ich überlegte noch 'ne Minute, dann sagte ich laut:

»Lieber will ich in die Hölle kommen!«

Und ich zerriss das Papier in kleine Stücke.

Das waren schlimme Worte gewesen, aber ich hatte sie nun einmal gesagt. Und ich nahm sie nicht zurück. Ich verscheuchte alle Gedanken an Reue aus meinem Kopf und beschloss, Jim noch einmal aus der Sklaverei zu retten.

Ich überlegte, wie ich die Sache am besten anstellen könnte. Ich überlegte dies und überlegte das, und ich fand schließlich auch 'nen Weg, der mir der richtige schien. Ich kundschaftete zunächst 'ne bewaldete Insel aus, die 'n Stück weiter flussabwärts lag, und fuhr, als es einigermaßen dunkel war, heimlich da rüber. Ich versteckte das Floß und ging schlafen.

Ich schlief die ganze Nacht durch, stand auf, bevor es hell

wurde, frühstückte, zog 'nen Anzug an, den wir neulich in 'nem Laden gekauft hatten, schnürte noch 'n paar Kleider und alles mögliche Zeug in 'n Bündel und fuhr mit dem Kanu ans Ufer. Ich landete 'n Stück entfernt von der Stelle, wo ich dachte, dass die Besitzung von Phelps wär. Da versteckte ich mein Bündel im Gebüsch, füllte das Kanu mit Steinen, sodass es unterging, aber so, dass ich's wieder finden konnte. Die Stelle lag ungefähr 'ne Viertelmeile unterhalb von 'ner kleinen Dampfsägemühle.

Wie ich auf der Landstraße entlangging, sah ich, dass an der Mühle 'n Schild angebracht war, worauf stand: »Phelps' Sägemühle«. Zwei- oder dreihundert Meter weiter waren die dazugehörigen Häuser. Aber so sehr ich hinkuckte, ich konnte niemand entdeckten, obwohl es doch inzwischen heller Tag geworden war. Das machte jedoch nichts aus, denn ich hatte ja eigentlich auch noch keinem begegnen wollen, ich wollte nur erst mal alles auskundschaften. Mein Plan war, vom Ort her zu kommen, und nicht von der andern Seite. Ich sah mich also gründlich um und ging dann weiter. Der erste Mensch, dem ich im Ort begegnete, war der Herzog. Er klebte grad Anschlagzettel für das »Non plus ultra« an – »Unwiderruflich nur drei Vorstellungen!« –, genau wie damals. Die besaßen 'ne Frechheit, die Betrüger. Im Handumdrehen war ich neben ihm. Er war ganz erstaunt und sagte:

»Hallo, wo kommst du denn her?« Dann fragte er ziemlich erfreut und eifrig: »Haste das Floß auch gut versteckt?«

»Dasselbe wollte ich Euer Gnaden fragen«, sagte ich. Da sah er schon weniger erfreut aus.

»Warum fragste denn grad mich danach?«

»Na, wie ich gestern den König in der Kneipe gesehen hab, hab ich mir gesagt, das dauert Stunden, eh der wieder nüchtern ist. Dann bin ich eben 'n bisschen in der Stadt rumgestromert. 'n Mann versprach mir zehn Cent, wenn ich ihm helfen würde, 'n Boot übern Fluss zu rudern, um ein Schaf zu holen. Da bin ich mitgegangen. Und wie wir das Tier zum Boot schleiften, gab er mir den Strick, dass ich's an Bord ziehen sollte. Aber ich konnt's nicht halten. Das Tier riss sich los und rannte weg. Und wir immer hinterher. 'nen Hund hatten wir nicht, also mussten wir's selber durch die ganze Gegend jagen, bis es nicht mehr laufen konnte. Es war schon dunkel, als wir's im Boot hatten.

Dann sind wir zurückgerudert und ich bin zu unserm Floß rüber. Na, wie ich hinkam, sah ich, dass es fort war. Na, dacht ich bei mir, den beiden ist was schief gegangen und sie haben schnell fortgemusst. Da haben sie meinen Neger mitgenommen, das Einzige, was ich noch auf der Welt habe, und ich bin jetzt ganz allein in der Fremde und weiß nicht, von was ich leben soll. Da hab ich mich hingesetzt und geweint. Ich hab die Nacht über im Wald geschlafen. Sagen Sie mir doch nur, was aus dem Floß geworden ist und aus Jim, meinem armen Jim?«

»Der Teufel soll mich holen, wenn ich das weiß, das heißt, wenn ich weiß, was aus dem Floß geworden ist. Der alte Dummkopf von König hat sich nämlich vierzig Dollar ergaunert. In der Destille hat er dann mit 'nem halben Dollar Einsatz Karten gespielt, und da haben sie ihm den letzten Cent abgeknöpft. Er hat grade noch den Schnaps bezahlen können. Wie ich ihn nachts ans Ufer gebracht hatte und sah, dass das Floß nicht mehr da war, da haben wir uns natürlich gesagt: Der kleine Halunke hat unser Floß gestohlen und ist ausgekratzt.«

»Aber ich würd doch nicht meinen Neger sitzen lassen, den einzigen Neger, den ich auf der Welt habe, mein einziges Eigentum.«

»Da haben wir nicht dran gedacht. War ja auch nicht dein Neger, der hat uns allen drei gehört. Wir haben ja Mühe genug mit ihm gehabt. Na, wie das Floß fort war und wir so auf dem Pfropfen saßen, da blieb uns nichts anderes übrig, als es noch einmal mit dem ›Non plus ultra‹ zu versuchen. Wo sind die zehn Cent? Her damit!«

Ich hatte ziemlich viel Geld in der Tasche und ich gab ihm die zehn Cent, sagte aber, er solle was zum Essen dafür kaufen und mir was davon abgeben, denn es wär das Letzte, was ich hätte, und ich hätt seit gestern nichts mehr zwischen die Zähne gekriegt. Er sagte darauf keinen Ton. Aber im nächsten Augenblick drehte er sich zu mir um und fragte:

»Glaubst du, dass der Neger uns verpfeift? Wenn er das tut, dann häuten wir ihn bei lebendigem Leib.«

»Aber wie kann er euch denn verpfeifen, er ist ja selber durchgebrannt.«

»Nein, ist er nicht, der alte Idiot hat ihn verkauft. Er hat nicht mal mit mir geteilt und jetzt sind die Moneten zum Teufel.«

»Verkauft?«, sagte ich und fing an zu weinen. »Aber's war doch mein Neger und das Geld war doch meins! Wo ist er? Ich will meinen Neger wiederhaben!«

»Deinen Neger kannste nicht wiederhaben, dass du's weißt. Also hör auf zu heulen. Willste uns vielleicht verpfeifen? Wenn du ein Wort sagst…«

Er machte 'ne Pause. Ich hatte den Herzog noch nie so gefährlich kucken sehen. Ich wimmerte weiter und sagte:

»Ich will keinen nicht verpfeifen, ich hab auch gar keine Zeit dazu. Ich will fort und meinen Neger suchen.«

Der Herzog stand da mit flatternden Zetteln unterm Arm, zog nachdenklich die Stirn in Falten und sagte schließlich:

»Ich will dir mal was sagen. Wir werden wahrscheinlich drei Tage hier bleiben. Wenn du mir fest versprichst, dass du uns nicht verpfeifst und auch nicht zulässt, dass es der Neger tut, dann will ich dir sagen, wo er ist.«

»Ich versprach's und er sagte:

»Er ist bei 'nem Farmer mit Namen Ph…« Er sprach das Wort nicht zu Ende. Er hatte mir die Wahrheit sagen wollen, aber er stockte und überlegte sich's wieder. Er schien mir nicht zu trauen und wollte mich für die nächsten drei Tage aus dem Weg schaffen. Darum sagte er jetzt:

»Der Mann, der ihn gekauft hat, heißt Abram Foster, Abram G. Foster, und wohnt vierzig Meilen landeinwärts an der Straße nach Lafayette.«

»Schön«, sagte ich, »den Weg kann ich gut in drei Tagen hinter mich bringen. Ich wird gleich heut Nachmittag losgehn.«

»Das wirste nicht tun, du wirst gleich gehn. Du darfst keine Zeit nicht verlieren und halt dich unterwegs nicht mit Schwatzen auf. Halt dein Maul und geh immer deiner Nase nach, dann wirste mit uns auch keinen Krach kriegen.«

Der Befehl kam mir ganz zupass, darauf hatte ich losgearbeitet. Ich wollte frei sein, um meinen Plan ausführen zu können.

»Hau schon ab«, sagte der Herzog. »Du kannst Mister Foster erzählen, was du Lust hast. Vielleicht glaubt er dir, dass Jim dein Neger ist. Es gibt ja Idioten, die nicht nach Papieren fragen, wenigstens hab ich gehört, dass es hier im Süden so was geben soll. Und wenn du von dem Schwindel mit der Belohnung erzählst, dann kapiert er's besser. Hau jetzt ab und erzähl, was du willst. Aber nimm dich in Acht und halt die Klappe unterwegs.«

Ich machte, dass ich wegkam, und ging die Straße lang, die

landeinwärts führte. Ich sah mich nicht um, aber ich fühlte, dass er mich beobachtete. Doch ich wusste, dass er's bald satt haben würde. Eine Meile weit ging ich schnurstracks ins Land rein, aber dann machte ich Halt und ging zwei Meilen zurück, bis ich an die Besitzung von Phelps kam. Es war schon besser, meinen Plan gleich auszuführen, damit Jim den Mund hielt, bis die beiden Halunken den Ort verlassen hatten. Mit dieser Sorte wollt ich nicht anbinden. Ich kannt sie zur Genüge und wollt sie für immer loswerden.

32. KAPITEL

Als ich bei Phelps' Farm anlangte, war es wie an 'nem Sonntag still, und es war heiß und die Männer schienen auf den Feldern zu sein. Die Luft war erfüllt von dem leisen Gesumm von Fliegen und Käfern, bei dem man sich so verlassen und einsam vorkommt, als ob ringsum alles tot und ausgestorben wär. Und wenn dann mal 'ne Brise kommt und bewegt die Blätter, dann wird einem ganz unheimlich, weil's sich anhört, als wenn Geister flüstern, Geister von schon längst Verstorbenen. Und man denkt immer, die sprechen über einen selbst. Und dann möchte man auch gern tot sein und möchte mit der ganzen Welt nichts mehr zu tun haben.

Die Farm von Phelps war 'ne ganz kleine Baumwollplantage, von denen eine so aussieht wie die andere. Der Hof war von 'nem Lattenzaun umgeben. Zum Hinübersteigen war 'ne Art Treppe da, die aus 'n paar ungleich lang geschnittenen, runden Holzblöcken gezimmert war. Diesen Tritt benutzten auch die

Frauen, wenn sie aufs Pferd steigen wollten. Da waren 'n paar kümmerliche Stückchen Rasen, aber sonst war der Hof kahl und glatt wie 'n abgeschabter Filzhut. In der Mitte stand 'n großes Doppelblockhaus für die weißen Besitzer. Die Löcher und Spalte zwischen den rohen Holzstämmen waren mit Lehm und Mörtel verschmiert und vor langer Zeit waren die Lehmstreifen wohl mal geweißt worden. In 'nem runden Holzbau, der mit dem Haus durch 'nen großen überdachten Gang verbunden war, lag die Küche. Hinter der Küche lag die Räucherkammer. Drei kleine Blockhäuser für die Neger standen auf der einen Seite neben der Räucherkammer, dann kamen in einiger Entfernung am hinteren Ende vom Zaun noch 'n paar einzeln stehende Häuschen und 'n Stück weiter an der anderen Seite die Nebengebäude. Dann gab's noch 'nen Aschenhaufen, 'nen Kessel zum Seifensieden, der in der Nähe von den kleinen einzeln stehenden Häuschen stand, und 'ne Bank in der Nähe von der Küchentür mit 'nem Wassereimer und 'ner Schöpfkelle drauf. 'ne Menge Hunde schliefen in der Sonne. Drei Bäume warfen ihre Schatten, am Zaun wuchsen 'n paar Johannisbeer- und Stachelbeersträucher. Hinterm Zaun lag 'n Garten mit Wassermelonen-Beeten. Dann kamen die Baumwollfelder und dahinter die Wälder.

Ich ging weiter um den Hof rum, kletterte über den Zaun und ging auf die Küche zu. Ich war kaum 'n paar Schritte weit gekommen, da hörte ich das Summen von 'nem Spinnrad.

Ich ging weiter ohne bestimmten Plan und vertraute meinem guten Geschick. Ich würd schon die richtigen Worte finden, wenn's soweit war. Bisher hatte mir die Vorsehung ja immer die richtigen Worte in den Mund gelegt.

Als ich auf dem halben Weg war, wachte erst einer von den

Hunden auf und dann noch einer, und beide gingen auf mich los. Da blieb ich natürlich still stehen und sah sie an. Und wie die kläfften! In 'n paar Minuten war ich von mindestens fünfzehn Hunden umgeben, die die Schnauzen nach mir reckten und bellten und heulten. Es kamen immer mehr und mehr. Sie sprangen über den Zaun und rasten um die Ecken.

Eine Negerin mit 'nem Bratspieß in der Hand stürzte aus der Küche raus und schrie:

»Nero, Tiger – Kusch!«

Und sie packte erst einen, dann 'nen anderen von den Hunden und verdrosch sie, dass sie jaulend fortliefen. Die anderen liefen hinterher. Aber im Handumdrehen war die Hälfte wieder da, wedelte um mich rum und wollte sich mit mir anfreunden. 'n Hund ist doch eigentlich 'n gutmütiges Tier.

Hinter der Frau kamen 'n kleines Negermädchen und zwei Negerjungen hergelaufen, die weiter nichts anhatten als Hemden aus Sackleinen. Sie hängten sich ihrer Mutter an den Rock und kuckten nach mir hin, scheu, wie Kinder nu mal sind.

Aber da kam auch schon die weiße Frau vom Haus her. Sie

war vielleicht fünfundvierzig bis fünfzig Jahre alt. Sie kam mit 'nem Spinnrocken in der Hand, ohne was auf dem Kopf, und hinter ihr her liefen ihre kleinen weißen Kinder. Die Frau lachte über das ganze Gesicht und sagte:

»Endlich bist du da! Bist du's auch wirklich?«

Eh ich 'nen Gedanken fassen konnte, hatte ich schon »ja« gemurmelt.

Sie packte mich, drückte mich fest an sich, fasste meine beiden Hände und schüttelte sie in einem fort. Die Tränen traten ihr in die Augen und liefen ihr die Backen runter und sie konnte anscheinend nicht genug vom Händeschütteln und Umarmen kriegen und sagte:

»Du siehst deiner Mutter gar nicht so ähnlich, wie ich gedacht hab! Aber du lieber Gott, was macht das, ich freu mich ja so, dass du da bist. Ach nein, ach nein, ich könnt dich vor lauter Freude auffressen. Kinder, das ist euer Vetter Tom. Sagt ihm guten Tag.«

Aber die Kleinen ließen nur die Köpfe hängen, steckten die Finger in den Mund und verkrochen sich hinter der Mutter. Die fuhr fort: »Lisa, rasch, mach ihm 'n warmes Frühstück. Oder hast du schon auf dem Dampfer gefrühstückt?«

Ich sagte ja, ich hätte schon auf dem Dampfer gefrühstückt. Da nahm sie mich bei der Hand und führte mich ins Haus und die Kinder trippelten hinterdrein. Als wir drinnen waren, setzte sie mich auf 'nen Rohrstuhl, zog sich selbst 'nen niedrigen Schemel ran, hielt meine beiden Hände und sagte:

»Jetzt kann ich dich mal richtig anschaun. Weiß Gott, wie oft ich mich schon danach gesehnt hab, und jetzt ist es soweit. Wir haben dich schon seit 'n paar Tagen erwartet. Wieso kommst du eigentlich erst so spät? War der Dampfer festgefahren?«

»Ja, Madam.«

»Sag doch nicht Madam, sag Tante Sally. Wo war denn der Dampfer festgefahren?«

Ich wusste nicht recht, was ich sagen sollte, denn ich hatte ja keine Ahnung, ob der Dampfer, mit dem ich gekommen sein sollte, von flussabwärts oder von flussaufwärts kam. Na, ich hab mich immer auf meinen Instinkt verlassen, und der sagte mir, dass der Dampfer von flussabwärts gekommen sein musste. Aber das allein konnte mir ja nicht helfen. Im letzten Augenblick kam mir 'ne gute Idee, und ich sagte:

»Wir sind gar nicht festgefahren, 'n Kessel ist explodiert.«

»Du lieber Gott! Ist jemand verletzt worden?«

»Nein.«

»Na, ein Glück! Es werden nämlich so oft Menschen bei so was verletzt. Wie dein Onkel vor zwei Jahren um Weihnachten zu uns kam, ist auf dem Schiff auch 'n Kessel explodiert und hat 'nen Mann schwer verletzt. Ich glaub, er ist hinterher gestorben. Dein Onkel Silas kannte 'ne Familie, die den Mann gut kannte. Ja, ich erinnere mich jetzt, er ist gestorben. Blutvergiftung ist dazugekommen, so war's. Er ist überall ganz blau geworden und er ist gestorben mit der Hoffnung auf 'ne Auferstehung des Fleisches. Er soll ganz furchtbar ausgesehn haben. Dein Onkel ist übrigens jeden Tag in die Stadt gefahren, um dich abzuholen. Vor kaum 'ner Stunde ist er wieder hin und müsste jeden Augenblick zurück sein. Du müsstest ihm eigentlich auf der Straße begegnet sein. 's ist 'n älterer Mann mit 'nem...«

»Nein, ich hab niemand nicht gesehen, Tante Sally. Der Dampfer legte grad an, wie es hell wurde, und ich hab mein Gepäck bei der Landungsstelle gelassen und mir 'n bisschen die Stadt angesehn, weil ich nicht so früh hierher kommen wollte.«

»Wem hast du denn dein Gepäck zum Aufbewahren gegeben?«

»Niemand.«

»Aber Kind, es wird dir gestohlen werden.«

»Dort, wo ich's versteckt hab, sicher nicht.«

»Wieso hast du denn schon so früh dein Frühstück auf dem Dampfer gekriegt?«

Das war wieder so 'ne Frage. Ich sagte:

»Der Kapitän sah mich so rumstehn und sagte, es wär besser, wenn ich was essen würde, eh ich an Land ging. Und dann hat er mich in die Offiziersmesse mitgenommen und mir so viel zu essen gegeben, wie ich wollte.«

Mir wurde so unbehaglich, dass ich gar nicht mehr richtig zuhören konnte. Ich überlegte die ganze Zeit, wie ich die Kinder 'n bisschen beiseite nehmen und aushorchen könnte, wer ich eigentlich sein sollte. Aber es war nichts zu machen, denn Frau Phelps redete ununterbrochen. Es jagte mir Schauer den Rücken runter, als sie mich schließlich fragte:

»Aber nun schwatzen wir in einem fort und du hast mir noch kein Wort von meiner Schwester und von den anderen erzählt. Na, ich will nun mal 'ne Weile den Mund halten und du fängst an zu erzählen. Aber erzähl mir alles, die kleinste Kleinigkeit von jedem einzelnen, wie es geht und steht, was sie dir an mich aufgetragen haben und überhaupt alles, was dir einfällt.«

Na, da saß ich gehörig auf dem Trockenen. Bis hierher hatte mir die Vorsehung geholfen, aber jetzt hatte ich mich mächtig festgerannt. Es hat keinen Zweck, erst noch einen Versuch zu machen, weiter so fortzufahren. Hier ist wieder mal ein Augenblick, sagte ich zu mir selber, wo ich's mit der Wahrheit versuchen muss. Als ich den Mund auftun wollte, packte sie mich aber und schob mich hinter das Bett und sagte:

»Da kommt er! Duck den Kopf noch 'n bisschen tiefer. So, so ist's genug, jetzt kann er dich nicht mehr sehn. Lass nicht merken, dass du schon da bist. Ich will ihm 'nen Streich spielen. Dass ihr mir kein Wort sagt, Kinder.«

Jetzt saß ich ganz drin in der Falle. Aber was sollte ich mich darüber aufregen? Mir blieb nichts weiter übrig, als stillzuhalten und das unausbleibliche Donnerwetter auf mich zu nehmen.

Ein alter Herr trat ins Zimmer und ich konnte grad noch 'nen Zipfel von ihm sehn. Dann verdeckte das Bett ihn völlig. Mrs Phleps sprang auf ihn zu und fragte ihn:

»Ist er angekommen?«

»Nein«, sagte ihr Mann.

»Ach du lieber Himmel«, sagte sie, »was ist ihm bloß passiert?«

»Ich kann mir's nicht vorstellen«, sagte der alte Herr, »und ich muss gestehn, die Geschichte beunruhigt mich sehr.«

»Beunruhigt sie dich?«, fragte sie. »Ich bin ganz verzweifelt. Er muss doch mitgekommen sein und du hast ihn auf der Straße nicht getroffen. Ich weiß es ganz genau, eine innere Stimme sagt's mir.«

»Aber Sally, ich kann ihn nicht verfehlt haben, das weißt du doch!«

»Ach du lieber Gott, was soll ich meiner Schwester sagen? Er muss doch angekommen sein! Du musst ihn verfehlt haben! Er...«

»Treib mich nicht zur Verzweiflung! Ich weiß ja auch nicht, was ich davon denken soll. Ich bin am Ende meiner Weisheit. Aber er ist wirklich nicht angekommen. Es ist furchtbar, Sally, wirklich furchtbar. Der Dampfer muss verunglückt sein, sicherlich!«

»Wieso, Silas! Sieh doch mal dorthin! Sieh mal die Landstraße lang. Kommt da nicht einer?«

Er ging zum Fenster, das am Kopfende vom Bett war. Darauf hatte Mrs Phelps nur gewartet. Sie bückte sich über das Fußende vom Bett und gab mir 'nen Schubs. Ich kroch raus, und wie der Mann sich umdrehte, strahlte sie ihn lächelnd an und brannte lichterloh vor Freude. Aber ich stand ziemlich betreten daneben und war in Schweiß gebadet.

Der alte Herr starrte mich an und rief:

»Nanu, wer ist denn das?«

»Na, wer wird das wohl sein?«

»Keine Ahnung. Wer ist's?«

»Na, 's ist Tom Sawyer!«

Mein Gott, ich wär beinah umgefallen. Aber 's war keine Zeit zum Überlegen. Der Mann nahm meine Hand und schüttelte sie und seine Frau tanzte wie verrückt im Zimmer rum und lachte und weinte. Mein Gott, wie die beiden mich mit Fragen bestürmten über Sid und Mary und die ganze Gesellschaft.

Wenn die beiden froh waren, so war das noch nichts gegen meine Freude. Ich fühlte mich wie neugeboren, so froh war ich, dass ich jetzt wusste, wer ich war. Sie fragten mich zwei Stunden lang, bis mir die Kinnbacken so wehtaten, dass ich kaum mehr weiterreden konnte. Ich erzählte ihnen mehr von meiner Familie – ich mein natürlich von der Familie Sawyer –, als in sechs Familien jemals hätte passieren können. Ich berichtete ihnen ganz genau, wie der Kessel von dem Dampfer an der Stelle, wo der Weiße Fluss einmündet, explodiert war und wie es volle drei Tage gedauert hätte, bis man ihn wieder in Ordnung hatte.

Da hörte ich nach 'ner Weile 'nen Dampfer den Fluss runterkeuchen. Was wird jetzt passieren, dachte ich mir, wenn Tom Sawyer auf dem Dampfer ist und plötzlich hier reinkommt, mich bei meinem Namen nennt, eh ich ihm 'nen Wink geben kann? Nein, das durfte nicht geschehen. Ich musste auf die Landstraße raus und ihm auflauern. Also sagte ich zu den beiden, ich wollt jetzt gleich wieder zur Stadt und mein Gepäck holen. Der Alte wollte mitkommen, aber ich sagte ihm, das wär nicht nötig, ich könnte selber kutschieren, und es wär mir schon lieber, wenn er sich meinetwegen keine Mühe machen würde.

33. KAPITEL

Ich fuhr also mit dem Wagen nach der Stadt und auf halbem Weg sah ich 'nen anderen Wagen mir entgegenkommen. Und wirklich, Tom Sawyer saß drin. Ich hielt an und wartete. »Halt!«, rief ich und der Wagen hielt neben mir. Toms Mund öffnete sich und gähnte mich an wie 'n leerer Koffer. Er schluckte 'n paar Mal wie 'n Mensch, der 'ne trockene Kehle hat, aber schließlich sagte er:

»Ich hab dir doch nie was zuleid getan. Das weißt du doch. Was kommste denn zurück und erscheinst mir?«

»Ich bin ja gar nicht zurückgekommen, ich bin überhaupt nie tot gewesen«, sagte ich.

Wie er meine Stimme hörte, beruhigte er sich 'n bisschen, aber er war noch nicht ganz beruhigt.

»Mach mir nichts vor! Ich würd dir ja auch nichts vormachen. Auf Ehre, sag mir, bist du wirklich kein Gespenst?«

»Auf Ehre! Ich bin keins.«

»Na, gut... ich... ich... na, dann ist ja alles in Butter. Aber richtig kapieren tu ich's doch nicht. Sag mal, bist du denn überhaupt nicht ermordet worden?«

»Nein, nie. Ich hab nur so getan. Komm rüber und fass mich an, wenn du's nicht glaubst.«

Er tat's, und er war zufrieden und war so froh über das Wiedersehen, dass er nicht wusste, was er vor Freude anstellen sollte. Er wollte auf der Stelle alles wissen, denn das war ja doch 'n großes und geheimnisvolles Abenteuer. Aber ich sagte ihm, er solle die Sache erst mal auf sich beruhen lassen. Dann sagte ich seinem Kutscher, er solle warten, und wir fuhren auf meinem Wagen 'n Stückchen weiter. Zunächst erzählte ich ihm, wie ich in der Klemme saß. Ich fragte ihn, was wir wohl jetzt am besten tun könnten. Er sagte, ich sollt ihn 'n paar Minuten ganz ungestört lassen. Er überlegte und überlegte. Dann sagte er:

»Ich hab's! Nimm meinen Koffer in deinen Wagen und tu so, als ob's deiner wär. Und dann trödel 'n bisschen rum, damit du ungefähr um die Zeit zurückkommst, wo du erwartet wirst. Ich fahr inzwischen wieder 'n Stück zurück und komm vielleicht 'ne viertel oder 'ne halbe Stunde später wie du. Zuerst musst du tun, als ob du mich gar nicht kennst.«

»Schön«, sagte ich, »aber wart noch 'nen Augenblick. Da ist noch was, 'ne Sache, die keiner außer mir weiß. Hier ist 'n Neger, den ich aus der Sklaverei befreien will – sein Name ist Jim – Miss Watson ihr...«

»Was? Aber Jim ist doch...«

Tom hielt inne und dachte nach. Ich sagte:

»Ich weiß, was du sagen willst. Du willst sagen, dass es 'ne dreckige, niederträchtige Sache ist. Aber ich bin nun mal niederträchtig und ich will ihn stehlen und will, dass du's Maul darüber hältst. Willste das?«

Seine Augen funkelten und er sagte:

»Ich will dir helfen, ihn zu stehlen.«

Na, mir war's, als ob mich 'ne Kugel getroffen hätte. Das war ja wohl die erstaunlichste Antwort, die ich je gehört hatte. Ich kann mir nicht helfen, ich muss es sagen: »Tom Sawyer sank ganz gewaltig in meiner Achtung. Ich konnte's einfach nicht glauben: Tom Sawyer und 'n Sklavendieb!

»Quatsch«, sagte ich, »du machst Spaß.«

»Ich mach keinen Spaß.«

»Na gut, Spaß oder nicht, wenn du irgendwo jemand von 'nem fortgelaufenen Neger reden hörst, vergiss nicht, dass du nichts von ihm weißt und dass ich auch nichts von ihm weiß.«

Dann nahmen wir seinen Koffer und hoben ihn in meinen Wagen und jeder fuhr in seiner Richtung los. Aber natürlich vergaß ich, dass ich langsam fahren sollte, denn ich war zu froh und zu sehr in Gedanken. Ich kam für den weiten Weg viel zu rasch wieder nach Haus. Der alte Herr stand in der Tür und sagte:

»Nanu? Das ist ja großartig! Wer hätte dem alten Klepper so viel zugetraut? Schade, dass ich nicht die genaue Zeit festgehalten habe. Und kein einziges Haar von ihm ist nass. Großartig! Jetzt würd ich für keine hundert Dollar das Tier mehr fortgeben. Vorher hätt ich den Gaul noch für fünfzehn Dollar verkauft und geglaubt, er wär keinen Cent mehr wert.«

Das war alles, was er sagte. Er war der unschuldigste, beste Kerl, der mir je begegnet ist. Aber das war nicht weiter erstaunlich; denn er war nicht nur Farmer, sondern auch noch Prediger und betreute 'ne ganz kleine Kirche, die er selbst auf eigene

Rechnung gebaut hatte. Und er nahm nie was fürs Predigen, obwohl's was wert war. Im Süden gab's viele von dieser Art Menschen.

'ne halbe Stunde später fuhr Tom in seinem Wagen vorn am Zaun vor. Tante Sally sah ihn vom Fenster aus, denn er war kaum fünfzig Meter entfernt.

»Nanu«, rief sie, »da ist jemand gekommen. Möchte mal wissen, wer das ist. Sicher 'n Fremder. Jimmy (das war eins von den Kindern) lauf und sag Lisa, sie soll noch für einen mehr decken.«

Alle stürzten zur Vordertür, denn es kommt ja nicht jedes Jahr 'n Fremder, und da zeigte man natürlich mehr Interesse für ihn, als wenn einer das gelbe Fieber gekriegt hätte. Tom kam über den Zauntritt geklettert und ging auf das Haus zu, während der Wagen schon wieder den Weg zurückkroch und wir in der Tür standen.

Tom hatte seinen besten Anzug an, und, was ihm immer besonders Freude machte, er hatte Zuschauer. Wie er vor uns stand, nahm er zart und gewandt seinen Hut ab, als wär es der Deckel von 'ner Kiste, in der Schmetterlinge schliefen, die er nicht stören wollte.

»Herr Archibald Nichols…?«, sagte er.

»Nein, mein Junge«, sagte der alte Herr. »Ich muss dir leider sagen, dass dich der Kutscher falsch gefahren hat. Die Besitzung von Nichols ist drei Meilen weiter unten. Aber komm nur rein, komm nur rein!«

Tom sah über seine Schulter zurück und sagte:

»Zu spät, er ist nicht mehr zu sehn.«

»Ja, mein Sohn, er ist fort und du musst schon näher treten und mit uns Mittag essen. Dann wollen wir anspannen und dich zu Nichols bringen.«

»Aber ich kann Ihnen doch nicht so viel Mühe machen, ganz unmöglich. Ich kann ruhig zu Fuß gehen. Der Weg macht mir gar nichts aus.«

»So weit kommt's noch, dass wir dich zu Fuß gehn lassen! Das wär nicht südliche Gastfreundlichkeit.«

»Komm rein, ja, komm rein«, sagte Tante Sally, »es macht uns nicht die geringste Mühe. Du musst hierbleiben. Es sind drei Meilen durch Staub, die du noch vor dir hast. Die lassen wir dich nicht zu Fuß gehen. Außerdem hab ich schon 'n Gedeck für dich auflegen lassen, wie ich dich kommen sah. Du darfst uns jetzt nicht enttäuschen.«

Tom dankte sehr herzlich und vornehm. Er ließ sich überreden und trat ein. Drinnen erzählte er, dass er von Hicksville in Ohio wär, sein Name wär William Thompson. Dabei machte er 'ne Verbeugung.

Er erzählte alles Mögliche von Hicksville und was dort los wär, grad wie's ihm einfiel. Ich wurde 'n bisschen nervös, weil ich nicht einsehen konnte, wie mir das aus der Klemme helfen sollte. Aber plötzlich beugte er sich mitten im Erzählen zu Tante Sally rüber, küsste sie auf den Mund und lehnte sich dann bequem in seinem Stuhl zurück, ohne seine Erzählung zu unterbrechen. Die Tante sprang auf, wischte sich den Mund mit dem Handrücken und rief:

»Du unverschämter Bengel!«

Er tat beleidigt und sagte:

»Ich bin erstaunt...!«

»Was, du bist erstaunt? Was denkst du dir denn eigentlich, wer ich bin? Ich hätte große Lust, dir... Ja, was denkst du dir denn eigentlich dabei, mich zu küssen?«

Tom machte 'n sehr braves Gesicht und sagte:

»Ich hab mir gar nichts dabei gedacht. Ich hab's nicht bös gemeint. Ich... ich dachte, Sie hätten so was gern.«

Sie hob den Spinnstock und schien sich sehr beherrschen zu müssen, um Tom nicht eins überzuziehen.

»Wie kommst du Kerl darauf, dass ich das gern hätte?«

»Gott, ich weiß nicht. Man sagte mir bloß, Sie hätten's gern.«

»Man, man! Wer dir das gesagt hat, ist verrückt! So was ist mir doch noch nicht vorgekommen! Wer ist denn dieser man?«

»Wer? Na alle. Alle haben's mir gesagt.«

Sie musste sich mächtig zusammennehmen. Ihre Augen blitzten und ihre Finger zuckten.

»Wer ist alle? Heraus mit den Namen!«

Tom stand auf, sah bestürzt aus, fummelte am Hut rum und sagte: »Es tut mir sehr Leid. Darauf war ich nicht gefasst. Alle haben mir gesagt, ich sollt es tun. ›Gib ihr 'nen Kuss, sie wird sich freuen‹, haben alle gesagt. Aber es tut mir Leid und ich will's nicht wieder tun, wirklich nicht.«

»Wirklich nicht? Das will ich auch hoffen.«

»Ich meine das ganz ehrlich. Ich will's nicht wieder tun, bis Sie mich drum bitten!«

»Bis ich dich bitte? Nein, so was ist mir mein Lebtag noch nicht vorgekommen. Du kannst so alt werden wie Methusalem, bis ich dich oder deinesgleichen um so was bitte.«

»Ach«, sagte er, »das überrascht mich sehr. Jetzt find ich mich gar nicht mehr zurecht. Sie haben mir doch alle gesagt, Sie würden sich freuen. Aber...« Tom hielt inne, sah sich im Kreis um, als ob er hoffte, irgendwo 'nem freundlichen Blick zu begegnen, und blieb schließlich an den Augen von dem alten Herrn hängen.

»Haben Sie nicht auch geglaubt, dass sie es gern haben würde, wenn ich sie küsste?«

»Ach nein, ich... ich... nein, ich hab das nicht geglaubt.«

Tom sah sich weiter im Kreise um, sah mich an und sagte:

»Aber Tom, du hast doch sicher geglaubt, dass Tante Sally ihre Arme ausbreiten und sagen würde: ›Sid Sawyer...‹«

»Du lieber Himmel!«, rief sie und sprang auf ihn zu. »Du unverschämter kleiner Halunke, einen so an der Nase rumzuführen!«

Sie wollte ihn umarmen, aber er wehrte ab und sagte:

»Nein, nicht eher, als bis du mich drum gebeten hast.«

Sie verlor keine Zeit und bat ihn. Da umarmten sie sich und küssten sich immer und immer wieder. Dann reichte sie ihn an den alten Herrn weiter, und der nahm, was noch übrig geblieben war. Als alle 'n bisschen ruhiger geworden waren, sagte Tante Sally:

»So 'ne Überraschung hab ich noch nie erlebt. Wir haben dich überhaupt nicht erwartet, nur Tom. Meine Schwester hat mir nichts davon geschrieben, dass noch einer außer Tom kommen würde.«

»Weil's gar nicht beabsichtigt war, dass außer Tom noch jemand mitkommen sollte«, sagte er. »Aber ich hab gebettelt und da hat sie mich im letzten Augenblick auch noch mitfahren lassen. Na, wie wir so auf dem Fluss fuhren, haben Tom und ich uns gedacht, 's wär doch 'ne ganz erstklassige Überraschung, wenn er erst allein kommen und ich hinterher hier reinschneien und so tun würde, als wenn ich 'n ganz Fremder wär. Aber das war 'n Fehler von uns; denn Fremde scheint man hier nicht grad nett aufzunehmen, Tante Sally.«

»Nein, solche unverschämten Kerle nicht, Sid. Eigentlich würdest du ja 'n paar Maulschellen verdienen, denn ich hab mich schon lang nicht mehr so aufgeregt. Aber 's macht nichts, ich will gern tausend solche Scherze über mich ergehen lassen, wenn ich euch nur hier haben kann. – Na, war das 'n Theater. Ich kann's nicht abstreiten, ich war wirklich ganz entgeistert, wie du mir den Schmatz gegeben hast.«

Wir aßen draußen in dem Gang zwischen dem Haus und der Küche zu Mittag. Es stand so viel auf dem Tisch, dass es für sieben Familien gereicht hätte.

Es wurde den ganzen Nachmittag furchtbar viel erzählt. Tom und ich spitzten die Ohren; aber von 'nem entlaufenen Neger fiel kein Wort, und wir wagten beide nicht, das Gespräch auf Jim zu bringen. Beim Abendessen fragte einer der kleinen Jungen:

»Pa, dürfen Tom und Sid und ich heut Abend zum Theater?«

»Nein«, sagte der alte Mann. »Ich glaube, es wird überhaupt keine Vorstellung stattfinden, und ihr dürftet auch nicht hin, wenn eine stattfinden würde. Der weggelaufene Neger hat Burton und mir alles von dieser skandalösen Theatervorstellung erzählt. Burton wollt's in der Stadt weitersagen und die Leute werden hoffentlich die unverschämten Gesellen raustreiben.«

So, da hatten wir die Geschichte. Aber was sollte ich dagegen tun?

Tom und ich sollten zusammen im selben Zimmer und im selben Bett schlafen. Weil wir müde waren, sagten wir gleich nach dem Abendessen gute Nacht und gingen zu Bett. Aber wir kletterten aus dem Fenster, den Blitzableiter runter und liefen zur Stadt. Ich sagte mir, dass kein Mensch dem Herzog und dem König 'nen Wink geben würde. Wenn ich's nicht tat, und zwar schnell, würden sie in die ärgsten Ungelegenheiten kommen.

Unterwegs erzählte mir Tom, dass alle geglaubt hätten, dass ich ermordet worden wär und dass mein Alter auch bald darauf verschwunden und nicht mehr zurückgekommen wär, und was für 'ne furchtbare Aufregung es wegen Jim gegeben hätte. Ich erzählte Tom dafür die ganze Geschichte von unsern beiden königlichen Non-plus-ultra-Gaunern und so viel von der Floßfahrt, wie's die Zeit erlaubte. Als wir die Mitte vom Ort ungefähr um halb neun erreicht hatten, kam uns 'ne wilde Meute mit Fackeln entgegen. Sie schrien und tobten fürchterlich, schlugen auf Blechpfannen und bliesen auf Hörnern. Wir sprangen zur Seite, um sie vorbeizulassen, aber in dem Augenblick sah ich auch schon den König und den Herzog rittlings auf 'nem Balken sitzen, das heißt, ich wusste, dass es der König und der Herzog sein mussten. Erkennen konnt man sie nicht; denn sie waren über und über mit Teer und Federn bedeckt. Sie sahen wirklich nicht mehr aus wie Menschen, sondern wie 'n paar riesige Helmbüsche. Mir wurde ganz elend, als ich das sah, und die beiden armen Schufte taten mir furchtbar Leid. Es war mir, als könnt ich kein böses Gefühl mehr gegen sie aufbringen. Es war furchtbar anzusehen.

Ach, Menschen können doch sehr grausam gegeneinander sein.

Wir sahen, dass es zu spät war, um zu helfen. Wir fragten 'n paar von den Leuten, und die erzählten uns, dass das ganze Städtchen zu der Vorstellung gegangen wär, so als ob sie von nichts gewusst hätten. Als dann der König da vorn rumturnte, hatte einer 'n Signal gegeben, und alle waren aufgesprungen und hatten die beiden gegriffen.

Da gingen wir denn wieder nach Hause. Ich fühlte mich nicht so niedergeschlagen wie vorher, aber doch ziemlich gemein und schuldig, obwohl ich ja nichts getan hatte.

34. KAPITEL

Obgleich unser Herz voll war, hörten wir auf zu reden und fingen an zu grübeln.

Schließlich sagte Tom:

»Weißte, Huck, wir sind doch eigentlich Schafsköpfe, dass wir nicht früher drauf gekommen sind. Ich wette, dass ich weiß, wo Jim ist!«

»Wo denn?«

»In der Hütte da unten beim Aschenhaufen. Pass auf. Als wir beim Essen saßen, haste da nicht gesehn, wie 'n Neger mit Essen da rein ging?«

»Doch.«

»Na, was denkste, für wen das Essen war?«

»Für 'nen Hund.«

»Hab ich zuerst auch gedacht. Aber es war doch nicht für 'nen Hund.«

»Wieso denn nicht?«

»Weil Wassermelonen dabei waren.«

»Stimmt, das hab ich auch gesehn. Ich hab aber nicht daran gedacht, dass 'n Hund keine Wassermelonen frisst. Da sieht man mal wieder, dass man was sehn kann und doch nichts sieht.«

»Und der Neger hat das Vorhängeschloss aufgemacht, wie er reinging, und hat's sorgfältig wieder zugemacht, wie er rausging. Als wir vom Tisch aufstanden, hat er dem Onkel 'nen Schlüssel gebracht, und das war der Schlüssel, meinste nicht? Wassermelonen deuten auf 'nen Menschen und das Schloss auf 'nen Gefangenen. Dass auf so 'ner kleinen Plantage gleich mehrere gefangen gehalten werden, ist unwahrscheinlich, wo doch die Leute dazu noch so freundlich und gutmütig sind. Der Gefangene ist Jim. Ich bin stolz drauf, dass ich's wie 'n richtiger Detektiv rausgekriegt hab. Jetzt streng auch mal deinen Kopf 'n bisschen an und denk dir 'nen Plan aus, wie wir Jim am besten befreien können. Ich will mir auch einen ausdenken, und wir nehmen dann den, der uns am besten gefällt.«

Was der Tom für 'nen Kopf hatte! Und dabei war er doch noch 'n Junge! Wenn ich so 'n Kopf hätt wie Tom Sawyer, würd ich nicht mit 'nem Herzog und nicht mit 'nem Steuermann auf 'nem Dampfer, auch nicht mit 'nem Clown im Zirkus tauschen. Ich fing an, mir 'nen Plan auszudenken, aber nur, um was zu tun. Ich wusste ja zu gut, von wem die richtige Idee kommen würde. Nach 'ner Weile sagte Tom:

»Fertig?«

»Ja«, sagte ich.

»Na, dann raus damit!«

»Also pass auf: Es ist leicht rauszukriegen, ob Jim wirklich in dem Häuschen ist. Dann holen wir morgen Nacht mein Kanu wieder raus und mein Floß von der Insel rüber. In der ersten Nacht, wo's ganz dunkel ist, klauen wir den Schlüssel dem alten Herrn aus der Hosentasche. Und dann fahren wir mit dem Floß den Fluss runter, mit Jim natürlich. Tagsüber verstecken wir uns, und nachts fahren wir, wie Jim und ich's immer gemacht haben. Glaubste, dass es so geht?«

»Klar, geht das so! Aber es ist alles zu einfach. Da ist überhaupt nichts dran. Was hat denn aber bloß so 'n Plan für 'n Sinn, wenn er nicht 'n bisschen aufregend ist?«

Ich sagte kein Wort; denn ich hatte nichts anderes erwartet. Ich wusste, das es keinen Widerspruch gab, wenn Tom 'nen fertigen Plan hatte. Und ich sagte auch nichts dagegen.

Er verriet mir seinen Plan, und ich sah sofort ein, dass er hundertmal mehr wert war als meiner. Er hatte viel mehr Stil und durch ihn würde Jim genau so befreit werden wie durch meinen. Außerdem konnten wir bei seinem Plan möglicherweise allesamt umkommen. Das war so ganz nach meinem Geschmack, und ich sagte, wir sollten nur rasch damit loslegen. Ich brauche jetzt noch nicht zu erzählen, worin der Plan bestand.

Eins war todsicher: Tom meinte es ernst und wollte wirklich dabei helfen, Jim aus der Sklaverei zu befreien. Das war eigentlich zu hoch für mich. Tom war doch 'n gut erzogener Junge, der was an Ansehn zu verlieren und der Angehörige mit Charakter hatte. Und er war doch 'n heller Kopf und nicht im Mindesten dickfellig, wusste, um was es sich handelte, und war doch kein gemeiner Kerl, sondern 'n guter Mensch. Und trotzdem war er jetzt drauf und dran, sich an dieser Geschichte zu beteiligen und sich und seiner Familie Schande zu machen. Ich konnte und konnte das nicht verstehn. Das war ungeheuerlich. Ich musste ihn daran erinnern, wenn ich sein Freund sein wollte. Ich musste ihm sagen, er sollte die Finger davon lassen und an sich denken. Als ich anfing, ihm all das klar zu machen, fuhr er mir übers Maul und sagte:

»Denkste vielleicht, dass ich nicht weiß, was ich tu? Weiß ich sonst auch nicht, was ich tu?«

»Doch.«

»Hab ich dir nicht gesagt, dass ich dir helfen will, Jim zu stehlen?«

»Ja.«

»Na also…«

Das war alles, was er sagte, und ich sagte auch nichts mehr. Es hatte ja auch gar keinen Zweck; denn wenn Tom einmal gesagt hatte, er würde was tun, dann tat er's auch. Schleierhaft blieb mir allerdings, warum er alles mitmachte. Na, ich kümmerte mich nicht weiter drum. Wenn er's durchaus nicht anders haben wollte, dann konnt ich auch nichts dran ändern.

Als wir zu Hause ankamen, war schon alles dunkel und still. Wir gingen also ein Stückchen weiter bis zur Hütte neben dem Aschenhaufen und untersuchten sie. Dann gingen wir quer über den Hof, um mal nachzusehen, wie sich die Hunde verhalten würden. Sie erkannten uns wieder und machten nicht mehr Lärm, als Hofhunde gewöhnlich machen, wenn jemand nachts vorbeigeht. Dann untersuchten wir die Hütte von vorn und von hinten. An der einen Seite entdeckten wir hoch oben 'n viereckiges Fensterloch, über das 'n ziemlich starkes Brett querüber genagelt war. Ich sagte:

»Das Loch da ist groß genug, dass Jim durchkann, wenn wir das Brett wegreißen.«

Tom erwiderte:

»Das ist zu einfach. Ich hoffe doch stark, Huck Finn, dass wir noch 'nen schwierigeren Weg ausknobeln können.«

»Schön. Wie wär's denn, wenn wir ihn raussägen würden, wie ich's damals gemacht hab, als ich ermordet wurde?«

»Das ist schon besser, das ist geheimnisvoll und mühsam. Aber wir können was ausfindig machen, was doppelt so lang dauert. Es ist doch kein Grund zur Eile. Wir wollen uns erst noch 'n bisschen umkucken.«

Zwischen der Hütte und dem Zaun stand 'ne Art Schuppen aus rohen Brettern. Er war genau so lang wie die Hütte, aber sehr schmal, kaum sechs Fuß breit. Die Tür dazu lag nach Süden und war fest verschlossen. Tom ging um den Seifensiedekessel und kam nach einigem Suchen mit 'nem eisernen Ding, womit man den Deckel aufhebt, wieder zurück. Er nahm es und hob damit einen von den Schließhaken hoch. Die Kette fiel runter, wir machten die Tür auf und gingen rein. Als wir die Tür wieder zu hatten, zündeten wir 'n Streichholz an und sahen, dass der Schuppen wirklich nur an die Hütte angebaut und nicht mit ihr verbunden war. Der Schuppen hatte keinen Fußboden und es war nichts weiter drin als 'n paar alte verrostete

Hacken und Spaten und Heugabeln und 'n kaputter Pflug. Wir gingen raus, hakten den Schließhaken wieder ein und die Tür sah jetzt so aus wie immer. Tom war vergnügt und sagte:

»Na, da wär ja alles in bester Butter. Wir werden Jim ausgraben. Das wird ungefähr eine Woche dauern«.

Wir schlichen zum Haus zurück und ich ging einfach durch die Hintertür, die nur mit 'nem Holzriegel verschlossen war. Aber das war Tom Sawyer nicht romantisch genug. Er musste unbedingt den Blitzableiter raufklettern. Er versuchte es dreimal, machte aber jedes Mal auf halbem Weg schlapp und fiel wieder runter. Beim letzten Mal hätt er sich fast den Schädel eingeschlagen und wollte die Sache schon aufgeben. Aber nachdem er sich etwas erholt hatte, versuchte er sein Heil noch mal, und jetzt glückte der Versuch.

Am nächsten Morgen standen wir bei Tagesanbruch auf und gingen zu den Negerhütten. Da wollten wir die Hunde streicheln und mit dem Neger, der immer das Essen bringen musste, Freundschaft schließen. Die Neger waren grad mit dem Frühstück fertig und wollten auf die Felder. Jims Neger war dabei, 'nen Haufen Brot und Fleisch und alles Mögliche in 'nen Blechnapf zu tun. Als die andern gingen, wurde der Schlüssel vom Haus rübergeschickt. Der Neger hatte 'n sehr gutmütiges Gesicht. Seine Wollhaare waren mit Fäden zu kleinen Büscheln zusammengebunden. Das war, um die Hexen abzuhalten. Er erzählte uns, wie furchtbar ihn die Hexen in der letzten Nacht gequält hätten. Sie hätten ihn allerlei seltsame Dinge sehen und allerlei seltsame Worte und Geräusche hören lassen. Er redete sich so in seine Geschichte rein und erzählte uns so viel von seinem Kummer, dass er dabei ganz vergaß, was er eigentlich hatte tun wollen. Da fragte ihn Tom:

»Für wen ist denn das Essen? Willste die Hunde damit füttern?«

Der Neger verzog das Gesicht zu einem immer breiteren Grinsen und sagte:

»Ja, Master Sid, aber nur einen Hund und noch dazu 'nen sehr merkwürdigen. Wollen sie kommen und ihn ankucken?«

»Natürlich.«

Ich puffte Tom und flüsterte ihm zu:

»Willste gleich heut früh anfangen? Das ist doch ganz gegen den Plan.«

»Gegen den alten. Doch jetzt ist er eben anders.«

Wir gingen also hin, aber ich war gar nicht sehr erbaut davon. Wie wir in die Hütte kamen, konnten wir vor Dunkelheit kaum was sehen. Aber tatsächlich, da war Jim. Er konnte uns deutlich sehen und rief:

»Was, Huck? Du mein Gott, ist das nicht Master Tom?«

Das hatte ich erwartet! Ich wusste nicht, was ich tun sollte, und wenn ich's gewusst hätte, wär ich nicht imstand gewesen, es auszuführen, denn der Neger fuhr dazwischen und rief:

»Um Gottes willen, kennt er die jungen Herren?«

Inzwischen konnten wir auch ganz gut sehen. Tom kuckte den Neger an und sagte ruhig und etwas erstaunt:

»Ob wer uns kennt?«

»Nun, dieser fortgelaufene Neger.«

»Woher soll der uns kennen? Wie kommste denn darauf?«

»Wie ich drauf komme? Hat er nicht grad in diesem Augenblick genau so geschrien, als ob er Sie kennen tut?«

Tom tat ganz bestürzt und sagte:

»Na, das ist aber doch komisch. Wer hat geschrien? Wann hat er geschrien? Was hat er geschrien?«

Damit wandte er sich ganz ruhig zu mir und fragte:

»Haste jemand schreien hören?«

Für mich gab es natürlich nur eine Antwort.

»Ich? Ich hab nichts gehört.«

Tom wandte sich zu Jim und sah ihn ganz genau an, als ob er ihn in seinem ganzen Leben noch nie gesehen hätte.

»Hast du geschrien?«, fragte er ihn.

»Nein, Herr«, sagte Jim, »Jim hat kein Wort nicht gesagt.«

»Kein Wort?«

»Nein, Herr, nix.«

»Kennste uns von früher?«

»Nein, Herr, kenn niemand nicht.«

Da drehte sich Tom wieder zu dem Neger rum, der ganz wild und verstört aussah, und sagte streng:

»Sag mal, du, was ist denn eigentlich mit dir los? Wie kommste denn darauf, dass hier jemand gerufen hat?«

»Ach, das sind die verdammten Hexen, Herr. Ich wünsche, ich wär tot. Sie sind immer da, Herr, sie bringen mich fast um, sie plagen mich so. Bitte niemand nix erzählen, Herr, sonst schimpft der alte Master Silas mich aus und sagt, da wären keine Hexen.«

Tom gab ihm 'n Zehncentstück und sagte, dass wir niemand was erzählen würden. Dann sah er Jim an und sagte:

»Ich bin doch neugierig, ob Onkel Silas diesen Neger aufhängen wird. Wenn ich 'n Neger fangen würde, der so undankbar wär auszureißen, dann würd ich ihn überhaupt nicht erst anzeigen, sondern ihn sofort aufhängen lassen.«

Und während der Neger zur Tür ging, um sich das Geldstück zu besehen und draufzubeißen, flüsterte Tom zu Jim:

»Lass dir ja nicht anmerken, dass du uns kennst. Wenn du

nachts irgendwo graben hörst, dann sind wir's; wir wollen dich befreien.«

Jim hatte grad noch Zeit, unsere Hände zu drücken; dann kam der Neger zurück. Wir sagten ihm, dass wir gern gelegentlich wieder mit in die Hütte kommen würden, wenn's ihm recht wär, und er sagte, das wär ihm sehr lieb, besonders wenn es dunkel wär, denn die Hexen würden ihn meist plagen, wenn's dunkel wär, und da wär es sehr gut, wenn jemand mit ihm ging.

35. KAPITEL

Bis zum Frühstück war noch 'ne Stunde Zeit. Wir gingen 'n Stück in den Wald. Tom meinte, wir müssten beim Graben Licht haben, aber 'ne Laterne gäb zu viel Licht und würde uns verraten. Was wir brauchten, wär 'n ordentlicher Haufen angefaultes Holz, richtig modriges Holz, das nur ganz wenig leuchtet, wenn man's ins Dunkel legt. Wir suchten 'n Arm voll davon und versteckten 's im Gebüsch. Als wir uns hinsetzten, um ein wenig zu verschnaufen, sagte Tom ziemlich unzufrieden.

»Ach, verflucht noch mal, die ganze Geschichte ist so leicht und albern wie nur möglich. Es ist gar nicht so einfach, 'nen schwierigen Plan auszutüfteln. Da ist kein Wächter da, der betäubt werden muss, und 'n Hund ist auch nicht da, den man vergiften müsste. Und Jim ist bloß mit einem Bein mit 'ner zehn Fuß langen Kette am Bett festgemacht. Man braucht ja nur das Bett hochzuheben und die Kette runterzustreifen. Onkel Silas vertraut auch jedem. Er gibt dem Schafskopf von 'nem Neger den Schlüssel und schickt nicht mal jemand mit, der auf ihn aufpassen soll. Jim hätt längst durch das Fensterloch abhauen können. Allerdings ist es nicht sehr angenehm, mit ’ner zehn Fuß langen Kette in der Gegend rumzuspazieren. Aber verflucht, Huck, hier trifft also alles so dumm zusammen, wie ich’s kaum für möglich gehalten hätte. Man muss alle Schwierigkeiten erst erfinden. Aber dafür können wir ja schließlich nichts. Wir müssen aus dem, was da ist, das Beste rausholen. Na, eins ist wenigstens sicher, es bringt mehr Ehre, ihn mit selbst gemachten Schwierigkeiten freizukriegen, wenn es auch eigentlich die verdammte Pflicht und Schuldigkeit von den Leuten hier gewesen wär, sie uns zu machen. Denk bloß mal an die Geschichte mit der Laterne. Wenn wir die Sache kühl betrachten, müssen wir doch zugeben, dass ’ne Laterne sehr riskant ist. Aber ich glaube, wir könnten hier, wenn wir wollten, mit ’nem ganzen Fackelzug arbeiten. – Übrigens, eh ich’s vergess: Wir müssen uns bei der nächsten Gelegenheit was suchen, woraus wir ’ne Säge machen können.«

»Wozu brauchen wir denn ’ne Säge?«

»Wozu wir die brauchen? Müssen wir nicht das Bein von Jims Bett absägen, damit wir die Kette loskriegen?«

»Aber warum denn das? Du hast doch eben gesagt, man braucht die Bettstelle bloß hochzuheben und die Kette runterzustreifen?«

»Das sieht dir mal wieder ähnlich, Huck Finn. Du machst alles nach dem Muster von ’nem Kindergarten. Hast du denn noch nie ’n Buch gelesen? Eins über Baron Trenck oder Casanova oder Benvenuto Cellini oder Heinrich IV. oder sonst ’n Heldenbuch? Die richtigen Autoritäten machen das so: Sie sägen das eine Bein von dem Bett in zwei Teile und lassen es so, und

die Sägespäne schlucken sie runter, damit niemand 'ne Spur findet, und den Riss verschmieren sie mit Dreck und Fett, damit auch der schlauste Kerkermeister nicht merken kann, dass es entzwei gesägt ist, und glaubt, es wär noch ganz. In der Nacht aber, wo alles bereit ist, gibt man dem Bein nur 'nen Stoß, und schwups!, da liegt's dann. Man braucht bloß noch die Kette abzustreifen und die Sache ist erledigt. Dann hakt man die Strickleiter ein und lässt sich runter und bricht sich das Bein im Festungsgraben – du weißt ja, Strickleitern sind immer zu kurz –, und unten stehn die Pferde und die treuen Vasallen. Und die holen dich aus dem Graben und werfen dich quer übern Sattel und fort geht's in das heimatliche Languedoc oder Navarra oder sonst wohin. So gehört sich das, Huck. Ich wünscht, um die Hütte wär 'n Festungsgraben. Du, wenn wir in der Nacht der Flucht Zeit haben, wollen wir uns einen graben.«

Ich sagte:

»Wozu brauchen wir denn 'nen Festungsgraben, wenn wir Jim unten durchziehn wollen?«

Aber er hörte gar nicht auf das, was ich sagte. Er hatte alles um sich vergessen. Das Kinn hatte er in eine Hand gestützt und dachte nach. Nach 'ner Weile seufzte er, schüttelte den Kopf, seufzte wieder und sagte:

»Nein, das ist Quatsch. Das ist nicht nötig.«

»Was ist nicht nötig?«

»Jim das Bein abzusägen.«

»Du lieber Himmel, warum willste denn jetzt noch dem armen Jim das Bein absägen?«

»Einige von den größten Autoritäten haben das getan. Die kriegten die Kette nicht ab und da haben sie sich einfach die Hand abgeschnitten und waren frei. 'n Bein würde noch besser sein. Aber das können wir nicht machen, die Notwendigkeit ist nicht groß genug. Und außerdem wird's Jim nicht begreifen, warum das sein muss und dass es in Europa so Mode ist. Aber 'ne Strickleiter könnt er haben. Wir können unsere Sachen zerreißen und ganz einfach 'ne Strickleiter draus machen. Die können wir dann in 'ne Pastete einbacken und ihm schicken.«

»Aber Tom, was redest du denn für 'n Blech. Jim kann doch mit 'ner Strickleiter überhaupt nichts anfangen.«

»Er kann was damit anfangen. Wenn du nichts von der Sache verstehst, sollste besser den Mund halten.«

»Aber was soll er denn nur mit so 'nem Ding machen?«

»Was er damit machen soll? Er kann sie in seinem Bett verstecken, stimmt's? So machen's alle und so muss er's auch machen. Huck, du willst überhaupt nichts machen, was zünftig ist. Du willst einfach so freiweg drauflos befreien. Denkste, der kann nichts mit 'ner Strickleiter anfangen? Ist die nicht noch in seinem Bett, wenn er weg ist, als Corpus Delicti? Und glaubste, die brauchen keine Corpusse Delictis? Und willste denn keine zurücklassen? Du bist mir der Richtige!«

»Na gut«, sagte ich. »Wenn es zünftig ist und wenn Jim 'ne Strickleiter braucht, dann soll er eine haben. Ich will nicht die Regeln durchbrechen. Aber wenn wir unsere Sachen zerreißen und 'ne Strickleiter draus machen, dann kriegen wir Krach mit Tante Sally, so sicher, wie du geboren bist. Ich denk mir, 'ne Leiter aus Bast kostet nichts, wir brauchen keine Sachen zu zerreißen und wir können sie genauso gut in 'ne Pastete einbacken. Man kann sie auch hinterher im Bett verstecken. Außerdem hat Jim keine Erfahrung, und ihm ist es egal, aus was die Leiter gemacht ist…«

»Hör auf, Huck! Wenn ich so doof wär wie du, würd ich's Maul halten. Haste jemals von 'nem Staatsgefangenen gehört, der mit 'ner Bastleiter geflohen ist? Was du da sagst, ist einfach lächerlich.«

»Na gut, Tom. Mach's, wie du willst. Aber wenn du auf mich hören willst, dann nimm Sachen von der Wäscheleine für die Strickleiter.«

Damit war er zufrieden. Da kam ihn 'ne neue Idee und er sagte: »Dann können wir gleich noch 'n Hemd mitnehmen.«

»Was willste denn mit 'nem Hemd?«

»Da muss Jim Tagebuch drauf schreiben.«

»Tagebuch! Jim kann doch nicht schreiben.«

»Das hab ich mir schon gedacht. Aber er kann doch Krakel auf das Hemd machen, wenn wir ihm 'ne Feder aus 'nem alten Löffel oder 'nem Nagel machen.«

»Da ziehen wir doch besser 'ner Gans 'ne Feder aus dem Schwanz. Das ist doch einfacher und es geht schneller.«

»Richtige Gefangene haben keine Gänse nicht um sich rumlaufen, du Döskopp. Die machen die Federn immer aus dem härtesten Stück von 'nem Messingleuchter oder was Ähnlichem, was grad zur Hand ist. Und das dauert dann Wochen und Monate, eh sie damit fertig sind, denn sie können das nicht anders machen, als das Metall immer an der Wand lang zu reiben. Die würden nie 'ne Gänsefeder benutzen. Das ist nicht zünftig.«

»Und woraus machen die Tinte?«

«Aus Rost und Tränen. Die Besten aber nehmen ihr eigenes Blut. Das kann Jim auch machen. Und wenn er der Welt draußen 'ne geheimnisvolle Botschaft zukommen lassen will, wenn er denen da draußen sagen will, wo er schmachtet, dann braucht er bloß mit 'ner Gabel was in 'nen Blechteller ritzen und den dann aus dem Fenster werfen.«

»Aber Jim hat doch keine Blechteller.«

»Das macht nichts. Wir können ihm welche reinschmuggeln.«

»Und wenn keiner die Schrift lesen kann?«

»Das hat nichts zu sagen. Es soll ja auch keiner lesen können. Meistens kann man nicht lesen, was 'n Gefangener auf 'nen Blechteller geschrieben hat.«

»Und was hat das dann für 'n Sinn?«

»Das ist doch 'n Blechteller von 'nem Gefangenen. Verstehste das nicht?«

In diesem Augenblick wurde zum Frühstück getutet. Wir gingen also nach Haus. Im Laufe des Morgens »borgte« ich mir 'n Laken und 'n Hemd von der Wäscheleine. Ich fand 'nen alten Sack, in den ich beides reinstecken konnte, und wir holten uns das modrige Holz und taten es auch in den Sack.

Dann warteten wir so lange, bis alle zur Arbeit gegangen

waren und kein Mensch mehr auf dem Hof zu sehen war. Da schleppte Tom den Sack in den Schuppen, während ich 'n Stück abseits Wache stand. Als er wieder rauskam, setzten wir uns auf 'nen Holzhaufen und unterhielten uns.

»Jetzt ist alles in Ordnung, bis auf die Werkzeuge, aber die sind leicht zu beschaffen«, sagte Tom.

»Werkzeuge?«

»Ja.«

»Wozu denn?«

»Zum Graben natürlich. Wir können ihn doch nicht rausnagen!«

»Sind denn die alten kaputten Hacken und das andre Zeug da drin nicht genug, um 'nen Neger auszugraben?«

Tom sah mich mit 'nem wehleidigen Blick an und sagte:

»Huck Finn, haste schon mal gehört, dass 'n Gefangner Hacken und Schaufeln und all so 'n neumodisches, bequemes Zeug in seinem Spind gehabt hat, um sich rauszubuddeln? Nu sag mir bloß – wenn du überhaupt nur 'n bisschen Grips in deinem Kopf hast –, wie kann 'n Held mit so was Ruhm und Ehre erringen? Da könnte man ihm doch gradso gut den Schlüssel geben und die Geschichte wär erledigt. Hacken und Schaufeln! Nicht mal 'nem König würd man so was hinstellen.«

»Na schön«, sagte ich. »Wenn wir keine Hacken und Schaufeln nicht brauchen, was brauchen wir denn?«

»'n paar große Küchenmesser.«

»Um uns unter den Mauern von der Hütte durchzugraben?«

»Ja.«

»Mein Gott, das ist doch der reine Blödsinn, Tom.«

»Ist mir egal. Jedenfalls ist das das einzig Richtige und zünftig ist es auch. 'nen anderen Weg gibt's nicht. Und ich hab doch

Bücher gelesen, wo so was drinsteht. Die wirklichen Gefangenen buddeln sich immer mit 'nem Küchenmesser 'nen Weg raus. Und das dauert dann Wochen und Wochen, weil sie nicht durch Lehm, sondern durch richtige Felsen durchmüssen. Denk mal an den Gefangenen, der in den untersten Kasematten vom Schloss Diff im Marseiller Hafen gesessen hat. Was glaubste, wie lange der gebraucht hat, eh der frei war?«

»Ich weiß nicht.«

»Na, schätz mal.«

»Ich weiß nicht. Vielleicht anderthalb Monate.«

»Siebenunddreißig Jahre! Und er ist in China rausgekommen. Das ist doch noch was. Ich wünsche nur, hier wär alles aus Felsen.«

»Aber Jim kennt doch keinen in China.«

»Was hat denn das damit zu tun? Glaubste, der aus Marseille hätt jemand in China gekannt? Du schweifst immer ab. Warum kannste nicht mal bei der Sache bleiben?«

»Na gut, mir ist's egal, wo Jim rauskommt. Hauptsache, er kommt überhaupt raus. Und Jim ist's wohl auch egal. Aber wir müssen eins bedenken: Jim ist zu alt, um sich mit 'nem Küchenmesser durchzubuddeln. Der wird's nicht überleben.«

»Er wird's schon überleben. Denkste, es dauert auch siebenunddreißig Jahre, bis man sich durch Lehm durchgefressen hat?«

»Wie lange dauert's denn?«

»Wir können's nicht riskieren, so lange zu buddeln, wie wir von Rechts wegen müssten, denn es wird wahrscheinlich nicht lange dauern, bis Onkel Silas raushat, wo Jim wirklich her ist. Ich schlage vor: Wir graben uns, so rasch es geht, durch. Nachher können wir ja so tun, als ob's siebenunddreißig Jahre gedauert hätt. Wir holen Jim raus und bei der ersten Gefahr hauen wir mit ihm ab. Ja, das ist das Beste.«

»Ja, wirklich, das ist vernünftig. So tun als ob, das kostet nichts. Meinetwegen können wir ja so tun, als ob's hundertfünfzig Jahre gedauert hätt! – Ich kuck jetzt mal rum, ob ich nicht 'n paar Küchenmesser erwische.«

»Organisier gleich drei. Aus einem müssen wir 'ne Säge machen.«

»Tom, wenn's nicht unzünftig und ketzerisch ist: Unter dem Schutzdach von der Räucherkammer hab' ich 'ne alte verrostete Säge liegen sehen.«

Er kuckte mich ziemlich enttäuscht und entmutigt an und sagte:

»Es hat keinen Zweck, dich in irgendwas einweihen zu wollen. Hau ab und such Küchenmesser, drei Stück.«

Und ich suchte.

36. KAPITEL

Wir kletterten den Blitzableiter runter, als alle schliefen, schlossen uns in den Schuppen ein, holten unser faules Holz zur Beleuchtung raus und fingen an zu arbeiten. Erst räumten wir mal alles beiseite, damit wir gut an den untersten Balken rankommen konnten. Tom erklärte, es wär die Stelle direkt unter Jims Bett, und wenn wir dort 'n Loch machten, könnt's kein Mensch sehen, denn Jims Bettdecke reichte fast bis zur Erde, und keiner würd auf den Gedanken kommen, sie hochzuheben. Wir gruben also und gruben mit unseren Küchenmessern bis gegen Mitternacht. Wir waren hundemüde und hatten die Hände voller Blasen. Aber trotzdem war kaum zu sehen, dass wir überhaupt was geschafft hatten. Schließlich sagte ich: »Das dauert nicht siebenunddreißig Jahre, sondern achtunddreißig.«

Tom sagte nichts, sondern seufzte, und bald hörte er auf zu graben. Er dachte nach und schließlich:

»Das hat keinen Sinn, Huck, so geht's nicht weiter. Wenn wir Gefangene wären, dann hätten wir ja so viele Jahre Zeit, wie wir wollten, und wir hätten's nicht so eilig und brauchten jeden Tag nur 'n paar Minuten zu graben, wenn die Wachen abgelöst werden; dann kriegten wir auch keine Blasen und könnten die Geschichte Jahre und Jahre aushalten und auch alles genau so machen, wie es gemacht werden müsste. Aber wir dürfen nicht die Zeit verplempern. Wenn wir's noch 'ne Nacht so treiben wie heut, dann müssen wir 'ne Woche pausieren, um unsre Hände wieder in Ordnung zu bringen. Früher können wir sicher kein Küchenmesser mehr anrühren.«

»Ja, was wollen wir denn aber machen, Tom?«

»Ich will dir was sagen. Es ist zwar nicht zünftig und auch nicht anständig – ich möchte auch nicht, dass es rauskommt –, aber es bleibt uns nur ein Weg: Wir müssen Jim mit den Hacken und Schaufeln rausbuddeln und so tun, als ob's Küchenmesser wären.«

»Siehste, das ist vernünftig. Du wirst doch immer vernünftiger, Tom Sawyer. Hacken sind doch das einzig Richtige. Ich scher mich den Teufel drum, ob's anständig ist oder nicht. Ich will meinen Neger raushaben, und wenn 'ne Hacke das Praktischste ist, da nehm ich eben 'ne Hacke. Ich geb nicht 'ne tote Ratte für das, was deine Autoritäten darüber denken.«

»Na ja«, sagte Tom, »in unserm Falle haben wir 'ne Entschuldigung dafür. Sonst würd ich nicht dulden, dass die Regel durchbrochen wird, denn richtig ist richtig und verkehrt ist verkehrt. Und man braucht nichts verkehrt zu machen, wenn man's richtig machen kann. Für dich mag's ja ganz schön und gut sein, Jim mit 'ner Hacke auszugraben. Du brauchst dir nichts andres einzubilden, weil du's eben nicht besser verstehst. Für mich schickt sich so was nun mal nicht, weil ich's besser weiß. Gib mir 'n Küchenmesser.«

Tom hatte zwar seins noch in der Hand, aber ich gab ihm noch meins. Aber er warf's fort und sagte noch mal:

»Gib mir 'n Küchenmesser!«

Ich wusste erst gar nicht, was er von mir wollte; doch plötzlich ging mir 'ne Stalllaterne auf. Ich suchte das alte Werkzeug durch und fand 'ne Spitzhacke. Tom nahm sie und fing an zu arbeiten. Aber er sprach kein Wort.

Er war ja schon immer so komisch gewesen und hatte Grundsätze.

Ich holte mir 'ne Schaufel, und wir hackten und schippten um die Wette, dass die Fetzen flogen. Das ging 'ne halbe Stunde so, länger konnten wir's nicht durchhalten und wir hatten auch schon 'n ganz schönes Loch geschafft. Als ich schon wieder oben in unserer Stube war, sah ich, wie sich Tom abquälte, über den Blitzableiter reinzukommen. Aber er kriegte es nicht fertig, weil seine Hände ganz wund waren. Schließlich sagte er:

»Es hat keinen Zweck, es geht nicht. Was soll ich jetzt machen? Weißt du keinen Ausweg?«

»Doch«, sagte ich, »aber ich glaube, das ist wieder mal nicht zünftig. Geh die Treppe rauf und bild dir ein, dass es der Blitzableiter ist.«

Na, das tat er denn auch.

Am nächsten Tag stahl Tom 'nen Löffel und 'nen Kerzenständer aus Messing, um daraus 'n paar Federn für Jim zu machen. Dazu stahl er noch sechs Talgkerzen. Ich drückte mich bei den Negerhütten rum und lauerte drauf, drei Blechteller stehlen zu können. Tom sagte, das wären nicht genug Teller. Aber ich sagte:

»Keiner wird jemals die Teller sehen, die Jim zum Fenster rauswirft. Außerdem können wir sie ja wieder einsammeln und Jim zurückbringen.«

Da war Tom zufrieden. Dann sagte er:

»Jetzt müssen wir ausbaldowern, wie wir die Sachen zu Jim reinschmuggeln können.«

»Steck sie doch einfach durch das Loch, wenn es fertig ist.«

Da kuckte er mich nur mitleidig an und murmelte was wie »idiotischer Einfall«. Er dachte nach, und schließlich sagte er, er hätt zwei oder drei verschiedene Arten rausgefunden. Aber wir brauchen uns noch nicht gleich für eine zu entscheiden.

Am nächsten Abend, kurz nach zehn Uhr, kletterten wir wieder den Blitzableiter runter. Wir hatten 'ne Kerze mitgenommen und warfen sie Jim durch das Fensterloch rein. Aber er schnarchte weiter. Wir stürzten uns wieder auf unsere Arbeit mit Hacke und Schaufel und nach zweieinhalb Stunden war die Sache erledigt. Wir krochen unter Jims Bett durch in die Hütte, tasteten rum, fanden die Kerze und machten Licht. Wir beugten uns über Jim, er sah ganz wohl und munter aus. Wir weckten ihn langsam und vorsichtig. Jim war so froh, uns wieder zu sehen, dass er fast geweint hätte. Er hätt's am liebsten gesehen, wenn wir sofort 'ne Feile geholt und die Kette an seinem Bein durchgefeilt hätten. Er wollte weg, ohne Zeit zu verlieren, aber Tom erklärte ihm, dass das gegen die Regel wär. Er setzte sich zu ihm und erzählte ihm von unserm ganzen Plan, den wir ja jeden Augenblick ändern könnten, wenn Gefahr drohte. Er sagte Jim, er brauchte kein bisschen ängstlich zu sein, denn wir würden schon dafür sorgen, dass er bestimmt hier rauskäme. Jim sagte, er hätt nichts dagegen, und wir saßen 'ne ganze Weile bei ihm und sprachen von alten Zeiten. Dann stellte Tom 'ne Menge Fragen. Jim erzählte ihm, dass Onkel Silas jeden Tag oder mindestens jeden zweiten Tag käm, um mit ihm zu beten, und dass auch Tante Sally immer nachsehen würde, wie es ihm ging und ob er auch genug zu essen hätte. Beide waren überhaupt furchtbar freundlich zu ihm.

Tom sagte plötzlich:

»Jetzt weiß ich, wie wir's machen. Die beiden müssen selber die Sachen reinbringen.«

Ich sagte noch:

»Mach so was nicht. Das ist der verrückteste Einfall, dem ich je begegnet bin.«

Aber er hörte gar nicht auf mich, sondern erklärte Jim die ganze Angelegenheit. Er erzählte ihm, dass wir 'ne Strickleiter in 'ner Pastete reinschmuggeln wollten. Die würde Nat bringen, der Neger, der immer mit dem Essen kam. Er dürfte Nat die Leiter aber nicht sehen lassen. Kleinere Sachen würd er Onkel Silas in die Tasche stecken und Jim sollt sie da rausklauen. Andere Sachen wollt er der Tante Sally an die Schürzenbänder binden oder in die Schürzentasche stecken. Und dann erklärte er ihm, wie man mit Blut Tagebuch auf 'n Hemd schreibt. Er erklärte ihm überhaupt alles, und Jim konnte nicht einsehen, wozu das meiste gut war. Aber er dachte: Das sind Weiße und die müssen's schließlich wissen. Und er versprach, alles so zu tun, wie man's ihm erklärt hatte.

Jim hatte 'ne ganze Menge Pfeifen aus Maiskolben und Tabak, und wir ließen's uns wohl sein. Dann krochen wir durch unser Loch zurück und gingen ins Bett. Unsre Hände sahen vom Graben wie durchgekaut aus. Tom war ganz groß in Form. Er sagte, er hätt in seinem ganzen Leben noch keinen so famosen und interessanten Spaß erlebt, am liebsten würde er ihn bis zu seinem Tod fortführen und Jims Befreiung unsern Kindern überlassen. Er glaubte, Jim würde die Geschichte auch immer besser gefallen, je mehr er sich daran gewöhnen würde. Man könnte die Sache auf achtzig Jahre ausdehnen, was 'n Rekord wäre. Alle Beteiligten würden dadurch berühmt werden.

Am nächsten Morgen gingen wir zum Hauklotz und schlugen den Messingleuchter in kleine Stücke und Tom steckte die Stücke und den Löffel in seine Hosentasche. Dann gingen wir zu den Negerhütten, und während ich mich mit Nat unterhielt, schmuggelte Tom 'n Stück Messing in den Maisbrei, der für Jim bestimmt war.

Wir gingen mit Nat zu Jims Hütte, um zu sehen, wie alles ablief. Als Jim auf das Stück Messing biss, wären ihm fast sämtliche Zähne ausgefallen. Aber Jim ließ sich nichts anmerken und tat so, als wenn er auf 'nen Stein gebissen hätte. Von da an biss Jim nicht mehr sofort in irgendetwas, sondern stocherte erst drei- oder viermal mit dem Löffel im Essen rum.

Als wir noch dastanden, kamen plötzlich 'n paar Hunde unter Jims Bett vorgestürzt, und es kamen immer mehr, bis es schließlich elf Stück waren. Der Raum war so voll, dass man kaum mehr Luft holen konnte. Weiß der Teufel, wir hatten vergessen, die Schuppentür abzuschließen.

Nat schrie: »Hexen!« und fiel auf den Boden, mitten unter die Hunde. Er stöhnte, als ob er im Sterben liegen würde. Tom riss die Tür auf und warf 'ne Scheibe Fleisch von Jims Essen auf den Hof. Die Hunde fielen drüber her und Tom lief raus und war im Nu zurück und machte die Tür zu. Da wusst ich, dass er auch die Schuppentür zugemacht hatte. Denn bemühte er sich um Nat. Er streichelte ihn und redete ihm gut zu und fragte, ob er vielleicht wieder was gesehn hätte. Nat stand auf, blinzelte und sagte:

»Master Sid, Sie werden sagen, Nat ist 'n Narr. Aber wenn Nat nicht hat gesehen 'ne Million Hunde oder Teufel oder so was, dann will er tot hinfallen auf der Stelle. Nat hat sie gesehn, ganz gewiss, hat sie gefühlt. Nat wünscht nur, er könnt erwischen einmal eine von diesen Hexen, nur ein einziges Mal. Aber noch mehr wünscht Nat sich, dass sie ihn lassen in Ruhe.«

Tom sagte: »Soll ich dir sagen, was ich mir denke? Warum kommen die Hexen wohl gerade hierher zu diesem Neger, wenn Frühstückszeit ist? Weil sie Hunger haben. Drum mach ihnen 'ne Zauberpastete. Ja, das wär 's Richtige.«

»Ach, du mein lieber Gott, wie soll Nat ihnen machen 'ne Zauberpastete? Nat hat nie nix gehört von so 'n Ding.«

»Na schön, dann will ich sie dir machen.«

»Sie wollen das? Wahrhaftig? Nat wird küssen den Boden unter Ihren Füßen.«

»Na gut, ich will's tun, weil du's bist und weil du immer gut zu uns gewesen bist und uns den fortgelaufenen Neger gezeigt hast. Aber du musst sehr vorsichtig sein. Du darfst dich nicht rumdrehn und auf keinen Fall hinkucken, was wir auch in den

Napf tun. Du darfst auch nicht hinsehn, wenn Jim den Napf leer macht, sonst passiert wer weiß was. Vor allem, fass ja nicht die verhexten Sachen an.«

»Nat und anfassen? Warum sagen sie so was Nat. Nat nix anrühren für hundert Millionen Dollar.«

37. KAPITEL

Das war also geritzt. Wir gingen in 'ne Art Rumpelkammer, wo alte Schuhe und Lumpen und Flaschen und ausrangierte Blechgefäße aufbewahrt wurden. Wir kramten rum und fanden 'ne alte Waschschüssel. Wir stopften die Löcher zu, so gut wir konnten, nahmen sie mit in den Keller und füllten sie mit Mehl. Dann gingen wir zum Frühstück. Unterwegs fanden wir zwei Nägel, und Tom sagte, die wären richtig, damit könnte Jim allerlei in die Wände von seinem Kerker kratzen. Wir steckten einen von ihnen in die Tasche von Tante Sallys Schürze, die über 'nem Stuhl hing, den anderen klemmten wir hinters Band von Onkel Silas' Hut, der auf der Kommode lag; denn die Kinder hatten uns erzählt, dass die beiden nachher zu Jim rübergehen würden. Dann setzten wir uns an den Frühstückstisch. Vorher hatte Tom noch den Löffel in Onkel Silas' Rocktasche verschwinden lassen.

Als Tante Sally kam, war sie ganz aufgeregt und rot im Gesicht und konnte kaum warten, bis das Tischgebet gesprochen war. Dann schüttete sie sich mit der einen Hand Kaffee in die Tasse, mit der anderen gab sie einem von den Kindern 'ne Kopfnuss und sagte:

»Ich hab überall gesucht, aber ich kann dein zweites Hemd nicht finden.«

Mir rutschte das Herz in die Hose und 'n Stück von der harten Brotkruste kam mir in die Luftröhre. Ich musste furchtbar husten und das Stück Brot flog in hohem Bogen wieder raus und einem von den Kindern ins Auge. Das Kind stieß 'n wahres Indianergeheul aus. Tom wurde ganz blau im Gesicht. Die Verwirrung dauerte fast 'ne halbe Minute. Dann sagte Onkel Silas:

»Das ist wirklich komisch. Ich weiß genau, ich hab's ausgezogen, weil…«

»Weil du ja nur eins mit einem Mal anziehen kannst. Ich weiß es besser als du, dass du's ausgezogen hast, weil ich's gestern noch auf der Wäscheleine gesehen hab. Aber 's ist weg, das steht fest. Und du musst jetzt so lang eins von den roten Flanellhemden anziehen, bis ich dazu komme, dir 'n neues zu machen, das dritte schon in zwei Jahren. Du kannst einen mit deinen Hemden schon auf dem Trab halten. In deinem Alter sollte 'n Mensch doch endlich mal auf seine Hemden aufpassen können.«

»Ich weiß, Sally. Aber's ist doch nicht nur meine Schuld. Ich hab doch nur dann mit den Hemden was zu tun, wenn ich sie auf dem Leib habe! Und ich glaub nicht, dass ich jemals eins verloren hab, wenn ich's auf dem Leib hatte.«

»Aber 's ist ja nicht nur das Hemd weg, 'n Löffel ist weg. Es waren zehn, jetzt sind's nur noch neun. Das Kalb kann ja das Hemd gefressen haben, so was ist schon vorgekommen. Aber ich hab nie von 'nem Kalb gehört, das schon mal 'nen Löffel gefressen hat.«

»Und was fehlt noch?«

»Sechs Kerzen sind weg. Die werden die Ratten gefressen

haben. Ich wundre mich nur, dass sie noch nicht das ganze Haus weggetragen haben, denn du redst nur immer, dass du was gegen sie tun willst, aber du tust doch nichts. Doch du würdest ja nicht mal was machen, wenn sie in deinem Haar wohnten. Aber den Löffel kann man den Ratten nicht zur Last legen.«

»Ich weiß, Sally, dass das mit den Ratten meine Schuld ist. Aber heut noch werd ich die Löcher zustopfen.«

»Oh, ich würd mich gar nicht so beeilen. Nächstes Jahr ist auch noch Zeit.«

Und sie schlug eins von den Kindern mit ihrem Fingerhut auf den Kopf, weil's die Finger in der Zuckerdose gehabt hatte. Grad in dem Moment kam die Negerfrau rein und sagte:

»Missus, 'n Laken ist weg.«

»'n Laken weg? Na, das reicht mir jetzt aber.«

»Ich werd heut noch die Rattenlöcher zustopfen«, sagte Onkel Silas bekümmert.

»Gestern ist's noch da gewesen, das Laken auf der Leine, heute ist's futsch.«

»Ich glaub, die Welt geht unter«, rief Tante Sally. »So was ist mir mein Lebtag noch nicht passiert. 'n Hemd weg, 'n Laken, sechs Kerzen…«

Da stürzte 'n halbwüchsiger Neger rein und rief:

»Missus, der Messingleuchter ist weg.«

»Raus!«

Tante Sally kochte. Sie rannte durchs Zimmer und wir alle saßen verschüchtert und still da. Onkel Silas machte 'n ganz dummes Gesicht, als er seine Hand in die Rocktasche steckte und den Löffel rauszog. In dem Moment wünschte ich, ich wär in Jerusalem gewesen oder sonst wo. Tante Sally sagte nur:

»Das hab ich erwartet! Hast ihn also die ganze Zeit in der

Tasche gehabt. Ich würd mich nicht wundern, wenn das andre Zeug auch drin wär. Wie ist er eigentlich da reingekommen?«

»Ich weiß wirklich nicht, Sally«, sagte der Onkel entschuldigend. »Ich würd's dir bestimmt sagen, wenn ich's wüsste. Vorm Frühstück hab ich im 2. Johannesbrief gelesen und da hab ich den Löffel wahrscheinlich anstatt des Neuen Testaments eingesteckt. Ja, ja, so wird's gewesen sein, denn ich hab das Testament nicht in der Tasche. Und wenn das Testament noch da liegt, wo ich drin gelesen hab, dann ist's ja klar. Ich geh gleich mal nachkucken…«

»Lass mich in Frieden! Macht alle, dass ihr wegkommt, und lasst euch nicht eher wieder blicken, bis ich meinen Seelenfrieden wieder gefunden hab.«

Ich machte, dass ich rauskam.

Wie wir durchs Wohnzimmer gingen, nahm der alte Herr seinen Hut, und der Nagel klirrte zu Boden. Er bückte sich aber nur, hob ihn auf und legte ihn auf die Kommode. Er sagte nichts und ging raus. Tom sah das, dachte an den Löffel und sagte:

»Na, es hat keinen Zweck, Sachen durch ihn rüberzuschicken. Auf den können wir uns nicht verlassen.« Dann fuhr er fort: »Aber mit dem Löffel hat er uns 'nen guten Dienst erwiesen, ohne dass er's wusste. Und wir werden ihm jetzt auch 'nen guten Dient erweisen, ohne dass er's weiß. Wir stopfen die Rattenlöcher zu.«

Von denen gab's viele im Keller, und die alle zu verstopfen, das dauerte 'ne ganze Stunde. Als wir fertig waren, hörten wir Schritte auf der Treppe. Wir pusteten die Kerze aus und versteckten uns.

Da kam der alte Herr mit 'ner Kerze in der einen Hand, in der anderen 'n Bündel. Er sah so abwesend aus wie's vergangene

Jahr. Ganz in Gedanken ging er zu 'nem Rattenloch, dann zum nächsten, bis er schließlich alle gesehen hatte. Dann stand er ungefähr fünf Minuten da, pflückte das runtergelaufene Wachs von der Kerze und überlegte. Schließlich drehte er sich um und ging wieder langsam auf die Treppe zu. Dabei murmelte er:

»Ich kann mich wahrhaftig nicht daran erinnern, wann ich die Löcher zugestopft hab. Jetzt könnt ich ihr beweisen, dass ich nicht schuld bin, dass die Ratten die Kerzen gefressen haben. Aber wozu? Es hat ja doch keinen Zweck.«

Er ging murmelnd die Treppe rauf. Bald darauf gingen wir auch.

Wirklich, Silas Phelps war 'n furchtbar netter alter Mann.

Tom war ziemlich in Schwierigkeiten wegen dem Löffel, und er sagte, wir müssten ihn wiederkriegen. Er überlegte, wie wir das anstellen sollten. Schließlich hatte er 'nen Weg gefunden. Wir gingen in die Küche und stellten uns neben den Löffelkorb und warteten, bis Tante Sally kam. Dann fing Tom an, die Löffel zu zählen. Dabei steckte er einen in meinen Ärmel und sagte:

»Tante Sally, da sind ja immer noch nur neun Löffel drin.«

Sie sagte: »Geh spielen und kümmere dich nicht drum. Ich weiß das besser, denn ich hab sie gezählt.«

»Ich hab sie zweimal gezählt, Tante, und komme immer nur auf neun.«

Und sie kam und zählte. »Großer Gott, es sind wirklich nur neun!«, rief sie. »Ich will sie nochmals zählen.«

Da ließ ich den Löffel, den ich im Ärmel hatte, in den Korb gleiten.

»Was ist denn nun los? Jetzt sind's auf einmal wieder zehn.«

»Das glaub ich dir nicht, Tante Sally«, sagte Tom.

»Hast du denn nicht gesehn, dass ich sie gezählt hab?«

»Doch, aber…«

»Na, ich zähl sie noch mal.«

Ich ließ wieder einen im Ärmel verschwinden und sie zählte wieder neun.

Da wurde sie wild. Sie zitterte am ganzen Leib. Aber sie zählte und zählte, bis sie so aus dem Häuschen war, dass sie den Korb mitzählte. Dreimal waren es neun, dreimal waren es zehn. Da nahm sie den Korb und schmiss ihn quer durch die Küche. Und die Katze kriegte auch 'nen Tritt. Dann schrie sie, wir sollten machen, dass wir rauskämen, und sollten sie vorm Mittagessen nur ja nicht wieder belästigen.

Wir aber steckten ihr den zehnten Löffel in die Schürzentasche, und Jim fischte ihn da raus, wie sie zu ihm rüberkam.

Am Abend hängten wir das Laken wieder auf die Wäscheleine und wir nahmen dafür eins auf ihrem Wäscheschrank. 'n paar Tage lang haben wir dann die Laken gestohlen und wieder zurückgebracht, bis sie überhaupt nicht mehr wusste, wie viel Laken sie eigentlich hatte.

Jetzt war alles in bester Ordnung mit dem Hemd, dem Laken, dem Löffel und den Kerzen, dank den Ratten und dem verrückten Zählen. Der Leuchter war nicht so wichtig. Der war bald vergessen.

Die Pastete machte uns unendlich viel Mühe. Wir mischten den Teig draußen im Wald, buken sie auch da und kriegten sie schließlich sehr schön fertig. Allerdings nicht an einem Tag. Wir verbrauchten drei Waschschüsseln voll Mehl, bis sie uns gelang. Außerdem verbrannten wir uns an 'n paar Stellen ganz gehörig und die Augen tränten uns vor lauter Rauch. Wir wollten nur 'ne anständige Kruste haben, aber wir konnten das Ding nicht richtig zum Aufgehen bringen, es sackte immer wieder zusammen. Erst zuletzt kam uns der erlösende Gedanke, die Strickleiter gleich in die Pastete einzubacken. Wir blieben die nächste Nacht bei Jim, rissen das Laken in lauter schmale Streifen und flochten die zusammen. Lange eh es Tag wurde, hatten wir 'nen tadellosen Strick fertig, an dem man getrost jemand hätte aufhängen können. Wir taten natürlich so, als ob wir neun Monate dazu gebraucht hätten.

Am Vormittag nahmen wir den Strick mit in den Wald, aber er wollte nicht in die Pastete passen. Da er ja von einem ganzen Laken gemacht war, hätte er natürlich für vierzig Pasteten ausgereicht und noch für 'ne Suppe und Würstchen und wer weiß was dazu.

Aber wir brauchten ja gar keine ganze Leiter. Wir wollten nur genug für unsere Pastete und warfen also den Rest weg. Onkel Silas hatte 'ne herrliche Wärmpfanne aus Messing mit 'nem langen Holzstiel dran, auf die er große Stücke hielt, weil sie einem seiner Vorfahren gehört hatte, der mit Wilhelm dem Eroberer auf der »Mayflower« oder einem von den allerersten Schiffen aus England rübergekommen war. Sie wurde mit 'nem ganzen Haufen anderer alter Töpfe und sonstiger Sachen oben in der Bodenkammer aufbewahrt, beileibe nicht, weil sie viel wert war, sondern eben weil's 'ne Reliquie war. Die holten wir also und nahmen sie mit in den Wald. Bei den ersten Pasteten versagte sie, weil wir nicht wussten, wie wir es machen mussten, aber bei der letzten bewährte sie sich glänzend. Wir füllten sie mit dem Strick und mit Teig und legten auch noch 'ne Teigdecke drüber. Obendrauf taten wir Glut und stellten das Ding ins Feuer. Weil der Stiel so lang war, konnten wir 'n paar Schritt entfernt kühl und gemütlich dabeistehn. Na, nach 'ner Viertelstunde hatten wir 'ne Pastete, die sich sehen lassen konnte.

Nat sah wirklich nicht hin, als wir sie in den Napf von Jim legten. Jim hatte jetzt alles beisammen. Als er wieder allein war, brach er die Pastete kaputt und versteckte die Strickleiter in seinem Strohsack. Dann kratzte er 'n paar Zeichen auf 'nen Blechteller und schmiss ihn aus dem Fenster.

38. KAPITEL

Ne furchtbar schwere Arbeit war das Herstellen der Federn und der Säge. Jim meinte, 'ne Inschrift in die Wand zu ritzen wär 'ne noch schwerere Arbeit. Aber Tom sagte, es gäb nicht 'nen einzigen Fall, wo 'n Staatsgefangener nicht seine Inschrift und sein Wappenschild in die Mauer geritzt hätte.

»Denk bloß mal an Lady Jane Grey«, sagte er, »denk an Dudley oder an den alten Northumberland. Selbst wenn es wirklich Mühe macht, Huck, drum rumkommen kannste nicht. Jim muss seine Inschrift und sein Wappenschild machen. Sie haben's doch alle getan.«

Jim sagte: »Aber Jim hat kein Wappenschild nicht. Jim hat nur das Hemd und da soll er drauf schreiben Tagebuch.«

»Jim, das ist was ganz anderes.«

»Aber«, sagte ich, »Jim hat doch Recht, wenn er sagt, er hat kein Wappenschild. Er hat wirklich keins.«

»Das weiß ich auch, aber wetten, dass er eins hat, eh er hier rauskommt? Er soll hier zünftig rauskommen. Seine Geschichte darf keinen Fehler haben.«

Während Jim und ich auf 'nem Ziegelstein unsre Federn zurechtfeilten, dachte Tom über 'n Wappenschild nach. Schließlich sagte er, ihm wären so viele passende eingefallen, dass er nicht wüsste, welches er nehmen sollte. Es wäre allerdings eins dabei, für das er sich wahrscheinlich entscheiden würde. Er erklärte:

»Das Schild muss 'nen Querbalken haben und im rechten Feld unten 'n dunkelrotes Andreaskreuz und 'nen kauernden Hund. Unter seinen Füßen muss eine Kette sein als Zeichen der Sklaverei. Im Schildkopf muss 'n grüner ausgezackter Sparren und drei eingekerbte Linien in 'nem blauen Feld sein. Dann muss in der Mitte über 'ner Säge 'n fortlaufender Neger mit geschultertem Bündel sein. Und rechts zwei Stützen, das sind wir beide. Motto: ›Maggiore fretta, minore atto‹. Das hab ich aus 'nem Buch und heißt: Je hastiger, umso unvornehmer.«

»Herr, du meine Güte«, sagte ich. »Was soll denn das bloß alles bedeuten?«

»Wir haben keine Zeit, uns mit Erklärungen aufzuhalten«, sagte Tom, »wir müssen jetzt drauflosschuften.«

Danach dachte er sich 'n paar traurige Inschriften aus und las sie vor. Sie lauteten folgendermaßen:

1. Hier brach ein gefangenes Herz.
2. Hier hauchte ein armer Gefangener, von der Welt und seinen Freunden verlassen, sein kummervolles Leben aus.
3. Hier brach ein einsames Herz und ein müder Geist ging ein zur ewigen Ruhe, nach siebenunddreißigjähriger Einzelhaft.
4. Hier ging heimat- und freudlos nach siebenunddreißigjähriger bitterer Gefangenschaft ein edler Fremder, ein natürlicher Sohn Ludwigs XVI., zugrunde.

Toms Stimme zitterte, als er las, und er wär fast zusammengebrochen. Er konnt sich nicht entschließen, welche von den Inschriften Jim in die Wand ritzen sollte, denn sie waren doch alle so schön. Schließlich meinte er, Jim sollte alle vier nehmen, aber Jim erklärte, er würde ein Jahr brauchen, um das ganze Zeug mit 'nem Nagel in die Balken zu kratzen, und außerdem wüsst er überhaupt nicht, wie Buchstaben gemacht würden. Aber Tom versprach ihm, die Buchstaben vorher einzukerben, dass er nur die Linien nachzuziehen hätte.

»Doch da fällt mir ein«, sagte er plötzlich, »Balken gehn überhaupt nicht. Im Kerker gibt's keine Balkenwände. Wir müssen die Inschriften unbedingt in 'nen Felsen eingraben. Wir wollen einen herholen.«

Jim meinte, Fels wär noch viel schlimmer als Balken, und es würd so lange dauern, bis er sie eingemeißelt hätte, dass er nie fertig würde. Da sagte Tom wieder, dass ich ihm ja dabei helfen könnten, und dann kuckte er nach, wie weit Jim und ich mit den Federn wären. Aber das war eine ganz verteufelt mühselige und harte Arbeit. Sie ging sehr langsam voran, und ich hatte überhaupt keine Aussicht, die Blasen an meinen Händen loszuwerden. Wir schienen beide kaum vorwärts zu kommen. Da sagte Tom: »Jetzt weiß ich, wie wir's am besten schaffen. Wir brauchen 'nen Stein für das Wappenschild und die Klageinschriften. Unten in der Mühle liegt 'n herrlicher großer Mühlstein. Wenn wir den klauen, können wir zwei Fliegen mit einer Klappe schlagen. Erstens können wir die Federn an ihm zurechtschleifen und zweitens die Inschriften in ihn reingraben.«

Das war 'ne große Idee, es war aber auch 'n großer Mühlstein. Doch wir hofften, dass wir's schaffen würden. Weil es noch nicht ganz Mitternacht war, gingen wir sofort zu der Mühle und ließen Jim mit seiner Arbeit zurück. Wir klauten den Mühlstein und rollten ihn nach Hause. Aber das war 'ne verteufelte Sache. Wir taten unser möglichstes, konnten aber doch nicht verhindern, dass der Stein von Zeit zu Zeit umkippte. Wir wären 'n paar Mal fast zerquetscht worden, und Tom meinte, einen von uns würd's sicherlich vorm Ziel noch erwischen. Als wir ihn halbwegs nach Hause gerollt hatten, waren wir völlig ausgepumpt und in Schweiß gebadet. Es half nichts, wir mussten Jim zu Hilfe holen. Jim hob also sein Bett hoch, machte die Kette vom Pfosten los und wickelte sie sich ein paar Mal um den Hals. Dann krochen wir durch das Loch ins Freie, und Jim und ich rollten den Mühlstein weiter, während Tom uns beaufsichtigte. Das konnt er besser als irgendwer sonst.

Das Loch war ja ziemlich groß, aber doch nicht groß genug, um 'nen Mühlstein durchzubringen. Jim nahm also die Hacke und verbreiterte es. Dann zog ihm Tom auf dem Mühlstein mit 'nem Nagel die Inschriften vor. Jim sollte sie sofort mit 'nem Nagel als Meißel und 'nem Eisenbolzen als Hammer ausarbeiten, und er sollte so lange arbeiten, bis der Rest von der Kerze niedergebrannt war. Eher durfte er nicht ins Bett. Er sollte den

Mühlstein dann unter seinem Strohsack verstecken und sich drauf schlafen legen. Wir halfen ihm, wieder die Kette am Bettpfosten zu befestigen, und konnten nun selber schlafen gehn. Tom schien noch etwas einzufallen.

»Gibt's hier Spinnen, Jim?«, fragte er.

»Nein, Master Tom. Gott sei Dank sind keine hier.«

»Schon gut, wir werden dir welche bringen.«

»Aber wozu denn? Jim fürchtet sich davor, genau wie vor Klapperschlangen.«

Tom dachte nach und sagte dann:

»Das ist 'ne gute Idee! Das ist sicher auch schon vorgekommen. Ja, das muss sicher schon mal vorgekommen sein. Das muss einem ja einleuchten. Wo willste sie hinhaben?«

»Was?«

»Na, 'ne Klapperschlange.«

»Beim lebendigen Gott, Master Tom, wenn hier wird kommen 'ne Klapperschlange rein, dann wird Jim durchbrechen ganz einfach die Balkenwand mit dem Kopf!«

»Aber Jim, nach 'nem Weilchen wirste gar keine Angst mehr vor ihr haben. Du kannst sie ja zähmen.«

»Zähmen?«

»Ja, ganz einfach. Jedes Tier ist dankbar, wenn man gut zu ihm ist und 's streichelt, und 's würd gar nicht daran denken, jemand zu verletzten, der's streichelt. Das kannst in jedem Buch lesen. Versuch's doch mal – mehr will ich ja gar nicht –, versuch's doch bloß mal zwei oder drei Tage lang. Du kannst sie in ganz kurzer Zeit so erziehen, dass sie dich lieb hat und bei dir schläft und nicht 'nen Augenblick ohne dich sein will und sich von dir um den Hals wickeln lässt und ihren Kopf in deinen Mund steckt.«

»Ach bitte, Master Tom, nicht so reden. Sie soll stecken ihren Kopf in den Mund von Jim? Da kann sie lange warten, bis Jim sie darum bittet.«

»Aber Jim, benimm dich nicht so dumm. 'n richtiger Gefangener muss 'nen stummen Freund haben, und wenn's auch noch nie einer mit 'ner Klapperschlange versucht hat, umso größer ist doch dein Ruhm.«

»Aber Jim mag solchen Ruhm nicht. Wenn die Schlange beißt Jim das halbe Gesicht ab, was nützt dann der Ruhm? Nee, so was ist nix für Jim.«

»Kannste's nicht wenigstens mal versuchen? Ich will ja bloß, dass du's versuchst. Du brauchst ja gar nicht dabei zu bleiben, wenn's nicht geht.«

»Nein, nein. Wenn du und Huck hierher holen 'ne Klapperschlange, dann brennt Jim ganz sicher durch.«

»Na schön, dann lässte's eben bleiben. Wir besorgen dir 'n paar Ringelnattern, und du bindest ihnen Köpfe an die Schwänze und tust so, als ob's richtige Klapperschlangen wären. Das wird wohl gehen, denk ich.«

»Die kann Jim auch nicht leiden. Mein Gott, als ob Jim nicht kann auskommen ohne so was. Jim hat nix gewusst vorher, dass es macht so viel Ärger und Mühe, Gefangener zu sein.«

»Gott, 's geht nich anders, wenn's richtig gemacht wird. Gibt's hier wenigstens Ratten?«

»Nein, Jim hat noch keine nicht gesehn.«

»Na schön, dann werden wir eben 'n paar fangen.«

»Aber nein, Jim mag keine Ratten nicht. Sie sind die verfluchtesten Kreaturen und stören immerzu und rascheln über einen weg und beißen einen in die Füße, wenn man schlafen will. Nein, nein, bring 'ne Ringelnatter, wenn's sein muss, aber bring keine Ratten.«

»Aber Jim, du musst doch welche haben. Alle haben welche gehabt. Reg dich doch nicht so drüber auf. Gefangene sind nie ohne Ratten. Dafür gibt's kein Beispiel. Sie ziehn sie zu sich ran und streicheln sie und bringen ihnen Kunststücke bei und schließlich werden sie so harmlos wie Fliegen. Aber du musst ihnen Musik vormachen. Haste irgendwas zum Musikmachen da?«

»Jim hat nur 'nen Kamm und 'n Stück Papier. Aber wollen die denn so 'ne Musik?«

»Was das für 'ne Musik ist, da fragen die nicht nach. Es ist gut genug für sie. Alle Tiere lieben Musik und in Gefängnissen sind sie wie närrisch darauf, besonders auf traurige, und die kannste doch damit gut machen. Du, das macht ihnen Spaß, dann kommen sie rausgekrochen, um zu sehen, was mit dir los ist. – Na, dann wär ja alles in schönster Ordnung. Du musst dich also abends, eh du schlafen gehst, und morgens auf den Bettrand setzen und Musik machen, das lockt die Ratten rascher vor wie irgendwas andres. Wenn du deine zwei Minuten gespielt hast, wirste schon sehn, wie die Ratten alle und die

Schlangen und Spinnen und die anderen Viecher mitleidig zu dir kommen. Sie werden nur so um dich rumschwärmen. Werden die sich freun!«

»Ja, die freuen sich sicher. Aber der arme Jim? Wenn Jim bloß könnte sehen 'nen Zweck.«

Tom dachte wieder nach und überlegte, ob er noch was Wichtiges vergessen hätte. Plötzlich sagte er:

»Ich hab doch noch was vergessen. Könntste nicht vielleicht noch 'ne Blume aufziehn?«

»Vielleicht ist's möglich, wenn's auch ziemlich dunkel hier drin ist.«

»Na, versuch's auf jeden Fall. Andre Gefangene haben das auch getan. Wir werden dir 'ne kleine herbringen und du kannst sie drüben in der Ecke einpflanzen und aufziehn. Und du musst sie mit deinen Tränen begießen.«

»Aber warum denn, hier ist doch massenhaft Wasser.«

»Wasser darfst du eben nich nehmen. Du musst sie mit deinen Tränen begießen. So wird's nun mal immer gemacht.«

»Dann wird sie sterben unter meinen Händen, ganz sicher, denn Jim tut niemals nicht weinen.«

Da war Tom geschlagen. Er überdachte die Sache und meinte dann, Jim sollt's mal mit 'ner Zwiebel versuchen, und er versprach ihm, morgens zu den Negerhütten zu gehn und ihm heimlich 'ne Zwiebel in die Kaffeekanne fallen zu lassen. Jim erklärte, dann hätt er noch lieber Tabak in seinem Kaffee. Er nörgelte und quengelte, dass ihm das Aufziehen von so 'ner Blume so viel Arbeit machen würde, und dann noch das Musikmachen für die Ratten, und das Streicheln und Schöntun mit den Schlangen und Spinnen und dem andern Viehzeug, und vor allem die Quälerei mit den Federn und dem Schreiben von Inschriften. Er hätte mehr Mühe und Ärger damit, 'n Gefangener zu sein, als mit irgendwas anderem, was er je im Leben angefangen hätte. Tom hätt beinah die Geduld verloren. Er sagte ihm, dass noch kein Gefangener vor ihm solche Möglichkeiten gehabt hätte, sich 'nen Namen zu machen, aber er wollt das partout nicht einsehen. Bei ihm wär wirklich Hopfen und Malz verloren.

Da wurde Jim sehr traurig und versprach, sich von jetzt ab besser zu benehmen. Tom und ich zogen darauf ab und gingen ins Bett.

39. KAPITEL

Am nächsten Morgen gingen wir ins Städtchen und kauften uns 'ne Rattenfalle aus Draht. Zu Hause machten wir dann ein Rattenloch wieder auf und hatten in einer Stunde fünfzehn prachtvolle, fette Ratten gefangen. Wir nahmen die Falle und stellten sie unter Tante Sallys Bett. Aber als wir unterwegs waren, um Spinnen zu fangen, fand sie der kleine Thomas Franklin Benjamin Jefferson Alexander Phelps und machte die Tür von der Falle auf, weil er sehen wollte, ob die Ratten rauskommen würden, was sie natürlich auch sofort taten. Und Tante Sally kam da grad rein. Sie stand noch immer auf dem Bett, als wir nach Haus kamen, und machte Krach. Die Ratten taten alles, was sie nur konnten, damit sich die Tante nicht langweilte. Tante Sally knöpfte uns beide vor und wir kriegten Prügel. Ganze zwei Stunden brauchten wir, um uns neue fünfzehn Stück zu fangen, aber die waren nicht annähernd so schön wie die ersten, die wirklich die besten Exemplare von der ganzen Rattenfamilie gewesen waren. So feine Ratten wie die vom ersten Fang hab ich in meinem ganzen Leben nicht mehr gesehen.

Wir verschafften uns noch 'nen Vorrat von Spinnen, Käfern, Fröschen, Raupen und anderem Getier. Wir hätten gern ein Hornissennest erwischt, aber daraus ist nichts geworden.

Dann suchten wir Schlangen und fingen auch 'n paar Dutzend Blindschleichen und Ringelnattern. Wir taten sie in 'nen Beutel und brachten sie auf unser Zimmer. Inzwischen war es Abendbrotzeit. Na, wir hatten heute viel geschafft und 'nen mächtigen Hunger.

Wie wir wieder in unser Zimmer kamen, war auch nicht eine Schlange mehr da. Wir hatten den Sack nicht fest genug zugemacht und sie mussten sich irgendwie rausgearbeitet haben. Jedenfalls waren sie verschwunden. Das schadete ja nicht viel, denn irgendwo mussten sie schließlich noch im Haus sein. Wir hofften, dass wir 'n paar von ihnen wieder erwischen würden.

Na, in dem Haus war in der nächsten Zeit kein Mangel an Schlangen. Ab und zu fielen welche von der Decke runter und landeten gewöhnlich auf 'nem Teller, oder sie rutschten hinten in den Nacken rein oder sonst wohin, wo man sie nicht gern hat. Die Schlangen waren schön und gestreift und ganz harmlos. Aber das war Tante Sally ganz egal. Sie hatte einen Abscheu vor jeder Art Schlangen. Sie konnte Schlangen nun mal nicht ausstehen, und jedes Mal, wenn eine auf sie runter fiel, warf sie ihre Arbeit beiseite und lief weg. Ich hab so 'ne ängstliche Frau in meinem ganzen Leben nicht wieder gesehen. Ihr Geschrei konnte man bis nach Jericho hören. Man konnte sie nicht mal dazu kriegen, eine mit 'ner Feuerzange anzufassen. Wenn sie eine in ihrem Bett fand, war sie im Nu raus und machte 'n Gezeter, als ob das Haus brennen würde.

Natürlich bekamen wir jedes Mal Dresche, wenn eine von unsern Schlangen ihr in den Weg kam, und sie sagte, dass das noch nichts gegen die Keile wär, die wir kriegen würden, wenn wir noch mal so'n Viehzeug ins Haus brächten. Die Keile machte mir nichts aus, denn es war nicht weit her damit. Mir tat es bloß um die verlorene Mühe Leid, die das Fangen gemacht hatte. Na, schließlich hatten wir sie alle wieder beisammen.

Gott, war das lustig, wenn bei Jim in der Hütte all die Tiere nach der Musik losschwärmten und um ihn rumtanzten. Jim konnte Spinnen nicht leiden und die Spinnen konnten ihn nicht leiden. Sie lauerten ihm also dauernd auf und machten ihm die Hölle heiß. Jim meinte, er hätte vor lauter Ratten, Schlangen und Mühlsteinen kaum noch selber Platz in seinem Bett, und wenn er Platz gefunden hätte, könnt er vor lauter Gekrabbel nicht schlafen. Wenn er je hier glücklich rauskommen würde, sagte er, dann wollt er sein Leben lang nie wieder Gefangener sein. Auch nicht, wenn er dafür bezahlt würde.

Na, am Ende der dritten Woche war alles so ziemlich in Schuss. Die Federn hatten wir fertig gemacht, die Inschriften und so weiter waren in den Mühlstein eingekerbt, der Bettpfosten war durchsägt. Aber wir waren auch alle furchtbar erschöpft, besonders Jim. Onkel Silas hatte 'n paar Mal an den Besitzer der Plantage bei New Orleans geschrieben, er solle doch den fortgelaufenen Neger abholen lassen. Aber es kam keine Antwort, weil ja die Plantage überhaupt nicht existierte. Schließlich erklärte er, er würde jetzt Jim in den Zeitungen von St. Louis und New Orleans annoncieren. Als er davon sprach, lief's mir kalt den Rücken runter, und ich begriff, dass wir keine Zeit mehr zu verlieren hatten. Tom sagte, jetzt wär der richtige Augenblick für die annunühmen Briefe.

»Was ist denn das?«, fragte ich.

»Na, Warnungen an die Leute, das was im Gang ist. Manchmal macht man's so, manchmal auch anders. Aber meistens spioniert eben einer rum, der dem Befehlshaber von dem Schloss Kenntnis von allen Vorgängen gibt. Als Ludwig XVI. aus dem Tüllerin auskratzen wollte, da hat's ein Dienstmädchen verraten. Das ist 'ne schöne Methode. Aber annunühme Briefe sind auch gut. Wir können ja beides anwenden. Es kommt auch oft vor, dass die Mutter von dem Gefangenen die Kleider mit ihm wechselt und dableibt, während er in ihren Kleidern abhaut. Wir können das ja auch so machen.«

»Hör mal, Tom, wozu müssen wir denn erst die Leute warnen, dass was im Gang ist? Sollen sie doch von alleine drauf kommen. Sie müssen doch schließlich aufpassen.«

»Das weiß ich auch. Aber du kannst dich auf sie ja nicht verlassen. Sie haben uns von Anfang an alles ruhig in die Wege leiten lassen. Sie sind so vertrauensselig und so doof, dass sie überhaupt nichts merken. Wenn wir die nicht benachrichtigen, kommt uns womöglich kein Aas in die Quere, und dann geht die ganze Flucht nach all der Arbeit und der Mühe womöglich glatt und hat überhaupt keinen Wert nicht.«

»Weißte, Tom, für meine Person wär mir das auch am liebsten.«

»Quatsch!«

»Ich will mich ja gar nicht weiter beklagen«, sagte ich, »bin ja schon ruhig. Was dir recht ist, ist mir auch recht. Aber wie willste die Geschichte mit dem Dienstmädchen machen?«

»Das Dienstmädchen bist du. Du musst mitten in der Nacht in das Zimmer von der Negermagd schleichen und ihr den Rock klauen.«

»Das wird aber am Morgen 'nen schönen Krach geben. Die hat doch sicher bloß einen.«

»Ich weiß, aber du braucht ihn ja höchstens 'ne Viertelstunde, bis du den annunühmen Brief unter die Tür geschoben hast.«

»Na schön, das will ich ja gern tun. Aber könnt ich ihn nicht genauso gut in meinen eigenen Sachen hinbringen?«

»Dann würdste doch nicht aussehn wie 'n Dienstmädchen, klar?«

»Aber es sieht ja doch keiner, wie ich aussehe.«

»Das ist doch ganz egal. Wir müssen unsre Pflicht tun und haben uns nicht darum zu kümmern, ob's jemand sieht oder nicht. Haste denn überhaupt keine Grundsätze nicht?«

»Na schön, ich sag nix mehr. Ich bin also das Dienstmädchen. Aber wer ist Jims Mutter?«

»Die bin ich. Ich werd Tante Sally 'n Kleid klauen.«

»Aber dann musste auch in Jims Hütte bleiben, wenn Jim und ich abhauen.«

»Nicht lange. Ich stopfe Jims Kleider mit Stroh aus und lege sie auf sein Bett. Das ist dann Jims verkleidete Mutter. Jim muss dann meine Sachen anhaben und wir entweichen zusammen. Es heißt nämlich entweichen, wenn ein Gefangener von Rang entflieht. Das sagt man zum Beispiel immer, wenn 'n König entflieht oder der Sohn von 'nem König.«

Tom schrieb also den annunühmen Brief und ich klaute in der Nacht der Negermagd ihren Rock, zog ihn an und schob den Brief unter die Haustür, ganz wie's Tom befohlen hatte. Der Brief lautete:

Hütet euch! Man braut Unheil. Seid auf der Hut!
Ein unbekannter Freund.

In der nächsten Nacht klebten wir 'n Blatt Papier an, auf das Tom mit Blut 'nen Totenschädel und ein Skelett gemalt hatte. In der Nacht darauf hängten wir 'n Stück Papier, wo 'n Sarg draufgemalt war, an der Hintertür auf.

Ich hab noch nie 'ne Familie gesehen, die so aufgeregt war wie die Phelps. Sie hätten nicht entsetzter sein können, wenn das ganze Haus voller Gespenster gewesen wär. Wenn 'ne Tür klappte, sprang Tante Sally hoch und schrie: Huch!; wenn was runterfiel oder wenn man sie unversehens berührte, schrie sie ebenfalls. Sie traute sich nicht, gradaus zu sehen, weil sie immer dachte, es könnte plötzlich jemand hinter ihr stehen. Immer fuhr sie rum und schrie: Huch! Und wenn sie kaum halb rum war, ging ihr Kopf schon wieder mit 'nem Ruck nach vorn. Sie hatte Angst, ins Bett zu gehen, aber auch keinen Mut aufzubleiben. Tom erklärte, die ganze Geschichte klappe so, wie er's kaum erwartet hätte. Das wär der Beweis dafür, dass alles richtig angefangen worden wär.

Er sagte: »Jetzt kommt der große Schlag!«

Wir schrieben am nächsten Morgen noch 'nen Brief und überlegten, was wir am besten damit anstellen sollten. Beim Abendbrot war nämlich davon gesprochen worden, dass an den Türen zwei Neger die ganze Nacht Wache stehen sollten. Tom kletterte den Blitzableiter runter, um zu sehen, ob die Luft rein war. Der Neger, der an der Hintertür Wache halten sollte, schlief wie ein Stein. Tom steckte ihm den Brief hinten in den Kragen und kam zurück. Der Brief hatte folgenden Inhalt:

Verratet mich nicht, denn ich bin euer Freund. Eine verwegene Bande von Halsabschneidern drüben aus dem Indianergebiet beabsichtigt, heut Nacht euern fortgelaufenen Neger zu stehlen. Sie haben versucht, euch so einzuschüchtern, dass ihr im Haus bleibt und sie nicht stört. Ich gehöre mit zu der Bande, aber ich habe Religion und will die Bande verlassen und wieder ein ehrliches Leben führen. Darum verrate ich euch den teuflischen Plan. Man will von Norden am Zaun heranschleichen. Punkt Mitternacht. Man wird die Hütte des Negers mit 'nem falschen Schlüssel öffnen und ihn rausholen. Ich soll ein Stück davon entfernt warten und Alarm blasen, sobald Gefahr im Anzug ist, stattdessen werde ich wie ein Schaf blöken, sobald die Bande drin ist, und überhaupt nicht blasen. Wenn sie seine Ketten lösen, müsst ihr ranschleichen und sie einschließen. Dann könnt ihr sie nach Belieben töten. Macht nichts anderes, als was ich euch sage. Wenn ihr's anders macht, werden sie Verdacht schöpfen und ein Indianergeheul erheben. Ich verlange keine Belohnung, ich will nur das Bewusstsein haben, dass ich das Rechte getan habe.
Ein unbekannter Freund.

40. KAPITEL

Bei all den Vorbereitungen fühlten wir uns sauwohl. Nach dem Frühstück holten wir mein Kanu und fuhren zum Fischefangen auf den Fluss raus. Mittagessen hatten wir bei uns und wir ließen's uns gut gehen. Wir sahen nach dem Floß, fanden alles in bester Ordnung und kamen erst zum Abendessen wieder nach Hause. Die anderen schwitzten richtig vor Angst und wussten vor Aufregung kaum, wo ihnen der Kopf stand. Wir sollten gleich nach dem Abendbrot zu Bett. Keiner sagte uns, was los war, und keiner sagte 'n Wort von dem neuen Brief. Als wir oben waren und keiner mehr auf uns Acht gab, schlichen wir zurück zum Speisekammerschrank, packten uns 'n ordentliches Frühstück zusammen und nahmen es mit auf unser Zimmer. Wir gingen zu Bett, standen aber um halb zwölf wieder auf. Tom zog das Kleid an, das er inzwischen Tante Sally gestohlen hatte, und wollte sich gerade mit dem Frühstück auf den Weg machen.

»Wo ist die Butter?«, fragte er.

»Ich hab doch 'n ganzes Stück mitgenommen«, sagte ich, »ich hatt's auf 'n Maisblatt gelegt.«

»Na, dann haste's eben unten liegen gelassen. Hier ist es nicht.«

»Es geht auch ohne Butter«, sagte ich.

»'s ist besser, wenn wir welche haben«, sagte er, »geh noch mal in den Keller und hol sie. Dann hauste über den Blitzableiter ab und kommst zu uns. Ich will jetzt gehn und das Stroh in Jims Kleider stopfen, die seine verkleidete Mutter sein sollen.

Dann werd ich blöken wie 'n Schaf und weglaufen, aber natürlich erst, wenn du da bist.«

Damit ging er und ich schlich runter in den Keller. Das Stück Butter, so groß wie 'ne Faust war's, lag noch genau an der Stelle, wo ich's hingelegt hatte. Ich nahm's, pustete das Licht aus und schlich wieder nach oben. Ich kam auch ganz gut bis in den Flur. Aber da erschien plötzlich Tante Sally mit 'ner Kerze in der Hand. Ich stopfte die Butter rasch in meinen Hut und setzte ihn auf. Da sah sie mich auch schon und fragte:

»Bist du im Keller gewesen?«

»Ja.«

»Was hast du denn da unten gemacht?«

»Nichts.«

»Nichts?«

»Nein, gar nichts.«

»Aber wie kommst du denn nur auf den Gedanken, mitten in der Nacht in den Keller zu gehn?«

»Ich weiß nicht.«

»Das weißt du nicht? Gib mir nicht solche Antworten, Tom. Ich will wissen, was du da unten gemacht hast!«

»Nichts, Tante Sally, wirklich, gar nichts.«

Ich dachte schon, sie würde mich laufen lassen, wie sie es sonst immer tat. Aber weil so viele seltsame Dinge im Gange waren, fürchtete sie sich anscheinend vor jeder Kleinigkeit, die nicht ganz in Ordnung war. So sagte sie sehr bestimmt:

»Los, ins Wohnzimmer mit dir und warte da, bis ich komme. Du hast sicher etwas tun wollen, was dich gar nichts angeht. Ich geh jede Wette ein, dass ich's bald heraushabe.«

Sie ging erst, als ich die Tür aufgemacht hatte und in das Wohnzimmer gegangen war. Mein Gott, was war da für 'ne

Menge Menschen drin! Fünfzehn Farmer waren's, jeder mit 'ner Flinte in der Hand. Mir wurde furchtbar übel und ich wankte auf 'nen Stuhl zu und setzte mich. 'n paar unterhielten sich mit leiser Stimme, sie waren alle unruhig, aber gaben sich Mühe, es nicht zu zeigen. Aber ich merkte es doch, denn sie nahmen immerzu ihre Hüte ab, setzten sie wieder auf, wechselten ihre Plätze und fummelten an ihren Knöpfen rum. Ich fühlte mich ja auch nicht wohl, aber ich nahm meinen Hut nicht ab.

Ich wünschte, Tante Sally würde kommen und mir 'ne Tracht Prügel verabreichen, wenn sie wollte, und mich fortgehen lassen.

Endlich kam Tante Sally und stellte lauter Fragen an mich, die ich wirklich nicht beantworten konnte, weil ich nicht wusste, was eigentlich gespielt wurde. Die Männer waren alle in schrecklicher Aufregung. 'n paar von ihnen wollten gleich losgehen, um die erwarteten Halunken anzufangen, weil es ja nur noch 'n paar Minuten bis Mitternacht waren. Andere wieder wollten auf das Schaf-Signal warten. Und die Tante fragte immer weiter, und ich zitterte am ganzen Leib und wär am liebsten in den Erdboden versunken. Und die Luft im Zimmer wurde immer heißer, die Butter auf meinem Kopf fing an zu schmelzen und lief mir über die Ohren den Hals runter. Da sagte plötzlich einer: »Ich bin dafür, dass wir sofort losgehn und die Kerle in der Hütte abfangen, wenn sie kommen.« Ich wär fast umgefallen. Und 'n Stück Butter lief langsam über meine Stirn. Tante Sally sah es und wurde weiß wie die Wand.

»Um Gottes willen, was ist mit dem Jungen? Der hat Gehirnfieber, es läuft ja schon alles raus!«

Alle stürzten auf mich zu und sie riss mir den Hut vom Kopf. Und runter fiel das Maisblatt und was von der Butter noch übrig war. Sie packte mich und umarmte mich und sagte:

»Ach, hast du mich wieder erschreckt! Ich bin ja so froh, dass es nichts Schlimmeres ist. Das Glück ist gegen uns und ein Unglück kommt selten allein. Wie ich das Zeug da über deine Stirn laufen sah, dacht ich wirklich, du wärst verloren; denn der Farbe nach konnt's nur dein Gehirn sein. Ach, mein Junge, warum hast du mir nicht gleich gesagt, dass du deshalb im Keller gewesen bist? Es wäre mir doch egal gewesen. Aber nun mach, dass du wieder ins Bett kommst, und komm mir vor morgen früh nicht wieder unter die Augen.«

Na, in der nächsten Sekunde war ich oben und in der übernächsten den Blitzableiter runter und rannte durch das Dunkel auf den Schuppen zu. Ich konnte vor Angst kaum 'n Wort rausbringen. Aber ich erzählte Tom doch alles, so rasch es ging, und sagte ihm, dass wir jetzt, ohne eine Minute zu verlieren, abhauen müssten, weil das ganze Haus voll Männern mit Flinten wär.

Seine Augen blitzten und er sagte:

»Wirklich? Ist das nicht großartig? Wenn wir noch mal von vorn anfangen könnten, würd ich zweihundert Männer zusammenkriegen. Wenn wir's doch nur 'n bisschen aufschieben könnten...«

»Mach schnell!«, sagte ich. »Wo ist Jim?«

»Direkt neben dir. Wenn du den Arm ausstreckst, kannst du ihn anfassen. Er ist schon verkleidet. Es ist alles fertig. Wir brauchen nur noch rausschleichen und das Schaf-Signal geben.«

Da hörten wir das Getrampel von Männern, die sich der Tür näherten, und hörten 'n Gefummel am Schloss. Einer rief:

»Habe ich euch nich gesagt, dass wir zu früh kommen? Sie sind noch nich da. Die Tür ist noch zu. Aber kommt mal her. Ich will 'n paar von euch hier drin einschließen. Schießt sie übern Haufen, wenn sie reinkommen. Ihr andern versteckt euch draußen und horcht, ob ihr sie kommen hört!«

Sie kamen rein, konnten uns aber im Dunkeln nicht sehen, obwohl sie beinah auf uns traten. Im Nu waren wir unterm Bett, und es gelang uns auch, heimlich durch das Loch ins Freie zu kriechen, zuerst Jim, dann ich und zuletzt Tom. So hatte Tom 's angeordnet. Dann waren wir im Schuppen und konnten hören, wie draußen jemand ging. Wir krochen zur Tür und Tom kuckte durch 'ne Spalte; aber er konnte nichts erkennen, weil's draußen so dunkel war. Er flüsterte uns zu, dass wir besser warten sollten, bis wir die Schritte nicht mehr hören könnten. Wenn er uns anstoßen würde, sollten wir leise rausschleichen, zuerst Jim und er zuletzt. Er horchte und horchte. Aber draußen ging immer noch jemand. Schließlich stieß er uns an und wir schlüpften mit angehaltenem Atem geduckt raus. Ohne das kleinste Geräusch zu machen, schlichen wir wie die Indianer dem Zaun zu. Ich und Jim kamen glücklich rüber, aber Tom blieb mit dem Hosenboden an 'nem Splitter vom obersten Balken hängen. Er musste sich losreißen, aber dabei brach der Splitter ab und es gab 'nen ziemlichen Knacks. Er lief hinter uns her. Aber da rief auch schon jemand:

»Wer da? Antwort, oder ich schieße!«

Wir antworteten natürlich nicht, sondern rannten so schnell wie wir konnten davon. Da hörten wir 'n komisches Geräusch in der Luft und die Kugeln sausten uns um die Ohren. Wir hörten Männerstimmen rufen:

»Da sind sie! Sie laufen nach dem Fluss! Hinter ihnen her! Macht die Hunde los!«

Sie setzten hinter uns her, wir konnten sie deutlich hören, denn sie hatten schwere Stiefel an und brüllten laut. Wir hatten keine Stiefel an und brüllten auch nicht. Wir waren auf dem Pfad, der zur Mühle führte. Als sie uns fast erreicht hatten, bogen wir seitwärts in die Büsche ab und ließen sie vorbeirennen. Jetzt waren wir hinter ihnen. Einer musste die Hunde losgelassen haben. Sie sausten ran und machten so 'nen Krach, als ob's 'ne ganze Million gewesen wär. Na, die Hunde kannten uns ja, wir konnten getrost weitergehen und uns von ihnen einholen lasen. Als sie merkten, dass wir es nur waren und weiter nichts Aufregendes, beschnupperten sie uns und rasten dann weiter hinter den tobenden, schreienden Männern her. Dann rannten wir auch, so schnell wie wir konnten, bis wir bei der Mühle waren. Hier schlugen wir uns durch die Büsche bis an die Stelle, wo mein Kanu festgemacht war. Wir sprangen rein und ruderten mit aller Kraft auf die Mitte vom Fluss zu. Natürlich machten wir nicht mehr Lärm, als unbedingt nötig war. Wir hörten noch 'ne Weile Schreien und Bellen am Ufer. Schließlich aber waren wir so weit weg, dass die Geräusche schwächer wurden und dann nicht mehr zu hören waren. Als wir auf das Floß kletterten, sagte ich:

»Jetzt bist du wieder 'n freier Mann, guter alter Jim, und ich geb dir die Hand drauf, dass du niemals wieder Sklave wirst.«

»Das war 'ne feine Sache, Huck! War herrlich ausgedacht und herrlich gemacht.«

Wir waren alle furchtbar froh, aber Tom war doch am frohsten von uns, denn er hatte 'ne richtige Kugel ins Bein gekriegt.

Als Jim und ich das hörten, war uns gar nicht mehr großartig zumute wie erst. Die Wunde tat ihm sehr weh und blutete. Wir legten ihn in die Hütte, zerrissen eins von den Hemden, die dem Herzog gehörten, um ihn damit zu verbinden, aber er sagte:

»Gib mir die Lumpen, das kann ich selber. Trödelt nicht so rum, wo die Entweichung so herrlich vonstatten gegangen ist. In die Riemen gelegt und vorwärts! Jungs, wir haben die Sache wunderbar gemacht. An die Ruder jetzt! An die Ruder!«

Aber Jim und ich berieten und überlegten. Nachdem wir 'n paar Minuten nachgedacht hatten, sagte ich:

»Sprich du, Jim.«

Da sagte Jim: »Also Jim kommt die Geschichte so vor: Wenn es wär Tom, der wär worden befreit, und einer von die Begleiter würden sein angeschossen worden, würd er dann sagen: Rettet mich und kümmert euch nicht um 'nen Arzt, damit der hier wird gerettet? Würd das Tom Sawyer ähnlich sehn? Würd' er so sprechen? Tom würd' nie so was nicht sagen. Also sagt Jim Folgendes: Nein, Master Tom, Jim verlässt diesen Platz nicht, bis nicht 'n Arzt da ist, und wenn er bleiben muss vierzig Jahre.«

Ich hatt's ja immer gewusst, dass unser guter alter Jim so und nicht anders sprechen würde. Nun war alles in Butter, und ich sagte Tom, dass ich 'nen Arzt holen würde. Tom machte natürlich Spektakel, aber Jim und ich bestanden drauf und gaben nicht nach. Da wollte er aus der Hütte kriechen und selber das Floß flottmachen. Aber wir hinderten ihn dran. Er beschimpfte uns, aber es nützte ihm gar nichts.

Als er sah, dass ich das Kanu wieder fertig machte, sagte er: »Na schön, wenn du denn durchaus gehn willst, will ich dir wenigstens sagen, wie du's machen musst, wenn du zu dem Doktor kommst. Schließ die Tür hinter dir zu, verbind dem Doktor ganz rasch die Augen und lass ihn schwören, dass er stumm wie 'n Grab sein will: Gib ihm 'ne Börse mit Goldstücken und dann nimm ihn bei der Hand und führ ihn hintenrum ganz dunkle Wege und bring ihn dann in dem Kanu hierher. So wird's nämlich immer gemacht.«

Ich versprach, alles genau so zu machen, und fuhr ab. Jim sollte sich im Wald verstecken, sobald er den Doktor kommen sah, und dort bleiben, bis er wieder weg wär.

41. KAPITEL

Der Doktor war ein sehr netter alter Herr, der sehr gutmütig aussah. Ich musste ihn erst aus dem Bett holen. Dann erzählte ich ihm, dass ich gestern Nachmittag mit meinem Bruder auf die Spanische Insel jagen gegangen wär und dass wir nachts auf Überresten von 'nem Floß, das wir zufällig irgendwo gefunden hätten, kampiert hätten. So um Mitternacht wär mein Bruder im Traum gegen den Hahn von seiner Flinte gestoßen, die wär losgegangen und die Kugel hätt ihn in die Wade getroffen. Er möchte doch so freundlich sein rüberzukommen, um die Wunde zu säubern und zu verbinden, aber er dürfte es keinem Menschen erzählen, denn wir wollten am Abend wieder nach Hause und unsere Verwandten überraschen.

»Wer sind denn eure Verwandten?«, fragte er.

»Die Phelps.«

»So, so«, sagte er und fragte dann weiter: »Wie ist das doch mit dem Schuss gewesen?«

»Er hat geträumt und da ist die Flinte losgegangen.«

»Komischer Traum«, meinte er.

Der Doktor machte die Laterne an, holte seine Tasche, und wir gingen los. Wie er das Kanu sah, schien er nicht sehr erfreut und sagte, es wär seiner Meinung nach kaum groß genug für eine Person, für zwei aber ganz bestimmt nicht sicher.

»Da brauchen Sie keine Angst zu haben, Herr Doktor«, sagte ich, »wir sind schon zu dritt ganz bequem damit rübergekommen.«

»Zu dritt? Wer ist denn der Dritte?«

»Na, ich, Sid und... und... und unsre Flinten, mein ich.«

»Ach so«, sagte er nur.

Doch er setzte erst mal seinen Fuß auf den Kanurand und schaukelte das Boot hin und her. Dann sagte er, er wolle sich lieber nach 'nem größeren Fahrzeug umsehen. Aber die Boote am Ufer waren fest angekettet. Schließlich setzte er sich doch ins Kanu und sagte mir, es wär besser, wenn ich hierbleiben und warten würde, bis er zurückkäme. Ich könnte ja in der Zwischenzeit weiter jagen oder, was noch besser wär, nach Hause gehen und meine Verwandten 'n bisschen auf die Überraschung vorbereiten. Ich beschrieb ihm also genau, wo er das Floß finden würde, und er stieß ab.

Da fiel mir etwas ein. Wenn er nun gar nicht so schnell mit dem Bein fertig wird, fragte ich mich, wenn es vielleicht drei oder sogar vier Tage dauert? Was soll dann werden? Soll ich hier herumhockten, bis er die Katze aus dem Sack lässt? Nein, mein Herr, sagt ich mir, ich weiß, was ich tun werde. Ich werde warten, bis er zurückkommt, und wenn er sagt, dass er noch mal rübermuss, komm ich mit rüber, und wenn ich hinterher schwimmen muss. Dann nehmen wir ihn einfach fest, binden ihn und fahren mit ihm flussabwärts. Wenn er mit Tom fertig ist, geben wir ihm den Lohn, den er für seine Mühe verdient hat, das heißt, wir geben ihm alles, was wir haben, und setzen ihn an Land.

Ich kroch in 'nen Holzhaufen, um 'n bisschen zu schlafen. Als ich die Augen wieder aufmachte, stand die Sonne hoch am Himmel! Ich sprang auf und ging zum Haus von dem Doktor, aber da sagten sie mir, er wär in der Nacht fortgegangen, sie wussten aber nicht, wann, und er wär noch nicht wieder zurück. Na, dacht ich mir, das sieht mir mulmig aus für Tom, da will ich lieber sofort zu der Insel rüber. Ich machte mich auf, stieß aber, wie ich um die nächste Ecke bog, mit Onkel Silas zusammen.

»Nanu, Tom!«, rief er. »Wo hast du Rumtreiber die ganze Zeit gesteckt?«

»Nirgends«, stotterte ich. »Ich und Sid sind auch hinter dem fortgelaufenen Neger her gewesen.«

»Aber wo habt ihr ihn denn nur gesucht? Tante Sally hat sich schon furchtbare Sorgen gemacht um euch.«

»Braucht sie gar nicht«, sagte ich, »uns ist nichts passiert. Wir sind hinter den Männern mit den Hunden hergelaufen, aber wir konnten nicht Schritt mit ihnen halten und haben sie aus den Augen verloren. Dann haben wir was auf dem Fluss gehört und da haben wir uns ein Kanu genommen und sind hinterher gerudert bis zum andern Ufer. Als wir sie drüben nicht gefunden haben, sind wir weitergerudert, bis wir so richtig kaputt waren. Da haben wir das Kanu festgemacht und uns schlafen gelegt und sind erst vor 'ner Stunde wieder aufgewacht. Wir sind zurückgerudert, um zu hören, was nu geworden ist. Sid ist auf der Post und will sehn, was er dort rauskriegen kann, und ich kucke bloß mal 'n bisschen rum, wo ich hier was zu essen auftreiben kann. Nachher wären wir sowieso nach Haus gekommen.

Wir gingen zusammen zur Post, aber kein Sid war nicht da, nur 'n Brief für Onkel Silas. Wir warteten noch 'n bisschen, aber Sid kam nicht. Da sagte Onkel Silas:

»Komm, Sid soll zu Fuß nach Hause gehen oder nach Hause rudern. Wir wollen jetzt gehen.«

Er wollte mich auf keinen Fall zurücklassen, er meinte, es hätt keinen Zweck, länger auf Sid zu warten, ich müsste jetzt mitkommen, damit Tante Sally wüsste, dass wir heil und gesund wären.

Als wir nach Hause kamen, war Tante Sally so glücklich, mich wiederzuhaben, dass sie zur gleichen Zeit lachte und weinte. Sie umarmte mich und gab mir die übliche Tracht Prügel, die mir aber gar nichts ausmachte. Sid würd auch eine kriegen, sagte sie.

Das Haus war voller Farmer mit ihren Frauen, die zum Mittagessen blieben. So 'n Geschnatter hatt ich mein Lebtag noch nicht erlebt. Die alte Mrs Hotchkiss war die Schlimmste von allen, ihr Mund stand auch nicht 'nen Augenblick still. Sie sagte:

»Ja, Schwester Phelps, ich hab mir die Hütte genau angesehn. Ich sage euch, der Neger muss verrückt gewesen sein. Ich hab das auch schon Schwester Damrell gesagt – nicht wahr, Schwester Damrell, habe ich's nicht gesagt? – Schwester Damrell, hab ich gesagt, er muss verrückt sein. Passt auf, hab ich gesagt, er ist verrückt, das sieht man doch an allem, hab ich gesagt. Seht euch bloß mal den Mühlstein an, hab ich gesagt, es kann mir doch keiner erzählen, dass 'n Mensch noch bei Trost ist, wenn er solch verrückte Sachen auf 'nen Mühlstein schreibt, hab ich gesagt. So 'n Quatsch, hier brach das Herz von dem und dem oder hier hat sich der und der siebenunddreißig Jahre lang gegrämt, das ist doch verrücktes Zeug. Der ist total verrückt, hab ich gesagt, das hab ich gleich zu Anfang gesagt, und das sag ich jetzt und werd's immer sagen. Der Neger ist verrückt, verrückt wie der alte Heide Nebukadnezar aus der Bibel.«

»Man braucht sich ja bloß mal die Leiter aus Lumpen anzusehn, Schwester Hotchkiss«, sage die alte Mrs Damrell, »wozu in Gottes Namen hat er die bloß...«

»Genau dasselbe hab ich eben erst zu Schwester Utterback gesagt.«

»Aber wie haben die bloß den schweren Mühlstein reingekriegt? Wer hat das Loch gegraben, und wer...«

»Meine Rede, Bruder Penrod! Ich hab gleich gesagt... ach, bitte, geben Sie mir doch mal die Soße rüber, danke schön...! Ich hab grad zu Schwester Dunlap gesagt, wie haben die bloß den Mühlstein reingekriegt. Man kann mir nicht erzählen, sag ich, dass da nicht einer bei geholfen hat, sag ich, da haben sogar sehr viele geholfen, sag ich, mindestens 'n Dutzend haben dem Neger geholfen...«

»'n Dutzend, sagst du? Da konnten vierzig nicht mit fertig werden, mit all dem, was da gemacht worden ist. Denkt doch bloß an die Säge, an die Küchenmesser und all das Zeug! Mit wie viel Mühe ist das alles gemacht worden. Und dann den Bettpfosten, den sie durchgesägt haben. Das ist 'ne Arbeit von 'ner Woche für mindestens sechs. Und dann noch die Strohpuppe im Bett und...«

»Natürlich haben welche geholfen, Bruder Marples! Das will ich meinen, und dir wär's genau so klar, wenn du in der letzten

Zeit hier im Hause gelebt hättest. Die haben aber auch alles geklaut, was nicht niet- und nagelfest war, obwohl wir die ganze Zeit aufgepasst haben. Mehl und Licht und Kerzen und Leuchter und Löffel und die alte Wärmpfanne haben sie gestohlen und noch viel, viel mehr, auf das ich mich jetzt gar nicht mehr besinnen kann, und mein neues Kattunkleid auch. Dabei sind ich und Silas und unser Sid und unser Tom Tag und Nacht auf der Hut gewesen. Ich sag euch ja, nicht einer von uns hat auch nur 'n Haar von den Kerlen gesehn. Und im letzten Augenblick schleichen sie, hast du nicht gesehn, vor unsrer Nase herein und machen uns zum Narren. Ja, und nicht nur uns. Sechzehn Männer und zweiundzwanzig Hunde sind ihnen auf den Fersen und sie sind doch mit dem Neger entwischt. Ich kann euch bloß sagen, das ist das Tollste, was ich je gehört hab. Geister hätten's nicht flinker und schlauer machen können. Ich glaub wirklich, es sind Geister gewesen. Ihr kennt ja unsre Hunde – bessre gibt's doch nicht –, und nicht mal die Hunde haben ihre Spur genommen. Kann das einer von euch erklären?«

»Ja, das ist doch nicht zu…«

»Beim lebendigen Gott, nein, nie…«

»Ich wüsste wirklich nicht…«

»Herr, du meine Güte, ich wär vor Angst umgekommen…!«

»Umgekommen? Na, ich war so durch'nander, dass ich nicht gewagt hab, zu Bett zu gehen und aufzustehn. Ich hab mich nicht getraut zu setzen, Schwester Ridgeway! Sie haben uns

doch sogar... ach, du mein Gott, ihr könnt euch ja denken, in was für 'ner Verfassung ich war, als es gestern auf Mitternacht zuging. Ich glaubte wahrhaftig, sie würden jemand von unserer Familie stehlen! Ich war wirklich so weit, dass ich keinen vernünftigen Gedanken mehr fassen konnte. Jetzt, so bei Tag, sieht das alles natürlich höchst lächerlich aus. Aber gestern sagt ich mir, da schlafen nun meine beiden armen Jungs oben ganz allein in dem einsamen Zimmer. Bei Gott, ich schwöre, ich war so ängstlich, dass ich nach oben geschlichen bin und sie eingeschlossen habe. Ja, das hab ich getan.«

Sie brach ab und kuckte nachdenklich vor sich hin. Dann drehte sie langsam den Kopf, und als ihr Blick mich traf, stand ich auf und ging raus.

Ich kann viel besser erklären, warum wir morgens nicht mehr im Zimmer gewesen sind, sagt ich mir, wenn ich 'n bisschen nach draußen gehe und in Ruhe alles zurechtlege. Das tat ich also. Ich traute mich aber nicht weit weg, denn die Tante hätte sonst sicher jemand hinter mir hergeschickt.

Gegen Abend gingen die Leute alle fort, und ich erzählte der Tante, dass mich und Sid der Lärm und die Schießerei aufgeweckt hätten. Wir wollten natürlich gern wissen, was los war, und wären am Blitzableiter runtergeklettert, weil doch die Tür abgeschlossen gewesen wär. Wir hätten uns dabei beide 'n bisschen verletzt und würden's auch nie wieder tun. Dann erzählte ich ihr auch noch das andre, was ich schon Onkel Silas erzählt hatte. Sie sagte, sie wolle uns verzeihen, denn vielleicht müssten sich richtige Jungen so benehmen, und sie wär froh, dass wir noch heil und gesund wären. Sie küsste mich und strich mir übern Kopf und wurde dabei ganz nachdenklich. Auf einmal sprang sie auf und rief:

»Aber um Gottes willen, es ist ja fast Nacht und Sid ist noch immer nicht da. Was ist denn nur mit dem Jungen?«

Das sah mir ganz nach 'ner günstigen Gelegenheit aus. Ich sagte: »Ich lauf in die Stadt und hol ihn.«

»Kommt gar nicht in Frage«, sagte sie, »du bleibst, wo du bist. Es genügt, wenn einer weg ist. Wenn Sid bis zum Abendbrot nicht zurück ist, wird Onkel Silas ihn suchen.«

Natürlich war er zum Abendbrot nicht da und der Onkel ging auch gleich danach fort.

Er kam gegen zehn zurück, etwas beunruhigt, weil er nirgends 'ne Spur von Tom gefunden hatte. Tante Sally war viel mehr beunruhigt als er, aber Onkel Silas meinte, dazu läg überhaupt kein Grund vor, Jungs wären eben Jungs, und Sid würde sicher am nächsten Morgen heil und gesund wieder auf der Bildfläche erscheinen. Damit musste sie sich zufrieden geben. Sie wollte aber trotz alledem noch 'n Weilchen aufbleiben und auf ihn warten.

Wie ich ins Bett gehn wollte, kam sie mit mir rauf, deckte mich warm zu und bemutterte mich, dass ich mir ganz gemein vorkam. Ich konnt ihr kaum mehr ins Gesicht sehn. Sie setzte sich an mein Bett und sprach noch lange mit mir. Der Sid, meinte sie, wär doch 'n prächtiger Junge. Sie hörte überhaupt nicht wieder auf und fragte mich immer wieder, ob ich auch nicht glaubte, dass er sich verlaufen oder verletzt hätte oder vielleicht ertrunken wär oder jetzt irgendwo krank liegen würde, ohne dass sie bei ihm sein und ihm helfen könnte. Dabei rollten ihr die hellen Tränen die Backen runter. Aber ich sagte ihr, Sid wär sicher gesund und munter und würd bestimmt morgen wieder zu Haus sein. Da drückte sie mir die Hand und küsste mich und bat mich, es noch mal und immer noch mal zu sagen, denn es tät ihr so gut. Als sie endlich fortging, sah sie mir mit 'nem gütigen, festen Blick in die Augen und sagte:

»Ich schließe die Tür nicht ab, Tom. Ich weiß, da ist das Fenster und der Blitzableiter, aber, nicht wahr, du wirst doch brav sein und nicht fortgehn? Tu's mir zuliebe!«

Mein Gott, wie gern wäre ich abgehauen, wo ich mir doch wegen Tom so viel Sorgen machte. Ich hätt's jetzt nicht mehr gekonnt, nicht für 'n Königreich.

Als ich aufwachte, war's schon fast Morgen. Ich schlich nach unten. Die Tante saß noch am Fenster. Die Kerze war fast verloschen und ihr müder Kopf war auf den Tisch gesunken. Sie war eingeschlafen.

42. KAPITEL

Schon vorm Frühstück war Onkel Silas im Städtchen gewesen, hatte aber wieder keine Spur von Tom gefunden. Die beiden saßen nun am Tisch, in tiefen Gedanken, und sagten kein Wort. Sie sahen sehr betrübt aus. Sie ließen ihren Kaffee kalt werden und aßen nichts. Da sagte der Onkel auf einmal: »Hab ich dir eigentlich den Brief gegeben, Sally?«

»Welchen Brief?«

»Na, den ich gestern von der Post geholt habe.«

»Nein, du hast mir keinen Brief gegeben.«

»Ach, dann hab ich's doch vergessen.«

Er suchte all seine Taschen durch und holte ihn schließlich von irgendwo, wo er ihn hingelegt hatte.

»Herrgott, er ist ja aus St. Petersburg von meiner Schwester!«

Ich wusste sofort, dass es wieder mal höchste Zeit für 'nen kleinen Spaziergang war. Aber ich konnte mich nicht von der Stelle rühren. Eh sie aber den Brief auf hatte, ließ sie ihn fallen und lief fort, denn sie hatte was gesehen. Ich sah auch was. Tom Sawyer auf 'ner Bahre und den alten Doktor und Jim, in Tante Sallys Kattunkleid, die Hände auf dem Rücken gefesselt, und um sie rum 'n Haufen Menschen. Ich versteckte rasch den Brief unter dem ersten besten Gegenstand und stürzte raus. Die Tante warf sich weinend über Tom und rief:

»Ach, er ist tot, er ist tot, ich hab's ja gewusst, dass er tot ist!«

Da drehte Tom den Kopf und murmelte was Unzusammenhängendes wie einer, der Fieber hat. Da schlug die Tante die Hände zusammen und rief:

»Gott sei Dank, er lebt! Mehr verlange ich gar nicht!«

Sie gab ihm noch ganz rasch 'nen Kuss und flog ins Haus zurück, um ihm das Bett zu richten.

Ich ging hinter den Leuten her, weil ich sehen wollte, was sie mit Jim anfangen würden. Der alte Doktor und Onkel Silas folgten Tom ins Haus. Die Leute waren sehr wütend über Jim und einige wollten ihn aufhängen als warnendes Beispiel für die anderen Neger.

Sie schimpften fürchterlich auf Jim und versetzten ihm 'n paar Püffe. Aber er sagte keinen Ton und verriet auch nicht, dass er mich kannte. Man brachte ihn wieder in seine Hütte, zog ihm seine Sachen an und kettete ihn von neuem fest, aber diesmal nicht am Bettpfosten, sondern an ’nem Stahlbolzen, der durch ’nen Balken im Fußboden geschlagen war. Sie fesselten ihn an Händen und Füßen und sagten ihm, dass er nach dieser Geschichte nichts weiter als Brot und Wasser bekäm, bis sich sein Besitzer melden oder bis er, falls das nicht bis zu ’nem bestimmten Tag geschähe, versteigert würde. Sie schütteten natürlich auch unser Loch zu. Während der Nacht sollten immer ’n paar Farmer mit Flinten Wache stehn und tagsüber sollte ’ne Bulldogge an der Tür festgebunden werden. Da kam der alte Doktor, sah sich alles an und sagte:

»Seid nicht härter mit ihm, als unbedingt nötig ist. Das ist kein schlechter Kerl. Als ich zu dem Jungen kam und die Kugel nicht ohne Hilfe rausschneiden konnte und sah, dass man ihn in seinem Zustand nicht allein lassen konnte, und wie es ihm immer schlechter ging und wie er das Bewusstsein verlor und im Fieber mich nicht mehr an sich heranlassen wollte und lauter Unsinn redete, ja... also wie ich eben sah, dass nichts mit ihm anzufangen war und laut vor mich hin sprach, ich müsste von irgendwoher Hilfe holen, da kam der Neger angekrochen, ich weiß nicht woher, und sagte, er wolle mir helfen. Er hat’s auch getan, und zwar ganz großartig. Selbstverständlich hab ich mir gleich gedacht, dass er ’n fortgelaufner Neger ist. Aber was sollte ich machen? Ich musste den ganzen Tag und die Nacht bleiben. Ich hab ’n paar Patienten mit schweren Erkältungen und wär gern zu ihnen gegangen, aber ich hab mich nicht getraut, weil dann vielleicht der Neger fortgelaufen wär und weil man mir dann deshalb Vorwürfe gemacht hätte. Aber kein Schiff kam so nahe ran, dass ich’s hätte anrufen können. Ich musste wohl oder übel bis heute früh dort bleiben. Doch ich habe noch nie in meinem Leben ’nen Neger gesehen, der ein so guter und treuer Krankenpfleger war. Dabei hat er seine Freiheit riskiert und von Kräften war er auch. Also, der hat mir gefallen! Ich sage Ihnen, meine Herren, so 'n Neger ist seine tausend Dollar wert und gute Behandlung dazu. Ich hatte alles, was nötig war, und der Junge hatte es ebenso gut wie zu Hause. Ja, da saß ich nun mit den beiden und ich musste bis heute früh warten. Da kamen 'n paar Männer, in 'nem Boot vorbei. Ich hatte Glück: Der Neger saß gerade und schlief, den Kopf auf den Knien. Ich ließ die Leute ganz leise rankommen und sie packten und banden ihn, ehe er eigentlich wusste, was mit ihm geschah. Wir hatten gar keine große Mühe mit ihm. Weil der Junge auch grad in leichten Schlaf gefallen war, wickelten wir Lappen um die Ruder und kamen mit dem Floß ganz sanft und ruhig ans Ufer. Der Neger hat auch nicht 'n bisschen Lärm gemacht. Er ist kein schlechter Kerl, meine Herren, das ist meine Meinung.«

»Na, das lässt sich ja hören, Doktor«, sagte jemand. Auch die anderen waren etwas besänftigt, und ich war dem alten Doktor sehr dankbar, dass er so für Jim gesprochen hatte. Ich war wirklich froh, dass er mit meiner Ansicht über Jim übereinstimmte, denn ich war vom ersten Tag an, wo ich ihn kennen lernte, fest davon überzeugt, dass er 'n guter Mensch war. Alle sagten, dass Jim sehr brav gehandelt hätte und dass er sogar 'ne Belohnung verdiente. Sie versprachen, dass sie nicht mehr mit ihm schimpfen wollten.

Sie gingen aus der Hütte raus und schlossen Jim ein. Ich hatte schon gehofft, sie würden ihm die Ketten wieder abnehmen und ihm wenigstens außer Wasser und Brot 'n bisschen Fleisch und Gemüse geben. Aber daran dachte keiner, und ich hielt es für besser, vorläufig nichts zu sagen. Ich wollte erst Tante Sally die Erzählung von dem Doktor stecken.

Ich hatte genug Zeit zum Überlegen. Tante Sally war Tag und Nacht im Krankenzimmer, und Onkel Silas ging ich aus dem Weg, wenn ich ihn irgendwo sah.

Am nächsten Morgen hört ich, dass es Tom schon viel besser ging und dass sich Tante Sally zu 'nem Nickerchen zurückgezogen hätte. Ich schlich mich ins Krankenzimmer. Falls ich Tom wach fand, wollte ich mit ihm was aushecken und der ganzen Familie 'nen Bären aufbinden, der sich sehen lassen konnte. Aber Tom schlief ganz ruhig. Er sah blass aus, gar nicht mehr so glühend rot wie gestern, als er gebracht worden war. Na, ich setzte mich hin und wollte warten, bis er aufwachte. Nach 'ner halben Stunde kam Tante Sally leise ins Zimmer und es war wieder mal aus mit Pläne aushecken. Sie machte mir 'n Zeichen, dass ich ruhig sein sollte, und flüsterte mir zu, dass wir alle jetzt wieder froh sein könnten, denn es ständ sehr gut um Sid.

Wir saßen und warteten. Endlich bewegte er sich 'n bisschen, schlug die Augen auf, blickte ganz klar um sich und sagte:

»Ich bin ja zu Haus! Wie kommt denn das? Wo ist denn das Floß?«

»Es ist alles in Ordnung«, sagte ich.

»Und Jim?«

»Dem geht's auch gut«, sagte ich, aber's klang nicht sehr überzeugend.

Tom merkte es nicht und fuhr fort:

»Fein! Ganz famos! Jetzt sind wir alle gerettet und in Sicherheit. Haste's Tante Sally erzählt?«

Ich wollte grad ja sagen, aber sie fuhr dazwischen:

»Was erzählt, Sid?«

»Na, wie die ganze Geschichte gewesen ist.«

»Welche ganze Geschichte?«

»Na, eben die ganze Geschichte. Es gibt doch bloß die eine. Wie wir den fortgelaufenen Neger befreit habe – Tom und ich.«

»Mein Gott! Wie ihr den fort... Was ist denn das nun wieder? Wovon redet der Junge bloß! Mein Gott, er fantasiert ja schon wieder.«

»Nein, ich fantasier nicht, ich weiß ganz genau, was ich sage. Wir, Tom und ich, haben ihn doch befreit. Und fein haben wir das gemacht.«

Tom war jetzt einmal im Zuge und die Tante unterbrach ihn nicht. Sie saß da und ihre Augen wurden immer größer und größer. Ich wurde mir schnell klar darüber, dass es sinnlos war, in seine Erzählung einzugreifen.

»Ach ja, Tante, das ist 'ne furchtbare Arbeit gewesen, die uns viele Wochen lang, jede Nacht, während ihr alle im Bett gelegen und geschlafen habt, in Anspruch genommen hat. Wir mussten die Kerzen klauen und dein Kleid und die Löffel und Blechteller und Küchenmesser, und die Wärmpfanne und den Mühlstein mussten wir rausschleppen und Mehl und noch ’ne Masse andere Sachen. Du glaubst gar nicht, was das für ’ne Arbeit war, die Säge und die Federn und die Inschriften zu machen; und du kannst dir gar nicht vorstellen, was für ’n Spaß uns das gemacht hat. Wir haben doch auch noch die Bilder mit dem Sarg und der ganzen andern Krakelei machen müssen und die annunühmen Briefe von den Räubern, und wir mussten immerzu den Blitzableiter rauf und runter und das Loch zu der Hütte hin graben und die Strickleiter zusammenknoten und sie in die Pastete backen…«

»Herr, du meine Güte!«

»…und dann haben wir doch noch die Hütte mit Ratten und Schlangen und so ’nem Getier zur Gesellschaft für Jim bevölkern müssen. Und dann haste Tom noch so lang hier festgehalten, wo er doch Butter unterm Hut hatte, und damit hättste uns beinahe die ganze Geschichte vermasselt, denn die Männer kamen ja schon, als wir noch gar nicht aus der Hütte raus waren.«

Und er erzählte alles von der Flucht und wie er verwundet worden war.

»Nein, so etwas hab ich doch noch nicht erlebt! Ihr seid es also gewesen, ihr kleinen Halunken. Ihr habt uns die ganze Mühe gemacht und uns alle zum Narren gehalten und uns fast zu Tode geängstigt? Am liebsten möchte ich euch jetzt zeigen, wie ich darüber denke! Nacht für Nacht habe ich mich geängstigt. Na wart nur, werd erst mal wieder gesund, du Taugenichts. Dann werd ich euch aber eine Tracht Prügel geben, dass ihr die Engel im Himmel singen hört!«

Tom war so voll Stolz auf seine Heldentat, dass er gar nicht mehr aufhören konnte. Plötzlich unterbrach ihn die Tante:

»Na, meinetwegen freu dich jetzt so viel du willst, aber ich sage dir, wenn du dich noch einmal bei dem Kerl da drüben erwischen lässt, dann…«

»Bei welchem Kerl?«, fragte Tom. Er lachte nicht mehr, sondern sah ganz erstaunt drein.

»Bei wem? Na, bei dem fortgelaufenen Neger natürlich. Bei wem denn sonst?«

Tom sah mich sehr ernst an und sagte:

»Du hast mir doch eben gesagt, dass er gut aufgehoben ist, Tom? Ist er denn nicht entwischt?«

»Der fortgelaufene Neger?«, sagte Tante Sally. »Nein. Der sitzt wieder hinter Schloss und Riegel, bei Wasser und Brot, in Ketten, und er wird da bleiben, bis er geholt oder verkauft wird.«

Tom richtete sich in seinem Bett auf, seine Augen glühten und seine Nüstern öffneten und schlossen sich wie 'n Paar Kiemen.

»Dazu habt ihr kein Recht!«, schrie er mich an. »Los, los, befreie ihn! Er ist kein Sklave, er ist so frei wie einer von uns.«

»Was meint denn der Junge?«

»Ich meine, was ich sage, Tante Sally. Wenn keiner hingeht, geht ich selbst hin. Die alte Miss Watson ist vor zwei Monaten gestorben, und sie hat sich furchtbar geschämt, dass sie ihn überhaupt einmal hat verkaufen wollen. Das hat sie selber gesagt und sie hat ihm in ihrem Testament die Freiheit gegeben.«

»Aber warum hast du ihn denn bloß in aller Welt noch befreien wollen, wenn du doch gewusst hast, dass er längst frei war?«

»So was kann ja nu bloß 'ne Frau fragen. Ich habe doch das Abenteuer erleben wollen und wollte mal bis zu den Knöcheln im Blut waten, um… du grüne Neune…! Tante Polly!«

Wirklich und wahrhaftig, da stand Tante Polly mitten in der Tür. Sie sah lieb und sanft aus wie 'n Engel, der sich grad an Kuchen satt gegessen hat.

Tante Sally flog ihr an den Hals und umarmte sie so heftig, dass sie ihr fast den Kopf abgerissen hätte. Sie weinte. Ich suchte mir rasch 'n Plätzchen unterm Bett, denn die Sache schien ziemlich brenzlig für uns beide zu werden. Ich kuckte vor. Schließlich machte sich Toms Tante Polly aus der Umarmung los und sah über ihre Brillengläser weg quer durchs Zimmer zu Tom rüber, als wenn sie ihn durchbohren wollte.

»Hast Recht«, sagte sie, »wenn du den Kopf wegdrehst. Ich würde es an deiner Stelle auch tun, Tom!«

»Ach, du lieber Himmel!«, rief Tante Sally. »Hat er sich denn so verändert? Das ist doch gar nicht Tom, das ist doch Sid. Tom steht doch... Tom... nanu, wo ist denn Tom? Er hat doch eben noch hier gestanden?«

»Du willst wohl sagen, wo ist Huck Finn? Ich denke doch, dass ich so 'nen Taugenichts wie meinen Tom nicht so viele Jahre lang unter meinen Händen gehabt habe, um ihn nicht wieder zu erkennen, wenn ich ihn sehe. Das wär ja noch schöner! Komm unter dem Bett vor, Huck Finn!«

Ich kam, aber ich fühlte mich nicht sehr wohl.

Ich hab noch nie 'nen Menschen so verblüfft gesehen wie Tante Sally, höchstens noch einen, und das war Onkel Silas, wie er ins Zimmer kam und die Geschichte erzählt bekam. Na, Toms Tante Polly erzählte nun ganz haarklein, wer und was ich wär. Ich musste auch erzählen, wieso ich hier so in die Klemme geraten wär, dass ich, als Frau Phelps mich für Tom Sawyer hielt… Aber da wurde ich schon unterbrochen:

»Ach, jetzt nenne mich schon ruhig weiter Tante Sally, ich bin so daran gewöhnt. Du kannst es jetzt schon dabei lassen.«

Ich fuhr also fort und erzählte alles.

Tante Polly sagte, Tom hätt Recht mit seiner Behauptung, dass die alte Miss Watson in ihrem Testament Jim die Freiheit geschenkt hätte. Tom hatte sich also die ganze Arbeit nur gemacht, um 'nen freien Neger zu befreien. Erst jetzt konnt ich begreifen, wieso Tom bei seiner Erziehung hatte mithelfen können bei der Befreiung von 'nem Neger. Na, Tante Polly erzählte weiter. Als Tante Sally ihr geschrieben hätte, dass Tom und Sid wohl und munter angekommen wären, da hätte sie zu sich selber gesagt:

»Was soll denn das wieder heißen? Ich hätt mir allerdings so was denken können, wo ich ihn so ganz alleine losziehn ließ ohne jemand, der auf ihn aufpasst. Ich musste also wohl oder übel die vielen Meilen den Fluss runter, denn ich wollte doch rauskriegen, was der Lümmel wieder mal angestellt hatte; denn von dir bekam ich ja doch keine Antwort.«

»Geantwortet? Aber ich habe doch keine Zeile von dir bekommen«, sagte Tante Sally.

»Ach, das ist ja merkwürdig. Ich habe dir doch zweimal geschrieben und bei dir angefragt, was du damit gemeint hast, dass Sid bei dir ist.«

»Ich hab keine Briefe bekommen, Polly.«

Tante Sally drehte sich sehr langsam zu uns um und sagte mit strengem Gesicht: »Hör mal, Tom!«

»Was ist denn nu schon wieder?«, fragte er mit bockiger Miene.

»Frag nicht so dumm! Gib die Briefe her!«

»Was für Briefe?«

»Die Briefe! Ich sage dir, wenn ich dich erst in die Finger kriege, dann…«

»Sie sind in der Truhe da drüben. Sie sind noch genauso, wie ich sie von der Post geholt hab. Ich hab nicht reingekuckt, bestimmt nicht. Ich dachte mir bloß, sie würden uns Unannehmlichkeiten machen, und ich dachte, sie wären nicht so eilig…«

»Daß du eine gehörige Tracht Prügel verdient hast, das steht so fest wie das Amen in der Kirche. Aber ich habe dir noch 'nen dritten Brief geschrieben, dass ich kommen würde, er ist vermutlich noch…«

»Nein, der ist gestern gekommen. Ich hab ihn noch nicht gelesen. Aber den habe ich«, sagte Tante Sally.

Na, ich hätt ruhig um zwei Dollar wetten können, dass sie ihn nicht hatte; aber ich dachte, 's ist besser, wenn du kein Wort sagst.

DAS LETZTE KAPITEL

Wie ich Tom das erste Mal wieder allein erwischen konnte, fragte ich ihn, was er eigentlich für die Zeit nach der »Flucht« vorgehabt hätte und wie sein Plan gewesen wär, wenn sie richtig vonstatten gegangen wär und er wirklich einen Neger befreit hätte, der schon befreit war. Er sagte mir, er hätt sich die Sache so gedacht, dass wir hinterher gleich mit dem Floß flussabwärts gefahren wären. Bis zur Flussmündung hätten wir dann noch 'ne Menge Abenteuer bestehen müssen und hätten erst zuletzt Jim erzählt, dass er frei wär. Dann hätten wir ihn mit 'nem Dampfer wieder nach Haus gebracht. Alles ganz zünftig, meinte Tom, und wir hätten Jim natürlich für die verlorene Zeit gut bezahlt und vorher nach Hause geschrieben und die ganzen Neger der Gegend mobil gemacht, damit sie ihn mit 'nem Fackelzug und mit Musik durch die Stadt hätten geleiten können. Dann hätt Jim als Held dagestanden und wir auch.

Na, mir kam's so vor, als ob es doch besser wär, wie's jetzt ausgegangen war.

Wir ließen Jim natürlich sofort die Ketten abnehmen. Als Tante Polly und Onkel Silas und Tante Sally hörten, wie gut er dem Doktor geholfen hatte, machten sie große Geschichten. Er kriegte ganz prima Sachen zum Anziehen und so viel und gut zu essen, wie er nur wollte. Er hatte gute Tage und brauchte nicht zu arbeiten. Wir holten Jim zu uns rauf ins Krankenzimmer und wir hatten natürlich viel zu erzählen. Tom gab ihm vierzig Dollar, weil er ein so geduldiger Gefangener gewesen war und seine Sache so gut gemacht hatte. Jim war vor lauter Freude ganz aus dem Häuschen.

»Erinnere dich, Huck«, sagte er, »was Jim hat gesagt dir, damals auf der Jackson-Insel? Jim hat 'ne haarige Brust und hat dir erzählt, Jim war mal reich und wird wieder werden reich, und nun ist es geworden wahr!«

Da fing Tom wieder an zu reden und sagte:

»Wie wär's, wenn wir drei heimlich von hier fortschleichen würden in einer von den nächsten Nächten? Wir wollen uns die richtige Ausrüstung verschaffen und dann unter die Indianer gehn, für ein, zwei Wochen.«

»Schön«, sagte ich, »ich mach mit, aber ich hab kein Geld für die Ausrüstung, und ich glaub, von zu Haus kann ich keins kriegen, denn mein Vater ist sicher längst zurückgekommen und hat sich alles vom Richter Thatcher geholt und es sich durch die Gurgel gejagt.«

»Hat er nicht!«, sagte Tom. »Es ist noch alles da, die ganzen sechstausend und noch mehr. Dein Vater hat sich nicht mehr blicken lassen, jedenfalls nicht bis zu dem Tag, wo ich fort bin.«

Da sagte Jim leise und ernst:

»Er wird auch nie mehr kommen wieder, Huck.«

»Warum denn nicht, Jim?«, fragte ich.

»Ist doch schnuppe, Huck. Er kommt nicht mehr zurück.«

Ich hab ihn so lang mit Fragen gequält, bis er schließlich sagte: »Erinnerste dich, wie das Haus auf dem Fluss ist runter getrieben, und an den toten Mann, wo zugedeckt war, und wie Jim ist reingegangen und hat ihn aufgedeckt und hat dich nix sehn lassen? Na, jetzt kannste all dein Geld haben. Der Mann war nämlich dein Vater.«

Tom ist jetzt wieder beinah ganz gesund. Die Kugel trägt er an 'ner Uhrkette um den Hals wie 'ne richtige Uhr und er sieht auf ihr immer nach der Zeit. Mehr hab ich nicht mehr zu erzählen und ich bin auch sehr froh darüber. Denn wenn ich gewusst hätt, was es für 'ne Mühe macht, 'n Buch zu schreiben, dann hätt ich so was gar nicht erst angefangen. Ich will's auch nie wieder tun. Aber ich glaube, ich muss eher zu den Indianern auskratzen wie die anderen; denn Tante Sally will mich adoptieren und mich zu 'nem anständigen Menschen machen, und das kann ich bestimmt nicht aushalten. Ich kenn das noch von der Witwe Douglas.

Viele Grüße von eurem

Huck Finn

Nachwort

»Mark Twain« war eigentlich ein Lotsenruf auf den Mississippidampfern des 19. Jahrhunderts. Er bedeutete, dass zwei Faden Wassertiefe (ungefähr 3,60 m) vorhanden waren, und dass der Dampfer fahren konnte, ohne auf Grund zu laufen.

Der Mann, der diesen Ruf später als schriftstellerisches Pseudonym wählte, hatte selbst als Matrose und Lotse den Mississippi befahren und ein abwechslungsreiches, abenteuerliches Leben geführt, bevor er als Schriftsteller weltberühmt wurde.

Eigentlich hieß er Samuel Langhorne Clemens und wurde am 30. November 1835 in Florida im amerikanischen Bundesstaat Missouri geboren, der damals an der Grenze zum so genannten »Wilden Westen« lag. Samuel war das jüngste von sechs Geschwistern und die Familie zog bald darauf nach Hannibal, einem kleinen Ort am Mississippi. Sein Vater, der juristische Kenntnisse besaß, arbeitete dort als Friedensrichter, Kaufmann und Farmer; die Familie lebte in eher bescheidenen Verhältnissen.

Als Samuel zwölf Jahre alt war, starb sein Vater, und der Junge begann mit 13 Jahren eine Setzerlehre; danach arbeitete er als Setzer und Drucker für die Lokalzeitung seines Bruders. Dort schrieb er auch seine ersten Artikel.

Als Achtzehnjähriger begann Samuel ein unstetes und unruhiges Wanderleben. Zunächst arbeitete er als Setzer und Reporter in den großen Städten an der amerikanischen Ostküste, danach befuhr er drei Jahre lang als Matrose und Lotse den Mississippi. Als 1861 der amerikanische Bürgerkrieg ausbrach, kämpfte Samuel aufseiten der Südstaaten, zuletzt im Rang eines Leutnants. Nach dem Abschied aus der Armee versuchte er sein Glück als Silber- und Goldsucher in Nevada und Kalifornien, bevor er sich als Journalist in San Francisco niederließ.

Er schrieb – inzwischen unter dem Pseudonym Mark Twain – unterhaltsame, satirische und sozialkritische Artikel, Glossen und Kurzgeschichten. Die Geschichte »Der berühmte Springfrosch von Calaveras«, die von vielen Zeitungen nachgedruckt und später auch zur Titelgeschichte seines ersten Buches wurde, machte ihn 1867 in ganz Amerika bekannt. Nachdem er 1870 geheiratet hatte, zog er mit seiner Familie nach Hartford in Connecticut. Dort verbrachte er mehr als 20 produktive Jahre als Schriftsteller. Er unternahm ausgedehnte Reisen, vor allem nach Europa, über die er in Zeitungsartikeln und Büchern berichtete.

1876 veröffentlichte Mark Twain das Jugendbuch, das ihn rasch auch international bekannt machte: »Tom Sawyer«. In den folgenden Jahren schrieb er, wohl auch beeinflusst durch die eigenen Kinder, weitere erfolgreiche Jugendbücher: »Prinz und Bettelknabe« (1881) und in Anknüpfung an »Tom Sawyer« die Fortsetzung »The Adventures of Huckleberry Finn« (1884), die seine Bekanntheit und seinen internationalen Erfolg festigten. Die deutsche Übersetzung, »Abenteuer und Fahrten des Huckleberry Finn« erschien 1890.

Ursprünglich war »Huckleberry Finn« ausschließlich als Jugendbuch gedacht, doch die Arbeit daran entwickelte sich anders als vom Autor vorgesehen und führte dazu, dass er sie mehrfach unterbrach. Trotz der jugendlichen Hauptfigur wendet sich der Roman auch an Erwachsene, als kritisch-satirische

Beschreibung der amerikanischen Gesellschaft vor allem im Süden der Vereinigten Staaten.

Ungewöhnlich und neu für damalige Leser war, dass Twain seine Personen durch unterschiedliche Sprechweisen und Sprachebenen charakterisiert. Meist sind es einfache Leute und ihre Wortwahl und Grammatik entsprechen nicht unbedingt der Schriftsprache. Auf dieses wesentliche Stilmittel, dem auch die vorliegende Übersetzung folgt, hat Twain selbst ausdrücklich hingewiesen.

Ungewöhnlich für heutige Leser ist der Umgang der Weißen mit ihren farbigen Untergebenen und die Darstellung der Sklaverei. Man muss sich dabei aber vor Augen halten, dass »Huckleberry Finn« vor dem Amerikanischen Bürgerkrieg spielt, als die Sklaverei in den Südstaaten noch selbstverständlich war. Selbst als sie nach dem Krieg offiziell abgeschafft wurde, bestanden die rassistischen Vorurteile und Diskriminierungen noch jahrzehntelang fort.

Mark Twain macht das an Hucks Zwiespalt deutlich, der das ganze Buch durchzieht: Er erkennt und akzeptiert zwar, dass Jim ein gleichwertiger Mensch ist, doch trotzdem hat er heftigste Skrupel, gegen Gesetz und gesellschaftlichge Ordnung zu verstoßen, indem er einem entflohenen Sklaven zur Flucht verhilft. Die kritisch-ironische Position des Autors, die sich in den naiven Fragen und Überlegungen des jugendlichen Helden Huck ausdrückt, scheint aus heutiger Sicht eher zu zurückhaltend und stößt deshalb gelegentlich auf Kritik. Damals war sie aber ausgesprochen fortschrittlich und modern.

Vor allem wegen dieser kritischen Darstellung der Erwachsenenwelt, aber auch wegen der Umgangsprache wurde »Huckleberry Finn« von Zeitgenossen kritisiert; einzelne Schulen und

Bibliotheken weigerten sich jahrzehntelang, das Buch in ihren Bestand aufzunehmen. Seinen internationalen Siegeszug konnten die Kritiker nicht aufhalten. Ernest Hemingway hat es einmal so formuliert: »Die ganze moderne amerikanische Literatur stammt von einem Buch von Mark Twain ab, das »Huckleberry Finn« heißt. Es ist das beste Buch, das wir je gehabt haben.«

Mark Twains Bücher, auch seine Kurzgeschichten und Erwachsenenromane wie zum Beispiel »Ein Yankee an König Artus' Hof«, »Leben auf dem Mississippi« oder »Die Arglosen im Ausland« werden noch heute verlegt und gelesen. Doch so erfolgreich Twain auch als Schriftsteller war – seine persönliche Situation, vor allem in seinen letzten Lebensjahren – war eher bedrückend. Seine Frau und zwei seiner Töchter starben früh, er selbst geriet durch Fehlinvestitionen und den Bankrott seines Verlages in finanzielle Schwierigkeiten. Außerdem beobachtete er die politische und soziale Entwicklung in den USA mit zunehmender Skepsis und verfasste zahlreiche gesellschaftskritische Artikel und Denkschriften.

Mark Twain starb am 21. April 1910 in Redding / Connecticut.

Gerd F. Rumler

Aus dem Verlagsprogramm

GEO lino
Bibliothek

Robert L. Stevenson
Die Schatzinsel

304 Seiten ISBN 3-570-12990-X

Durch Zufall entdeckt der junge Jim Hawkins eine Karte, die zeigt, wo der Piratenkapitän Flint seine sagenhaften Schätze vergraben hat. Gemeinsam mit seinen Freunden, dem Gutsbesitzer Trelawney und dem Arzt Doktor Livesey, bricht Jim auf, um die Schatzinsel zu finden. Doch auch die Piraten, allen voran der skrupellose Schiffskoch John Silver, setzen alles daran, in den Besitz des Schatzes zu gelangen.

7376

cbj

www.cbj-verlag.de

GEOlino Bibliothek

Charles Dickens

Oliver Twist

336 Seiten ISBN 3-570-12997-7

Der Waisenjunge Oliver Twist wächst in unvorstellbarem Elend auf. Als er den Hunger und die Misshandlungen nicht mehr erträgt, flieht er nach London. Dort gerät er in die Gewalt des Hehlers Fagin, der versucht, einen Dieb aus ihm zu machen. Doch es gibt ein dunkles Geheimnis um Olivers Herkunft. Mithilfe seiner Freunde gelingt es ihm, das Rätsel zu lösen und Fagin zu entkommen.

GEOlino
Bibliothek

Rudyard Kipling
Das Dschungelbuch

192 Seiten ISBN 3-570-12991-8

Es ist eine fremde und gefährliche Welt, die der kleine Mowgli im indischen Dschungel erlebt. Nachdem ihn der Tiger Shir Khan seinen Eltern geraubt hat, wächst er bei einer Wolfsfamilie auf und freundet sich mit dem Bären Baloo und dem Panter Bagheera an. Aber auch das Leben fernab der menschlichen Zivilisation kommt nicht ohne Gesetze aus.
Mowgli und die Tiere des Dschungels müssen ihnen gehorchen, wenn sie überleben wollen.

7377

cbj

www.cbj-verlag.de